후루미야 쿠지

illust. chibi

Unnamed Memory II

언네임드 메모리

옥좌에 없는 여왕

"당신과의 계약은
오늘밤으로 끝이에요
"아직 시간이 남았어.
그녀의
검은 눈동자는
명백하게 싸움의 의지를
띠고 있었다.
"라나크를
해칠 생각이라면
내가 상대하겠어요."

악몽을 꾸는 기분이다.
잘 안다고 생각했던
자신의 마녀가,
지금은 지독하게
멀게 느껴졌다.
"티나샤!"

Contents

Unnamed Memory

언네임드 메모리

옥좌에 없는 여왕

II

후루미야 쿠지

Illust. chibi

주요등장인물

<파르사스>

오스카
대국 파르사스의 차기 왕위 계승자. 마법을 무효화하는 전설의 왕검 아카시아의 소유자.

티나샤
별명은 '푸른 달의 마녀'. 오스카의 저주를 풀기 위해 일 년 동안 함께 지내기로 계약을 맺었다.

라자르
오스카의 죽마고우이자 시종. 언제나 주군에게 휘둘려 고생이 많은 청년.

알스
장군. 가장 젊은 장군이자 실력자. 오스카의 검술 연습 상대.

멜레디나
무관. 알스의 소꿉친구이며, 여자의 몸으로 뛰어난 검술 실력을 자랑한다.

카브
마법사. 티나샤를 기피하지 않는 호기심 왕성한 청년.

쿰
마법사. 현 궁정마법사장 직위에 있는 초로의 남성.

실비아
마법사. 금발의 아름다운 여성으로, 마음은 착하지만 약간 엉뚱한 면이 있다.

도안
마법사. 차기 마법사장으로 꼽히는 재능 있는 청년.

<쿠스쿠르>

라나크
사백 년 전, 투르다르의 차기 국왕 후보였던 청년. 현재는 쿠스쿠르의 왕.

레나트
마법사. 타일리 출신으로, 복수를 위해 쿠스쿠르인이 되었다.

파밀라
티나샤를 섬기는 정령술사. 옛 투르다르령(領)의 외딴 마을 출신.

바르달로스
마법사장. 대량학살을 범해 조국에서 추방된 과거가 있다.

<기타>

루크레치아
별명은 '닫힌 숲의 마녀'. 티나샤의 친구로, 파르사스 북동쪽의 숲속에 산다.

루스트
마법사를 배척하는 무력대국 타일리의 왕태자.

~Unnamed Memory 대륙 지도~

1654년(파르사스력 525년) 현재

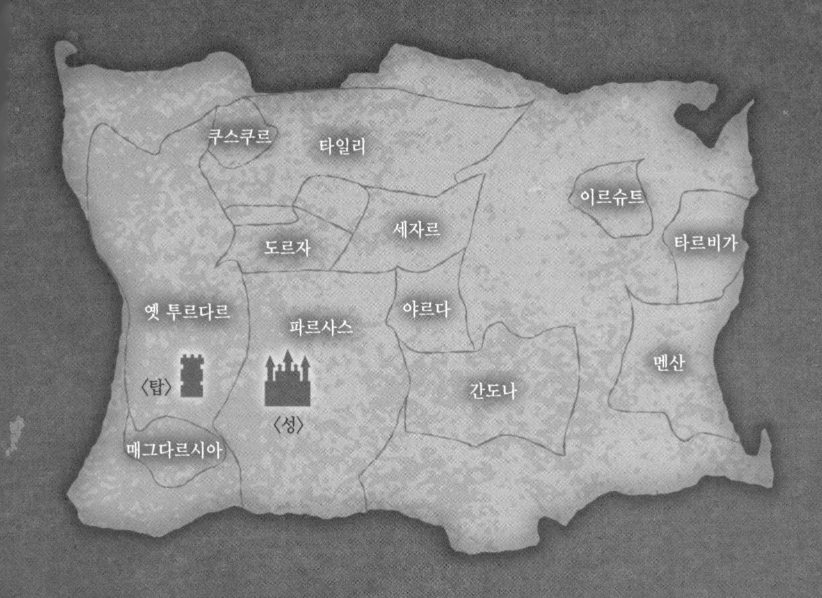

신들이 떠난 후, 이 대륙에는 암흑의 시대가 찾아왔다.

수많은 나라가 흥하고, 수많은 나라가 사라져간 배신과 전란의 시대.

칠백 년이라는 긴 세월에 걸친 이 시대가 끝나갈 때,

그러나 사람들은 평온 속에 새로운 재앙을 본다.

역사의 뒤안길에 서 있는 다섯 마녀, 절대적인 힘의 체현자.

그리하여 사람들은 이 시대를 '마녀의 시대'라 부른다.

1. 영혼이 부르는 소리

이 대륙에는 다섯 명의 마녀가 있다.

절대적인 힘을 가지고, 그로 인해 영원한 시간을 사는 이질의 존재.

마법사면서 그 한계를 뛰어넘은, 압도적인 힘을 지닌 여성들.

역사의 뒤안길에 숨은 그녀들은, 대륙에 사는 사람들에게는 두려움과 재앙의 상징이다.

마녀와 만나서는 안 된다.

마녀의 이야기에 귀를 기울여서는 안 된다.

마녀를 알려 해서는 안 된다.

무수한 전설이 말해주는 그것들은 진실이다.

그녀들은 쉽게 사람의 운명을 바꿔놓는다. 나라마저도 하룻밤 사이에 멸망시킨다.

그리하여 사람들은 긴 암흑시대 후에 찾아온 다음 시대를 이렇게 부르는 것이다.

—마녀의 시대, 라고.

※

"마녀의 시대라…. 이런저런 말은 많지만, 필요 이상으로 두려워할 필요는 없다고 생각해."

대륙 중앙부에 위치한 나라, 파르사스.

그 성의 집무실에서, 일하던 손을 멈추고 청년은 고개를 들었다.

검은색에 가까운 갈색 머리에 밝은 밤하늘색의 눈동자. 고귀함이 느껴지는 단정한 얼굴에는 약간의 치기가 엿보인다. 올해 스무 살이 된 왕태자의 그 말에, 여자는 어이없는 표정으로 그를 쳐다본다.

"오스카…. 당신은 좀 두려워해도 돼요. 마녀를 대체 뭐라고 생각하는 거죠?"

냉담하게 쏘아붙이는 여자는 전율이 일 정도로 아름다운 얼굴이다.

긴 칠흑의 머리에, 같은 빛깔의 두 눈동자. 눈처럼 하얀 피부와 그 미모가 그녀를 인형처럼 보이게 한다. 겉모습은 청년보다 약간 어려 보이지만, 그녀의 눈빛에 깃든 것은 의심의 여지없는 유구함이다.

대륙에 오직 다섯 명뿐인 마녀.

그중의 한 명, 최강이라 일컬어지는 '푸른 달의 마녀' 티나샤는, 자신이 끓인 차를 계약자인 청년에게 내밀었다. 그는 감사인사를 하고 그것을 받아들었다.

"애당초 지금이 왜 마녀의 시대라고 불리는 거지? 대체 무슨 짓을 한 거야, 티나샤."

"왜 나 하나로 한정하는 거죠? 난 아니에요. 발단과 아주 관계없는 건 아니지만."

티나샤는 얼굴 앞에서 가볍게 손을 저었다.

"대략 삼백 년쯤 전에, 대륙 북서부의 헤르기니스라는 나라가 '불리지 않는 마녀'를 잡아들였어요. 그리고 그녀를 촉매로 거대 파괴마법을 구성하려고 했어요."

"뭐라고? 그런 이야기는 금시초문이야."

오스카도 후계자 교육의 일환으로 대륙의 역사는 어느 정도 배웠지만, 마녀를 촉매로 한 파괴마법은 처음 듣는 이야기다. 티나샤는 다기를 손에 든 채 쓴웃음을 지었다.

"당시의 관계자는 마녀만 빼고 모두 죽었으니까요. 알려지지 않은 이야기예요. 그런 식으로 인간을 촉매로 하거나, 그게 아니라도 지나치게 거대한 파괴마법은 사용하면 안 되는 마법이라 '금주(禁呪)'라고 불리는데요, 당시 구성될 뻔했던 금주는 어마어마한 규모였어요. 아마 완성됐으면 대륙의 형태가 달라졌을 거예요. 그래서 나를 비롯해 다른 마녀들도 가만있을 수만은 없었어요."

"그래서?"

"어쩔 수 없이 헤르기니스에 개입해, '불리지 않는 마녀'의 구속을 풀어주었죠. 그랬더니 '불리지 않는 마녀'가 그 나라를 하룻밤 사이에 없애버린 거예요."

"……."

"그 이후로 왠지 마녀의 시대라고 불리게 돼서…."

"무시무시하군…."

말만 들어도 머리가 지끈거려서 오스카는 관자놀이를 꾹 눌렀다.

하지만 암흑시대가 전란과 배신으로 물든 참혹한 시대였던 데 비해, 지금 마녀의 시대는 다소의 풍파는 있지만 대체로 평화로운 편이다. 이것도 사람들이, 지나치게 강대한 마녀에게 겁먹고 위축된 결과일까.

오스카는 한 명이 대규모 군단에 필적한다고 하는 마녀를 바라보았다.

"하룻밤 사이에 나라가 멸망하다니…. 무슨 어린이 동화도 아니고 말이야."

"그런 건 암흑시대에는 흔한 이야기예요."

미소 짓는 티나샤가 무슨 생각을 하고 있는지 그녀의 검은 눈동자에서는 읽을 수 없다. 그녀는 자신을 똑바로 응시하는 오스카의 시선을 깨닫고, 고운 미간을 찌푸렸다.

"역사를 배웠으면 당신도 얌전히 있도록 해요. 자꾸 무모하게 굴다간 언젠가 쥐도 새도 모르게 죽음을 맞이하게 될걸요."

"말은 그렇게 해도, 네가 살아 있는 한 나에겐 수호결계가 있잖아. 죽을 땐 같이 죽는 거 아냐? 이참에 아예 결혼해버릴까?"

"같이 죽기는 누가! 결혼도 절대 안 하니까 꿈 깨요!"

그녀가 오스카에게 쳐준 결계는, 모든 마법과 물리적인 공격을 막아낼 수 있다고 하는 엄청난 것이다. 몇 가지 제약과 맹점은 있지만, 그래도 마법으로 가능한 방어의 한계를 실현했다고 할 수 있다. 그런 결계가 그녀가 살아 있는 한 계속된다고 하니까, 이쯤 되면 반칙에도 정도가 있는 법이다.

티나샤는 어이없다는 듯이 계약자를 응시했다.

"제발 자신의 입장을 좀 생각해요. 내가 기껏 저주를 풀어주려고 하고 있는데, 당신이 다른 일로 죽어버리면 의미가 없잖아요."

이 나라의 차기 국왕인 오스카가 짊어지고 있는 것.

그것은 어릴 때 '침묵의 마녀'가 걸어놓은 '후계자를 낳지 못하는' 저주다. 그의 피를 이은 태아에게 지나치게 강한 수호를 걸어 모체를 해치는 이 저주는, 오스카가 반드시 넘어야만 하는 높디높은 벽이다.

그리고 오스카는 이 저주를 타파하기 위해, 다른 마녀의 시련을 돌파했다. 그는 '끝까지 올라가면 마녀가 소원을 들어준다'라고 하는 탑을 답파해, 그곳에 있던 티나샤를 수호자로 삼아 데리고 돌아온 것이다.

오스카는 잔소리꾼 수호자를 올려다보았다.

"저주를 못 풀어도, 너라면 침묵의 마녀의 힘에 영향을 안 받잖아. 그럼 네가 내 아내가 되면 해결되는 거 아냐? 식은 언제 올릴까?"
"계약기간은 일 년이니까! 멋대로 늘리지 말아요! 그리고 저주의 해석도 곧 완료되니까!"
"그토록 해주하기 어렵다고 해놓고, 정말로 근면성실하네…."
"나 말고는 할 수 있는 사람이 없으니까 당연하잖아요. 알았으면 좀 자중하도록 해요. 책상 앞에서 못 떠나게 되는 저주를 걸어버릴 거예요."
"두 마녀에게 저주를 당하다니, 장난 아니게 재미있는걸."
오스카는 단념하고 눈앞의 서류에 의식을 향했다.
그녀와 이야기하는 것은 즐겁지만, 도가 지나치면 화를 부른다.
티나샤는 일반적인 마녀의 이미지와 달리, 고지식하고 사랑스럽고 정이 깊다. 그렇기에 계약조항에 없는데도 불구하고 그의 해주를 돕고 있는 것이다.
하지만 그런 반면, 긴 시간을 살아온 그녀는 고독을 당연하게 받아들이고 타인에게 집착하지 않는다. 상냥함과 잔혹함을 겸비하고 있는 것이다.
그런 그녀의 눈빛은 때로 지독하게 쓸쓸해 보여서… 오스카는 그녀가 언제까지나 자신 곁에 있어주기를 바라게 된다. 그녀가 더 그늘 없이 활짝 웃어주기를 바라고 마는 것이다.
그는 지난 반년 동안 완전히 마음을 빼앗겨버린 마녀에게 말했다.
"무리해서 해석을 서두를 필요는 없어. 모처럼 탑을 내려왔으니까, 지금 할 수 있는 걸 즐기면 돼."
사람들과 함께 사는 평온을 일상으로 느낄 수 있도록. 평범한 사람과 다름없는 온화한 시간을 보내면 된다.
그렇게 말하는 계약자에게, 다기를 정리한 티나샤는 고개를 저었다.

"할 수 있을 때 할 수 있는 일을 해두고 싶어요."

마치 어딘가에 있는 끝을 암시하는 듯한 말.

그렇게 말하고 마녀는 먼 곳을 보는 눈빛으로 미소 지었다.

※

파르사스 성에는 약 오십 명의 궁정마법사가 소속되어 있어, 날마다 자신의 연구에 힘쓰는 한편으로, 성에 들어오는 마법 관련 의뢰를 해결하고 있다.

그들은 다른 나라의 마법사와 비교해도 전체적으로 우수한 편이라 대개의 문제는 시간은 걸릴지라도 무사히 해결된다. 하지만 그런 그들에게도 때때로 어찌할 도리가 없는 안건이 있어서, 그런 것은 티나샤가 온 뒤로 자연스럽게 그녀가 맡아 처리하고 있었다.

"여차여차해서 이 마법구 감정 의뢰가 들어왔는데요, 도무지 정체를 알 수가 없어서…."

티나샤는 마법사 중 한 명인 카브가 내민 단검을 받아들었다.

성의 실험실에는 지금 다른 사람은 아무도 없다. 실험용 탁자 위에는 카브가 연구에 사용하는 것으로 보이는 시약 몇 개가 놓여 있었다. 그는 난처한 얼굴로 마녀의 감정을 기다린다.

허름한 단검은 동으로 만든 검집에 들어 있었다. 티나샤는 그 단검을 뽑고서 미간에 주름을 잡았다.

"마법구라고 하던가요?"

"네, 성 아랫마을의 고도구점에서 산 골동품이라고 하는데요, 이게 저절로 움직였다가 열기를 띠었다가 하는 모양이라, 마법구인지 아닌지 봐달라고 해서요…. 확실하게 어떤 힘이 느껴지기는 하지만, 구성도 없고 각인된 문양도 없어서 난감한 상황입니다."

티나샤는 뽑은 단검을 뒤집어봤지만, 확실히 거기에는 아무 문양도 없었다.

마법사가 마력을 담아 만드는 마법구는, 물질에 마법을 깃들게 해서 특정한 효과를 갖게 하기 위해, 마법구성의 각인이 필요하다. 따라서 새겨진 문양을 보면, 어떤 효과가 있는지 어느 정도 짐작할 수 있다.

하지만 이 단검에는 그게 없다. 그래서 지금 카브도 난감해하는 것이다.

티나샤는 씁쓸한 얼굴로 입을 열었다.

"이건 마법구가 아니에요. 금주의 산물이에요."

"네? 금주라고요? 어, 어떤 점에서요?"

"별로 대단한 효과는 없어요. 단지 태생이 문제일 뿐이죠. 인간의 영혼이 봉인되어 있어요."

"네?!"

금주에는 크게 나누어, 효과에 문제가 있는 것과 구성과정에 문제가 있는 것이 존재하는데, 인간을 희생시키는 종류의 것은 전형적인 후자라고 할 수 있다. 티나샤는 아름다운 얼굴을 찌푸렸다.

"영혼은 육체라는 틀을 잃으면 자연에 스며들 뿐인 에너지 덩어리니까, 그게 확산되지 않도록 단검에 고착시킨 것 같아요. 하지만 별로 실력 있는 마법사가 한 건 아니에요. 영혼만 봉인해놨을 뿐이지, 단검에 어떤 힘이 깃든 게 아니라서 아마 시간이 지나면 차츰 영혼 자체도 새어나올 거예요."

"시간이 지나면 새어나온다고요? 그럼 이건…."

무척 오래되어 보이는 단검을 카브가 마녀에게서 받아들었다. 그가 하고자 한 말을 티나샤가 이어받았다.

"만든 지 그리 오래되진 않았을 거예요. 술자를 특정해 체포하는 게 좋겠어요. 그 고도구점이 어디죠?"

마녀의 검은 눈이 강한 힘을 품고 빛난다.

강렬한 시선. 차가운 분노를 품은 그것에, 카브는 가볍게 숨을 삼켰다.

하지만 티나샤는 이내 얼굴을 찌푸리고, 카브의 뒤쪽, 실험실 입구를 향해 말했다.

"안 돼요. 안 데려갈 거예요."

"—아니, 당연히 가야지. 그런 이야기를 듣고 가만있을 순 없잖아."

치기가 전혀 느껴지지 않는 남자의 목소리에, 카브는 황급히 뒤를 돌아보고 고개를 숙였다.

티나샤는 입구에 선 계약자의 얄미운 얼굴을 보고… 허락 대신 두 손을 들었다.

카브의 안내로 두 사람이 찾아간 곳은 성도의 뒷골목에 있는 고도구점이다.

작은 창문으로 스며드는 빛이 어두컴컴한 가게 안에 놓인 물건들을 비춘다. 녹슨 거울과 낡은 편자, 열쇠와 자물쇠, 주방기구와 장식품 등, 온갖 물건이 나무상자에 빽빽하게 담겨 진열되어 있었다.

그것들을 신기한 듯이 구경하는 오스카와 달리, 티나샤는 가게 안에 들어가자마자 팔짱을 끼고 벽에 기대섰다. 그런 두 사람을 보고, 인솔자인 카브는 할 수 없이 주인장에게 물었다.

"실례합니다. 성에서 나왔는데요, 이걸 판 사람을 찾고 있습니다."

주인장은 중년의 사내였다. 그는 검집을 슬쩍 보더니 이내 대답했다.

"아, 그거? 빚 대신 받은 거요. 십 년쯤 알고 지낸 남자인데, 요 일 년 사이에 형편이 어려워진 모양인지 여기저기서 돈을 빌려가지고, 그걸 갚는 대신 단검을 가져온 거요. 별로 가치 있는 물건은 아니지만, 그 동안의 정을 봐서, 뭐."

"어떤 남자지?"

청동열쇠를 집어 들면서 오스카가 물었다. 힘 있는 그 목소리에 주인장은 순간 눈길을 향했지만, 설마 상대가 왕태자라고는 꿈에도 생각지 못한 눈치다.

"그냥 평범한 사내요. 마누라가 있고 딸이 둘. 일 년에 몇 차례 다른 마을로 장사를 나가고…. 아, 남동생이 있다는 건 이번에 처음 알았소."

"남동생?"

"단검을 팔러 온 사람이 남동생이었거든. 차용증과 단검을 본인이 맡아서 가져왔다고 했소."

벽에 기대서 있던 티나샤가 갑자기 몸을 일으켰다. 그녀는 물건이 든 상자 중 하나에 다가가, 상자 속에서 단검 두 자루를 꺼냈다. 그걸 본 주인이 깜짝 놀라 눈이 휘둥그레졌다.

"손님, 용케 알았구먼. 그것들도 같이 들어온 단검이야. 세 자루를 한꺼번에 인수했거든. 원래는 네 자루가 한 세트인 모양이지만…."

"—스물다섯 살, 여성."

"뭐?"

돌연 울리는 티나샤의 목소리. 검집에서 뽑은 단검을 보면서 하는 그 말에, 주인장과 카브가 의아한 얼굴을 한다. 그러는 사이 마녀는 나머지 한 자루를 검집에서 뽑았다.

"서른한 살, 남성."

"티나샤 님, 대체 무슨…."

어리둥절한 카브와 달리 가게 주인장은 뭔가 짚이는 바가 있는 눈치다. 놀란 얼굴로 티나샤에게 묻는다.

"당신, 어떻게 그 녀석과 마누라의 나이를 아는 거지? 검만 보고도 원주인을 알 수 있는 건가?"

"네…? 원주인이라뇨…."

순간, 카브의 얼굴이 창백해진다.

티나샤의 말은 무엇을 의미하는가. 문제의 단검에는 사람의 영혼이 봉인되어 있다. 그렇다면, 함께 판매된 단검을 보고 마녀가 생면부지인 부부의 나이를 알아맞히는 것은 어째서인가.

그리고 처음의 그 단검에는—.

카브는 자신의 손에 있는 단검을 응시했다.

티나샤의 하얀 손가락이 그것을 가리킨다.

"일곱 살—, 여아."

그것이 두 딸 중 한 명임을 깨달은 순간, 카브는 터져 나오는 비명을 온 힘을 다해 삼켰다.

"단검을 팔러 온 남동생이 수상해. 그 시점에 이미 셋 다 살해당한 거겠지."

파르사스 성도의 외곽, 작은 집들이 밀집된 골목길을 오스카와 티나샤가 걸어간다. 성에서 일찍 나온 덕분에, 해는 아직 중천이다.

아까의 충격에서 벗어나지 못한 카브를 먼저 성에 돌려보내고, 두 사람이 이제부터 찾아가는 곳은 문제의 돈을 빌린 남자의 집이다. 오스카는 가게 주인이 그려준 지도를 보면서 모퉁이를 돌았다.

"네 자루가 한 세트라면, 막내도 피해를 당했을 가능성이 높겠군."

—아직 세 살밖에 안 된 아기가 금주의 희생양이 되었다는 이야기는 두 사람을 분노하게 만들 뿐이다.

티나샤가 긴 흑발을 귀 뒤로 넘긴다.

"암흑시대에는 사실 이런 금주 실험이 빈번하게 시도됐었어요. 그 시대에는 사람의 목숨이 지금보다 훨씬 가벼운 것이었고, 선천적으로 타고나는 마력과 달리 인간의 영혼은 흔하면서도 강력한 '힘'이니까요. 그걸 이용하려 드는 어리석은 인간이 나타나는 건 당연한 결과예요."

"참기 힘들 정도로 화나는 이야기로군…."

"글쎄, 그런 이야기는 많이 있다고 했잖아요. 하지만 다양한 시도가 행해진 후의 결론은 '영혼은 다루기 힘들다'는 것이었어요. 금주를 사용한 인간은 금주로 망한다—. 그게 역사가 증명해온 일이고, 실제로 그 단검들도 사람의 목숨을 희생시킨 만큼의 효과는 없어요. 그런 건 조금만 조사해 보면 알 수 있는 일인데… 이제 와서 그런 짓을 하다니 제정신이 아닌 게 분명해요."

"제정신이면 애초에 사람을 죽이지도 않았겠지."

그렇게 말하면서 오스카는 옆에서 걸어가는 마녀의 머리를 토닥거렸다.

'금주'는 마법사들에게 금기인 모양이지만, 그건 그녀도 마찬가지인 것 같았다. 오히려 티나샤는 뛰어난 마법사라 그런지, 카브보다 이번 일에 훨씬 더 분노하고 있다.

심기가 몹시 불편한 마녀를 달래면서 오스카는 눈앞의 모퉁이를 돌았다. 그 바로 앞에 있는 작은 집이 문제의 남자의 집이다. 다른 건물들 사이에 낀 초라한 집을, 그는 물끄러미 바라보았다.

"그 단검이 골동품점에 들어온 게 사흘 전이라고 했지. 그럼 집에는 이제 아무도 없으려나?"

"영혼이 물건에 봉인되어도 시신은 남아요."

"너…, 내가 일부러 말 안 한 걸 굳이…."

"나에 대해선 신경 쓸 필요 없어요. 이래봬도 암흑시대부터 살아온 몸이니까요."

남자의 집은 밖에서 보는 한 인기척은 느껴지지 않는다. 유리가 없는 창문으로 단출한 부엌이 보였다. 나무탁자 위에는 빈 접시가 놓여 있다.

"일단 안을 좀 조사해 볼까."

오스카가 집 안으로 들어가려고 했을 때, 두 사람의 동태를 살피고 있었는지 두 집 건너 옆집의 마당에서 아기를 안은 남자가 고개를 내밀었다.

"저기요, 그 집은 사흘 전쯤에 식구들이 다 나가서 안 들어왔어요."

"그렇군. 어린아이도 같이 갔는지 혹시 봤나?"

티나샤가 거기서 가볍게 얼굴을 찡그린 것은 오스카의 말투가 신분을 드러내고 있었기 때문일지도 모른다. 남자는 고개를 끄덕이고, 잠든 것처럼 보이는 아기를 고쳐 안았다.

"큰애랑 작은애랑 다 데리고 갔어요. 작은애는 우리 아들과 친하기도 해서 아침부터 어디를 가는지 궁금하더라고요."

젊은 남자는 아기의 등을 토닥토닥 두드린다. 오스카는 마녀와 얼굴을 마주보았다.

"그럼 이 집을 나간 후에 무슨 일이 생긴 건가?"

"그렇다면 더 넓게 목격 정보를 모아야겠네요…."

티나샤는 가볍게 손가락을 튕기고, 집 안을 가리켰다.

"일단 오스카, 집 안을 조사하고 와주세요."

"너는?"

"여기서 망을 볼게요. 혹시라도 수상히 여기는 사람이 있으면, 당신의 무모함을 변명해야 되니까요."

"하긴 그렇군. 라자르는 지금쯤 위통으로 죽었을지도 몰라."

"그걸 뻔히 알면서 빠져나오는 당신이란 사람은 대체 무슨 심보인 거죠?"

같은 사람에게 잔소리하는 동지로서, 티나샤는 오스카의 죽마고우인 라자르를 깊이 동정하는 듯했다. 그래도 그녀가 오기 전에는, 라자르가 울면서 성 밖까지 오스카를 쫓아왔었다. 그 점에서 지금은 그녀가 성 밖을 담당하고 있으니까, 위통의 빈도는 변함없을지 몰라도 라자르의 고생 자체는 반으로 줄어들었을 것이다. 물론 오스카가 그 점을 이야기한다면, 두 사람에게 비난 세례를 받고 말겠지만.

오스카는 아름다운 수호자에게 다짐을 놓았다.

"그럼 살펴보고 올게. 넌 모르는 사람 쫓아가지 마."

"그렇게 생각한다면 빨리 갔다 오기나 해요…."

지친 듯이 티나샤는 손을 내저었다.

오스카는 아무도 없는 듯한 집 쪽으로 몸을 돌렸다. 남의 집에 들어가려고 하는 그를 보고, 아기를 안은 남자는 놀란 얼굴이었지만, 자신이 상관할 바 아니라고 생각했는지 빠르게 집 안으로 사라지려고 한다.

그때, 말소리에 이끌렸는지, 맞은편 집에서 어린 여자아이가 고개를 내밀었다.

소녀는 남자가 안고 있는 아기를 보고—천진하게 말을 건넸다.

"어, 아일라? 머리 잘랐어? 그 아저씨는 누구야?"

순간의 공백.

그 속에서 제일 먼저 움직인 사람은 오스카였다.

그는 몸을 돌려, 남자가 도망치는 것보다 먼저 아이를 빼앗았다.

그리고 다음 순간, 마녀의 흰 손이 남자의 목을 움켜잡았다.

살을 파고드는 손톱. 빛 없는 칠흑의 눈동자가 남자를 올려다본다.

"—너구나."

"티나샤, 죽이지 마."

아이를 안은 오스카는 그만큼 움직임이 제한된다. 티나샤를 말리려면 아이를 내려놓아야 하지만, 아이는 지금 깊이 잠들어 있다. 숨은 쉬고 있지만, 가까이서 보니 머리카락이 아무렇게나 잘려 있는 것을 알 수 있다.

목을 붙잡혀 버둥거리는 남자에게 마녀는 얼음장같이 차가운 목소리로 말했다.

"그 단검은 뭐지? 영혼으로 구성을 바꿔 실험이라도 한 거냐?"

"아, 아니야…."

"그럼 연습이라도 한 건가? 아버지보다 어머니가, 어머니보다 딸이 더 잘 정착되어 있더군. 그래서 다음번엔 더 잘할 수 있다고 생각했겠지?"

"윽…, 아…."

숨이 끊어질락 말락 하는 남자의 발은, 어느새 물에 빠진 사람처럼 아무것도 없는 허공을 차고 있다. 지면에서 소리도 없이 떠오른 마녀의 칠흑 같은 머리카락이 흔들린다.

그녀의 몸에 감도는 살기에 주위의 공기마저 지배된다. 남자는 물론, 고개를 내밀었던 소녀까지 공포에 얼어붙었다. 그런 가운데, 혼자만 태연한 오스카가 입을 열었다.

"내 말 들려, 티나샤? 아직 죽이지 마. 이야기를 듣고 싶으니까."

"살려두는 의미가 없어요. 이 남자는 마력을 가지고 있어요."

"그걸 알았기 때문에, 집에 안 들어가고 밖에서 지키려고 한 거였군."

평소 오스카에게서 눈을 떼지 않는 마녀치고는 뭔가 이상하다고 생각했지만, 그녀는 그녀대로 처음부터 이웃 남자에게 희미한 의심을 품고 있었던 것이다.

티나샤는 기절하기 직전인 남자를 보고 손을 놓았다. 땅바닥에 떨어진 남자는 간신히 얻은 공기에 격렬하게 기침하더니 갈라진 목소리로 말했다.

"마, 마검을 만들려고 한 거야…. 앞으로를 위해…."

"앞으로라고? 알 수 없는 말은 하지 말아요. 암흑시대에서 왔나요?"

말투는 가볍지만, 티나샤의 눈은 살의보다도 깊은 어둠이다.

마녀 그 자체—아니, 그 이상인 바닥없는 심연.

오스카는 때가 되었음을 감지하고 수호자에게 말했다.

"티나샤, 애를 좀 받아줘. 어떻게 안아야 좋을지 잘 모르겠어."

"잘 안고 있잖아요. 계속 그렇게 안고 있으면 돼요."

"어서 받아줘. 그자는 내가 처리할게."

아이를 안은 채, 오스카는 수호자의 머리에 가볍게 손을 올려놓았다.

그 온도가 천천히 스며들자, 티나샤는 마지못해 그의 손에서 잠든 아이를 받아 안았다. 어깨에 추슬러 올리고, 그 등을 받친다.

그렇게 잠든 아이를 안은 마녀는 지독하게 상냥한… 평범한 사람처럼 보였다.

※

수수께끼 같은 사건도 지나고 보니 그저 화가 치밀 뿐이다.

범인에게 들어낸 내용을 보고받고 오스카는 얼굴을 찌푸렸다.

"마법사 초빙? 쿠스쿠르라면, 그때 티나샤를 데려가려고 왔던 신흥국이잖아."

"그렇습니다. 공공연하게는 아니지만, '실력 있는 마법사를 환영한다'라고 널리 알리고 있는 모양이라, 이번의 그 남자도 쿠스쿠르에 가기 위해 범행을 저지른 것 같습니다."

보고서를 낭독하는 카브가 벽 쪽을 힐끔 쳐다본다. 거기에 있는 장의자에는 왕태자의 수호자가 다리를 꼬고 앉아 있었다.

범인의 목을 졸랐을 때는 그대로 죽이려고 할 만큼 분노한 티나샤였지만, 지금은 표면적으로는 차분해 보인다. 그녀는 팔짱을 끼고 카브의 말을 받았다.

"실력 있는 마법사라고 해도 다양한 방향성이 있는데, 쿠스쿠르에서 모으려고 하는 건 아마 전투에 뛰어난 마법사 같아요. 뭘 하려는 건지는 몰라도, 이번 일처럼 그런 자들을 자극한다면 곤란해요."

"마검이라…. 그런 걸 양산해내면 곤란하긴 하지."

"평범한 마법사는 마검을 만들 수 없어요. 아카시아는 예외지만, 그런 무기들은 대부분 가짜예요. 일단 영혼을 고착시키기 위해서는 상당한 마력과 복잡한 구성이 필요해요. 그러니까 역사상 그런 현상이 일어난 경우는 대개 어떤 사고의 결과였어요."

"의도적으로 재현하기는 어렵다 이건가. 하지만 도전하는 사람이 있다는 것 자체가 성가신 일이니까."

이번에는 때마침 발견할 수 있었지만, 같은 제의에 응한 사람 모두를 잡아들이기란 불가능한 일이다.

티나샤가 차갑게 내뱉었다.

"무지해서 그런 짓을 하는 거예요. 자신이 뭘 건드리려 하는지를 모르면, 자신이 기대하는 게 거기에 있다고 믿어버릴 수 있어요…. 그래서 인간은 시간이 지나면 같은 절망을 반복하는 거예요."

검은 눈동자에 어두운 그림자가 드리운다. 긴 시간을 살아온 그녀는 자신의 말처럼 무수한 절망을 봐온 것이리라. 까마득히 먼 기억을 응시하는 듯한 그녀는, 하지만 곧 두 사람의 시선을 깨닫고 몸을 일으켰다. 기분전환을 하려는 듯 손뼉을 친다.

"아무튼 당분간은 마법 관련해서 수상한 이야기가 있으면 알려주세요. 가급적 내가 대처할게요."

"너도 들었겠지만 카브, 이 녀석에게 직접 이야기하지 마. 나한테 먼저 말해."

"왜요! 사람을 무슨 폭발물처럼!"

"위험해 보인다는 자각은 있는 모양이라 다행이야."

"그러는 당신은요!"

허공에 떠오르며 항의하는 마녀는 평소와 다름없는 그녀다. 카브는 그런 티나샤를 보고 내심 안도했다.

앞으로 무슨 일이 일어나는가. 무엇이 달라져가는 것인가.

그래도 그녀가 오스카 곁에 있는 한, 치명적인 절망은 찾아오지 않을 것 같은 기분이 들었다.

2. 당신을 생각해

『마법사는 위험하니까 가까이 가면 안 돼.』

엄마는 그렇게 말했다. 주위의 어른들도 모두 그렇게 말한다.

루리가 “우리랑 똑같은 인간 아냐?”라고 물어도, “그래 보이지만 달라. 그들은 신의 뜻에 반하는 부정한 생물이야”라는 대답이 돌아온다.

‘부정’하다는 게 뭘까…. 어린 소녀는 언제나 고개를 갸웃한다. 하지만 모두가 좋아하지 않는다는 걸 알기에, 그녀는 몰래 그 오두막에 드나들고 있었다.

산속에 있는 작은 오두막에는 멋진 마법사가 살고 있다. 아무것도 없는 허공에서 꽃을 만들어내고 상처를 치료해주고—처음 만났을 때, 그 사람은 길 잃은 그녀에게 과자를 주고 마을 근처까지 데려다주었다.

‘그 사람은 정말 친절해!’라고 자랑하고 싶다.

하지만 루리는 입을 다문다. 이것은 자신과 그 사람만의 비밀이니까.

그래서 소녀는 오늘도 그의 오두막을 향해 산속을 달려간다. 두 손 가득 나무열매를 안고서.

조금만 더 가면 오두막이 보이는 곳까지 왔을 때, 오두막 쪽에서 그가 달려오는 모습이 보였다. 그는 소녀의 모습을 보자마자 급하게 달려와 그녀를 끌어안았다.

“아아! 다행이다, 루리. 걱정했었어. 이미 늦은 줄 알았어!”

“무슨 일이야? 뭐가 늦어?”

오늘따라 그의 모습이 조금 이상하다.

안색이 창백하고 지독하게 당황한 모습이다. 어리둥절한 소녀에게 그는 희미하게 미소를 지어 보였다.

"아무것도 아니야. 어서 안으로 들어가자."

"하지만 오늘은 금방 가야 돼. 우리 엄마 생일이야."

"안 돼! 마을로 돌아가면 안 돼!"

"…왜?"

그는 대답하지 않는다. 언제나 웃는 얼굴인 마법사는 그때 처음으로 울 것 같은 얼굴을 하고 있었다.

"당분간 여기 숨어 있어. 그리고 다른 나라로 가자. 가능한 한 멀리 … 파르사스에라도."

"뭐…? 그건 안 돼. 엄마랑 아빠가 여기 있는데 어떻게 가."

그는 왜 그런 말을 하는 걸까.

소녀는 갑자기 불안해졌다. 그의 손을 뿌리치고 왔던 길을 달려가기 시작한다.

"안 돼, 루리! 가면 안 돼!"

그가 쫓아온다. 그래도 루리는 달린다.

달리고 또 달려 마을이 내려다보이는 곳까지 왔을 때—.

—그녀가 본 것은 불길에 휩싸인 자신의 마을이었다.

"옛날이 생각나."

초록빛 언덕 위에서 저 멀리 숲 너머로 피어오르는 흰 연기를 바라보며 젊은 남자는 말한다.

뒤로 묶은 머리는 눈처럼 하얗다. 단정한 얼굴은 마치 인형 같아서, 어딘지 모르게 있어야 할 것의 결락을 느끼게 했다.

그는 하늘로 사라져가는 연기를 바라본다.

"내가 태어난 건 암흑시대였으니까. 딱 한 번 아버지를 따라 나라 밖으로 간 적이 있어. 그때도 이렇게 사람과 마을이 불타고 있었지. 정말로 지독한 시대였어."

담담한 음성은, 처참한 내용을 이야기하기에는 너무나 감정이 없다. '지독한 시대'라고 말하면서, 마치 어제 먹은 저녁 메뉴 이야기라도 하는 것처럼 담담하다. 하지만 그를 따르는 마법사들은 모두 심취한 눈빛을 주군인 그에게 향하고 있었다.

그중 한 명이 앞으로 나와 그를 향해 고개를 숙였다.

"라나크 님, 슬슬 성으로 돌아가시지요."

"아아, 시간이 벌써 그렇게 되었나. 그래, 아직 할 일이 남았지."

라나크라고 불린 흰 머리의 청년은, 연기에서 시선을 떼고 마법사들을 돌아보았다. 온화하게, 오늘의 메뉴라도 정하는 것처럼 말을 잇는다.

"이왕 마을까지 불태웠으니 정식으로 선전포고를 해야겠지. 안 그러면 죽은 사람만 불쌍하니까."

자신들이 죽인 사람을 연민하는 그 말에 빈정거림은 없다. 진심으로 죽은 자를 불쌍히 여기는 듯한 그는, 하지만 갑자기 환하게 웃는 얼굴을 보였다.

"이제부터 대륙은 새로운 시대로 변해갈 거야. 그러기 위해서는 지금 있는 모든 걸 새로 만들어야 해. 우선은 사대국이라고 했던가? 그들부터 먼저 변화시킬 필요가 있어. 처음부터 순종적이 되도록 말이야."

라나크는 병적으로 새하얀 손을 뻗는다. 주문도 없이 거기에 전이문이 열렸다. 불길에 휩싸인 마을 따위는 처음부터 존재하지 않았던 것처럼, 그는 미소를 지은 채 모습을 감춘다.

뒤에는 미지근하게 불어오는 바람과, 사람의 살이 타는 끔찍한 냄새만이 떠돌고 있었다.

※

성의 상공은 맑게 개어 있었다.

하지만 저 멀리 바라다보면 북쪽 상공에 두꺼운 회색 구름이 낮게 깔려 있다.

성벽 위에 선 티나샤는 북쪽 방향에서 달려온 사역마에게 손을 내밀었다. 회색 고양이의 모습을 한 사역마는 그녀의 흰 어깨 위로 뛰어올라 그 볼에 머리를 가까이 가져갔다.

수백 년 동안, 그녀의 명령으로 온 대륙을 돌아다닌 사역마. 하지만 얼마 전부터 그녀는 그 행선지를, 이제 막 건국된 소국 쿠스쿠르로 한정하고 있었다.

"역시 그렇구나…. 사백 년이나 지났는데 이제 와서 무슨…."

사역마의 보고를 들은 티나샤는 아름다운 얼굴에 씁쓸한 표정을 지었다.

―실은 지금 당장이라도 달려가고 싶다.

그러기 위해 자신은 마녀가 되어서까지 긴 세월을 살아온 것이다. 간신히 손이 닿을 것 같은 그것에, 당장이라도 손을 뻗어 모든 걸 끝내버리고 싶다. 그렇게 하고 싶어 미쳐버릴 지경이다.

하지만 감정에만 몸을 맡기기에는, 조사한 바에 따르면 현재 상황은 복잡하고 위태롭다. 자칫하면 많은 나라를 끌어들여 막대한 희생자가 나올 수 있다. 그것이 비록 오랫동안 쌓여온 폐해로 인한 어쩔 수 없는 결과라 해도 완전히 무시할 수는 없었다.

"어떻게 해야…."

티나샤는 턱에 손을 대고 생각에 잠겼다. 그때 어깨 위의 고양이가 귀를 쫑긋 세웠다.

"—그게 뭐야. 네 고양이야?"

"오스카…."

성벽의 회랑을 걸어오는 남자는 그녀의 계약자다. 그는 티나샤 옆으로 다가와 다짜고짜 고양이를 안아 올렸다. 갑자기 낯선 남자에게 안긴 사역마 고양이의 검은 눈동자가 동그래진다.

고양이의 반응에는 아랑곳없이 그 목을 긁어주는 남자를 티나샤는 물끄러미 응시했다.

—예를 들어 오스카라면 이 상황에 어떤 선택을 할까.

반년이나 그의 일처리 실력을 봐왔기에, 그가 뛰어난 재능을 가진 위정자라는 사실은 알고 있다. 그리고 정이 많은 그라면 분명, 도움을 청하면 응해줄 것이다.

마녀인 자신에게 호의를 가져주는 계약자.

모든 것이 변해가는 가운데, 자신만은 변함없을 거라고 말해주는 남자.

그 손을 잡고 부탁할 수만 있다면.

"티나샤? 무슨 일 있어?"

고양이를 머리 위에 올린 오스카가, 말없이 서 있는 그녀를 응시한다. 그 푸른 눈동자에서 자신을 걱정하는 빛을 보고… 티나샤는 순간 목이 메었다. 모든 걸 털어놓고 싶은 충동에 사로잡혀—.

하지만 그것은 아무하고도 나눌 수 없는, 과거의 대죄다.

그녀는 용암처럼 뜨거운 감정을 삼키고, 젊은 계약자에게 미소 지었다.

"…아무것도 아니에요. 그리고 그건 진짜 고양이가 아니라 내 사역마예요."

"그래? 굉장하네. 진짜 고양이랑 감촉이 똑같아."

"마법으로 만든 거라 리트라하고 똑같아요. 그리고 고양이를 머리에 올려놓은 걸 다른 사람이 보면 놀라니까 하지 마세요. 왕족이잖아요."

티나샤가 가볍게 손가락을 튕기자, 고양이는 그녀의 어깨 위로 점프했다. 마녀는 그 귀에 속삭였다.

"이제 너도 쉬어. 오랫동안 수고 많았어."

수백 년 동안에 걸친 임무를 해제하는 말. 회색 고양이는 그녀를 빤히 응시하다가 천천히 고개를 숙였다.

그리고 갑자기 은색의 가루가 되어 흩어져 사라졌다.

오스카는 갑작스러운 일에 놀란 표정을 지었다.

"괜찮아? 지금 그건 안 보이게 된 게 아니라 아주 사라진 거 아냐?"

"맞아요. 하지만 괜찮아요. 이미 충분히 제 역할을 다해줬으니까요."

그 고양이는 그녀의 망집(妄執)을 담은 손가락 끝이었다. 하지만 이제 필요 없다. 이 이상, 자신 이외의 그 누구도 관여할 필요는 없는 것이다.

그러니까 그를 끌어들이는 짓도… 하지 않는다.

자신들은 마녀와 계약자일 뿐, 그 이외의 무엇도 아니다. 수호자인 자신이 그를 지켜는 것이지, 결코 그 반대는 아니니까.

티나샤는 그늘이 드리운 눈을 감는다. 자신의 감정을 정리하기 위해 잠시. 그러고 나서 그녀는 다시 아름다운 미소를 지었다.

"그리고 지금 나는 당신에게 걸린 저주를 푸느라 바쁘니까요."

저주의 해석은 이제 곧 끝난다.

남은 건 해주(解呪)의 구성을 조립하는 일뿐이다. 지극히 복잡한 그 작업을 위해, 미리 구성을 담은 마법구를 만들어두려고 수정을 모으는 중이다. 돌아보면, 오래 기다리게 하고 말았지만, 그의 목적은 처음부터 해주였다. 결과적으로는 훌륭하고, 그도 아마 기뻐할 것이다.

티나샤가 웃는 얼굴로 그를 올려다보자, 오스카는 쓴웃음을 지었다.

"그 일에 관해서라면, 나와 결혼한다는 선택지도 있어. 상당히 추천해."

"당신 말고는 아무도 추천 안 할걸요."

"내가 추천하면 충분한 거 아냐? 달리 누가 더 필요해?"

"내가 필요해! 내 의지도 물어보라고요!"

이대로 이야기를 계속하면 영원히 다른 길로 빠지고 말 것이다.

계약자를 내버려두고 걸음을 옮기려 하던 티나샤였지만, 그에게 손을 붙들려 돌아보았다. 놓아주지 않겠다는 의지가 담긴 그 손을, 티나샤는 고개를 돌려 내려다본다.

"…뭐죠? 또 지난번처럼 빠져나가려고 해도 안 돼요. 당신에겐 시간이 없으니까요."

"아니? 주문해놓은 드레스가 완성된 것 같으니까, 입어보러 가자. 그래서 데리러 온 거야."

"네…?"

드레스라면, 석 달 전쯤에 성에 포목상이 왔을 때 오스카가 멋대로 주문한 것이다.

그녀 자신이 주문한 드레스는 디자인이 단순해서인지 비교적 금방 완성되었지만, 그가 주문한 드레스는 시간이 꽤 걸린 걸 보면 매우 불길한 예감이 든다.

"가, 가기 싫다고 해도 소용없겠죠."

"당연하지. 제 발로 걸어가는 거랑 끌려가는 것 중에 어느 게 더 좋아?"

"걸어갈게요…."

이 성에 있는 한, 해야 할 일이 왠지 자꾸만 늘어나는 기분이다.

티나샤는 단념하고 고개를 떨군 채, 오스카에게 이끌려 걸어갔다.

"너무 아름다우세요, 티나샤 님!"

드레스를 입고 나온 티나샤를 맞이한 것은, 마침 구경하러 와 있었던 실비아의 비명에 가까운 환성이었다. 오스카는 마녀의 모습을 보고 솔직하게 감탄하며 말했다.

"잘 어울려."

"고마워요…."

검은색을 기조로 한 드레스는 매끄러운 비단과 은실을 아낌없이 사용한 고급스러운 것이었다.

어깨 밑으로 양팔과 등은 맨살이 드러나고, 목까지 올라온 옷깃부터 허리 아래까지는 몸에 꼭 맞는 곡선을 그리고 있다. 그 아래는 완만하게 펼쳐져, 긴 드레스 자락이 아름다운 원을 그리고 있었다. 그뿐 아니라 드레스 곳곳에 은실 자수가 놓여 있고 꽃 모양 장식이 달려 있다.

마녀의 하얀 피부와 칠흑의 머리카락에 잘 어울려, 보는 이를 매료시키고, 한숨짓게 할 만큼 아름다웠다.

실비아는 황홀한 얼굴로 마녀를 바라보았다.

"티나샤 님, 당일의 머리와 화장은 저에게 맡겨주세요."

"당일? 무슨 당일이요?"

"곧 폐하의 탄신일 축하 식전이 있잖아요."

"있는 건 알지만, 내가 왜요? 그건 외교용 무도회잖아요."

두 사람이 이야기하는 동안, 티나샤의 주위를 돌면서 드레스의 완성 상태를 확인하고 있던 오스카가 그 말을 듣고 심술궂은 미소를 지었다.

"네가 안 나가면 누가 나가냐. 참석해서 능구렁이들에게 실컷 시달리고 와."

"내가 왜!"

평소처럼 부르짖는 티나샤에게, 재봉사가 조심스럽게 물었다.

"저어…, 사이즈는 어떠신지요?"

그 질문에 대답한 사람은 그녀가 아니라, 뒤에서 즐거운 듯이 드레스를 만져보고 있는 오스카다.

"허리가 조금 크군. 살이 빠진 거야? 잠을 푹 자도록 해."

"자고 있어요. 마음이 내킬 때는."

"그리고 이 꽃장식과 똑같은 걸로, 조금 크게 머리장식을 만들어줘."

"알겠습니다."

재봉사가 재빨리 허리 사이즈 조정 부분을 표시하고 물러나자, 오스카는 다정하게 마녀의 어깨에 입맞춤했다. 옆에서 보고 있던 실비아가 저도 모르게 얼굴을 붉혔지만, 티나샤 본인은 정신적 피로가 가득한 얼굴로, 그러나 태연하다. 그 표정을 본 오스카는 재미없다는 듯이 고개를 들었다.

"정말로 전혀 동요하지 않네."

"이렇게까지 당당하게 하면 반응하기가 힘들어요."

"그런 문제야?"

"아닌가요?"

티나샤는 알 수 없는 상황에 조금 당혹하며 계약자를 보았다. 그가 그녀를 노려보며 퉁명스럽게 말했다.

"넌 나를 남자로 안 보고 있지?"

"당연히 안 본다고 할까, 아무도 그런 눈으로 본 적 없어요."

오스카는 말없이 주먹을 쥐더니, 그녀의 관자놀이를 양쪽에서 힘껏 눌렀다.

"아얏, 아얏! 뭐 하는 거예요, 진짜!"

"미안. 화가 나서 그랬어."

티나샤는 관자놀이를 문지르며 남자를 노려본다. 하지만 그는 웃음기 어린 얼굴로 그 시선을 받아넘기고, 연애에 무관심한 수호자에게 다시 묻는다.

"넌 왜 그런 거야? 순결을 중시하는 정령술사라 그래?"

"그것도 있지만, 사람에게 별로 집착하고 싶지 않아요. 루크레치아는 지금은 많이 원만해졌지만, 옛날에는 남자에게 차이고 분풀이로 그 마을 호수의 물을 통째로 다른 곳으로 옮겨버린 적도 있어요. 그런 걸 보면 도저히…. 아, 참고로 물은 내가 다시 제자리로 돌려놨어요."

실비아의 얼굴이 굳어지고, 오스카도 입을 다문다.

역시 마녀에게 걸리면 분풀이의 차원이 다르다. 그렇게 생각하면, 최강이라 일컬어지는 그녀가 지금까지 연애를 피해온 것은 현명한 판단일지도 모른다.

애당초 그 이전에, 티나샤는 인간에 대해 지독하게 요령이 없다. 일정한 거리를 두고 접할 때는 초연해 보이지만, 한 발짝만 다가가면 익숙하지 않다는 걸 알 수 있다.

그래서 그녀는 자신에게조차 어떤 의미에서는 무관심한 것이리라. 오스카는 가볍게 고개를 흔들며 마음을 다잡고, 티나샤의 머리에 손을 올려놓았다. 그녀는 당황한 눈빛으로 그걸 올려다본다.

"뭐, 그런 건 신경 쓰지 마, 나는 별개니까 나눠서 생각해."

"그런가요?"

"그래. 아직 반년이나 남았으니까, 그때까지 기다릴게."

"기다려도 달라질 것 같지 않은데요…."

마녀의 솔직한 말을, 그는 개의치 않고 웃었다. 머리에 올려놓았던 손으로 그녀의 볼을 어루만진다.

"상당히 자신 있어. 넌 반드시 마음이 변할 거야. 너에겐 내가 어울려."

"…잘 모르겠어요."

천진한 얼굴로 고개를 갸웃한 마녀는, 보이지 않는 무언가를 찾는 것처럼 검은 눈동자로 허공을 보았다.

※

"—나는 정의한다."

그 말과 동시에 손톱만 한 크기의 수정구슬이 둥실 떠올랐다. 십여 개의 구슬은 실에 꿰인 것처럼 천천히 허공을 미끄러져, 붉은 선으로 가시화된 구성의 각 부분에 고정된다.

티나샤는 그것을 확인하고 주문을 외우기 시작했다.

"이 말이 독이 되기를 바란다. 가시가 생기도록 씨를 뿌린다."

노래하듯이 읊조리는 주문. 복잡하기 그지없는 구성을 출현시키면서, 그녀는 가만히 생각한다.

예를 들어 애정이 사람을 죽인다면, 그 감정은 모순일까.

사랑해서 죽여도, 미워해서 죽여도, 죽음은 죽음이다.

그런데 왜, 사람은 거기서 완전히 다른 것을 볼까.

이유는 당사자 외에는 알 수 없다. 그리고 아마 당사자도 진실은 알지 못하는 것이다.

하얀 이마에 땀이 맺힌다.

티나샤는 신중하게, 정밀하게, 힘과 의지를 자아나간다.

"운명은 선을 원으로 만들어 벗어날 수 없다."

주문이 공기를 진동시킬 때마다, 수정구슬이 저절로 회전했다. 투명한 내용물이 서서히 뿌옇게 흐려져간다.

"아무도 건드릴 수 없다. 바꿀 수 없다. 이 말은 독이 되리라."

사람은 사람을 죽인다.

그러기 위한 감정.

그러기 위한 강함이다.

그러니까 그것을 이루게 한다면, 애정도 증오도 건드리고 싶지 않다. 떠올리고 싶지 않다.

단지, 미치고 싶지 않은 것이다. 이미 자신은 처음부터— 벗어날 수 없는 광기 속에 있으니까.

"축복을 낳는 증오에, 저주를 낳는 익애를—."

긴 주문 도중에, 티나샤는 조그맣게 한숨을 내쉬었다.

그녀는 고개를 한 번 들어 어두운 천장을 응시하고… 그리고 눈을 감았다.

실패는 용납되지 않는다. 이제 시간이 별로 없는 것이다.

과거에 사는 자신이, 앞으로 남길 수 있는 것은 달리 없다.

최소한 이것만은 해둬야 한다.

그녀는 정신을 한 올의 실처럼 예리하게 가다듬고, 다시 주문을 외우기 시작했다.

※

—꿈을 꾸고 있었던 것 같다.

아주 애매모호한 꿈. 기뻤는지 슬펐는지조차 알 수 없다. 단지 감정이 매우 요동친 느낌이 들어서 오스카는 눈을 떴다. 방 안은 아직 캄캄하고, 희미하게 아침의 기척이 창가에 떠돌고 있다.

그는 이마를 짚고서 상체를 일으키려다 문득 위화감을 느꼈다. 어느새 상반신을 벗고 있었던 것이다.

"안 입고 잤나…?"

오스카는 몽롱한 머리로 기억을 더듬다가… 불현듯 사람의 기척을 느끼고 옆을 보았다.

거기에는 그의 마녀가 바닥에 앉아 상반신을 침대에 엎드린 채 잠들어 있었다. 그녀 주위에는 수정구슬이 여러 개 흩어져 있다.

무슨 일이 있었는지, 적어도 그에게는 전혀 기억이 없다.

오스카는 상반신을 일으켜 마녀에게 손을 뻗었다. 그녀의 머리카락을 살살 잡아당긴다.

"티나샤."

반응이 없다. 다시 한 번 잡아당기자, 그녀는 비로소 몸을 약간 움직였다. 잠이 덜 깬 눈으로 그를 쳐다본다.

"졸려…."

"설명하고 나면 자도 좋아."

그녀는 그 말에 잠투정하는 어린애처럼 고개를 저었다. 하지만 점차 잠이 깼는지 눈에 빛이 돌아온다. 티나샤는 조그맣게 하품을 하고, 침대 가장자리에 걸터앉았다. 검은 눈이 그를 올려다본다.

"당신의 저주를 해주했어요."

"…뭐?"

지금, 무슨 말을 들은 거지?

오스카는 자신의 귀를 의심하면서 수호자를 보았다. 티나샤는 눈물 고인 눈을 비볐다.

"정확하게 말하면 해주는 아니지만, 같은 곳에 저주를 걸어 상쇄시켰어요. 일부 구성에 정의명(定義名)이 붙여진 곳이 있어서…. 이건 구성의 암호화 같은 건데요, 그 부분은 정의명을 지정한 술자가 아니면 어쩔 도리가 없기 때문에 남겨뒀어요. 하지만 그 정도는 단순한 축복, 수호의 일부니까 별 지장 없을 거예요."

"…해주라니, 너…."

경악한 오스카는 말문이 막혀버렸다.

해석이 곧 끝난다는 말은 들었지만, 정말로 마침내 해주가 끝난 것이다. 십오 년 동안 그를 속박하고 인생에 적지 않은 영향을 준 저주가 무효화되었다는 사실에, 오스카는 쉽게 입이 떨어지지 않았다.

마녀는 졸음에 겨워 무거운 눈꺼풀을 깜빡이며 그의 상반신을 가리켰다.

"그건 이제 지워도 돼요. 가서 목욕이라도 하고 오세요."

듣고 보니, 그의 몸에는 피로 복잡한 문양이 그려져 있었다. 마법 문양으로 짐작되는 그 문양은 이미 말랐는데도 선명하게 붉다.

"네 피야?"

"맞아요. 촉매로 사용했어요."

"왜 내가 잘 때 한 거야?"

"의식이 없어야 더 편하니까요. 전에 잠들기를 기다렸더니 당신이 싫어했잖아요."

마녀는 그렇게 말하고 허공으로 떠올랐다.

"그럼 난 가서 잘게요…."

전이로 사라지려고 하는 그 손을 오스카가 붙잡았다. 티나샤는 가볍게 눈살을 찌푸리고 그를 내려다보았다.

"왜요?"

"아니…, 고마워."

그 말에 그녀는 잠이 덜 깬 눈으로 달콤한 미소를 지었다. 자신의 손을 잡고 있는 남자의 손을 꼭 잡아주고, 그 손등에 입맞춤한다. 그녀가 신기루처럼 모습을 감추자, 바닥에 흩어진 수정구슬만이 남았다.

오스카는 다시, 자신의 몸에 피로 그려진 문양을 물끄러미 내려다보았다.

이 아침을, 자신은 평생 잊지 못할 거라 확신하면서.

※

그날은 아침부터 술렁거리는 들뜬 공기가 성 안을 지배하고 있었다.

일 년에 한 번인 국왕의 탄신 축하일. 하지만 그 실상은, 주변 제국이 모여 서로의 속내를 탐색하는 외교의 장이다. 곧 시작될 식전을 앞두고, 성의 한 방에서는 여러 명의 여관들이 준비에 여념이 없었다.

"잘되고 있어?"

열린 문을 일단 노크하고서, 정장을 차려입은 남자가 들어온다. 마녀는 그 말에 고개를 들었다.

"오스카…, 피곤해요…."

벌써 두 시간째 머리와 화장을 위해 붙잡혀 있는 것이다. 이제 그만 벗어나고 싶지만, 실비아와 여관들은 너무나 즐거워하며 마녀를 놓아주지 않는다. 구원을 요청하는 듯한 그녀의 하소연을 계약자는 들은 척만 척, 그녀를 바라보며 감탄하고 있다.

"이거, 이거… 박력이 굉장한걸."

"무슨 말이에요, 그게…."

"혼신의 힘을 다했습니다! 워낙에 미모가 뛰어나셔서 화장하는 보람이 있었어요."

들뜬 목소리로 실비아가 대답한다. 그 말에, 화장이 끝났다고 판단하고 티나샤는 몸을 일으켰다.

일부만 남겨 늘어뜨리고 땋아 올린 긴 머리, 귀 위쪽에는 드레스의 꽃과 똑같은 검은 꽃이 장식되어 있다. 꽃 주위를 에워싼 얇은 비단은 그대로 그녀의 흰 어깨에 드리워져 있었다.

오뚝한 콧날과 커다란 검은 눈동자가 돋보이도록 얼굴 화장은 연푸른색을 기조로 하고 있다. 결과적으로 평소에 청순한 인상인 미모는, 여왕 같은 긍지와 위압감을 지닌 아름다움으로 완성되어 있었다. 괴로워하는 그녀의 표정과 어우러져 실로 범접하기 어려운 분위기다.

"대단한걸. 기대 이상이야."

오스카는 기분 좋게 그녀의 볼에 손을 뻗었다. 하지만 그때, 복도에서 라자르의 목소리가 들려왔다.

"전하! 어디 계십니까!"

"뭐야? 왜?"

대답소리를 듣고 방에 들어온 라자르가 티나샤를 보고 역시나 말문이 막혀버린다. 마녀에게 넋이 나간 죽마고우에게, 오스카는 돌아보지도 않고 물었다.

"무슨 일이지?"

"아, 예. 타일리의 왕자님이 못 오신다고 합니다. 일주일 전쯤에 쿠스쿠르와의 국경 지역 마을이 공격을 받은 모양입니다. 대신 오늘은 누이동생인 공주님이 오신다고 합니다."

"쿠스쿠르?"

"공격…?"

라자르의 보고에 오스카와 티나샤의 얼굴이 굳어졌다. 라자르는 심각한 얼굴로 보고를 이어갔다.

"쿠스쿠르의 마법사가 예고도 없이 마을을 불태웠다고 하는데, 원군이 도착했을 때는 이미 생존자가 없었다고 합니다."

"생존자가 없다니… 주민을 죽인 건가?"

지난 백 년 동안 그런 사태는 거의 기록된 바 없다. 암흑시대에는 무고한 주민을 학살하는 일도 많았지만, 지금은 마녀의 시대다. 그녀들이 어떤 변덕이라도 부리지 않는 한, 그런 일은 있을 수 없는 것으로 여겨지고 있다. 오스카는 씁쓸한 기분을 곱씹었다.

"그 나라는 도대체 무슨 생각을 하는지 모르겠군. 타일리도 그런 정보를 공표한 걸 보면 다른 나라에 조력을 요청하려는 건가."

"그럴 수도 있습니다. 타일리의 병력만으로 대처할 수 있었다면, 애당초 국교에 반하는 마법사의 나라를 독립시키지도 않았을 테니까요. 다른 나라에 빚을 지는 한이 있어도, 쿠스쿠르를 어떻게든 하고 싶을 겁니다."

"하긴 마법사를 배척하는 타일리가 마법국가에 대항하기란 어려울 테니까."

전쟁에서 마법사는 큰 힘을 갖지만, 실제로 그 힘을 사용하기는 어렵다.

강력한 마법을 사용하면 자국 병사까지 휘말릴 가능성이 커지고, 또한 주문도 길어진다.

애당초 대규모 마법은 통제가 어려워서, 제대로 사용할 줄 아는 마법사가 별로 없는 것이다. 게다가 거리를 두고 마법을 쏘면, 상대 마법사에게 저지당할 가능성이 높다. 어느 정도 가까이 다가가지 않으면, 일단 허를 찔러 마법을 명중시키기란 거의 불가능하다.

결과, 마법사들은 병사들 뒤에서 소중규모의 마법을 쏘고, 상대도 그것을 방어하게 된다. 그런 어려움으로 인해, 마법사는 방어와 보조에만 전념하게 하는 나라도 많을 정도다.

타일리는 특히, 마법사가 없는 만큼, 마법사들의 공격을 막아낼 방법도 없을 것이다.

이 상황에서 쿠스쿠르는 무엇을 하려는 것인가. ―타일리에 대한 복수인가, 아니면 다른 것인가.

오스카는 미간을 찌푸리고 있다가 문득 마녀의 기색이 심상치 않은 것을 깨달았다.

얼굴이 창백하다. 눈에는 비탄과 분노가 섞인 빛이 일렁이고 있다.

"티나샤? 왜 그래?"

남자의 말에, 마녀는 흠칫 고개를 들었다. 흔들리는 시선이 오스카를 올려다본다.

"…아, 아뇨…. 아무것도 아니에요."

마녀는 미소 짓고, 그리고 조금 망설인 후에 오스카의 소매를 잡아당겼다.

"잠깐 괜찮아요? 둘이서 할 이야기가 있어요."

"뭔데 그래? 난 상관없어."

그녀의 성격상 어차피 로맨틱한 내용은 아닐 것이다. 오스카는 주위를 물리는 대신, 수호자를 발코니로 데려갔다. 발코니 난간 너머에는 성의 중정이 펼쳐져 있었다. 저녁 어스름 속의 수목을 오스카는 무심히 바라본다. 뒤따라 나온 티나샤는, 뒤로 손을 뻗어 발코니 창문을 닫자마자 입을 열었다.

"오스카, 나크를 좋아해요?"

"뭐? 나크라면 네가 데려온 그 드래곤 말이야? 싫지는 않아. 왜?"

"그럼 받아줄 수 있어요? 지금은 내가 주인이지만, 그걸 바꾸고 싶어요. 당신이라면 나크도 잘 따르니까…."

"왜 바꾸고 싶은데?"

마녀는 거기에는 대답하지 않았다. 그저 난처한 얼굴로 그를 올려다볼 뿐이다. 화장과 드레스에 어울리지 않는 그 표정은 그녀의 존재를 불안정해 보이게 만들었다. 평소와 달리 소심해진 마녀를 보고 오스카는 머리를 긁적였다.

"알았어. 그렇게 해."

"정말요?! 그럼 바꿀게요."

티나샤의 표정이 눈에 띄게 밝아지더니 소리도 없이 허공으로 떠올랐다. 오스카의 이마에 손바닥을 대고, 입속으로 조그맣게 주문을 외운다. 그가 그 몸을 살며시 끌어안자. 마녀는 오스카의 팔에 앉았다.

"이제 당신이 주인이에요. 이름을 부르면 올 거예요. 먹이는 알아서 찾아 먹으니까 따로 안 줘도 괜찮아요."

"알았어."

미소 짓는 그녀는 아름다웠다. 달빛이 하얀 피부를 푸르스름하게 물들인다. 똑바로 그를 바라보는 눈빛은 어딘지 멀게 느껴져, 마치 밤 자체로 이어져 있는 듯하다. 계속 바라보면 매료돼버릴 것 같아서, 오스카는 탄식을 삼켰다.

그가 빈 오른손으로 그녀의 볼을 어루만지자, 티나샤의 눈이 가늘어진다. 그대로 그는 작은 머리 뒤로 손을 둘러 끌어당겼다.

그녀는 저항하지 않는다. 오스카의 양 어깨를 짚고서, 그렇게 하는 게 자연스러운 것처럼 입맞춤을 받아들인다.

부드러운 입술이 떨어졌을 때, 오스카는 쓴웃음을 지었다.

"상당히 예상 밖이야."

"완급을 주지 않으면 안 되니까요."

그녀는 손가락을 뻗어 그의 입술에 묻은 연지를 닦으면서 웃었다.

오스카가 마녀를 대동하고 홀에 나타났을 때, 마치 그림처럼 아름다운 한 쌍에 홀 안의 시선이 집중되었다.

술렁거림이 파도처럼 회장에 번져나가는 것을 느끼고, 티나샤는 속으로 한숨을 내쉬었다. 옆에 선 남자의 팔에 손을 휘감으며 속삭인다.

"이런 곳에 모습을 보이는 건 전대미문이에요…."

"정체는 비밀로 해줄게."

"약혼자라고 했다간 가만 안 둘 거예요."

"기억해두지."

두 사람은 부왕 앞에 서서 인사했다. 티나샤는 한 발짝 뒤로 물러나고, 오스카가 축사를 한다. 왕은 재미있다는 듯이 그런 두 사람을 쳐다보다가 축사가 끝나자 티나샤를 손짓해 불렀다. 그녀는 부름에 응해 왕 옆으로 걸어 나온다. 왕은 그녀에게만 들리는 목소리로 말을 건넸다.

"당신도 의외로 사교적이군."

"고집 센 계약자가 있어서요…. 그건 집안 내력인가요?"

"이왕 이렇게 왔으니 모두에게 소개해도 괜찮겠소?"

"그건 제발 참아주세요. 그보다 각국의 공주님들이 파르사스의 차기 국왕을 기다리고 있습니다."

티나샤의 말에 왕이 홀 안을 둘러보자, 여기저기서 화려한 드레스를 차려입은 여성들이 기대에 찬 눈으로 오스카를, 적의가 담긴 눈으로 마녀를 주시하고 있었다. 왕은 쿡쿡 웃었다.

"그거 큰일이군. 명심하겠소."

"당신도 상당히 남의 일처럼 말씀하시네요…. 제발 저 사람 좀 어떻게 해주세요."

"저 나이 때는 원래 부모 말을 안 듣는 법이오…. 괜찮다면 결혼해주는 게 어떻겠소."

"당신까지 그런 말씀을 하시는 건가요?!"

티나샤는 저도 모르게 외치고 당황하며 입을 틀어막았다. 그녀가 인사하고 오스카 옆으로 돌아오자, 그는 의아한 듯이 그의 마녀에게 물었다.

"무슨 이야기를 했어?"

"인생의 고단함에 대해서요…."

오스카는 자세히 캐묻고 싶은 얼굴이었지만, 그녀는 그걸 묵살했다. 티나샤는 한 시간 정도 오스카와 함께 있다가 틈을 봐서 홀을 빠져나와 정원으로 나왔다.

"피곤해…. 춤출 수 있는 드레스가 아니라서 다행이다…."

화려한 무도회를 돌아보고, 티나샤는 해방감을 맛본다. 물론 춤을 출 수는 있지만, 그랬다가는 일이 더 귀찮아질 게 분명하다. 급히 도망치려고 하는 그녀에게 뒤에서 누군가가 말을 걸어왔다.

"혼자입니까, 아름다운 아가씨."

"윽…."

원치 않는 부름에 인상을 구긴 티나샤는 애써 억지웃음을 지으며 돌아보았다. 거기에는 잘 차려입은 젊은 남자가 서 있었다. 초대객 중 한 명으로 보이는 그에게, 마녀는 적당히 무난하게 대답했다.

"잠깐 밤바람을 쐬고 싶어서요…."

"그거 좋지요. 저도 마침 그렇게 생각하던 참입니다."

남자는 티나샤 옆으로 다가와 아주 자연스럽게 손을 잡았다.

"괜찮으시면 함께해도 될까요?"

"네에…."

도망칠 기회를 놓쳐버렸다. 이제 이 남자를 증거가 안 남는 방법으로 혼절시키는 수밖에 없다.

잡힌 손을 남자가 슬쩍 쓰다듬어서, 언제 정원에 묻어버릴지를 티나샤가 생각하기 시작했을 때, 정원의 오솔길에서 누군가가 나타났다. 다가온 남자는 두 사람의 모습을 보고 희미하게 쓴웃음을 짓더니, 그녀를 향해 말을 건넸다.

"티나샤 양, 슬슬 시간이 된 것 같은데."

"아, 네. 지금 갈게요."

티나샤는 얼른 남자의 손에서 벗어나 "그럼 실례하겠습니다"라고 말하고 종종걸음으로 도망쳤다. 아쉬워하는 남자에겐 눈길도 안 주고, 말을 걸어온 알스와 나란히 걸음을 옮긴다.

"덕분에 살았어요. 조금만 더 있었으면 그 남자를 묻어버렸을 거예요."

"조금 재미있었어. 하지만 뭐, 당신을 시시껄렁한 놈들로부터 지키는 것도 경비임무 중 하나니까."

젊은 장군 알스는 껄껄거리며 웃었다. 티나샤는 진저리를 치면서 아까 그 남자에게 잡혔던 손을 털었다.

"정말 불쾌해요. 당연한 듯이 함부로 만지지 말았으면 좋겠어요. 무례하게.”

“전하가 만질 때는 신경도 안 쓰면서.”

“…어라?”

티나샤는 스스로도 몰랐던 사실을 지적당하고, 고개를 갸웃했다.

당연하게 스킨십을 해오는 계약자의 손을 따뜻하게, 혹은 기분 좋게 느낀 적은 있어도, 불쾌하게 느낀 적은 없다. 기껏해야 귀찮다고 느끼는 정도다.

이 차이는 무엇일까. 생각하다가 그녀는 생각하기를 그만두었다. 답을 찾는다 해도, 거기에는 이미 아무 의미도 없기 때문에.

고개를 흔들던 그녀는 문득 온몸에 위화감을 느꼈다. 살갗 표면이 술렁거린다.

“보고 있어.”

“응? 티나샤 양, 뭐라고?”

“…아뇨.”

불온한 감각은 순식간에 사라져버렸다. 주위에는 두 사람 말고는 아무도 없다.

마녀는 고개 들어 달을 올려다본다.

거기에서, 찾고 있는 누군가의 모습을 보는 것처럼.

자신의 방으로 돌아온 오스카는 내심 진절머리를 내면서 의자에 앉아 있었다. 어떡할지 고민한다.

그의 눈앞에는 화려한 드레스를 입은 공주가 도도하게 앉아 있다.

“전하, 왜 그러시나요?”

그렇게 말하고, 노골적으로 기대에 찬 눈빛을 보내오는 그녀는 오빠

대신 참석한 타일리의 왕녀 체칠리아다.

오스카는 쿠스쿠르 건에 대해 이야기를 듣고 싶어서 그녀에게 말을 걸었지만, 체칠리아는 "중요한 이야기라 여기서는 할 수 없어요"라며 그의 방까지 쳐들어온 것이다.

그런 주제에 그녀는 아까부터 전혀 관계없는 이야기만 늘어놓고 있다. 보아하니 정치 관련해서는 아무것도 모르는 눈치다. 아니면 그녀에게 주어진 임무가 유력국의 실력자를 아군으로 끌어들이는 것인지, 오스카에게 열심히 교태만 부려댈 뿐이다.

"…그만 쫓아버릴까."

입속으로 중얼거리고 오스카가 몸을 일으켰을 때, 밖에서 가볍게 창문을 두드리는 소리가 들렸다. 그는 자연스럽게 그 이름을 불렀다.

"티나샤, 왜?"

창문을 열고 들어온 그녀는 체칠리아를 보고 놀란 표정을 지었다. 또 성가신 반응을 보일지도 모르겠군, 하고 생각한 오스카의 예상과 달리, 마녀는 태연하게 왕녀를 마주보았다.

"죄송하지만 이분에게 중요한 용건이 있으니 자리를 비켜주시겠어요?"

정중하지만, 거절을 용납하지 않는 말투. 그 말에 체칠리아는 분노를 드러냈다.

"뭐가 어째? 그런 곳에서 갑자기 나타나서 무례하게! 전하, 이분은 누구신가요!"

"내 마… 법사입니다."

하마터면 마녀라고 말할 뻔했지만, 오스카는 얼른 정정했다. 하지만 마법을 혐오하는 나라의 왕녀는 그 말을 듣고 눈썹을 치켜 올렸다. 벌떡 일어나 티나샤 앞으로 다가와 짙은 검은색 눈동자를 쏘아본다.

"마법사라고? 마법사 따위가 뉘 앞이라고 감히…. 더러운 것. 당장 나가거라!"

그 오만함을 오스카가 지적하기도 전에, 티나샤 자신이 싸늘하게 입을 열었다.

"마법사 따위라고? 말조심해. 어리석은 것."

"뭐라고?!"

"가거라. 두 번씩 말하지 않으면 못 알아듣는 것이냐!"

마녀의 눈동자가 바닥을 알 수 없는 어둠 그 자체의 힘을 띤다.

공기까지 지배해버리는 조용한 위엄.

체칠리아는 그 박력에 눌려 뒷걸음질 쳤다. 오스카는 놀라서 마녀를 쳐다보았다.

마녀인 그녀가 무서운 위압감을 드러내는 것을 본 적은 있다.

하지만 이처럼 사람을 뼛속까지 얼어붙게 만들어 복종시키는 눈빛을 한 적은 지금까지 없었다.

그것은 그도 가지고 있는 것. 즉, 다른 사람 위에 서는 자—왕자(王者)의 눈이다.

체칠리아는 애원하듯이 오스카를 쳐다봤지만, 도움을 얻을 수 없다는 걸 깨닫고 도망치듯이 방을 나가버렸다. 뒤에는 마녀와 그 계약자만이 남았다.

정장을 한 마녀가 평소와 전혀 다르게 분위기를 바꾸자, 오스카에게는 그녀가 마치 모르는 여자처럼 느껴졌다.

그녀는 천천히 돌아보고 그의 앞에 와서 섰다. 커다란 눈동자에는 지울 수 없는 자조감이 배어 있었다.

"티나샤?"

그녀는 미소 지으며 입술에 검지를 대고 조용히 하라고 지시한다.

그대로 둥실 떠오른 티나샤는 오른손을 가볍게 흔들었다. 가느다란 검지에서 피가 방울방울 떨어지기 시작한다.

그리고 그녀는 오스카의 목에 두 팔을 휘감더니, 왼쪽 귀 뒤에 피 묻은 손가락으로 뭔가를 쓰기 시작했다. 그 작업에 집중하면서 남자의 귀에 속삭인다.

"오스카···. 난 원래대로라면 사백 년 전에 죽은 사람이에요···. 지금의 나는 마녀조차도 아니에요. 죽었어야 할 소녀의 잔재에 불과해요. 당신은 죽은 자에게 홀려서는 안 돼요."

그녀는 쓰기를 마치고 양손으로 오스카의 얼굴을 감쌌다. 막 해가 넘어간 후의 맑은 밤하늘 색 눈동자를 지근거리에서 똑바로 응시한다.

"당신은 당신이 해야 할 일을 해주세요. 당신의 어깨에 이 나라 국민의 미래가 달려 있다는 걸 부디 잊지 마세요."

진지한 눈.

그 어둠은 심연이다.

오스카는 이유 없는 불안감에 사로잡혔다.

"티나샤? 무슨 일 있어?"

그녀는 눈을 감고 고개를 젓는다. 그리고 다시 계약자를 응시하며 붉은 입술을 열었다.

"루크레치아의 주술을 풀었을 때··· 내가 한 말을 기억하나요?"

오스카의 눈이 커진다.

그녀는 대답을 기다리지 않았다. 슬픈 표정으로 하얀 얼굴을 가까이 가져와 살그머니 남자의 입술에 입맞춤한다.

그리고 그녀는 소리도 없이 바닥에 내려서서 남자에게 등을 돌렸다. 검은 눈동자가 응시하는 곳의 공간이 일그러진다.

다음 순간, 거기에는 낯선 남자가 전이해 와 있었다.

남자의 길고 흰 머리는 유백색이라기보다 녹아 없어질 것 같은 눈의 흰색이다. 피부도 마찬가지로 새하얗다.

호리호리한 몸에 걸친 연푸른색 마법복은 티나샤가 평소에 입는 옷과 비슷하다. 중성적인 분위기를 지닌 그는 티나샤를 발견하고 미소 지었다.

"아이티, 데리러 왔어. 많이 컸구나…. 예뻐졌네."

그 말에 오스카는 하마터면 소리를 지를 뻔했다.

하지만 그때 그는 자신의 목소리가 봉인된 것을 깨달았다. 그러고 보니 몸도 움직이지 않는다. 아까의 입맞춤으로 마녀에 의해 속박당한 것이리라.

티나샤는 갑자기 바닥을 박차고 남자를 향해 달려가 그 목에 팔을 휘감고 끌어안는다.

"라나크! 정말로 살아 있었구나!"

기쁨에 넘친 그 목소리는, 오스카도 들어본 적 없는 것이다.

라나크라 불린 남자는 그녀의 머리카락을 다정하게 쓰다듬었다.

"네가 나를 찾는다는 건 알고 있었어. 하지만 그동안 움직일 수가 없어서…."

"괜찮아. 살아 있으면 그걸로 충분해."

티나샤는 남자의 손을 잡고 얼굴을 가까이 가져갔다. 그 옆얼굴을 보고 오스카는 적지 않은 충격을 받았다. 눈물 젖은 눈동자는 기쁨을 감추지 못하고 있다. 꾸며낸 웃음이 아니라는 것을 그는 똑똑히 알 수 있었다. 그렇다면 그녀에게 이런 얼굴을 하게 만드는 상대는 대체 누구인가.

라나크는 오스카의 존재를 전혀 모르는 것처럼 티나샤에게 미소 짓는다.

"다시는 외롭게 만들지 않을게. 너를 위해 나라도 세웠어. 쿠스쿠르라고 해. 작은 나라지만 금방 커질 거야. 너도 마음에 들 거라고 생각해. 넌 그 나라의 왕비가 되는 거야."

그 말에 오스카는 경악했다.

—느닷없이 탄생한 마법사의 나라, 쿠스쿠르.

눈앞에 있는 이 위태로워 보이는 남자가 그 나라의 왕이란 말인가.

하지만 티나샤는 전혀 동요하지 않고 감격에 겨워 대답했다.

"내 나라라면 내 마음대로 해도 되는 거지?"

"물론이지. 당연한 권리야."

라나크는 그녀의 몸을 왼팔로 안았다. 그리고 그제야 비로소 깨달은 것처럼 오스카를 보았다.

"저 남자는 누구야?"

"계약자였던 사람이야."

"아카시아의 검객인가. 그럼 위험하군."

라나크는 오스카를 향해 오른손을 뻗었다.

그것을 본 티나샤의 얼굴이 순간 일그러졌다. 오스카의 주박이 풀린다.

그는 재빨리 아카시아를 뽑으려 했지만—라나크 앞을 티나샤가 막아섰다.

그녀는 라나크에게 미소 지었다.

"내버려둬. 검에 힘이 있어봤자 어차피 검이야. 사용자가 힘이 없으면 아무 소용없어."

"티나샤!"

악몽을 꾸는 기분이다.

잘 안다고 생각했던 자신의 마녀가, 지금은 지독하게 멀게 느껴졌다.

그녀의 마음은 어디에 있는가. 티나샤가 천천히 돌아본다.

—그 검은 눈동자는 명백하게 싸움의 의지를 띠고 있었다.

"당신과의 계약은 오늘밤으로 끝이에요. 저주는 풀었어요. 이제 나에겐 볼일 없죠?"

"아직 시간이 남았어."

"이미 없어요."

냉담한 미소가 마녀의 얼굴에 떠오른다.

오스카는 마침내 아카시아를 뽑았다. 칼끝이 티나샤의 뒤쪽을 향한다.

"너를 그 남자와 함께 보내진 않겠어."

"…라나크를 해칠 생각이라면 내가 상대하겠어요."

티나샤가 두 손을 벌리자, 거기에 한 자루의 검이 나타났다. 그녀는 장검을 손에 잡았다.

삽시간에 공기가 팽팽해진다.

오스카는 자칫 혼란으로 무너져버릴 것 같은 정신을 제어하고, 통일했다.

—이 거리라면 죽일 수 있다.

최강의 마녀라 해도, 아카시아를 상대로는 그것이 한계다.

무엇보다 그녀를 죽일 수 있도록, 그녀 자신이 오스카를 키운 것이다.

그리고 그것을 알기에, 그는 덤벼들 수 없다.

싸움에 집중하려는 의사와, 그것을 거부하는 의지가 그의 정신을 분열시킨다.

시간이 고형이 되고 침묵이 영원이 될 것 같은 순간, 라나크가 뒤에서 그녀의 몸을 끌어안았다.

“그만 됐어. 가자.”

마녀는 쓴웃음을 짓고 고개를 끄덕인다. 마력이 두 사람을 에워쌌다.

“티나샤!”

오스카가 부르짖었을 때, 그의 마녀의 모습은 방 안에서 홀연히 사라져버렸다.

3. 심연이 태어날 때

"아이티, 너는 내 왕비가 될 거야. 알고 있어?"

"응…. 알아."

어린 그녀가 머뭇거리며 고개를 떨구자, 소년은 엄한 표정을 풀고 미소 지었다. 그 상냥한 미소에 티나샤는 얼마간 안심한다.

처음부터 장난을 치려고 한 건 아니다. 그저 조금 짜증을 냈더니, 마력이 새어나와 방에 있는 꽃병을 깨버렸다. 그 일에 놀란 여관들이, 마침 이쪽으로 오고 있던 그를 불러온 것이다.

하필이면 가장 들키고 싶지 않은 상대에게 실수를 들키는 바람에 티나샤는 시무룩해졌다.

그에게만은 미움을 받고 싶지 않은 것이다. 티나샤는 철들었을 때부터 여기서 혼자였다. 그런 그녀에게 손을 내밀어주는 '가족'은 소년밖에 없다.

티나샤는 옷자락을 두 손으로 꼭 움켜쥐었다.

그녀의 상심을 알아챘는지 소년은 쓴웃음을 짓고 두 팔을 벌렸다.

"이리 와."

"라나크!"

품에 뛰어든 그녀의 머리를 소년은 다정하게 쓰다듬는다.

그 따스한 손길에 눈물이 북받쳐 티나샤는 눈을 감았다.

불안도 고독도, 지금 이 순간만큼은 잊을 수 있다. 분명 언젠가는 완전히 잊을 수 있을 것이다. 그의 왕비가 되고 나면.

"라나크, 미안해."

"괜찮아. 다음부턴 안 그러겠다고 약속해줘."

"응, 노력할게…. 그러니까 싫어하지 말아줘."

"걱정 마."

머리 위에서 울리는 그 목소리를 듣고, 티나샤는 그를 끌어안은 손에 힘을 주었다. 그에게 버림받지 않기를 애원하듯이 기도한다.

그가 세상에서 제일 좋았다.

진심으로 믿고 있었던 것이다.

—하지만 어째서.

※

성에 있는 티나샤의 방은 깨끗이 비워져 있었다. 그곳에 있던, 탑으로 가는 전이진도 사라지고 없었다.

아무 예고도 없이 홀연히 자취를 감춰버린 마녀에 대해, 성 안에서는 조용히 억측이 난무했다.

하지만 그것들에 진실미는 있어도 진실이라 말할 수 있는 것은 하나도 없다.

그녀가 사라진 다음날, 라자르는 집무실에서 나와 크게 한숨을 내쉬었다. 그런 그에게, 복도에서 기다리고 있던 남자가 손을 흔든다. 라자르는 고개를 들고, 상대의 이름을 중얼거렸다.

"알스 장군, 다른 분들도…."

거기에는 알스와 무관 멜레디나, 그리고 궁정마법사 실비아와 카브, 도안이 서 있었다. 다 함께 문 앞에서 조금 옆으로 이동한 뒤에, 알스가 라자르에게 물었다.
"전하는 좀 어떠신가?"
"상심하고 계십니다. 일견 평소처럼 보이지만요."
"그래도 집무는 하고 계시니 대단하군."
"무슨 일이 있었는지 도무지 말씀을 안 하십니다."
"알고 싶기도 하고, 알고 싶지 않기도 하고…."
두 사람의 대화를 잠자코 듣고 있던 실비아가 눈물 고인 눈으로 중얼거렸다.
"티나샤 님은 어디로 가신 걸까요…. 폐하의 탄신일 식전 직후의 일이죠. 제가 뭔가 거슬리는 짓이라도 한 걸까요?"
"그건 아니라고 생각해. 그러실 분이 아니잖아."
전혀 답을 알 수 없는 답답함에 그들은 침묵한다.
그때 화제의 중심인물이 방에서 나왔다. 오스카는 모여 있는 일동을 보고 눈살을 찌푸렸지만, 걸음을 멈추지 않고 라자르에게 다가와 서류를 건넸다.
"다 했어. 뒷일은 부탁한다."
"버, 벌써 다 하셨습니까…."
서류를 받아드는 라자르 옆에서 알스가 의아한 어조로 물었다.
"전하, 검을 차고 어디를…."
"루크레치아의 숲에 갔다 오려고."
"네?"
일동의 놀란 목소리가 동시에 울렸다, 지난번 일을 떠올리고 황급히 라자르가 말리기 시작한다.
"기다려주십시오. 위험한 일이 생기면 어쩌시려고요."
"안 생기니까 괜찮아. 놔."

"전하, 저도 함께 갈 테니 기다려주십시오."

"저, 저도요."

일동이 혼란에 빠져 우왕좌왕하고 있을 때, 머리 위에서 킥킥 웃는 소리가 들렸다. 오스카가 고개를 들어 올려다보니, 거기에는 밝은 갈색 머리의 여자가 떠 있었다.

"안 가도 돼. 난 여기에 있으니까."

'닫힌 숲의 마녀'는 그렇게 말하고 윙크했다.

"역시 그 아이는 가버렸구나."

집무실로 자리를 옮긴 일동을, 루크레치아는 창가에 걸터앉아 둘러보면서 탄식했다. 그녀로서는 보기 드물게 우울한 얼굴이다. 그런 그녀에게, 자신의 의자로 돌아간 오스카가 물었다.

"역시라는 게 무슨 뜻이지?"

"나에게도 제안이 왔었거든. 쿠스쿠르에서."

차를 마시고 있던 카브가 그 말을 듣고 기침을 한다. 도안이 조심스럽게 물었다.

"그래서 어떻게 하셨습니까?"

"물론 거절했지. 아마 다른 마녀들도 그렇지 않을까? 마녀들은 국가나 정치 따위엔 관심 없으니까. 아, 한 명은 다르지만, 그 여자도 거절할걸? 그러니까 이번에 그 아이가 간 건 다른 나라에서도 문제가 되지 않을까 싶어."

오스카를 제외한 전원이 무거운 표정으로 숨을 삼킨다.

확실히 지금까지 마녀가 어느 한 나라에 소속되어 다른 나라를 침략하는 일을 도운 적은 없다. 티나샤가 칠십 년 전에 전장에 선 것도 침략에 대항해서였고, 그 힘을 행사한 것도 마수를 상대할 때로 한정되어 있었던 것이다.

마녀에 대해 각국이 지금까지 불가침이었던 것도, 물론 그녀들의 강대한 힘 때문이기도 하지만, 국가 간, 인간끼리의 싸움에 그녀들은 거의 개입하지 않는다는 이유가 크다.

그런 전제 하에, 최강의 마녀가 타국을 침공하려 드는 나라에 몸을 의탁한 사실은, 대륙을 뒤흔들기에 충분한 문제가 될 것이다.

오스카는 씁쓸한 얼굴로 책상에 다리를 올리고 꼬았다. 몸을 젖혀, 뒤쪽에 앉은 마녀를 올려다본다.

"그 라나크인가 하는 남자와 티나샤가 어떤 관계인지 알아?"

신하들은 처음 듣는 남자의 이름에 긴장했다. 그 남자가 티나샤의 실종과 관련 있다는 사실을 깨닫는 동시에, 오스카의 심기를 배려해 아무 말도 하지 않는다. 한편, 루크레치아는 즐거운 듯이 웃는다.

"알아. 그 아이는 마녀가 된 뒤로 줄곧 그 남자를 찾고 있었거든. 드디어 만났으니까 잘된 일 아냐?"

"그 남자는 좀 이상해."

"질투야?"

"그것도 있지만, 뭔가 이상해. 정상으로 안 보였어."

티나샤를 데리러 왔던 남자는 반쯤 꿈속을 걷고 있는 것 같았다. 주문을 외우지도 않고 전이를 사용한 걸 보면 실력 있는 마법사가 분명하지만, 어딘가에 제정신을 놔두고 온 듯한 위태로움이 있었던 것이다.

루크레치아는 허공으로 떠오르더니 몸을 거꾸로 돌려 오스카를 빤히 쳐다보았다.

"하지만 그 아이가 그래도 좋다면 그걸로 된 거 아냐? 그냥 내버려 둬. 집요한 남자는 아무도 안 좋아해."

"싫어."

"고집하고는. 그 아이가 스스로 선택한 일에 당신이 참견할 권리가 있어? 본인 일이나 잘하는 게 낫지 않아?"

마녀는 비웃는 듯한 미소를 지으며 오스카를 응시한다.

사람의 마음을 농락하고, 제압하고, 지배하는 마녀의 눈. 그는 그것을 똑바로 쏘아보며— 잘라 말했다.

"누가 뭐래도 양보할 생각은 없어. 그 녀석은 나에게 유일무이한 여자야. 그 남자를 죽이고 다시 데려와서, 그래도 다른 남자가 좋다고 하면 그때는 놓아주지."

분명 자신은 티나샤가 생각하는 것보다 그녀에 대해 잘 알고 있다.

무엇을 좋아하고, 무엇을 싫어하는지. 무엇을 소중히 여기고, 무엇에 분노하는지.

그 고독을 알고 있다. 그녀의, 타인에게 의지하지 못하는 완고함도.

그러니까 손을 내밀어야 한다고 생각한다. 원래 자신들 사이에는 무한한 거리가 있었다. 자신이 멈춰서 있으면, 아마 영원히 그녀에게는 닿지 않을 것이다.

오스카의 도전적인 눈을 루크레치아는 말없이 응시한다.

그렇게 길고도 짧은 시간이 흐른다.

누군가의 탄식이 들린다. 루크레치아는 아름다운 얼굴에서 비웃음을 거두고, 집무책상 위에 앉았다.

"먼저 약속해줘. 하나는, 내가 가르쳐줬다고 그 아이한테 말하지 마. 난 죽기 싫으니까. 그리고 이제부터 나는 그 아이가 나에게 한 말과, 내가 아는 걸 그대로 이야기할 거야. 그 아이는 자신의 이야기에 아무 감상도 덧붙이지 않았어. 그저 있었던 일을 담담하게 말했을 뿐이야. 그러니까 그때 그 아이가 어떻게 느꼈을지는 알아서들 생각해."

그녀는 거기서 말을 멈추고 일동을 둘러보았다.

"마지막으로… 그 아이와 서로 죽고 죽일 각오가 있는 사람에게만 말할 거야. 자신 없으면 듣지 마."

오스카는 눈을 감고 움직이지 않는다.

알스는 소꿉친구인 멜레디나를 보았다. 그녀는 잠시 망설이다 결국 자리를 뜬다. 라자르와 카브도 몸을 일으켰다. 그들은 조금 머뭇거렸지만, 남은 사람들을 둘러보고 고개를 숙인 다음 방을 나갔다.

도안은 마녀를 똑바로 응시하고, 실비아는 두 주먹을 불끈 쥔 채 남았다. 알스가 그런 그들을 보고 쓴웃음을 짓는다.

눈을 감은 채로 오스카가 입을 열었다.

"좋아, 시작해줘."

마녀는 요염하게 미소 짓고, 긴 옛이야기를 시작했다.

"먼저 이 이야기를 시작하기에 앞서 그 아이의 본명을 가르쳐줄게."

"본명? 그런 게 있었나?"

"응. ―그녀의 이름은 티나샤 어스 메이야 우르 아에테르나 투르다르. 예의 아이티라는 이름은 아에테르나의 애칭이야."

"투르다르?!"

두 마법사가 깜짝 놀라 외친다. 실비아가 조심스럽게 확인했다.

"투르다르라면 사백 년 전 하룻밤 사이에 멸망해버린 마법대국이죠…. 그 나라의 이름이 말미에 있다는 건…."

"왕족인가."

오스카는 조금 놀랐지만, 곧 납득했다. 때때로 티나샤가 보여주었던 기품과 몸에 밴 위엄은 거기서 나온 것이었다.

루크레치아는 놀라는 그들을 보고 재미있다는 듯이 웃는다.

"물론 왕족이지만, 당신들이 생각하는 것과는 좀 달라. 정확하게는 차기 여왕 후보였어. 투르다르는 군주제지만, 혈통을 이어가는 게 아니라 순수하게 힘으로 왕을 결정했거든."

"힘으로 결정한다고? 이상한 녀석이 강한 힘을 가지고 있으면 어쩌려고?"

"그래서 후보는 어릴 때부터 성에서 교육을 받아. 그 아이는 태어나자마자 부모 품을 떠나 성에서 자랐대. 그만큼 힘이 독보적이었다는 뜻이지."

알스가 깊은 한숨을 내쉬는 소리가 들린다. 루크레치아는 마치 어머니처럼 미소 지었다.

"그리고 차기 국왕 후보는 남녀 한 명씩을 선정해 그 둘이 그대로 약혼자가 되는데, 남자는 국왕의 외아들이었어. 그게 바로 라나크야. 그는 그 아이와 동등한 입장이지만, 실력은 비교가 되지 않았기 때문에, 모든 사람이 그 아이가 여왕이 되고 라나크는 그 남편이 될 거라고 생각했던 것 같아."

"엄청난 세계로군."

"왕실이란 원래 그런 거야. 당신네 나라에도 아카시아가 있잖아."

오스카는 루크레치아의 시선에 어깨를 으쓱한다. 확실히 이 왕검이 없었다면, 그는 위험을 무릅쓰면서까지 티나샤를 찾아가지는 않았을지도 모른다.

"그래도 라나크는 다섯 살 아래인 그 아이를 굉장히 귀여워했던 것 같아. 아기 때부터 늘 함께였으니까. 친남매처럼 사이가 좋았대. 하지만 그들을 둘러싼 상황은 심상치 않게 돌아가고 있었어."

루크레치아는 눈을 가늘게 뜨고 오스카의 얼굴을 가리켰다.

"당시에는 파르사스를 비롯해 각국이 힘을 키우기 시작하고 있었어.

타국과의 국교를 단절한 투르다르 안에서는 이대로 괜찮은지에 대한 논쟁이 벌어졌다고 해. 그래서 타국과 교류를 갖고 기술을 교환해야 한다고 주장하는 혁신파와, 투르다르는 특별한 나라니까 지금처럼 타국과 교류하지 말아야 한다고 주장하는 구체제파로 나누어졌어. 그렇게 의견이 팽팽한 가운데 국왕이 병석에 눕게 되었고, 그러자 혁신파는 티나샤로, 구체제파는 라나크로, 지지하는 사람이 갈려서 서로 싸웠어."

"싸워도 티나샤 양의 즉위는 확실한 것 아니었나?"

"맞아, 그래서 구체제파는 계략을 꾸몄어. 티나샤의 즉위를 방해하고 라나크의 힘을 강화하는 일석이조의 방책을."

루크레치아는 한숨을 내쉬었다. 붉은 입술을 혀로 축인다. 그리고 다시 이야기를 이어갔다.

"그 아이가 열세 살 때였어. 어느 날 밤 그 아이가 잠에서 깨어보니, 라나크가 그녀를 안고 어디론가 가고 있었어. 그녀는 이상하게 여겼지만, 라나크가 '좋은 일이 있다'고 해서 의심하지 않았어. 부모 품을 떠나 성에서 자란 그녀에게는, 라나크가 유일하게 자신과 같은 입장인 가장 큰 이해자였으니까. 그리고 라나크는 그녀를 안고 대성당으로 가서 그녀를 제단에 눕혔어."

"그리고— 천천히 단검으로 그 아이의 배를 가른 거야."

『어디에나 있는 흔한 이야기야』라고 티나샤는 말했다.

마치 남의 일처럼, 검은 눈을 감고 미소 지으면서.

"…지금 뭐라고 했지?"

오스카는 책상에서 다리를 내리고 몸을 일으켰다.

다른 사람들도 정도의 차는 있을지언정 경악한 얼굴로 마녀를 바라보고 있었다.

보일락 말락 미소 짓는 마녀. 그 눈에는 그러나, 분노가 차 있다.

"어머, 못 들었어? 강대한 마법사인 그 아이의 피와 창자를 사용해, 라나크와 구체제파 마법사들이 마력을 소환한 거야. 도중에 죽으면 안 되니까 연명 마법만 걸어놓고 고통은 그대로, 그리고 나타난 마력을 라나크 안에 집어넣으려고 했어."

"동생처럼 생각했다면서!!"

저도 모르게 벌떡 일어선 알스가 고함쳤다. 루크레치아는 비아냥거리듯이 입술을 일그러뜨렸다.

"생각했겠지. 하지만 자존심에 상처를 입었던 게 아닐까? 자신이 유일한 의지처인 어린 소녀가, 자신을 훨씬 능가하는 힘을 가졌고, 왕자인 자신을 제치고 확실하게 즉위한다는 사실에."

"말도 안 돼…."

떨리는 목소리와 함께 실비아의 눈에 눈물이 고인다. 옆에서는 도안이 드물게 분노에 입술을 깨물고 있었다.

오스카는, 전에 티나샤를 안아서 침대에 내려놓았을 때 그녀가 이상한 반응을 보였던 일을 떠올렸다. 까마득히 먼 사백 년 전의 일이 그녀에게는 결코 잊을 수 없는 상처가 된 것이다.

마녀의 이야기는, 전원의 혐오 속에 다시 이어진다.

"하지만 소환된 마력은 예상보다 훨씬 거대한 것이었어. 원래 같으면 그 마력을 다섯 개의 정의명으로 분할해 각각을 라나크의 체내에 고착시킬 예정이었지. 하지만 그들은 결국 그 제어에 실패했어. 주술에 가담한 사람들 중 어떤 자는 도망치고, 어떤 자는 마력에 휘말려 죽었어. 그리고 그 아이를 중심으로 거대한 소용돌이가 된 마력은… 투르다르를 멸망시켰어. 투르다르가 하룻밤 사이에 멸망한 원인은 이거야."

루크레치아의 말에, 두 마법사의 안색이 변했다. 그들은 옛 마법대국의 원인불명의 멸망에 대해 배운 적이 있는 것이다. 마녀는 쓴웃음을 짓고, 다시 친구에 관한 이야기로 돌아갔다.

"빈사 상태에서도 의식을 유지하고 있던 그 아이는, 라나크 일행이 도망친 것을 보고 필사적으로 마력을 제어하려 애썼어. …여기에 관해서는 타고난 재능이나 힘의 문제가 아니라고 생각해. 죽어가는 인간의 의지 혹은 집념 같은 거겠지, 그 아이는 결국 그 마력을 통제해 자신 안에 집어넣는 데 성공했어. 하지만 미처 거둬들이지 못한 마력이 전 세계로 흩어져 마법호가 되어버린 거야."

루크레치아는 하얀 손을 허공에 뻗었다.

순식간에 허공에 그려지는 대륙지도. 그 안에서 빛나는 다섯 개의 붉은 빛은 지금도 남아 있는 마법호다.

"하지만 마력 폭풍은 사라졌어도 나라는 이미 멸망했고, 일대에는 그 잔해만이 산처럼 쌓여 있었어. 칼에 찢긴 배는 나았지만, 그 아이는 그 자리에서 사흘 동안 끔찍한 고통에 시달렸다고 해."

허공에 그려진 지도가 사라진다. 루크레치아는 수심에 찬 미소를 지었다.

"그리고 그게 모두 지나갔을 때— 그 아이는 마녀가 되었어."

그것은 겨우 열세 살짜리 소녀가 겪은 참혹한 운명의 옛날이야기다.

지금은 이미 먼 과거의 이야기. 바꿀 수 없는 비극이다.

"그 아이는 그 후 투르다르의 영지 구석에 탑을 세우고 그곳에 살았어. 그리고 지금까지 라나크를 찾고 있었지. 찾는 이유에 대해서는 들은 적 없어. 이야기는 여기서 끝이야. 어때?"

루크레치아는 오스카를 보았다.

마녀는 웃고 있지만, 웃고 있지 않았다.

오스카는 폐 안의 공기를 천천히 내뱉었다.

눈을 감으면 까마득히 먼 옛날의 광경이 떠오르는 느낌이다.

황량한 대지에 홀로 선 소녀. 모든 것을 잃고 마녀가 된 그녀.

거기에 얼마나 큰 절망이 있었을까. 사람들 앞에서 평범하고 미소 짓고 있던 그녀는, 그 미소를 되찾기 위해, 과연 얼마만큼의 세월을 견뎌낸 걸까.

오스카는 자신의 마녀를 생각한다.

그 부러질 듯 가냘픈 몸. 긍지 높은 영혼. 변덕, 자애, 고독, 잔혹함을.

—할 수만 있다면, 그 모든 것의 처음에 그녀의 손을 잡아주고 싶었다.

그녀가 가장 괴로워하고 있을 때 곁에 있고 싶었다.

하지만 그것은 지나가버린 기억이며, 그러니까 자신이 닿는 것은… 지금의 그녀의 손뿐이다.

오스카는 루크레치아에게 물었다.

"너는 그 녀석이 자신의 배를 가른 남자를 아직도 사랑한다고 생각해?"

"글쎄?"

"그럼 그 녀석이 나에 대해서는 어떻게 생각한다고 생각해?"

"뻔히 알면서 묻지 말아줘."

마녀는 붉게 칠한 손톱으로 오스카를 가리켰다.

"그 결계는 그대로 놔두고 갔잖아. 그리고 드래곤도 두고 갔다면서?

대답은 거기에 있는 거 아냐?"

오스카는 자신의 왼쪽 귀 뒤를 만져보았다.

어젯밤, 티나샤가 자신의 피로 그린 문양은, 그의 수호결계를 일시적으로 봉인하는 것이었다. 만약 이 결계가 보였다면, 라나크는 그를 그냥 놔두지 않았을 것이다.

말없이 티나샤가 남기고 간 것. 그것은 지금도 여전히 그를 지켜주고 있다.

오스카는 일어서서 신하들에게 선언했다.

"기본방침에 변경은 없다. 그 역겨운 놈을 죽이고, 티나샤를 다시 데려온다. 그뿐이다."

알스는 눈을 감고 고개를 끄덕이고, 도안은 고개 숙여 인사한다. 실비아는 울면서 연신 고개를 끄덕였다.

닫힌 숲의 마녀는 그들을 보고, 잘 자란 자식을 보는 어머니처럼 웃었다.

※

―그것은 이미 돌이킬 수 없는 과거의 기억이다.

"자도 돼."

라나크의 말에, 소녀 티나샤는 눈을 감는다. 자신을 안고 걸어가는 그의 팔은 따스하다.

그는 티나샤에게 있어 유일한 가족이고, 그래서 그녀는 안심하고 눈을 감았다.

그리고 꿈속을 거닐며 잠에 취해 있던 그녀는 어느새 주위의 공기가 달라진 것을 깨닫고 희미하게 눈을 떴다.

캄캄하고 넓은 장소. 서늘한 공기 속에 라나크의 발소리만이 울린다.

그가 자신을 안고서 돌계단을 오르고 있다는 것을 깨달은 티나샤는 비몽사몽간에 물었다.

"여기는 대성당이야?"

"그래, 깼어? 너는 마법내성이 강해서 역시 금방 깨는구나."

"마법내성…?"

마치, 그녀를 마법으로 잠재웠다는 듯한 말투다.

라나크는 돌계단을 끝까지 올라갔다. 그곳에 있는 것은 의식용 제단이다. 천창으로 들어오는 달빛이 서늘하게 돌 제단을 비추고 있다. 티나샤는 그제야 비로소 주위의 인기척을 알아차렸다. 얼굴이 보이지 않는 로브 차림의 마법사 여러 명이 말없이 제단을 에워싸고 서 있었다.

"…라나크? 이 사람들은 누구야?"

그는 그 질문에 대답하지 않는다.

라나크는 애매한 미소를 지은 채— 티나샤를 차가운 제단 위에 내려놓았다.

일어나려고 하는 그녀의 어깨를 붙잡고 돌 제단에 짓누른다.

"가만히 있어, 아이티."

그는 그렇게 말하고, 제단 구석에서 무언가를 손에 잡았다.

달빛을 반사하는 하얀 것.

그것을 본 티나샤는, 하지만 그게 무엇인지 이해할 수 없었다. 그저 얼어붙은 듯이 누워, 라나크와 그가 들고 있는 단도를 응시한다.

"라나크…?"

칼날이 허공을 가른다.

그 칼끝은— 어긋남 없이 그녀의 배에 꽂혔다.

"…아아아아아악!"

소녀의 몸이 활처럼 휘었다. 하지만 라나크는 그 몸을 짓누르고, 거침없이 배를 갈라나갔다.

사방에 선혈이 난무하고, 창자가 몸 밖으로 튀어나온다.

여러 명이 주문을 외우는 소리가 들려오기 시작한다. 울부짖으며 몸부림치는 그녀의 몸을, 라나크는 계속 찢어나간다.

날카로운 절규가 이윽고 비통한 오열이 될 때까지 멈추는 일 없이.

그것은 어디에나 흔히 있는, 추악한 나라의 끝이었다.

※

"……!"

티나샤는 몸을 벌떡 일으켰다.

꿈과 현실. 과거와 현재가 뒤죽박죽이 된 머리를 떨리는 손으로 감싼다.

둘러보자, 주위는 낯선 방이다. 그녀는 긴 잠옷자락을 끌며 몸을 일으켰다.

심호흡을 몇 번 하자, 비로소 가슴의 고동도 가라앉았다. 그녀는 침대에서 내려와 걸음을 옮기다가 문득 벽에 걸린 거울을 보았다.

거기서 순간, 깡마른 소녀를 보고 그녀는 소스라치게 놀랐다.

"아…."

숨을 삼키고 다시 봤을 때, 이미 거울에는 성인 여자의 모습이 있을 뿐이었다.

모든 걸 잃고 절망과 증오에 불타던 그 무렵의 소녀와는 완전히 다른 여자. 하지만 분명 마음속 깊은 곳에는 그때와 다름없는 자신이 있는 것이다. 사백 년 전과 똑같이 광기에 사로잡힌 소녀가.

티나샤는 거울로 다가가 차가운 표면을 쓰다듬는다.

"그러니까 마녀 같은 건 건드리면 안 되는 거예요, 오스카…."

거울 속에서 검은 눈동자를 떨구는 그녀는 희미하게 자조 섞인 미소를 띠고 있다.

그녀는 그런 자신을 외면하고, 간단하게 몸단장을 했다. 이제부터 할 일은 얼마든지 있는 것이다. 언제까지나 꿈속에 있을 수는 없다.

그리고 그녀가 성 안의 홀을 방문했을 때, 그곳에서는 마침 세 명의 마법사가 왕을 알현하고 있었다. 흰 옥좌에 앉은 라나크가 그녀를 보고 말을 건넸다.

"아이티, 안녕. 잘 잤어?"

"응, 고마워. 그 사람들은?"

"아아, 이제부터 타일리의 마을에 간대."

라나크는 가볍게 웃는다. 마치 남의 일 같은 말투에, 티나샤는 천진하게 고개를 갸웃했다.

"마을을 불태우는 거야?"

어린 소녀 같은 질문에, 세 사람 중 한 명이 도전적인 눈빛으로 고개를 끄덕였다.

"예, 그걸로 선전포고를 대신할 작정입니다."

"그럼 내가 할게."

"예?! 하지만…."

머리를 쓸어 올리며 태연하게 말하는 마녀의 모습에, 세 사람은 곤혹스러운 듯이 서로를 마주보았다.

아름다운 마녀는 자신만만하게 웃는다.

"나는 뭐든지 내 마음대로 할 수 있어. 마을에는 내가 가겠다. 너희는 전쟁 준비나 하도록 해."

힘 있는 검은 눈동자. 왕족으로서의 위엄.

그리고 무엇보다도, 반론을 용납하지 않는 힘이 거기에는 있었다.

※

티나샤가 모습을 감춘 뒤로 일주일 동안, 오스카는 쿠스쿠르에서 멀리 떨어진 파르사스의 성에서 외교를 위한 자료더미에 파묻혀 있었다.

타일리 북서부에 외따로 독립한 쿠스쿠르는 파르사스와 국경을 접하고 있지 않다.

그 나라로 가기 위해서는 북서쪽에 있는 도르자나 북동쪽의 세자르를 통과해 먼저 타일리로 들어가야 하는 것이다.

"아니면 일단 서쪽으로 가서, 옛 투르다르령을 북상해 쿠스쿠르 서쪽으로 돌아 들어가거나."

"하지만 옛 투르다르령은 마법역장이 정상적이지 않다고 들었습니다."

"원래부터 저주받은 땅으로 불렸다는데, 아무리 생각해도 원인은 그 남자가 분명해."

"대규모 금주는 땅속으로 스며든다고 하니까요…. 마법호도 같은 원인일 줄은 전혀 몰랐습니다만."

오스카는 책상 위에 펼쳐놓은 대륙지도를 바라보았다.

파르사스의 서쪽 국경 너머, 티나샤의 탑이 있는 황야는 어느 나라에도 속하지 않은 불모의 땅이다. 삼백 년 전부터 마녀의 탑이 세워져 있었기 때문이기도 하지만, 단지 그것 때문만은 아니다.

그녀의 탑이 있는 곳에서부터 멀리 타일리 서쪽에 걸쳐, 대륙 서단에는 초목이 자라지 않는 광대한 땅이 존재하는 것이다. 그곳은 먼 암흑시대 때부터 '저주받은 땅'으로 불렸는데, 그 원인은 다름 아닌 투르다르의 멸망에 그 발단이 있었던 것이다.

"일이 이렇게 되기 전에는 별로 신경 쓰지 않았지만, 이게 전부 투르다르의 영지였군. 지금의 파르사스와 맞먹을 정도야. 암흑시대에 이 정도였다니 도대체 얼마나 강국이었던 거지?"

"마법대국으로 불렸을 정도니까, 상당한 힘을 가지고 있었겠지요. 루크레치아 씨가 말하기를, 원래 투르다르는 박해받는 마법사들의 나라로 건국되었다고 합니다."

"그렇게 시작해 점점 힘을 키워나가서 마법으로 대륙 굴지의 국가가 된 건가. 그러다 어느 날 갑자기 멸망하고 금주로 오염된 땅만 남았다니 어처구니없는 이야기로군."

전에, '마녀의 시대'라 불리게 된 경위에 대해, 티나샤는 '불리지 않는 마녀를 촉매로 한 마법은 대륙의 형태를 바꿀 정도였다'라고 말했지만, 그보다 더 이전에, 티나샤 자신을 촉매로 한 거대마법이 실제로 행사되어, 지금까지 대륙에 상흔을 남기고 있었던 것이다.

생각하기 시작하면 분노를 금할 수 없어, 마음 같아선 당장이라도 쿠스쿠르에 단신으로 쳐들어가 그 남자를 베어버리고 싶은 심정이다. 하지만 그것은 모두가 용납하지도 않을뿐더러 지나치게 경솔한 짓이므로 논외다.

하지만 그렇다고 개인적인 감정으로 군을 움직이는 것은 더욱 논외였다.

"타일리에서 요청이 오기를 기다리는 수밖에 없는 건가…?"

"그동안 티나샤 님이 결혼하시면 어떡하시렵니까."

"…재미있는 말을 하는군."

오스카는 라자르를 손짓해 불러 고개를 숙이게 했다. 그 관자놀이를 주먹으로 천천히 세게 꾹 누른다.

"아야야얏!"

"루크레치아의 이야기로는 라나크도 정령술사라고 했어. 식을 올린다면 모든 게 끝나고 난 뒤일 거야."

"그, 그렇습니까…."

오스카는 손을 떼고 라자르를 해방해주었다. 그는 재빨리 주인의 손이 닿지 않는 곳으로 피신해 눈물 고인 눈으로 관자놀이를 문질렀다.

"전하, 이걸 티나샤 님에게도 하신 겁니까…."

"그 녀석한테는 당연히 힘을 조절해줬지."

수호자에 대한 인정사정없는 응징을 봐온 라자르는 의심스러운 눈빛이었지만, 그녀의 작은 머리에 진짜로 힘을 준다면 뼈가 부서져버릴 것이다. 오스카는 들고 있던 지도를 탁 접고 내뱉었다.

"염치도 없이 뻔뻔하게 티나샤를 데리러 온 그 남자는 최소 마흔여덟 토막 정도는 내줘야 직성이 풀릴 것 같아."

"조금 줄여도 괜찮을 것 같습니다만."

"일단 언제든지 움직일 수 있도록 준비하면서, 타일리의 대응을 기다리는 수밖에 없는 건가."

오스카는 펜으로 관자놀이를 긁적였다.

하지만 결과적으로 기다릴 필요는 없었다. 그날 저녁, 파르사스에 두 통의 서장이 도착한 것이다.

성 안의 한 홀에서, 왕은 중신들을 모아놓고 손에 든 서장을 보여주었다.

"이중 한 통은 타일리에서 온 것이다. 현재 쿠스쿠르의 공세가 매우 격렬해 주변국에 도움을 요청한다는 내용으로, 쿠스쿠르는 타일리뿐 아니라 대륙 전체의 장악을 꾀하고 있다고 한다."

차분한 왕의 말에, 장군 중 한 명인 글랜포트가 손을 들고 앞으로 나섰다. 장년의 나이에 접어든 그는 당당하게 의견을 말했다.

"황공하오나 정말로 쿠스쿠르에 그런 의사가 있는지는, 타일리의 말만으로는 신용할 수 없습니다. 멀리서 발생한 내분이니, 무턱대고 병사를 보내는 것은 좋지 않을 듯싶습니다."

"뭐, 보통은 그렇게 생각하겠지. 하지만 나머지 한 통 말인데… 이건 그 쿠스쿠르에서 온 것이다. 대륙의 사대국인 타일리, 세자르, 간도나, 파르사스에—종속을 요구하는 내용이다."

그 말에 경악이 파문처럼 퍼져나간다.

하지만 다음으로 새어나온 것은 실소 섞인 술렁임이다. 사대국은 대륙에 현존하는 국가 중에서도 유구한 역사와 확실한 국력을 지닌 열강이다.

그런 나라들에 대해, 불과 일 년 전에 건국된 소국이 종속을 요구하다니 제정신이 아니라고밖에 할 수 없다.

하지만 그 속에서 오스카와 알스만은 웃고 있지 않았다.

만약 사대국에 종속을 요구해온 것이 쿠스쿠르가 아니라, '마법대국'이라 불리며 특별한 힘으로 고고함을 지켜온 과거의 왕국이라면 과연 어떨까.

투르다르는 전란이 끊이지 않는 암흑시대에 광대한 영지를 유지하며 타국의 침공을 막아낸 강국이다. 마법사들의 권리를 지키기 위해 존재한 그 나라가, 이번에는 같은 목적을 위해 다른 곳을 향해 엄니를 드러낸다면 어떻게 될 것인가.

쿠스쿠르에는 강력한 정령술사를 비롯해, 마법사들이 속속 모여들고 있다. 그들과 싸운다는 것은 주로 대(對) 마법전이 된다는 뜻이다. 하지만 지난 이백 년 동안, 대륙에서는 마법사가 주축이 된 전쟁은 일어나지 않았다. 자칫하면 아무것도 모른 채 유린당할 가능성마저 있는 것이다.

온화하기로 유명한 왕은 웃음기 없는 얼굴로 일동을 둘러보았다.

"농담으로 넘길 수 있는 일인지는 알 수 없다. 대세를 오판해 돌이킬 수 없는 결과를 초래하고 싶지는 않으니까. 타일리에서는 최근, 큰 마을 다섯 곳이 동시에 괴멸되었다고 한다. 그로 인해 희생된 사람은 수천에 이른다. 그 마을들은 쿠스쿠르와 특별히 가까운 곳은 아니며, 단순히 큰 마을이라 표적이 된 것으로 보인다. 그중에는 세자르에 인접한 마을도 있었다고 한다."

침묵. 정적이 흐른다.

결국 대부분의 나라는 마법이라는 분야에서, 해명되어 자료화된 부분 이상의 것은 잘 모른다. 궁정마법사는, 그 수가 많은 나라라도 기껏해야 오십 명 정도다. 그보다 훨씬 많은 수의 마법사를 동원한 공세가 언제 어디로 그 마수를 뻗쳐올지, 대부분의 사람들은 가능과 불가능조차 판별할 수 없다.

어쩌면 내일이라도 파르사스의 도시에 그것이 닥쳐올지도 모르는 일이다.

왕은 홀 안이 조용해진 것을 확인하고, 손에 든 서장을 펼쳐 훑어보았다.

"마지막의 이건 오스카에게 하는 말인가."

"무슨 내용입니까."

"피해를 입은 타일리의 마을…, 건물만 남기고 사람이 모두 사라졌다고 하는데, 그렇게 만든 건 푸른 달의 마녀라고 한다."

경악이 사람들 사이에 파도처럼 퍼져나간다.

지금까지 역사의 뒤안길에 숨어 모습을 드러내지 않았던 마녀가, 마침내 그 강대한 힘으로 전쟁에 관여하기 시작한 것이다. 그 의미를 이해한 자들은 전율하고, 곤혹과 두려움에 마른침을 삼킨다. 그중에는 최근까지 그녀를 곁에 두었던 오스카에게 비난의 눈초리를 보내는 자도 있었다.

그러나 오스카 자신은 표정에 변함이 없다. 왕은 아들을 보고 말을 이었다.

"그래서 아카시아의 현 사용자인 너에게 마녀 토벌 의뢰가 들어왔다. 파르사스에 조력을 요청한 것과는 별개로, 너에게 마녀를 죽여 달라는 요청이다. 가능하겠느냐?"

"가능합니다."

즉답에, 뒤에서 알스의 안색이 변한다. 그가 발언하기 위해 손을 들려고 한다.

하지만 그보다 먼저 오스카가 입을 열었다.

"하지만 거절하겠습니다."

왕은 고개를 갸웃하고는 눈살을 가볍게 찌푸리고 아들에게 말했다.

"이길 수 없다면 위험하니까 안 가도 괜찮다."

"그 녀석을 죽일 수 있는 사람은 저뿐입니다. 하지만 저는 죽이지 않을 겁니다. 타일리에서 조력을 원한다면 가겠습니다. 하지만 그건 쿠스쿠르를 적으로 삼을 경우의 일입니다. 그 녀석은 별개입니다."

"그녀는 스스로 선택해 그 나라에 있는 게 아니더냐?"

"눈에 보이는 것만이 진실이라고 생각하지는 않습니다."

미간을 찌푸린 왕은, 매우 드물게 그 얼굴에 분노의 빛을 띤다. 평소에는 숨겨져 있던 위압감이 드러난다. 긴장감에 얼굴이 창백해진 중신들을 무시하고, 왕은 의자에서 일어나 오스카를 내려다보았다. 짧게 숨을 마시고, 노기와 함께 뱉어낸다.

"마녀에게 홀린 것이냐, 이 어리석은 놈아! 네 어깨에 국민의 목숨이 달려 있음을 잊은 것이냐!"

홀 안을 뒤흔드는 질타의 노성에 모두가 몸을 움츠린다.

하지만 당사자인 오스카는 그저 쓴웃음만 지을 뿐이다.

—같은 말을 마녀에게도 들었었다. 아주 최근의 일인데도 묘하게 그립게 느껴진다. 모두가 하나같이 잔소리로 그를 시험하는 것이다.

오스카는 밝은 밤하늘 색 눈동자에 힘을 담아 부왕을 보았다.

"아바마마, 설교는 필요 없습니다. 저는 이미 마음을 정했습니다. 질 생각도 없고, 뭔가를 포기할 생각도 없습니다."

그것은 이미 결정한 일이다. 그녀의 과거를 알았을 때부터… 혹은 더 이전, 탑의 꼭대기 층에 섰을 때부터 이 결론에 도달하는 것은 정해져 있던 일인지도 모른다.

망설임 없는 대답에, 왕은 말없이 오스카를 쏘아본다.

하지만 부왕은 곧 방금 전까지의 노기를 거두고 어깨를 으쓱했다.

"이것도 핏줄인가…."

그 혼잣말의 진짜 의미를 아는 사람은 이 자리에는 아무도 없다. 왕은 쓴웃음을 짓고 자리에 앉았다.

"오냐. 네가 원하는 대로 하거라. 대신…."

"대신?"

"네가 왕이 되거라. 나는 이제 그만 퇴위하겠다."

"폐, 폐하!"

내무대신 네산이 기겁하며 외쳤지만, 정작 왕은 태연하기만 하다.

"조금 이르지만 괜찮겠지. 집무는 이미 대부분 이 녀석이 하고 있으니까. 애당초 이 나라의 왕은 아카시아의 검객이어야 한다는 것이 조건이다. 마침 좋은 기회니까, 여러 가지로 배우도록 해라."

오스카도 놀란 얼굴로 부왕의 통보를 듣고 있다.

―파르사스 국왕의 즉위는, 타국에 비하면 확실히 비정상적일 정도로 이르다.

그것은 이 나라의 왕이 본질적으로는 검객으로 여겨지기 때문이다. 따라서 원래 같으면 오스카가 아카시아를 물려받았을 때 왕위를 물려받아도 이상한 일은 아니었다. 다만 지금까지 그것을 아버지가 대신해 주고 있었을 뿐이다.

오스카는 놀라움을 가라앉히고 단정한 얼굴에 미소를 지었다.

"하여간… 모두가 저를 단련시키는 걸 즐기는군요. 알겠습니다. 그 왕위, 감사히 받겠습니다."

부왕은 심술궂은 미소와 함께 고개를 끄덕인다. 그것은 아들과 꼭 닮은 미소였다. 그리고 다시 한 번 다짐을 놓는다.

"너의 결정이 나라를 좌우한다는 것을 항상 의식하도록 해라."

"명심하겠습니다."

―티나샤가 이 말을 들으면 뭐라고 할까.

오스카는 그녀의 말을 상상하려 했지만, 자신 안의 그녀는 그에게 작은 등을 향하고 있을 뿐이다.

『당신이 그 검의 주인이고 내가 마녀인 한, 언젠가 당신은 정말로 나를 죽여야 할지도 몰라요.』

그녀의 그 말은 농담이지만, 진실이다.

유일하게 마녀를 죽일 수 있는 검의 소유자와, 그의 수호자인 마녀. 함께한 시간은 덧없었기에 즐거웠던 거라고 그녀는 생각하고 있을까.

과연 이 전쟁에서, 그녀는 오스카에게 어떤 역할을 원하고 있을까. 어쩌면 무대에 오르는 것 자체를 원하지 않는 걸까.

대답은 얻을 수 없다.

그리고 이야기는 속도를 더해 돌기 시작한다.

4. 감정의 형태

눈을 감으면 지금도 생생하게 떠올릴 수 있다.
불길에 휩싸여 몸부림치는 어머니의 모습을.

주위에 우거진 숲 외에는 시야를 가리는 것이 없는 아스도라 평원을, 약 일만 명의 군세가 진군한다.

타일리에서 쿠스쿠르로 이어지는 가도 중간, 쿠스쿠르에 인접한 그 평원을 나아가는 것은 타일리의 왕태자 루스트가 편성한 군이다. 체칠리아의 오빠인 그는 부왕에 비해 과격한 성격의 소유주로, 주변국에 도움을 요청한다는 부왕의 결정에도 난색을 표했었다.

타일리는 용맹하기로 유명한 나라로, 백병전이라면 파르사스도 능가한다고 자부하고 있다. 그 때문에 루스트를 비롯한 타일리의 무인들 눈에는 '마법사 따위의 나라로, 그 마법사도 고작 오백 명에 불과한' 쿠스쿠르는 해충이나 별반 다를 바 없는 존재였다. 그 오백 명이, 평범한 나라가 거느리고 있는 마법사 수의 열 배라는 사실도 그들에게는 중요하지 않은 것이다.

그리고 루스트가 편성한 군은, 성에 남은 그를 대신해 측근인 장군이 지휘를 맡아, 순조롭게 진군하고 있었다. 이대로 가면 앞으로 이틀이면 쿠스쿠르 본국의 성에 도달할 수 있을 것이다.

"—앞으로 이십 분이면 목표 대상이 도달한다."

정찰병의 보고에, 숲속에는 긴장감이 감돈다.

그곳에 대기하고 있는 것은 쿠스쿠르의 마법사들이다. 타일리 군을 공격하기 위해 그들은 며칠 전부터 면밀한 준비를 해온 것이다. 싸움을 앞둔 가벼운 고양감에, 마법사 중 한 명이 입을 열었다.

"놈들이 어떤 얼굴을 할지 볼 만하겠군."

"얼굴도 보기 전에 끝나버릴걸. 놈들에겐 마법사가 없어. 감지도, 방어도 불가능해."

서로에게 속삭이는 말은, 반쯤은 스스로를 안심시키기 위한 것이다. 그중 한 명이 목청 높여 말한다.

"마력도 없는 인간 주제에 자신들이 강하다고 착각하는 바보들이야. 지배당하는 게 어느 쪽인지 슬슬 알 때가 됐지."

조롱 섞인 말에, 주위에서 대기하고 있는 병사들 몇 명이 심기가 불편한 듯 얼굴을 마주본다. 마법사가 아닌 그들에게 노골적인 경멸의 시선이 향하는 것을 보고, 나무에 기대 서 있던 레나트는 넌더리를 내며 아직 젊은 얼굴을 찌푸렸다.

결국 차별당하는 쪽이 모인 나라에서는, 그들 이외의 인간이 무시당하는 게 현실이다. 쿠스쿠르에 있는 병사들은 그 수는 적지만, 이곳에 모인 마법사들의 가족이거나, 건국의 취지에 공감한 사람들이거나, 혹은 단순히 돈을 벌기 위해 온 사람 등으로 다양하다.

그럼에도 불구하고 그들은 마력을 갖지 못했다는 이유만으로, 마법사보다 하대를 받고 있다. 결국, 마법사의 나라라고 해도 한 꺼풀 벗겨보면 그런 상태다. 과거의 마법왕국 투르다르처럼, 압도적인 왕의 힘으로 안정을 유지했던 상태와는 거리가 멀다.

타일리에서 나고 자란 마법사로서 이 전쟁에 참가한 레나트는 주변의 그런 분위기가 혐오스러워 눈을 감는다. 어두운 술렁거림은 여전히 계속된다.

"이제 지금까지 자신들이 마법사에게 무슨 짓을 해왔는지 깨달을 차례야."

"어차피 마녀가 지금 보복하러 가 있잖아."

그 말에, 새로운 긴장감이 숲속에 퍼졌다.

—왕의 신부로 나타난 여자.

검은 머리에 검은 눈동자를 가진 지독하게 아름다운 여자는, 쿠스쿠르에 나타나자마자 적국에 있는 다섯 개의 마을을 초토화시켜버렸다. 아무 경고도 없이, 여자와 어린이도 가리지 않고. 그 절대적인 힘은 쿠스쿠르의 마법사들 사이에 승리의 기쁨보다는… 두려움을 낳았다. 같은 마법사이기 때문에 알 수 있는 것이다. 그녀가 가진 힘이 평범한 인간을 훨씬 뛰어넘는 것임을.

"…역시 그 여자는 마녀일까?"

"아마 그럴걸. 어떤 마녀인지는 모르지만 '불리지 않는 마녀'가 아니기를 바랄 뿐이야. 그건 나라를 멸망시키는 마녀라고 하니까."

"건드리지 않는 게 좋아. 건드리지만 않으면 일단은 우리 편이야."

얼마 전 카갈이라는 중신이 그녀를 초빙하러 갔다가 그녀의 분노를 사 무참하게 살해되었다고 한다. 하지만 왕은 그녀를 자유롭게 내버려두고 있다. 다음으로 누가 희생되어도 이상하지 않다.

"—마녀라…. 재미있군."

갑자기 끼어든 목소리에는 긴장감이 전혀 없다.

레나트는 눈을 떴다. 어느새 모두의 중심에 서 있는 남자는 쿠스쿠르의 마법사장 바르달로스였다. 키는 크지 않고, 얼굴도 특필할 만한 점은 없다. 하지만 그 눈은 잔인한 빛을 번뜩이며 늘 사냥감을 찾아 헤매고 있다.

"역사를 바꿀 수 있다고 하는 여자들이야. 그걸 직접 볼 수 있다니

실로 행운이라고 생각하지 않나? 응?"

부추기는 듯한 바르달로스의 질문에 마법사들은 침묵할 뿐이다. 그것은 마녀에 대한 공포이자— 바르달로스에 대한 두려움이기도 하다. 원래 동쪽의 소국 출신인 그는 조국의 여러 마을과 도시에서 대량학살을 저지른 범죄자다, 자신을 잡으러 온 토벌대까지 모조리 죽여버린 그는, 그 후 조국에서 추방당해 행방을 감추었다. 그런 남자가 쿠스쿠르의 마법사장으로 다시 모습을 드러낸 것이다.

바르달로스는 대답 없는 마법사들을 둘러보며 코웃음치고, 숲 바깥쪽에 펼쳐진 평원을 가리켰다.

"자, 슬슬 시간이다. 제 발로 죽기 위해 찾아온 놈들이니 화려하게 불태워주자."

그 말에 모두가 평원을 바라본다. 지평선 끝에 나타나는 군세를 보면서, 레나트는 먼 과거의 화염을 생각한다.

—레나트는 철이 들 무렵부터 어머니와 단둘이 숲속의 오두막에 살았다.

아버지는 그가 태어나기 전에 죽었다고 한다.

자수 기술자였던 어머니는 일주일에 한 번 마을에 가서 부탁받은 일감의 품삯을 받아 먹을거리를 사온다. 하지만 그가 마을에 가는 일은 절대로 허락하지 않았다.

하지만 금지당하면 호기심은 더욱 커지는 법. 어느 날, 그는 집을 빠져나와 마을로 가서, 그곳에서 만난 또래 아이들에게, 자신이 늘 하는 일을 보여주고 말았다. 모자를 연못에 빠뜨려 울고 있는 소녀에게, 마법으로 모자를 건져준 것이다.

기뻐할 거라 생각하면서 그가 내민 모자는, 그러나 겁에 질린 얼굴로 바닥에 내동댕이쳐졌다. 아이들은 모두 흩어져 도망가고, 대신 경비병들이 무서운 얼굴로 그를 쫓아왔다.

레나트는 정신없이 도망쳐 집으로 돌아왔다.

당황한 그의 설명을 들은 어머니의 절망한 얼굴은 지금도 기억에 생생하다.

둘이서 챙길 것도 제대로 못 챙기고 집을 나섰을 때, 마을 쪽에서 경비병이 나타났다. 경비병은 도망치려 하는 그들을 보고, 들고 있던 병에 불을 붙였다. 그리고 불붙은 기름병을 집과 두 사람에게 던진 것이다.

레나트는 어머니에게 떠밀려 숲속으로 도망쳤다.

그리고 뒤돌아본 그가 본 것은— 화염 속에서 고통에 몸부림치는 어머니의 마지막 모습이었다.

"…엄마는 마법사가 아니었어."

레나트는 자신에게만 들리는 목소리로 중얼거렸다.

—어머니가 죽은 건 자신 때문이다.

그건 사실이다. 하지만 전부는 아니다. 마법사를 싫어하는 사람이 그녀를 죽인 것이다.

그래서 레나트는 다른 나라로 도망치지 않았다. 하지 않으면 안 되는 일이 있기 때문이다.

어머니를 죽인 그들의 얼굴은 지금도 선명하게 떠올릴 수 있다. 그때 아직 젊었던 그들은 몇 년 전 경비병에서 군무원이 되었다. 어디에 배속되었는지도 물론 조사해두었다.

복수를.

죗값을.

그것만이 자신이 사는 이유다.

그래서 평원에 완성된 대규모 구성을 봤을 때… 레나트는 어두운 고양감을 느꼈다. 이 평원이 그들의 마지막 땅이 된다. 그날의 어머니처럼, 고통에 몸부림치며 불에 타죽으면 된다고.

"쯧쯧, 이런 오지까지 오게 될 줄이야."

아스도라 평원 한복판, 말 위에서 병사들을 둘러본 장군은 껄껄 웃었다.

"빨리 끝내고 전하께 좋은 소식을 가지고 돌아가도록 하자. 천한 마법사 놈들을 모조리 소탕한다. 아아, 몇 놈은 사로잡아서 전하 앞에 대령할까. 산 채로 베어버려야겠군."

주위에 동의하는 웃음소리가 번진다. 기분 좋게 웃고 있던 남자는 그러나, 앞에서 황급하게 달려오는 전령을 보고 얼굴을 찌푸렸다.

"자, 장군님, 큰일 났습니다!"

"무슨 일이냐."

"그게, 보이지 않는 벽이 있어서… 앞으로 나아갈 수가 없습니다!"

무슨 말도 안 되는 소리를, 하고 그가 말했을 때, 발밑의 땅이 번쩍 빛났다. 말 위에서 그것을 내려다본 장군은, 땅바닥에 붉은 문양이 떠오른 것을 보았다. 문양은 시선이 닿는 지면 일대를 가득 메우고 있었다.

"이게 뭐야…."

더 자세히 보기 위해 장군은 몸을 기울였다.

하지만 그때, 문양에서 갑자기 솟구친 선홍색 화염이 그의 몸을 휘감았다.

"멋진 광경이군."

바르달로스는 허공에 떠서 맹렬하게 불타오르는 평원을 바라보았다. 눈 아래 펼쳐진 화염 속에서 무수한 사람의 그림자가 몸부림치고 쓰러져가는 모습이 보였다.

평원에 미리 깔아둔 것은 광범위한 발화 구성이다. 타일리의 군세가 그 위를 통과할 때를 노려 마법사들이 구성을 발동시킨 것이다.

전체 작전을 지휘한 바르달로스는 즐거운 얼굴로 불바다가 된 평원을 구경한다. 고통에 몸부림치는 적병을 내려다보던 그는, 지상에서 부르는 소리에 부하를 내려다보았다.

"무슨 일이냐?"

"바르달로스 님! 남쪽이 돌파당한 것 같습니다!"

"호오, 그래? 그럼 상대해줘야지."

바르달로스는 노골적으로 즐거워하며 자신의 말(馬) 위로 돌아갔다.

그때는 이미 쿠스쿠르와 타일리의 전투가 시작되어 있었다.

살이 타는 역겨운 냄새, 고통과 단말마의 비명이 난무하는 불길 속에서 타일리의 기마병들이 뛰쳐나온다. 광기에 휩싸여 돌진해오는 그들을, 마법사들이 숲속에서 공격한다. 비처럼 퍼붓는 마법이 타일리의 병사들을 날려버리고 다시 화염으로 에워싼다.

그러나 돌진하는 병사의 수는 끝이 없다. 마침내 그들 중 일부의 물결이 맨 앞에 선 마법사들을 집어삼켰다. 창 공격에 쓰러지는 마법사의 몸을 밟고 넘으며 기마병이 다시 검을 치켜든다.

"죽여! 죽여!"

그 목소리가 어느 진영의 것인지 전투 중인 자들은 알 수 없다. 다만 자신의 검을, 혹은 마법을 최대한으로 휘두르고 쥐어짤 뿐이다. 레나트는 기병이 들어올 수 없는 숲속으로 퇴각하면서 방어결계를 전개시켰다. 마법을 쓸 줄 모르는 병사들을 보호하면서, 목적한 인물을 찾는다.
—저 화염 속에서 불타 죽었기를.
하지만 그렇지 않다면, 자신의 손으로 끝내야 한다. 레나트는 새로운 주문을 개시했다.
그때, 바로 옆에서 폭발이 일어났다.
마법방벽의 표면을, 몸을 불사를 듯한 열풍이 지나간다. 레나트는 뒤를 돌아보고 경악했다.
—숲이, 바로 뒤가 아니게 되어 있었다.
그렇게 만든 사람은 바르달로스다. 말 위에서 그는 큰소리로 웃으며 다음 마법을 쏜다.
“자, 어서 죽여라. 빨리 안 하면 적이 없어진다.”
그저 즐기고 있을 뿐인 목소리. 그가 쏜 화염이 다시 다음 폭발을 일으킨다. 도망치려 우왕좌왕하던 마법사들은 압도적인 그 힘에 안도하고, 타일리의 병사들을 밀어붙이기 시작했다.
그렇게 전선이 이동한 후에는, 온몸에 휘감기는 열기와 정적이 퍼진다.
일대에 남은 것은 바르달로스의 마법에 의해 시커멓게 타버린 여러 구의 사체뿐이다. 레나트는 그 속에 아군이었던 병사가 쓰러져 있는 것을 보고… 몰래 깊은 한숨을 내쉬었다.

그로부터 한 시간도 채 지나지 않아 대세는 결정되었다.
평원의 불길이 거의 꺼진 후, 참혹하기 이를 데 없는 광경에 마법사들은 대부분 얼굴이 창백해졌다.
시야를 가득 메운 검게 그을린 사체. 그 끔찍한 광경과 떠도는 악취는 평생 잊을 수 없을 만큼 강렬한 것이다. 명백한 승리에도 불구하고 마법사들에게 남은 것은 씁쓸한 뒷맛으로, 전쟁에 따르게 마련인 그 숨 막히는 느낌에 자연히 말수가 줄어든다.

레나트 역시 그런 숨 막히는 기분을 안고 숲속을 달리고 있었다. 그는 비명을 지르며 도망치는 세 명의 병사를 보고 혀를 찼다.

—화염 속에서 죽었기를 바랐건만, 왜 그들은 이토록 끈질기게 살고자 하는 것인가.

어머니의 목숨을 빼앗아놓고 자신들은 살기를 원하다니, 뻔뻔하기 그지없다. 사람을 죽이려면 자신도 죽을 각오를 해야 마땅하지 않은가.

레나트는 사냥감을 노리는 사냥꾼처럼 담담하게 바람의 검을 손에 잡았다. 맨 뒤에서 달리던 남자가 등에 칼을 맞고 쓰러진다. 그 몸을 밟고 지나가면서, 그는 남자의 얼굴을 보았다.

조금 나이를 먹었지만 틀림없다. 십 년 동안 잊을 수 없었던 얼굴이다. 남자는 피를 토한 채 이미 죽어 있었다. 두 눈은 공포로 일그러져 있다. 허무한 죽음이다.

레나트는 그러나 아무 감정도 들지 않는 자신을 깨닫고 조금 놀랐다.

있을 거라 생각했던 성취감은 어디에도 없다. 그저 차가운 물에 몸을 담근 듯한 둔한 무감각만이 있을 뿐이다. 줄곧 자신이라고 생각했던 자신이 어디론가 떨어져나간 것 같았다. 그저 몸만이 타성에 의해 움직이고 있다.

레나트는 사정범위 안에 들어온 두 번째 남자의 몸을 마법으로 찢어버렸다. 상대는 종잇장처럼 나풀거리며 쓰러진다. 순식간에 절명했을 그 얼굴을 레나트는 보지 않는다. —그냥 보고 싶지 않았다.

세 번째 남자가 나무뿌리에 걸려 바닥에 나동그라진다.

남자는 땅바닥을 기면서 뒤를 돌아보고 겁에 질린 얼굴로 애원했다.

"제발 살려줘…."

레나트는 입속으로 중얼거렸다.

"엄마도 살고 싶어했어…."

하지만 그들은 살려주지 않았다. 잔인하게 죽였다. 그러면서 왜 그들은 살고 싶어하는가.

주문을 외우는 레나트의 손에 바람의 검이 나타났다. 그것을 본 남자는 힘없이 고개를 저었다.

"부탁이야…. 죽고 싶지 않아…."

레나트는 남자를 내려다보며 그 손을 치켜들었다.

어머니의 최후가, 십 년 동안의 증오가 되살아났다. 그것이 여기서 마침내 끝을 고하는 것이다.

레나트는 한쪽 눈을 가늘게 떴다. 남자의 울음소리가 들린다.

마법 검을 출현시킨 오른손이 뜨겁다. 그토록 원하던 이 순간을 맞이했다. 꿈에서까지 보았던 순간이다. 불타 눌어붙은 망집의 끝이다. 망설일 여지도 없다. 주저할 이유도 없다.

그러니까.

그런데 그는—

차마 그 검을 휘두를 수 없었다.

레나트는 떨고 있는 남자를 응시한다. 바짝 말라버린, 피 맛이 도는 입에서 저절로 말이 흘러나온다.

"…가라."

검을 든 손을 내린다. 마법으로 만든 검이 사라진다.

"가! 내 눈이 닿지 않는 곳으로! 당장 꺼져!"

그 말에 남자는 정신없이 몸을 일으켜 숲속으로 사라졌다. 레나트는 그걸 보지 않으려고 두 손으로 얼굴을 가린다. 거칠어진 호흡을 가라앉히기 위해 숨을 마신다.

그때, 뒤에서 분위기에 어울리지 않는 가벼운 목소리가 들렸다.

"어럽쇼? 뭐 하는 거야? 혹시 적을 놓아준 거냐?"

놀리는 듯한 목소리. 그곳에는 마법사장 바르달로스가 비웃는 얼굴로 서 있었다. 남자는 레나트를 빤히 쳐다보았다.

"내가 한 명도 놓치지 말라고 했을 텐데? 아닌가?"

"…맞습니다."

"뭐, 좋다. 내가 쫓아가서 죽여주마. 넌 먼저 돌아가 있어."

"기다…!"

내뱉으려다 삼켜버린 말을, 바르달로스는 능글능글 웃으며 캐물었다.

"뭐야, 죽이지 말라고 말하고 싶은 거냐? 상대는 전쟁터에 나온 병사다. 죽을 각오쯤은 되어 있겠지."

"그 남자에게는 이미 전의가 없었습니다."

"전의 따위는 관계없어. 싸울 생각이 없으면 처음부터 이런 데 오질 말았어야지. 아니면 뭐냐? 대신 네가 죽을 테냐?"

"…예?"

레나트는 할 말을 잃고 눈앞의 남자를 쳐다보았다.

거기에 있는 것은 사람을 죽이는 기쁨으로 가득한 눈, 광기의 눈이다.

바르달로스에게는 적병을 죽이는 것이나 레나트를 죽이는 것이나 다를 게 없다.

강력한 마법사인 그는 풀을 베듯 쉽게 사람을 죽일 수 있는 힘을 지니고 있다. 이 또한 마법사의 모습인 것이다.

레나트는 메마른 숨을 토했다. 형언하기 힘든 피로감이 엄습해온다.
죽어도 괜찮을지도 모른다. 그렇게 생각한다. 죽이고 싶었던 원수를 대신해 죽는 것이다. 어이가 없어 실소가 터질 지경이다.
하지만 이미 상관없다. 이제 여기서 끝내기로 하자.
레나트가 그렇게 마음을 정했을 때— 갑자기 여자의 가냘픈 목소리가 끼어들었다.

"그 남자는 내 부하다. 그만 괴롭히도록 해라."

생소한 목소리에, 레나트는 뒤를 돌아보았다.
피비린내 진동하는 숲속에, 언제 나타났는지 국왕의 총희인 흑발의 여자가 서 있었다.
인형 같은 미모의 여자를 보고, 바르달로스가 심술궂은 미소를 짓는다.
"아에테르나 님, 언제 오셨습니까?"
"조금 전."
"마중도 못 하고 실례했습니다. 많이 피곤해 보이시는데, 타국에 대한 선전포고가 그렇게 힘드셨습니까? 제가 했어도 괜찮았습니다만?"
숨길 생각조차 없는 빈정거림에 레나트가 그녀를 보자, 확실히 그녀는 몹시 창백한 얼굴이다. 마력을 지나치게 사용한 모양인지, 그 힘에도 흔들림이 느껴진다.
하지만 그녀는 바르달로스의 빈정거림에도 오만한 눈빛을 향했을 뿐이다.
"네가 하는 것보다 빨라. 그보다 도망친 병사는 내버려두고, 부상자를 구조해 본국으로 돌아가라."

"…알겠습니다."

바르달로스는 표정을 지우고 인사한 뒤 전이했다.

마녀는 레나트를 흘끔 쳐다보았다. 그 짙은 어둠의 눈에 그가 숨을 삼키는 동안, 그녀도 홀연히 모습을 감추었다.

"—아까는 감사했습니다."

쿠스쿠르의 왕궁으로 돌아온 레나트는 여자의 방을 찾아가 고개를 숙였다.

창가의 장의자에 누워 나른하게 창밖을 바라보는 그녀는 그의 존재를 모르는 것처럼 무심하다. 레나트는 자신 쪽을 보지 않는 여자에게 물었다.

"왜 그때 구해주신 겁니까?"

부하는커녕 레나트는 그녀와 말을 나눈 적도 없다. 그저 존재만 알고 있었을 뿐이다.

왕이 데려온 무서운 여자. 언젠가 왕비가 될 그녀는 범접하기 어려운 분위기에 웃는 일조차 없다. 오로지 사람을 죽이기 위한 얼음인형이라고 말해진다.

레나트 자신은 그녀와 관련된 그런 소문을 전부 믿는 건 아니지만, 자신과는 관계없는 존재라고 생각하고 있었다. 바르달로스도 아마 그 소문이 거짓임을 알고 있었으리라.

그녀는 무표정한 얼굴로 레나트를 곁눈질했다. 억양 없는 목소리로 중얼거린다.

"지친 얼굴을 하고 있었으니까."

단순한 대답. 그게 왜 이유가 되는지는 알 수 없다.

하지만 레나트는 그녀에게 모든 걸 들킨 기분이 들어 그 자리에 굳어 버렸다.

그녀가 긴 속눈썹을 아래로 떨군다. 그 안쪽의 눈동자에는 더 짙은 어둠이 있는 것처럼 보였다.

심연을 연상시키는 불가사의한 눈빛. 똑바로 응시하면 거기에 자신의 과거가 비칠 것 같은 느낌마저 든다.

"저, 저는—."

깨닫고 보니 레나트는 봇물 터진 듯 자신에 대한 이야기를 쏟아내고 있었다. 어린 시절, 어머니의 죽음, 복수를 위해 살아온 나날, 그리고 오늘의 일을.

그동안 그녀는 한마디도 하지 않고, 듣는지 마는지 알 수 없는 표정으로 천장을 올려다보고 있었지만, 이야기가 전부 끝나고 나자, 고개를 기울여 그를 응시했다.

"죽였을 때 어떤 기분이었지?"

순간, 그는 말문이 막혔다. 그것은 애써 외면한 감정이다. 레나트는 신중하게 말을 골랐다.

"후련했습니다. …그리고 몹시 불쾌했습니다."

"그렇군. 그럼 죽이지 않았을 때는?"

검은 눈동자가 그를 꿰뚫어본다. 그 질문에 레나트는 전율하고— 가늘게 떨리는 목소리로 대답했다.

"안도했습니다…. 하지만 죽일 걸 그랬다는 생각도 했습니다."

"솔직하네."

곧바로 돌아온 목소리에는 어이없어하는 기색이 역력하다. 감정 없는 얼음인형이라고는 생각하기 힘든 목소리에 레나트는 어안이 벙벙해졌다.

하지만 그녀는 눈치채지 못한 채 다시 물었다.

"그래서 이제 어쩔 셈이지? 여기를 떠나고 싶다면 도와줄 수 있어."

"…네?"

레나트는 자신이 잘못 들었나 생각했지만, 그녀는 고양이처럼 빤히 그를 쳐다보고 있다.

"목적을 달성했으면 여기에 더 있을 필요도 없지 않아?"

—왕의 총희가 탈주를 제안하다니, 어떻게 된 일일까.

하지만 그녀는 놀리거나 농담하는 것처럼 보이지는 않는다. 레나트는 저도 모르게 숨을 죽였다.

인간의 마음을 갖지 않은 잔학한 여자. 마녀라는 소문이 도는 왕의 신부.

하지만 가까이서 본 그 모습은 소문과 달리 종잡을 수 없다. 인간이 아닌 듯 보이지만, 인간 그 자체 같기도 하다.

검은 눈동자가 여기가 아닌 다른 곳을 보는 것 같아서, 레나트는 무심코 입을 열었다.

"당신은 무엇 때문에 여기에 계신 겁니까?"

그녀는 왜 여기에 있는 걸까. 마녀라는 소문이 사실이라면, 왜 이 나라를 돕고 있는 것인가.

그의 질문에 그녀의 눈이 조금 커지더니 희미하게 쓴웃음을 짓는다.

그것은 투명하고 맑은 얼굴이다. 그녀는 고독한 여왕처럼 속삭인다.

"나는… 나 자신의 망집 때문에 여기에 있어. 그뿐이야."

아름다운 모습에 어울리지 않는 고뇌에 찬 말. 자신이 안고 있는 것과 같은 그것에 레나트가 놀란 표정을 지었을 때, 요란한 소리를 내며 문이 확 열렸다.

"아에테르나 님! 그런 자를 들이시면 안 됩니다!"

한 소녀가 씩씩거리며 들어온다. 그 바로 뒤에는 다른 여자가 한 명 더 서 있었다.

소녀는 열일곱 살 정도로 보인다. 뒤로 묶은 머리는 가벼운 곱슬기가 있고, 눈동자에는 고집스러운 성격이 엿보인다.

한편 그녀를 따라 들어온 여자는 스무 살이 조금 넘어 보였다. 빛바랜 금발에 차분한 분위기를 지닌 그녀는 상당한 힘을 가진 마법사임을 한눈에 알 수 있었다.

방의 주인인 여자는 한숨을 내쉬고 소녀를 보았다.

"누구와 이야기하든 내 마음이야."

"그 아이는 여관입니까?"

"누구더러 여관이래! 나도 엄연히 마법사거든! 우리를 마을에서 쫓아낸 놈들에게 반드시 복수하고 말겠어!"

소녀는 얼굴이 새빨개지도록 화를 낸다. 본인은 사뭇 진지하지만, 어딘지 모르게 어린 티가 나는 언동 때문일까, 복수라는 말이 한없이 가볍게 느껴져서 레나트는 난처한 미소를 지었다. 그러자 소녀는 얼굴이 더 빨개지면서 분개했다.

"뭐야! 어린애라고 말하고 싶은 거야?"

"트리스, 시끄러워."

주인이 주의를 주자, 소녀는 입을 다물었다. 그 불만스러운 얼굴을 본 주인은 말을 이었다.

"전에도 말했지만, 복수를 부정하는 건 아니야. 정당한 수단으로 상대에게 벌을 주든, 직접적으로 보복하든 그건 네 마음대로 하면 돼. 다만, 후자는 과거에만 사로잡힌 행동과 의지야. 지금의 자신을 거기에 써버리는 게 정말로 너에게 이득이 되는지는 잘 생각해 봐. 과거의 너의 잔재로 전락하는 게, 과연 다른 어떤 것보다 우선할 일인지…. 그 각오가 없으면, 복수를 이뤄도 미아가 될 뿐이야."

그 말에 레나트는 정신이 번쩍 드는 기분이었다.

—그건 아마 자신도 마찬가지다.

십 년 전, 불길에 휩싸인 어머니의 모습을 보았다. 그때 새겨진 복수심으로 자신은 지금까지 달려왔다. 분노에 사로잡힌 어린아이의 잔재일 뿐이다. 그리고 어린아이의 격정은 지나고 나면 아무것도 남지 않는다. 그래서 레나트는 어디로 가야 할지 모른 채, 막막한 허탈감에 빠져버린 것이다.

트리스는 새빨간 얼굴로 입을 삐죽 내밀고 말없이 방을 나가버렸다. 요란한 소리를 내며 닫힌 문을 보고, 남아 있는 여자가 쓴웃음을 지었다.

"죄송합니다."

"이미 익숙해졌어."

귀인인 여자는 몸을 일으켜 조그맣게 하품을 했다. 그녀는 레나트를 보고 웃는다.

"그래서 아까 한 질문의 대답은? 어떡할 거야?"

레나트는 검은 눈동자를 마주본다.

거기에 무엇이 있는지 그는 알지 못한다. 그녀의 눈동자에는 아무것도 비치지 않는다. 그저 거울처럼 있을 뿐이다.

다만… 자신이 빠져나온 망집 한복판에 그녀는 지금도 서 있는 것이리라.

복수의 끝과 함께 스러질 예정이었던 자신의 목숨은 그녀에 의해 구원되었다. 그렇다면 앞으로 자신의 길을 찾는다면 그것은—.

레나트는 마음을 정하고, 그녀 앞에 무릎을 꿇었다

"여기서 당신을 따르겠습니다."

그녀가 놀란 표정을 보인다. 하지만 곧 부드럽게 미소 지었다.
"별난 자로구나."
그 미소는 지독하게 상냥한, 인간의 것이었다.

※

"도대체 아에테르나 님은 왜 그렇게 잔소리가 많은가 몰라."
트리스는 대기실에서 차를 마시며 씩씩거리고 있었다. 맞은편에서는 금발의 여자가 쓴웃음을 짓고 있다.
그녀의 이름은 파밀라. 트리스와 함께 마녀의 시중을 담당하고 있다. 사실 보살핌이 필요한 것은 오히려 눈앞에 있는 소녀 쪽이다. 스스로를 어른이라 믿어 의심치 않는 트리스는 불만스러운 얼굴로 입술을 샐쭉거린다.
"나이도 나랑 비슷한 주제에 제발 오지랖 좀 그만 부렸으면 좋겠어."
소녀의 어처구니없는 발언에 파밀라는 어안이 벙벙해졌다.
"뭐? 트리스, 너… 아에테르나 님이 누구인지 몰라?"
"누구긴 누구야. 폐하의 신부가 될 분이잖아. 꽤 강한 정령술사인 모양이지만."
"강한 정령술사라고 할까, 그분이 바로 '푸른 달의 마녀'야."
그 말을 들은 트리스의 얼굴은 상당히 볼 만한 것이었다. 눈과 입이 크게 벌어지고 잠깐 얼어붙는가 싶더니, 얼굴이 파래졌다가 다시 새빨개진다.
"그게 정말이야?! 푸른 달의 마녀?! 세상에, 난… 어릴 때부터 그분을 동경했었어!"
"당연히 정말이지. 네가 몰랐다는 게 더 신기하다."

흥분해 눈을 반짝이는 소녀에게 파밀라는 쌀쌀맞게 대꾸하고, 속으로 말을 이었다.

'그리고 마법대국 투르다르의 마지막 여왕이야'라고.

파밀라가 나고 자란 곳은 옛 투르다르의 영지 내에 있는 정령술사의 마을이다.

사백 년 전에 멸망한 투르다르는 넓은 영토를 가지고 있었지만, 당시 사람이 살았던 곳은 성도뿐이라 거의 도시국가의 양상을 보이고 있었다. 하지만 그 성도에 살지 않고, 숲속 등에 몰래 숨어 사는 마법사들도 그 수는 적지만 존재하고 있었던 것이다.

파밀라는 그런 자들의 피를 이은 자손으로, 어릴 때부터 줄곧 어떤 이야기를 들으며 자라왔다. 그것은 투르다르의 여왕이 될 예정이었던 소녀의 이야기로, 그녀가 마녀가 된 이후의 이야기다.

몇 백 년에 걸쳐, 수많은 입담꾼들이 살을 붙여가며 입에서 입으로 전해온 비밀스러운 옛이야기.

그 이야기 속의 마녀는 아름답고, 무시무시하고, 한없이 강하고… 그리고 고독했다.

탑에서 혼자 사는 마녀가 외롭지 않을까 하고 어린 파밀라는 걱정했지만, 성장함에 따라 '그녀가 스스로 선택한 삶'이라는 것을 이해하게 되었다.

그리고 옛날이야기의 기억도 점차 흐려져갈 무렵— 마을에 라나크의 권유가 온 것이다.

투르다르의 왕자가 나라를 재건했다는 이야기. 그 수상한 이야기에 다른 사람들은 난색을 표한 가운데, 파밀라만이 홀로 그 권유를 받아들였다. 그것은 오로지 마법국가 투르다르에 대한 동경 때문이었다. 대부분의 도시 기능이 마법으로 작동하고, 고도의 기술이 연구되었고, 주변국과는 국교를 단절하고 살았다는 신비의 강국.

당대 최강의 마법사가 통치하는 나라는, 대륙의 역사에서 마법이 가질 수 있는 힘의 도달점이다.

투르다르의 왕은 즉위할 때 '정령'이라 불리는 상위마족을 여럿 사역했다고 전해지는데, 먼 옛날, 지방에서는 '신'이라 불렸던 상위마족을 인간이 부린다는 것은, 지금 생각해 보면 상상에 불과한 이야기다.

—하지만 만약 그 전부가 진실이라면.

파밀라는 부푼 기대를 안고, 난생 처음 고향을 떠났다.

하지만 쿠스쿠르에 와서 출신지를 이야기하자, 주위의 마법사들은 모두 뒤에서 그녀를 비웃었다.

『그 사람은 양친이 모두 정령술사'였다'고 하던데.』

『정령술사가 아이를 낳다니….』

『육체의 유혹은 이길 수 없었나 보지. 그녀도 그런 거 아냐?』

그것은 그녀에게 있어 견디기 힘든 굴욕이었다.

사백 년 동안 다른 정령술사들이 밖에서 어떻게 살아왔는지는 모른다. 하지만 적어도 그녀의 고향에서는 사랑하는 남녀가 결혼해 아이를 낳는 것은 행복한 일로 여겨졌던 것이다.

정령마법을 쓸 수 없게 되는 게 마법사로서 그토록 몹쓸 행위인지, 파밀라는 화가 나고 분했다. 하지만 그래도 꾹 참고 일했다. 실력을 보여주면 아무도 그런 소리를 못 할 거라고 생각했기 때문이다.

하지만 그녀가 노력하면 할수록 수군거림은 더 심해졌다. 거기에 지쳐 고향으로 돌아갈까 생각하기 시작했을 무렵… '그녀'가 온 것이다.

라나크가 소개한 '내 신부로 자란 여자'란, 다시 말해, 마찬가지로 왕후보였던 마녀 외에는 있을 수 없다.

검은 비단실 같은 머리카락에 도자기처럼 희고 고운 피부, 그리고 이야기 속에 묘사된 것처럼 검은 눈동자. 옛날이야기 따윈 어차피 미화된 거라고 생각했던 파밀라의 고정관념을 산산이 깨부술 만큼— 그녀는 아름다웠다.

자청해 그녀의 시중 담당이 되었고, 대면했을 때의 일은 지금까지도 선명한 추억이다.

창가에 서 있던 마녀는 파밀라를 돌아보고, 조금 놀란 듯이 말했다.

"너는 정령술사구나."

"디렌의 마을에서 왔습니다, 공주님."

"공주님이라고 부르지 마…."

민망한 표정을 지은 마녀는, 하지만 곧 그리운 어조로 중얼거렸다.

"그래, 그 마을 사람이구나…. 다들 잘 지내?"

"네, 당신 덕분입니다."

투르다르가 멸망했을 때, 성을 중심으로 넓은 영토 대부분이 금주에 오염되었다. 그럼에도 파밀라의 고향 일대가 무사했던 것은, 살아남은 그녀가 부정(不淨)을 정화해주었기 때문이다.

그녀도 그것을 기억하는지, 문득 미소를 지었다.

"옛날 일이야. 그보다 네가 정령술사인 걸 보면 여전히 정령술사가 많은 모양이구나."

"네, 제 부모님도 정령술사였습니다. 주술은 전부 부모님에게 물려받았습니다."

반사적으로 대답하고 나서, 또 비웃음을 당할지도 모른다고 생각한 파밀라는 긴장했다.

그러나 마녀는 그 말을 듣고 온화한 미소를 지었다.

"사랑받고 있구나. 멋진 일이야."

자애와 동경이 가득한 눈빛. 옛이야기 그대로 아름답고, 하지만 옛이야기보다 상냥한 사람.

파밀라는 그 순간 마음을 정했다. 갓 부화한 아기 새가 처음 본 대상을 어미로 여기는 것과 같을지도 모른다. 하지만 파밀라는 확실하게, 자신의 주군은 이분이다…라고 깊이 느낀 것이다.

파밀라는 그녀 앞에 무릎을 꿇고 고개를 깊이 조아렸다.

“저는 당신을 모시는 마법사입니다. 뭐든지 명령하십시오.”

탑에서 혼자 사는 그녀가 외롭지 않을까 걱정했었다.

그러니까 이 성에서 그녀가 고독해지지 않도록. 분명 그 때문에 자신은 여기에 온 것이다.

5. 당신이 모르는 나

그날, 이웃마을로 심부름을 갔던 소년은 자신의 마을로 돌아와 마을 입구에 멈춰 서 있었다. 평소와 다름없는 풍경. 하지만 사람들로 북적거리던 큰길에도, 가게 안에도, 그리고 소년의 집에도 사람의 모습은 보이지 않았다.

소년은 사람의 모습을 찾아 길거리를 헤매 다니다, 결국 완전히 아무도 없다는 사실을 확인하고, 믿을 수 없는 현실에 망연자실했다. 마치 악몽 같다. 어쩌면 비슷한 다른 마을로 잘못 와버린 걸지도 모른다.

하지만 몇 년 동안 그대로인 벽의 낙서도, 가게 창문에 장식된 낡은 인형도, 모든 게 낯익은 풍경이다.

그는 실낱같은 희망을 품고, 다시 한 번 집으로 돌아가 본다.

부엌의 탁자 위에는 엄마가 준비한 게 분명한 점심이 차려져 있었다.

그리운 냄새를 맡고 눈물이 흐른다. 음식은 아직도 충분히 따뜻했다.

소년은 울면서 그것을 먹고, 이웃 마을에 이 사태를 알리기 위해 지친 다리를 이끌고 길을 나섰다.

※

아스도라 평원의 전투는 모두의 예상을 뒤엎고, 참혹하기 짝이 없는 결과로 끝났다.

타일리는 당초 일만 명이었던 병사를, 오백 명 남짓한 패잔병을 제외하고 전부 잃었고, 한편 쿠스쿠르는 마법사 오십 명 미만의 희생으로 마무리되었다. 이 결과로 인해 주변국들은 마법사의 힘을 재인식하는 동시에, 쿠스쿠르에 대한 시각을 달리하게 되었다.

그것은 그러나, 아스도라의 전투만이 원인은 아니다.

이 전투와 거의 같은 시각에, 타일리를 제외한 사대국의 마을이 한 군데씩 습격을 당한 것이다.

이들 마을은 타일리의 마을이 당한 것과 마찬가지로, 건물만 남긴 채 주민 전체가 홀연히 사라져버렸다. 피해를 입은 곳은 모두 큰 마을이라, 그때까지 남의 일처럼 방관하고 있던 나라들도 쿠스쿠르에서 보내온 서장에 대해 진지하게 생각하지 않을 수 없게 되었다.

즉위식을 나흘 앞둔 오스카는 마을 습격 보고를 받고 얼굴을 찌푸렸다.

원래 같으면 각국의 중요인사를 초청해 성대하게 치러지는 즉위식이지만, 비상상황이라 국내 인사만으로 간략하게 치러질 예정이다. 그 준비와 병행해, 중신들은 사태 파악에 여념이 없었다.

"그래서 어떻게 되었지?"

오스카 앞에 선 병사 스즈토는 긴장한 얼굴로 주민이 사라진 마을에 대해 보고했다.

"타일리의 마을과 마찬가지로 건물에는 손상이 없었습니다. 내부도 그야말로… 방금 전까지 사람이 있었던 것처럼, 탁자 위에 김이 모락모락 나는 수프가 놓여 있는 가게도 있었을 정도입니다."

"괴기현상이군."

"다만, 사람의 모습은 전혀 보이지 않지만 때때로… 뭔가가 있는 듯한 느낌을 받았습니다."

"어떤 느낌이지?"
"기척이랄까, 감촉이랄까, 그런 것을 자주 느꼈습니다. 하지만 아무도 없었습니다."
"…그래?"
들으면 들을수록 기묘한 이야기다. 자신이 직접 가보고 싶지만, 지금 그랬다가는 성 안에 난리가 날 것이다. 오스카는 스즈토를 내보내고, 집무실 구석에 대기하고 있던 도안에게 물었다.
"어떻게 생각해?"
"솔직히 어떻게 하면 그런 일이 가능한지 전혀 모르겠습니다."
"그 녀석 짓이라고 생각해?"
"아마도요. 아니라면 그건 그것대로 큰일입니다. 그런 일이 가능한 마법사가 또 있다는 뜻이니까요."
"그것도 그렇군. 다른 마녀는 이번 일과 관계없다고 들었으니까."
티나샤가 이 성에 있었던 반년 동안, 상상을 초월하는 그녀의 힘은 수없이 봐서 알고 있었지만, 실제로 전장에 섰을 때의 그 힘은 끝을 알 수 없다. 그녀의 계약자인 오스카조차 그렇게 느낄 정도니까, 마녀의 힘이 어느 정도인지 모르는 다른 나라들은 지금쯤 공포에 질려 살아 있는 심정이 아닐 것이다.
"하여간 적당히를 모르는 녀석은 이래서 문제라니까."
"반대로 말하면, 그만큼의 각오가 있다는 뜻이겠지요."
도안의 냉정한 지적은 핵심을 꿰뚫고 있다. 바로 그렇기 때문에 그녀는 파르사스에서 모습을 감춘 것이다.
깊은 한숨을 내쉬는 오스카에게, 마찬가지로 방 안에 있던 알스가 입을 열었다.
"세자르는 출병을 결정했다고 합니다. 간도나는 아직 망설이는 것 같고요."

"그렇군."

오스카는 다리를 꼬아 책상에 올려놓았다. 메마른 입술을 혀로 축인다.

—답은 처음부터 정해져 있었다.

다만 시기를 저울질하고 있었을 뿐이다. 그리고 때는 왔다. 그는 희미한 웃음을 지으며 다리를 내리고 일어섰다.

"군을 편성해둬. 즉위가 끝나면 출발한다."

알스와 도안은 그 말에 공손히 고개를 숙였다.

※

아름다운 수호자가 모습을 감춘 이후로, 몇 번인가 생각한 것이 있다.

그것은 '티나샤는 언제부터 지금의 사태를 생각하고 있었을까'라는 점이다.

그녀는 분명 파르사스보다 훨씬 먼저, 쿠스쿠르의 왕이 누구인지를 파악하고 있었을 것이다.

그래서 임무를 마친 고양이 사역마를 지워버렸다. 오스카의 해주를 서두른 것도 그 때문이 분명하다.

다만 그런 가운데, 오스카를 단련시킨 것은 다른 이유가 있을 거라고 그는 생각한다. 티나샤는 아마, 힘이 모자라 유린당했던 자신과 같은 일을 겪지 않도록, 선택지를 남기고 간 것이다.

정이 깊고 스스로를 돌보지 않는, 요령 없는 마녀. 긴 시간 속에 멈춰 있던 그녀는 마침내 움직이는 것을 선택했다. 자신이 기다리던 운명에 뛰어들었다.
그리고 그녀가 생각하는 그 후의 미래는… 아마도 그녀 자신의 미래를 보장하는 것은 아닐 것이다.
그렇다면 지금, 자신이 취할 수 있는 선택지는 무엇인가—.
오스카는 성벽의 발코니에서 거리를 내려다보며 그런 생각에 잠긴다.
순조롭게 즉위식을 마치고, 국민 앞에 모습을 드러낸 젊은 국왕에게 민중은 열광과 환호로 답했다. 그것은 어린 시절부터 언젠가 오리라 상상했던 광경이었고, 그러나 상상보다는 훨씬 통과점에 불과했다.
예를 들면 마녀의 저주를 받은 것도, 다른 마녀를 수호자로 삼은 것도, 아마 역사적으로는 특이한 일일 것이다. 다만, 자신에게는 둘 다 철들 무렵부터 짊어지고 있었던 것과, 거기에서 이어진 결과다. 자신은 그때의 최선을 선택했을 뿐이며, 거기에 자신의 욕심은 없다.
단지— 티나샤를 선택한 것만이 자신의 개인적인 욕심이다.
그것은 어린 자신은 상상할 수 없었던 미래이고, 그래서 앞으로가 중요하다고 생각하는 것이다.
오스카는 민중에게 손을 흔들고, 성 안으로 돌아온다. 순식간에 그의 주위에 부하들이 따라붙었다. 새로운 왕은 복도를 걸어가면서 마법사장 쿰과 알스, 도안에게 다음날 있을 타일리 원정에 대해 지시를 내렸다.
"전이만은 언제든지 사용할 수 있게 해놓도록. 상대는 모두 마법사니까. 최악의 경우에도 나 혼자만은 전이시킬 수 있게 해놔. 그러면 뭔가 방법이 있을지도 모르니까."
"알겠습니다. 폐하를 불러내는 것은 정말로 마지막 수단입니다만……."

"타일리가 그 마지막 수단을 사용하려 하고 있으니까, 파르사스가 파르사스를 위해 사용하는 건 당연해."

통칭 '마법사 킬러'로 불리는 아카시아. 그 검의 주인은, 마법사를 상대할 때 압도적으로 유리하다. 물론 그러기 위해서는 검술 실력도 필요하지만, 티나샤는 그것을 가능하게 하는 기술을 철저히 단련시켜놓고 갔다. 그러니까 마음만 먹는다면, 아마 마녀 토벌도 가능하리라.

—하지만 가능한지 아닌지와, 할지 말지는 다른 문제다.

대책을 의논하면서 일행은 복도를 걸어간다. 그때 담화실에서 한 소년이 뛰쳐나왔다.

소년은 오스카 앞을 가로막더니 양팔을 펼치고 외쳤다.

"마녀와 싸우러 가는 거지?! 나도 데려가줘!"

그 말에 그 자리에 있던 모두가 놀라며 당황했다. 오스카가 가볍게 눈살을 찌푸렸을 때, 복도 저편에서 스즈토가 달려왔다.

"뭐 하는 짓이냐! 폐하 어전에서!"

스즈토는 그렇게 말하면서 소년을 꼼짝 못하게 붙잡고, 오스카에게 고개를 숙였다.

"죄송합니다. 무례를 범했습니다."

"네 동생이냐?"

"아닙니다. 피해를 당한 마을에 사는 아이인데…. 그날 우연히 다른 곳에 있어서 변을 피한 모양입니다. 갈 곳이 없다고 해서 데려왔습니다."

"흠, 그랬군."

주민 모두가 홀연히 모습을 감춰버렸다는 마을의 아이를, 스즈토가 조사하러 갔다가 데려온 모양이다. 스즈토에게 제압당한 채 소년은 부르짖었다.

"다 들었어. 마녀가 사람들을 죽인 거잖아! 나도 갈 거야! 원수를 갚을 거야!"

"안 돼. 꼬맹이는 얌전히 공부나 해."

이제 막 즉위한 왕은 냉담하게 대꾸한다. 하지만 소년은 물러설 생각이 없는 듯, 스즈토의 손을 뿌리치고 다시 왕에게 달려들었다.

"그럼 그 검을 빌려줘! 내가 마녀를 죽이러 갈 테니까."

"너…."

오스카는 소년의 목덜미를 붙잡고, 자신의 눈높이까지 들어올렸다. 버둥거리는 소년에게 기가 찬다는 듯이 말한다.

"평범한 사람은 이 검이 있어도 눈 깜짝할 사이에 그 녀석 손에 죽어. 알겠냐?"

"당신은 마녀를 죽일 생각이 없기 때문에 그렇게 말하는 거야! 나도 같이 데려가!"

무례한 태도에 주위 사람들이 모두 인상을 찌푸린다. 쿰이 소년을 노려보았다.

"폐하께 그게 무슨 말버릇이냐…."

"상관없어. 그보다 재미있는 말을 하는군. 내가 그 녀석을 죽일 생각이 없다고? 그래, 맞는 말이야."

"당신이 그러고도 국왕이야?"

"이 녀석이…. 마법사와 마녀가 마을을 공격하기로 마음먹었으면, 건물 따윈 상관없이 위에서 큰 걸 몇 방 쏘면 그대로 끝이야. 일부러 사람만 골라 사라지게 만드는 귀찮은 짓을 왜 했는지 그 의미를 먼저 생각해라. 머리를 쓰지 않으면 만날 수 있는 사람도 못 만나게 될 거다."

왕의 지적에 소년은 눈이 동그래지더니 입을 다물었다. 소년은 잠시 생각하다가 주뼛주뼛 입을 열었다.

"우리 엄마는 살아 있어?"

"아마도. 그걸 물어보기 위해 마녀를 만나러 가는 거야."

오스카는 소년을 바닥에 내려놓았다. 가볍게 비틀거린 소년은 실낱 같은 희망을 품고서, 하지만 지나치게 기대하는 것도 불안한 모양인지 따지듯이 오스카에게 물었다.

"그치만… 정말로 죽었으면 어떡해?"

주뼛주뼛 던진 질문에, 오스카의 눈초리가 가늘어졌다.

단정한 얼굴에서 표정이 사라진다.

거기에 있는 것은 옥좌에 앉는 왕의 눈이다. 긴 역사와 중책을 어깨에 짊어진 자.

숨길 수 없는 왕의 위엄에 눌려, 소년은 숨을 삼켰다.

오스카는 밤하늘 색의 눈동자를 아래로 향하고 말했다.

"그때는— 마녀를 죽여야지."

알스는 주군의 목소리에 전율했다.

그것은 거짓이 전혀 없는, 진심에서 나온 말이었다.

※

달이 휘영청 빛나는 깊은 밤, 주인의 방에 들어간 파밀라는 장거리 전이 구성을 짜고 있는 마녀를 발견하고 물었다.

"아에테르나 님, 어디를 가시려고요?"

방 한복판에 서 있던 그녀는 파밀라의 질문에 흠칫 놀라 돌아본다.

"파밀라였군요. 놀라게 하지 말아주세요. 그리고 그 호칭도요."

"실례했습니다. 티나샤 님."

티나샤는 그 말에, 장난치다 들킨 어린아이처럼 혀를 쏙 내밀었다.

이 마녀가 '왕의 신부'로서 보여주는 성격과는 완전히 다른 본질을 가졌다는 사실을 아는 사람은 지금은 파밀라뿐이다.

마녀의 시중 담당이 되고 며칠 후, 뭔가를 숨기는 듯한 마녀를, 파밀라는 둘만 있을 때 열심히 설득해 충성을 맹세하고, 그것을 반복해 마침내 신용을 얻어낸 것이다.

『무슨 일이 있어도 저는 당신 편입니다. 신용할 수 없다면 차라리 죽여주세요.』

그렇게 호소하는 파밀라에게, 처음에는 괴로운 얼굴로 잠자코 있던 마녀도 마침내 두 손 든 것 같았다.

『알았어요…. 일단 둘만 있을 때는 아에테르나라고 부르지 말아주세요.』

난처한 듯이 쓴웃음을 짓는 티나샤는, 전보다 훨씬 온화하고 정중한 말투였다. 그것이 그녀의 본래 모습이리라. 파밀라는 그런 주인을 보면 마음이 기뻐진다.

하지만 마냥 기뻐하고만 있을 수는 없는 상황이다. 티나샤의 힘은 확실히 강대하지만, 그녀는 한 명뿐이고, 이 나라에서 너무나 고독하다. 신용할 수 있는 사람이 최소한 몇 명은 더 필요하다. 그 레나트라는 남자가 과연 그중 한 명이 되어줄 수 있을까.

파밀라의 근심은 아랑곳없이, 당사자인 티나샤는 중단했던 구성을 다시 짜기 시작했다.

"잠깐 나갔다 올게요. 누가 오면 대충 둘러대 주세요."

"네? 저어…."

파밀라는 행선지를 물어보려고 했지만, 한 발 늦고 말았다. 마녀의 모습은 순식간에 방 안에서 사라져버렸다.

"하여간 그분은…!"

그 탄식을 듣는 사람은 없다. 달이 창백하게 하늘 위에서 침묵하고 있었다.

※

발코니에서 보는 달은 붉었다.

마치 피로 물든 것 같은 그것을, 타일리의 왕태자 루스트는 착잡한 심정으로 올려다본다. 뒤에서 하나로 묶은 머리가 등에 긴 그림자를 드리운다.

아스도라 평원에서는 일만에 가까운 병사를 잃고 말았다. 그 자신의 판단이 안이했던 탓이다. 괴로운 마음으로 루스트는 달을 올려다본다.

—타일리의 마법사 박해 역사는 길다.

그것은 천 년 이상 이어진 피비린내 나는 역사이자, 유일신 일리티르디아에 대한 신앙의 역사이기도 하다.

'세계를 가르는 칼', '잠자는 백점토'라 불리는 일리티르디아는, 마력을 가진 인간을 '탐욕스럽고 부정한 존재', '광기의 싹'으로 여겨, 태어나지 말아야 할 존재라고 판단했다. 실제로 일리티르디아 앞에서는, 마력을 가진 사람은 정신과 육체를 온전히 유지하지 못하고 광기에 휩싸여 사람들을 해쳤다고 한다.

그 모습을 본 사람들은 신을 두려워하고, 마법사들을 기피했다. 그 경향은 지금도 타일리에 건재해서, 가혹한 탄압으로 인해 국내의 마법사들이 여러 차례 봉기했지만, 전부 압도적으로 많은 수의 왕국군에 의해 진압되었다.

그래서 쿠스쿠르가 독립했을 때도, 모두가 오래가지 못할 거라고 생각했다. 단순히 왕이 철저하게 진압하지 않아서 그 나라가 존속하고 있는 거라고.

하지만 그렇게 생각하고 루스트가 무리하게 진군시킨 군은 괴멸하고 말았다.

그는 얕보지 말고 더 많은 군을 편성했어야 했다고 후회하고, 자신이 직접 지휘했어야 했다고도 생각했다. 하지만 때는 이미 늦었다. 일주일 후에는 파르사스, 세자르, 간도나의 군이 타일리의 성도에 도착한다. 원군을 청한 부왕을 비판한 이상, 루스트는 그때까지 어떻게든 성과를 내고 싶었다.

"역시 내일 다시 한 번 군을 편성해서 내가 직접 지휘를…."

루스트는 괴로운 결심을 품고 하늘을 올려다본다. ―하지만 올려다본 시선 끝, 갑자기 달빛 아래 하늘이 일그러졌다.

"윽."

그는 반사적으로 검을 뽑았다.

그 일그러짐은 마법사가 장거리 전이를 할 때 나타나는 것이다. 그는 지금까지 그것을 여러 번 본 적이 있지만, 그때마다 마법사가 모습을 드러낸 순간 베어버릴 수 있었다. 하지만 지금은 손이 닿지 않는 공중이다. 활을 가지고 있었으면 좋았겠지만, 이미 늦었다.

루스트가 이를 가는 동안, 공간의 일그러짐이 점차 커진다.

다음 순간, 거기에는― 마녀가 출현해 있었다.

그 여자가 타일리의 마을을 습격한 마녀라는 사실은 금세 알 수 있었다.

그 마녀는 목격자 앞에 모습을 드러내고, 자신이 마녀임을 밝혔던 것이다. 보고받은 내용과 똑같은 머리색과 눈동자 색. 하지만 아름다움은 루스트의 상상을 훨씬 초월했다.

마치 달빛으로 빚어놓은 듯한 여자. 신의 뜻에 반하는 자가 어떻게 이런 미모를 지니고 있는지 그는 이해할 수 없었다. 긴 속눈썹이 천천히 움직인다. 아래를 향했던 눈이 그를 똑바로 응시했다.

"루스트 왕자?"

얼음물처럼 맑은 목소리.

한없이 빠져들 것 같은 검은 눈동자. 사람을 삼키는 심연이 거기에는 있다.

루스트는 그녀의 강렬한 인상에 숨이 막혔다. 단 한 번의 눈길, 그것만으로도 순식간에 빠져들고 말았다.

목이 잠겨 순간적으로 말이 나오지 않는다. 그는 잠시 사이를 두고 나서, 간신히 갈라진 목소리로 말했다.

"무슨 볼일이냐, 마녀."

그녀는 고개를 살짝 끄덕이고, 허공에 뜬 채로 간결하게 말한다.

"쿠스쿠르에 더 이상 맞서도 소용없다. 진군을 삼가기 바란다."

"뻔뻔한 소리 지껄이지 마. 무슨 꿍꿍이냐."

노골적인 모멸과 적의를 마주한 마녀는 조그맣게 한숨을 내쉰다. 그녀는 흰 손가락으로 루스트를 가리켰다.

"앞으로 이주일 후면 모든 게 끝난다. 원군도 가능하면 그때까지 진군시키지 말기 바란다."

"…뭐라고? 그게 무슨 뜻이지?"

마녀는 대답하지 않는다. 그녀의 말을 어떻게 받아들여야 할지 루스트는 망설였다.

단순히 시간을 벌기 위함인가, 아니면 다른 의미가 있는가.

허공에 뜬 마녀는 무표정하게 그를 내려다본다. 검은색 얇은 비단 드레스가 바람에 하늘거려 어느 순간 사라져버릴 것 같다.

—그녀가 현실에 존재하는지 확인하고 싶다.

루스트는 마른침을 삼키고 한 발짝 앞으로 나섰다.

"부탁을 하려면 여기까지 내려와. 감히 마법사 따위가."

"마법사 따위? 당신들의 그런 태도가 오늘을 초래했다는 걸 왜 모르지?"

마녀는 입술을 한쪽만 올리고, 싸늘한 미소를 짓는다.

그 얼굴을 본 루스트는 전율과도 같은 공포와 고양감을 느꼈다. 인간이 아닌 여자의 흰 손에 의해 깜깜한 심연으로 떨어지는 자신을 상상한다.

뭐라고 말해야 좋을까. 하지만 잠자코 있으면 패배를 인정하는 게 될 것 같아서, 그는 비웃음을 가장했다.

"마법사는 신의 세계를 사리사욕으로 어지럽힌다. 그 힘은 죄악이다. 내려와. 그러면 이야기를 들어주마."

루스트는 그녀가 그 명령을 들을 거라고는 생각하지 않았다.

하지만 마녀는 순식간에 고도를 낮춰, 그와 같은 눈높이에, 하지만 손이 닿지 않는 허공에 떠 있었다.

정면에서 바라본 그녀는, 발산하는 위압감이 신기할 정도로 작은 체구였다. 안으면 품에 쏙 들어올 것 같아서, 루스트는 가벼운 현기증을 느꼈다.

마녀는 무표정을 조금 풀고 쓴웃음을 지었다.

"당신은 나보다 키가 상당히 크군. 그만큼 나보다 어떤 부분에 있어서는 더 유리하겠지. 하지만 그런 이유로 내가 당신을 부러워하고 배척한다면 우스운 일이라고 생각하지 않나? —신의 이름으로, 자신과는 다른 능력을 사냥하는 것은 인간의 나약함이야."

여자의 얼굴은 달빛이 만든 그림자 때문일까, 지독하게 슬퍼 보였다.

검은 눈동자가 밤바다처럼 일렁인다. 루스트는 거기에 자신의 모습이 비치는지 확인하고 싶었다.

"…궤변이군. 너희의 힘은 인간의 것이 아니야."

사람이 저마다 다른 것은 당연하다. 하지만 마법사들은 그 이상으로, 감당할 수 없을 만큼 '다르다'. 그 정점이 마녀라는 사실은 그녀도 알고 있으리라. 그녀는 문득 한숨을 내쉬고 물었다.

"당신은 아기의 머리를 향해 검을 휘두른 적이 있나?"

"…뭐?"

"어린아이가 울며불며 매달리는 엄마를, 그 아이까지 함께 불태워버린 적이 있나?"

"무슨 말을…."

목이 바짝바짝 말라붙는다. 그녀의 입에서 무슨 말이 나올지 짐작할 수 있다. 창백해진 루스트에게 마녀는 단호하게 말했다.

"그걸 용납해온 게 이 나라다. 시대가 낳은 광기가 아니야. 이 나라에서는 그게 언제나 당연했어. 나는 더 처참한 광경을 본 적이 있다. 다름 아닌 당신 나라의 현실이다."

루스트는 할 말을 잃는다. 하지만 마녀의 어조는 결코 냉혹하지 않다. 그저 담담하게 이야기할 뿐이다.

"당신은 왕위 계승자로서 역사를 공부하고 타국의 정세도 공부해왔겠지. 그렇다면 그 속에서 자신의 나라가 얼마나 특수한지는 알고 있을 것이다. 암흑시대 이후로 삼백 년, 이렇게까지 지독한 선민사상을 가진 나라는 타일리를 제외하고는 남아 있지 않아. 하지만 그게 자신들의 목을 조르는 행위라는 사실을 당신이라면 이해할 수 있을 것이다."

—마력을 가진 아기는 마력이 없는 부모에게서도 일정한 비율로 태

어난다.

그래서 타일리는 끊임없이 그 아이들을 배척해야 한다. 그들은 태어나면서부터 신의 뜻에 반하는 존재이기 때문이다. 옳고 그름은 생각할 필요 없다. 다시 말해, 그것은 '생각해서는 안 되는 일'…. 하지만 그녀는 '똑바로 마주하라'고 요구한다.

마녀는 긴 흑발을 쓸어 넘겼다. 그 가느다란 손가락 끝에 하얀 빛이 켜진다. 빛은 나비 모양으로 변하더니, 아름다운 날개를 하늘거리며 밤의 정원으로 사라졌다. 그걸 보여준 여자는 타이르듯이 말한다.

"어떤 마법사라도 마법을 사용하는 이상은 그 법칙에 구속될 수밖에 없어. 아무리 발버둥 쳐도 잃어버린 사람과 국가를 돌이킬 수는 없다. 그건 인간으로서 당연한 일이지. 당신들이 생각하는 것만큼, 마법사는 인간과 다른 존재가 아니야."

"…마녀가 헛소리를."

"나를 단칼에 베어버릴 수 있는 남자는 존재해. 결국 그 정도일 뿐이다."

그렇게 말하고 미소 짓는 그녀는 순간, 기쁜 것처럼 보이기도 했다.

하지만 그 미소는 이내 사라져버린다. 마녀는 딱딱한 표정으로 루스트를 똑바로 응시했다.

"충고는 했다. 잘 생각하는 게 좋을 거야."

마녀가 갑자기 두 팔을 벌린다. 전이하려는 것임을 알아차린 루스트는 반사적으로 외쳤다.

"원군을 멈춰주길 바란다면, 내일 다시 부탁하러 와라! 나에게! 안 그러면 네 요구는 들어주지 않겠다!"

대답은 얻을 수 없었다.

마녀는 주문도 없이 구성을 낳더니 순식간에 사라져버렸다. 마치 거기에는 처음부터 아무것도 없었던 것처럼 바람이 불고 있을 뿐이다.

루스트는 영혼을 뒤흔드는 여자의 여운에 사로잡혀 한동안 발코니에서 움직일 수 없었다.

그리고 간신히 방으로 돌아왔을 때, 그에게는 적어도, 내일 직접 군을 편성할 결심은 사라져 있었다.

※

처음 그녀를 만났을 때, 그녀는 바구니 안에서 잠들어 있는 갓난아기였다.

눈처럼 하얀 피부가 보드라웠고, '속눈썹이 유난히 길구나'라고 생각했던 걸 기억하고 있다.

왕자인 자신의 신부가 되기 위해, 성에 들어온 아기. 그녀의 귀와 손가락에 부착되어 있던 많은 봉식구의 의미를 라나크가 알게 된 것은 그로부터 몇 년 후의 일이다. 그녀가 무서울 정도로 아름다운 소녀가 되고—그리고 그 거대한 재능을 모두가 깨닫기 시작했을 무렵.

그리고 서로의 길이 갈라져버릴 때까지, 그에게 그녀는 언제나 '지켜줘야 할 소녀'였다.

"—사대국 연합군이라, 대단하군."

마치 남의 일 같은 감상은, 그 연합군이 적으로 간주하는 쿠스쿠르 왕의 입에서 나온 것이다.

라나크는 옥좌에 몸을 깊이 파묻고 나른하게 천장을 올려다본다. 텅 빈 홀에는 가구조차 없다. 쿠스쿠르의 성은 만듦새는 훌륭하지만, 다른 나라와 달리 곳곳에서 역사의 결락이 느껴졌다.

그것은 왕 자신도 마찬가지다. 라나크는 두려움도 분노도 누락된 표정으로 중얼거린다.

"그런 짓을 해도 의미 없어. 전부 있어야 할 곳에 있게 될 뿐이야."

"폐하, 명령하신 대로 동기(同期) 준비는 전부 완료했습니다."

옥좌 앞에 무릎 꿇은 마법사가 그렇게 보고하자, 라나크는 텅 빈 홀을 가리켰다. 허공에 순식간에 푸른 선으로 대륙지도가 그려진다. 동석한 여러 명의 마법사들은 숨죽인 채 그것을 지켜보았다.

지도에 켜진 빛은 전부 다섯 개.

그것들이 빛의 선으로 연결되고, 다시 대륙 전체로 가지를 뻗어나간다.

환상적인 광경을 바라보며 라나크는 문득 미소 지었다.

"이것이 새로운 대륙의 모습이다."

왕의 말에 마법사들은 동경의 눈빛으로 대륙지도를 응시했다.

그 위에 그려지는 복잡한 선이 마법구성임을 이해한 사람은 많을 것이다. 그리고 이해하고 그 거대함에 전율한다. 대륙 전체를 뒤덮는 구성은 전례가 없는 일이다. 그저 탁상공론으로 치부될 뿐이다.

하지만 자신만은 정말로 실현할 수 있음을 라나크는 알고 있다. 완성되면 모든 사람의 생활이 크게 달라질 것이다. 그는 만족스럽게 자신이 그린 구성도를 바라보았다.

"이로써 모두의 고통도 사라진다. 지금까지보다 훨씬 살기 좋은 세상이 될 것이다."

왕의 말에 마법사들은 감격에 겨운 표정이 된다. 하지만 그중 한 명이 조심스럽게 입을 열었다.

"하, 하오나 정말로 그런 구성이 실현 가능한 것입니까…."

"괜찮아. 아이티가 있으니까."

바로 그때, 홀의 문이 열리고 검은 옷을 입은 마녀가 들어왔다.

그림 속에서 빠져나온 듯한 미모의 여자. 자신에게 쏠리는 시선을 느낀 그녀는 긴 속눈썹을 들고 가볍게 고개를 갸웃했다. 인형처럼 표정 없이, 그녀는 왕에게 묻는다.

"무슨 일이야, 라나크."

"네 이야기를 하고 있었어. 이 대륙을 바꾸는 일을 도와줄 거지?"

"라나크를 돕는 일이잖아? 물론이야."

가볍게 대답하고, 그녀는 천천히 홀을 가로질러 벽 쪽의 장의자에 앉는다. 옥좌에서 십여 걸음 떨어진 그 자리가 그녀의 지정석이다. 팔걸이에 등을 기대고 책을 읽기 시작하는 그녀를 라나크는 온화한 눈빛으로 응시했다.

"아무리 복잡하고 거대한 구성이라도 기본법칙을 따르는 건 마찬가지다. 마력만 충분하다면 하나하나 구성해가면 그만이지. 안 그래, 아이티? 옛날에 너에게도 그렇게 가르쳐줬잖아."

"당신이 훨씬 먼저 수업을 받았으니까."

책에서 고개도 들지 않고, 그녀는 미소 짓는다.

같은 성에서, 똑같이 왕 후보로 자란 사이. 사백 년 전의 기억이지만, 라나크에게는 바로 어제 일 같다. 마녀로 긴 세월을 살아온 그녀와 달리, 라나크는 사백 년의 대부분을 마법의 잠에 빠져 지내왔다. 영원과도 같은 얕은 꿈을 꾸면서 몸을 잠재우고 있었던 것이다. 때때로 그녀의 기척을 품은 사역마가 근처를 지나는 걸 알았지만, 거기에도 응할 수 없었다. 잠에 빠져들었을 때, 라나크의 몸은 거대한 마법의 반동으로 망가져 있었기 때문이다.

그래도 무사히 돌아올 수 있었다. 긴 잠으로 인해 기억과 사고에 안개가 끼어 있지만, 중요한 것은 잊지 않았다.

—그녀를 지키는 것. 그것이, 아주 어렸을 때부터 변하지 않은 그의 역할이다.

"너는 착하고 똑똑한 학생이라고 선생님들도 칭찬했었어. 쉬는 시간이면 내 뒤를 졸졸 따라다니면서 내가 가르쳐주는 것도 금방금방 익히고…."

다섯 살 아래인 그녀는 그의 뒤만 졸졸 따라다니는 꼬마였지만, 그 재능만큼은 이질적이었다.

물론 재능만이 아니라 엄청난 노력도 있었을 것이다. 하지만 노력한 건 그도 마찬가지였다.

"너는 우수한 아이였어. 불과 몇 년만에 교사들도 더 이상 가르칠 게 없어졌지…."

그녀가 열 살이 넘었을 무렵에는, 이미 그녀에게 마법을 가르칠 수 있는 사람은 아무도 없었다. 교사들은 모두 자청해서 물러났고, 그녀는 고독해졌다. 그 성에서 그녀가 손을 내밀 수 있는 사람은 라나크뿐이었다.

"하지만 넌 나보다 훨씬…."

라나크의 눈동자에서 갑자기 빛이 사라진다. 똑같이 왕 후보였던 마녀를 응시하는 눈은 텅 비어 있다.

그것을 제일 먼저 알아차리고 티나샤는 똑바로 라나크를 주시한다.

언제든지 몸을 일으킬 수 있도록, 뭔가를 가늠하듯이— 그런 마녀의 시선에 홀 안에 있는 마법사들이 얼어붙는다. 그녀는 목소리만은 온화하게 묻는다.

"라나크? 왜 그래? 뭔가 생각났어?"

그녀의 목소리에 라나크는 천천히 눈을 깜빡인다. 어느새 이마와 손에 땀이 배어 있다.

뭔가 좋지 않은 것을 건드린 듯 오한이 남은 몸을, 그는 심호흡하며 진정시켰다.

"아무래도 어렵군. 아직 꿈속에 있는 것 같아."

"꿈이 아니야."

"알아."

과거의 나라가 멸망한 것도, 사백 년이 지나 새로운 나라를 건국한 것도 모두 현실이다.

하지만 때때로, 자신이 무언가를 잊고 있는 느낌이 들어 답답하다. 그것은 어쩌면 자신에게서 분리할 수 없는 감정이었을지도 모른다. 그런 느낌이 든다.

라나크는 과거의 소녀에게 묻는다.

"아이티, 화 안 났어?"

"뭐가?"

티나샤는 어느새 다시 책으로 시선을 향하고 있었다. 긴 흑발을 늘어뜨린 그 모습은 커다란 꽃송이 같았다. 보는 사람을 매혹시키는 마녀. 라나크는 완전히 어른이 된 그녀의 그런 모습이 반은 기쁘기도 하고 반은 서운하기도 했다.

라나크는 그녀에게 시선을 고정한 채로 가볍게 손을 흔들었다. 물러가라고 지시하는 왕의 모습에, 마법사들은 서둘러 홀을 나간다. 둘만 남자, 라나크는 다시 입을 열었다.

"사백 년 전의 일 말이야. 우리가 마지막으로 함께 있었던 밤의 일."

재회한 뒤로 지금까지 언급할 수 없었던 이야기. 그 말을 들은 그녀는 조금 놀란 기색이다. 표범처럼 우아하게 몸을 일으키더니 라나크를 바라본다.

"이제 와서 왜? 잊어버린 줄 알았어."

"안 잊었어."

많은 기억이 애매해졌어도 그것만은 잊을 수 없다. 납작한 배를 갈랐을 때, 경악과 공포에 질린 그녀의 표정은 생생히 기억하고 있다. 그 뒤에 이어진 비명과 흐느끼는 소리와 처절한 애원의 목소리도.

다만 그 대신, 자신이 그때 어떤 감정으로 소녀를 내려다보고 있었는지는 몽롱한 긴 잠속에서 마모되어 여전히 되찾지 못하고 있다.

"화난 줄 알고 걱정했었어."

"화 안 났어."

그녀는 즉답했다. 그리고 이 이야기는 끝이라는 듯이 다시 독서로 돌아간다.

거기에 있는 것은 명확한 거부다. 라나크는 할 수 없이 화제를 바꿨다.

"강대한 힘으로 제압하면, 싸움은 사라질 거라고 생각해?"

"그럴 수도 있다고 생각해. 하지만 근본적인 해결책은 아니야."

"하지만 지금 현재 불행한 사람은 구할 수 있을지도 몰라."

"응."

생각이 잘 정리되지 않아서, 라나크는 손가락으로 이마를 누른다. 어렴풋이 느끼고 있었지만, 지나치게 길었던 잠 때문인지, 기억과 인격이 여기저기 떨어져나간 느낌이다. 그는 흩어져버릴 것 같은 의식을 부여잡으며, 자신의 신부가 될 여자를 응시했다. 그녀에게는 개인으로서 대륙에서 가장 강대한 힘이 내재되어 있는 것이다.

"아이티는 마녀가 된 뒤로, 그렇게 하려는 생각은 안 해 봤어?"

"안 했어. 그건 독선이니까."

"누군가가 죽어도?"

"언젠가는 모두가 죽어. 그리고 내가 억지력이 되어 세계에 개입하면, 사람의 사고(思考)를 죽이는 게 될지도 몰라."

완전히 한없이 평등한 불간섭을 나타내는 말은 냉혹함으로 받아들여지기도 한다. 단, 그것은 그녀가 선택한 길이다. 언제나 상냥했던 소녀의 모습밖에 모르는 라나크는 다시 조금 서운해졌다.

"내가 하려고 하는 일도 독선이야?"

"응."

"냉정하네."

"그럼 안 물어봤으면 좋았잖아."

마녀는 그렇게 말하고 웃었다. 하지만 이내 웃음을 거두고 진지한 얼굴이 된다.

"하지만 라나크가 나를 불러줘서, 나는 타일리와 마법사의 싸움에 조금 개입할 수 있었어."

"아이티."

"그러니까 고마워. 이건 정말이야."

그렇게 말하고 미소 짓는 그녀는 기쁜 얼굴이다. 그녀의 그 미소가 정말이라면, 무엇이 정말이 아닌 걸까.

라나크도 덩달아 같이 웃는다.

"네가 기뻐해줘서 다행이야."

비극의 연쇄를 끊기 위해서는, 어디선가 무언가가 일어나야 한다. 그리고 그것은 지금이라고 생각한다. 그는 크게 숨을 토하고 천장을 올려다보았다.

"아무 걱정 안 해도 돼. 너는 내가 지켜줄 테니까."

설사 이 세상 모두가 그녀를 마녀라고 손가락질하고 두려워해도, 자신만은 같은 편이 되어줄 것이다. 안 그러면 그녀는 어렸을 때처럼 여전히 외톨이다. 라나크는 스스로에게 타이르듯이 거듭 말했다.

"지켜줄게, 아이티."

그것만이 사백 년이 지나도 사라지지 않은 단 하나의 감정인 것처럼.

그녀가 이미 어린 소녀가 아니게 되었어도 변함은 없다.

자신을 위해 존재하는, 연약한 존재— 그것이 아에테르나라는 여자니까.

※

티나샤는 라나크가 "조금 잘게"라고 말하고 자기 방으로 돌아가자, 자신도 홀을 나섰다.

성의 복도로 나오자, 곧바로 호위인 레나트가 뒤를 따른다. 그는 주인에게 걱정스러운 시선을 향했다.

"왕의 상태는…."

"괜찮을 거예요, 아마. 아직 그 사람은 꿈에서 깨지 않은 것 같아요."

"꿈, 이라고요?"

레나트는 이 성 안에서 파밀라와 함께 단 둘뿐인, 티나샤 개인을 섬기는 마법사다. 그렇게 마녀의 신용을 얻은 그는 주인의 과거를 대략적으로 알고 있다. 그래서 다시 왕이 변덕을 일으켜 그녀를 해치지 않을까 근심하는 것인데, 정작 티나샤 본인은 태연하다.

"레나트, 이 대륙의 마녀가 왜 모두 여자인 줄 알아요?"

"네? 그건… '마녀'라서, 아닙니까?"

말장난인가 싶었지만, 티나샤는 웃으며 고개를 저었다.

"당신도 상당히 강한 마법사지만, 실제로 남자의 몸은 마력적으로는 불안정해서 강한 마력을 지니고 긴 시간을 버티기가 힘들어요. 평범한 수명을 마치는 정도는 지장이 없지만, 백 년이 넘어갈 즈음부터 육체나 정신에 이상이 생기죠. 그래서 마녀 중에 남자가 없는 거예요. 그렇게 되기 전에 스스로 무너져버리니까요."

무서운 말을 아무렇지도 않게 하는 주인 앞에서, 레나트는 애써 웃는 얼굴을 만든다.

"그럼 왕은…."

"정신에 영향을 받고 있어요. 마법의 잠을 사용했어도 부담이 컸던 거겠죠. 열다섯 살 정도일 때의 정신 상태를 중심으로 오락가락 하고 있어요. 굉장히 불안정해요. 그래서 나에게 상냥한 거겠죠. 그 사람 안에서 나는 항상 무력한 어린아이였으니까요."

쓴웃음을 짓는 티나샤의 옆모습을 보고, 레나트는 미간에 주름을 잡았다.

—그녀는 자신의 과거에 대해 그저 담담하게만 이야기했었다.

하지만 그럼에도 알 수 있는 사실은 있다. 즉, 과거의 티나샤는 정말로 가족으로서 라나크를 사랑했던 것이다. 그런 그녀가 옛날과 다름없는 상냥한 '오빠'를 앞에 두고 무슨 생각을 하고 있을까. 레나트는 불안해졌지만, 표정으로는 그녀의 진의를 알 수 없다. 그래서 레나트는 다른 질문을 했다.

"정말로 왕이 말하는 일이 가능할까요. 대륙 전체를 덮는 마법구성이라니—."

"가능해요. 내 마력을 사용하면."

주인의 태연한 대답에 레나트는 할 말을 잃었다. 티나샤는 땋은 머리를 손가락으로 튕겼다.

"마법에 의한 대륙의 완전 지배죠. 과거에 그걸 생각한 사람은 있었어도 실현에 이른 예는 없어요. 능력적으로 말하면, 일단 투르다르의 초대 국왕이라면 가능했을 거예요. 정령 열두 체를 전부 사역한 건 그 사람뿐이니까요. 다만, 당시에는 마법구성이 지금보다 훨씬 엉성했기 때문에, 그런 점에서는 어려울 수도 있어요. 구성 연구가 진행된 건 제4대 국왕 때부터예요."

"아뇨, 저어, 티나샤 님."

이대로 내버려두면 이야기가 투르다르의 역사로 흘러가버릴 것 같다. 마녀도 그걸 깨달았는지 조그맣게 헛기침을 했다.

"가능하지만, 실현한다면 이 대륙은 완전히 달라질 거예요. 작은 나라는 붕괴될 수도 있고, 사대국과는 전면전이 벌어지겠죠. 하지만 라나크는 당연히 그걸 용납하지 않을 테니까, 경우에 따라서는 암흑시대를 능가하는 희생자가 나올 거예요."

"그건…."

미증유의 사태다. 레나트는 자신이 실로 역사의 전환점에 서 있음을 깨닫고 전율했다.

하지만 당사자인 마녀는 여전히 태연하다. 티나샤는 갑자기 생각난 것처럼 화제를 바꾸었다.

"그건 그렇고, 내가 부탁한 건 어떻게 되었죠?"

"흑요석 마흔 개 말씀입니까? 오늘내일 안으로 마련할 수 있습니다."

마녀가 부탁한 것은, 가능한 한 모양이 고르고 색이 진한 돌이다. 티나샤는 고개를 끄덕였다.

"당신도 혹시 모르니까 자신의 방어진을 미리 준비해두세요."

레나트는 말없이 고개를 숙인다. 자포자기는 아니지만, 그에게 우선해야 할 것은 자신보다는 주인이다. 거의 강요하다시피 충성을 맹세했음에도 불구하고, 웃으며 그것을 받아들여준 그녀에게는 어떻게든 보답할 작정이다.

그때, 기둥 뒤에서 비꼬는 목소리가 들렸다.

"뭘 그렇게 의논하십니까?"

기분 나쁘게 휘감기는 목소리. 나타난 인물을 보고 레나트는 저도 모르게 인상을 찌푸렸다.

거기에 있는 사람은 마법사장 바르달로스였다. 이 성에서 티나샤에게 함부로 접촉하는 것은 왕의 이름으로 금지되어 있지만, 바르달로스만은 사사건건 그녀에게 시비를 걸어온다.

피로 물든 경력을 지닌 그는 마녀의 가냘픈 몸과, 거기에 어울리지 않는 거대한 마력에 기학적인 호기심을 느끼는 것이리라. 잔인한 욕망을 숨기려고도 하지 않는 남자에게, 티나샤는 얼음장 같은 눈빛을 향했다.

"목걸이를 만들고 싶어서 돌을 부탁한 것뿐이야."

마녀가 고개를 약간 갸웃하고 대답하자, 바르달로스는 입꼬리를 올리고 웃는다.

"목걸이라…. 확실히 흑요석은 당신의 머리카락과 눈동자에 잘 어울릴 것 같군요. 하지만 신부라면 다른 색이 더 낫지 않을까요? 예를 들면 진주의 흰색이나… 석류석의 붉은색 같은."

"신부에게 붉은색은 아닌 것 같은데."

바르달로스 옆을 지나치려고 하는 마녀를, 남자는 다시 물고 늘어지며 앞을 가로막았다. 그는 원래도 가는 눈을 더욱 가늘게 뜬다. 그것은 파충류가 먹잇감을 보는 눈초리와 비슷했다.

"붉은색도 어울릴 거라고 생각합니다. 당신의 피 색깔에 잘 어울리지요. 그 아름다운 몸 안에 얼마나 요염한 내장이 숨겨져 있을지 실로 흥미롭군요."

"라나크에게 물어봐."

통렬한 비아냥조의 말은, 그러나 레나트조차 그 의미를 알 수 없다.
그는 주인의 기색을 살폈지만, 티나샤는 여전히 태연하다. 그녀는 남자에게 명령했다.
"물러서라. 제 발로 못 걷는 갓난아기라면, 내가 물러서게 해줄까?"
바르달로스는 유쾌하게 웃으며 한 걸음 물러나 길을 열어준다. 레나트는 그것을 약간 섬뜩하게 생각하면서, 남자의 시선으로부터 주인을 보호하며 걷기 시작했다.

※

타일리는 결국 아스도라 평원의 참패 이후, 쿠스쿠르로의 진군을 미루고 있었다. 왕태자 루스트의 명령으로 군은 편성되었지만, 여전히 성도에 주둔해 있는 상태였다.
거기에 더해 성도에는 원군을 요청받은 대국의 군들이 모여들기 시작하고 있다.
타일리의 성에 입성한 오스카는 도착하고 나흘 동안, 여전히 회의만 거듭할 뿐 진군을 시작하지 않는 일동에게 짜증을 느끼고 있었다. 이야기에 진척이 없는 가장 큰 원인은 루스트 왕자로, 군사의 주요 권한을 가진 그가 '일단 신중하게'를 주장하는 바람에 전혀 진전이 없는 것이다. 본인들이 부른 주제에 뭐 하는 짓이냐고 욕이라도 퍼부어주고 싶은 심정이다.
거기에 더해 매일같이 루스트의 여동생 체칠리아에게 시달려, 오스카의 인내심은 한계에 달해 있었다. 그는 넌더리를 내며 화려한 미모의 왕녀에게 시선을 향했다.
"이런 곳까지 찾아와서 뭘 하시려는 겁니까."

"당신을 만나고 싶어서 왔다고 하면 안 되나요?"

요염하게 웃는 그녀를 보기만 해도 머리가 지끈거린다. 오스카는 짜증스러움을 담아 그녀를 마주보았다.

장소는 타일리의 성 안에 있는, 그에게 주어진 객실이다.

일몰이 조금 지난 시각, 하늘은 그의 눈동자 색과 같은 어슴푸레하게 밝은 밤하늘로 변해 있었다. '이 여자를 방에 들여보낸 놈에겐 나중에 잔소리를 좀 해줘야겠군' 하고 생각하면서, 오스카는 한숨을 억지로 참았다.

노골적으로 귀찮아하는 태도가 느껴졌는지, 체칠리아는 눈을 가볍게 치뜨고 일어나 그의 옆으로 다가왔다. 팔걸이 너머로 몸을 기울이면서, 붉은 입술로 표독스럽게 그의 귀에 속삭인다.

"그런 얼굴은 하지 말아주세요. 너무 냉담하게 그러시면 저에게도 생각이 있어요."

"호오, 어떤 생각이?"

"파르사스에서 당신과 같이 있던 그 마법사 여자. 그녀가 '푸른 달의 마녀' 맞죠? 언젠가는 누군가가 알게 될지도 모르지만, 지금 제가 그 사실을 알리고 다니면 당신의 입장에도 영향이 있지 않을까요?"

그를 시험하는 듯한 여자의 눈길에, 오스카는 입으로만 미소를 지었다.

—확실히, 언젠가는 들킬지도 모른다고 생각하고 있었다.

하지만 체칠리아가 지금 그걸 어떻게 알았을까. 타일리에 전해진 마녀 관련 목격정보는 검은 머리, 검은 눈동자의 아름다운 여자라는 것뿐이다. 티나샤처럼 둘 다 짙은 검은색인 사람은 드물지만, 그렇다고 전혀 없는 것은 아니다. 빈약한 목격정보가 곧바로 티나샤로 연결될 리 없다.

"어떤가요? 조금은 효과가 있었나요?"

체칠리아는 자신이 우위에 있음을 의심하지 않는 얼굴로 그를 응시한다. 그대로 남자의 목에 두 팔을 휘감고 몸을 기댄다. 숨 막히는 달콤한 향기. 코를 자극하는 그것은 남자를 유혹하는 향기다. 오스카는 그녀의 갸름한 턱을 손으로 잡고 얼굴을 가까이 가져갔다. 여자의 입술에 자신의 입술을 포갠다.

영혼을 사로잡는 긴 입맞춤을, 체칠리아는 승리에 취해 받아들였다. 입술을 뗀 남자가 귓가에 속삭인다. 낮은 울림에 온몸이 전율한다.

"어째서 그렇게 생각하는 겁니까. 닮은 여자일 수도 있는데."

"그런 핑계는 안 통해요……. 저는 그 여자를 봤으니까요. 틀림없어요."

오스카는 여자의 흰 목덜미를 손가락으로 쓰다듬는다. 부드러운 피부 속 피의 맥동이 느껴진다.

"어디서? 도저히 믿을 수 없군요."

체칠리아는 그 질문에 소리 높여 웃었다.

"그 요망한 여자가 그렇게 궁금하세요? 마녀라 남자를 사로잡는 마법이라도 사용한 건가요? 그 여자는 매일 밤 오라버니를 찾아오고 있어요. 내가 엿보는 줄도 모르고요. 천한 것 같으니."

"…뭐?"

그 말에 오스카는 하마터면 쓰다듬고 있던 체칠리아의 목을 비틀어 버릴 뻔했다.

그 직전에 간신히 자제한 그는 여자를 밀어내고 일어섰다. 어안이 벙벙해진 그녀의 턱을 잡아 위를 향하게 하고, 오스카는 자비 없는 눈으로 그녀를 내려다보았다.

"루스트 왕자의 방이 어디인지 말해."

저항을 용납하지 않는 목소리. 듣는 사람을 꼼짝 못하게 만드는 힘이 거기에는 있었다.

내일 다시 오라고 말했지만, 정말로 마녀가 올 거라고는 전혀 생각하지 않았다.

하지만 그녀는 성실하게 찾아왔다. 같은 달 아래, 결코 손이 닿지 않는 거리에 떠서.

그녀는 올 때마다, 사람을 차별하는 것이 얼마나 어리석은 짓인지를 루스트에게 이야기했다. 에둘러 비유할 때도 있고, 직접적으로 아픈 곳을 찌를 때도 있었다. 멸시하는 것도 아니고, 애원하는 것도 아니고, 그저 담담하게 그녀는 이야기한다. 오래 머물지는 않는다. 문답이 끝나면 홀연히 모습을 감춘다.

그러나 루스트는 그 시간이 끝나는 게 아쉬워, 매일 밤 "내일 안 오면 진군시키겠다"라고 말하고 마는 것이다.

또 만나고 싶다고, 이야기를 듣고 싶다고 말할 수 있다면 얼마나 좋을까. 하지만 마녀는 적국의 사람이자 기피 대상인 마법사이고, 그녀가 하는 말은 타일리의 역사에 반하는 것이기에, 루스트는 결코 자신이 지켜온 선을 넘을 수 없었다.

다만 그래도 그는 이미 흔들리고 있었다. 그것이 그녀의 존재 때문인지, 그녀의 말 때문인지는 알 수 없다. 하지만 반복적으로 그 이야기를 듣는 동안, 왜 마법사를 죽여야 하는지, 어느새 그는 잘 알 수 없게 되어가고 있었다.

—마녀가 정한 기한인 이주일까지 앞으로 사흘.

그때까지 군을 붙잡아두면 뭔가가 달라지는 걸까.

루스트는 발코니에 나와 밤하늘을 올려다본다. 그때 누군가가 방문을 노크했다.

"오라버니…, 저예요."

체칠리아의 목소리에 루스트는 늦은 시간의 방문을 의아하게 생각하며 문을 열었다.

그리고 놀란 나머지 그대로 굳어버렸다.

창백한 얼굴의 여동생 뒤에는, 붉은색의 작은 드래곤을 어깨에 올리고 검을 찬 젊은 파르사스 국왕이 서 있었다. 루스트는 간신히 목소리를 쥐어짜 물었다.

"…무슨 일이십니까…."

"마녀 토벌을 의뢰한 건 귀국 아닌가?"

도발적인 눈빛. 그 말의 의도를 직감하고 루스트는 순간 얼어붙었다. 굳어버린 그의 옆을 지나 오스카는 거침없이 안으로 들어갔다. 곧장 발코니로 향하는 그를 루스트는 황급히 쫓아간다. 자신에게서 주의가 떠난 것을 보고, 체칠리아는 재빨리 그 자리에서 도망쳐버렸다.

발코니로 나간 침입자에게 루스트는 외쳤다.

"기다리십시오! 대체 무슨 일입니까!"

"시치미 떼면 당신의 입장만 곤란해집니다."

오스카는 냉담하게 대꾸하고 아카시아를 뽑았다. 그 검신이 달빛을 반사해 푸르스름하게 빛난다. 마법사를 죽이기 위한 검. 타일리가 간절히 원했던 검이다.

하지만 루스트가 지금처럼 이 검을 저주스럽게 생각한 적은 없다. 천적인 아카시아의 검객이 마녀를 만나게 둬서는 안 된다. 하지만 그걸 어떻게 그녀에게 전한단 말인가.

혼란에 빠진 루스트를 무시하고, 오스카는 하늘을 올려다보았다.

달 아래, 아무것도 없는 허공에 일그러짐이 생겨난다.

"오지 마!"

루스트는 하늘을 향해 부르짖었다.

오스카는 마녀의 이름을 부르기 위해 입을 열었다.

하지만 다음 순간, 그곳에 전이해온 것은 빛바랜 금발의 낯선 여자였다.

"밤마다 어디를 그렇게 가시나 했더니, 그런 일을 하고 계셨어요?!"

"…네."

어이없어하는 파밀라 앞에서, 마녀는 힘없이 어깨를 떨궜다. 티나샤는 의자 등받이에 몸을 기대고, 최근 문답을 지속하고 있는 상대에 대해 투덜거렸다.

"머리가 그렇게 나쁜 사람 같지는 않은데, 말귀를 못 알아들어서… 매번 '잘 모르겠으니까 내일 다시'라고만 해요. 역시 한 번 새겨진 가치관을 바꾸기란 어려운 것 같아요. 아, 힘들어."

투덜거리며 기지개를 켜는 주인을 보고, 파밀라는 극심한 피로감에 한숨을 내쉬었다.

"그런 남자에게 일일이 맞춰줄 필요는 없어요. 그런 수법에 그만 좀 넘어가세요."

"미안해요…."

티나샤는 면목 없는 얼굴로 고개를 숙이고, 테이블 위에 놓인 흑요석을 집어 들었다. 옆에서는 레나트가 쓴웃음을 지으며 그것들을 닦고 있다.

한편, 파밀라는 허리에 두 손을 올리고 혼자 분개하고 있었다. 타일리의 왕태자가 티나샤에게 끌리고 있음을, 이야기를 듣자마자 알아버렸다. 모르는 건 당사자인 마녀뿐이다. '무슨 낯짝으로 우리 소중한 주인을 자꾸 불러내는 거야!'라고 쏘아붙여주고 싶다. 주인은 바쁜 사람이다. 바보에게 신경 쓸 시간 따위는 없다.

하지만 그 주인은 흑요석을 손바닥 위에 굴리면서 중얼거린다.

"하지만 그 사람의 태도가 온건해지면, 나중에 반드시 마법사들에게 좋은 결과를 가져올 거라고 생각해요. 마법사는 핏줄과 관계없이 태어나니까, 타일리가 사고방식을 바꾸지 않는 한 비극은 사라지지 않아요."

한숨 섞인 탄식에, 파밀라와 레나트는 주인의 의도를 이해하고 그 마음 씀씀이에 가슴이 뭉클해졌다.

—마법사가 핏줄로만 태어난다면, 타일리의 박해의 역사는 이미 끝났을 것이다. 차별 없는 다른 나라로 일족을 모두 이주시켜버리면 그만이다.

그러나 마력의 유무는 핏줄로만 결정되는 것이 아니다. 마력을 가지고 태어난 아이들 중에 약 절반은, 힘을 제어하는 기술을 배우지 못하면 자신과 주위를 해치게 된다. 비극의 싹은 늘 어디에나 존재하고 있다.

파밀라는 쓴웃음을 짓고, 다정한 눈빛으로 주인을 바라보았다.

"아무튼 오늘밤은 마법구 작성에 전념해주세요. 이제 날짜도 별로 안 남았으니까, 타일리 왕자에게는 제가 가서 단호하게 거절하고 올게요. 전이좌표를 가르쳐주세요."

"거절하다니 뭐를요…?"

"……."

파밀라는 주인의 둔감함에 약간 어이없어하면서도, 그녀에게서 좌표를 알아내는 데 성공했다. 티나샤는 구성을 짜는 파밀라를 걱정스럽게 바라본다.

"당신에게 무슨 일이 있으면 나도 갈게요."

"걱정 마세요. 레나트! 티나샤 님을 잘 보고 있어!"

"말 안 해도 알아."

그리고 파밀라는 타일리의 성으로 전이했다.

전이한 공중에서 내려다보이는 풍경은 성과 정원, 그리고 왕태자 방의 발코니다.

거기에는 두 남자가 있고… 그중 한 명이 가진 검은 파밀라도 책에서 본 적이 있었다.

"왕검 아카시아…. 마법사 킬러…."

마녀도 죽일 수 있는 그 검의 소유자가, 왜 주인이 올 예정이었던 곳에서 기다리고 있는가.

—이유는 생각할 필요도 없다.

"계획적이었구나!"

머리로 피가 확 쏠린다. 파밀라는 두 손을 앞으로 모았다.

그곳에 강한 빛이 생겨나 흘러넘친다.

전이해온 여자는 아카시아를 알아보고 격노했다. 그 손에서 흰 빛이 뿜어 나온다. 오스카는 혀를 차고, 검을 한 번 휘둘러 뿜어 나온 구성을 베었다. 그리고 어깨 위의 드래곤에게 명령한다.

"나크! 잡아!"

왕명에 따라 드래곤이 크기를 바꾼다. 날아오르면서 집채만 한 크기로 변한 나크는 여자를 향해 날카로운 발톱을 뻗었다. 여자는 공중에서 비틀거리며 짧은 주문으로 그것을 막는다.

그 사이 오스카는 여자의 발을 노리고 단검을 던졌다.

하늘을 나는 마법사에 대한 공격수단 중 한 가지. 치명상을 입힐 필요는 없다. 통증으로 인해 집중력이 흩어지면, 대부분의 마법사는 날 수 없게 된다.

하지만 여자는 그것도 마법으로 상쇄한다. 상당한 실력을 가진 마법사다.

하지만 그 짧은 순간의 틈을 노려, 나크가 커다란 날개로 여자를 후려쳤다.

"윽, 앗…!"

고통스럽게 신음하며 허공에서 버티는 여자에게, 드래곤은 다시 발톱을 뻗는다. 커다란 갈고리 발톱이 그녀를 움켜쥐려 한 순간, 둘 사이에 일그러짐이 생겨났다.

다음 순간— 공중에 새로운 여자가 전이해온다.

그녀는 방어벽을 쳐서 드래곤의 발톱을 막아내고 놀란 목소리로 외쳤다.

"나크?!"

칠흑의 긴 머리카락이 허공에 나부낀다. 가냘픈 체구가 달빛 아래 하얗게 드러났다.

그녀는 천천히 고개를 발코니 쪽으로 향한다. 그 눈동자가 한 남자를 포착했다.

마녀는 망연자실 남자의 이름을 부른다.

"오스카…."

"이리 와."

그는 퉁명스럽게 말하고 손을 내밀었다.

손을 내미는 그를 보고, 티나샤는 허공에서 그대로 얼어붙었다.

그가 타일리의 성에 와 있다는 사실은 알고 있었다.

하지만 어차피 만날 일은 없다고, 대수롭지 않게 여기고 있었던 것이다. 어쩌면 이런 식으로 만나는 상황을 마음 한구석으로는 예상하고 있었던 걸까.

마녀는 어안이 벙벙한 얼굴로 과거의 계약자를 응시했다.

남자의 짙푸른 눈동자에는 그녀를 사로잡는 힘이 있다. 당연한 듯이 그 품에 안겨 웃고 있던 시절의 기억이 뇌리를 스친다. 그리 오래되지 않은 그 나날이, 지금은 사무치게 그립다.

티나샤의 입술이 떨린다. 이대로 아무 일 없었다면, 그녀는 남자의 손을 잡았을지도 모른다.

—하지만 그때, 다른 한 사람의 목소리가 그 자리의 공백을 깼다.

"도망쳐! 빨리!"

루스트는 자신의 검을 뽑아들고 오스카에게 달려들었다. 오스카는 아카시아로 가볍게 그것을 받아낸다. 꼼짝하지 않는 티나샤의 어깨를 파밀라가 잡아끌었다.

"티나샤 님, 어서 갑시다!"

파밀라가 하늘을 올려다보자, 공중에 전이진이 나타났다. 개인이 전이하기 위한 구성이 아니다. 여러 사람을 이동시키기 위한 문이 열린다. 거기서 레나트가 고개를 내밀었다.

"오래는 못 버팁니다! 어서요!"

파밀라는 티나샤의 팔을 잡아끌며 상승한다. 옛 주인의 출현에 당황한 나크는 새로운 명령을 청하듯이 오스카를 보았다. 그는 루스트의 손에서 검을 쳐내고, 마녀의 이름을 부른다.

"티나샤!"

마녀는 지독하게 불안한 얼굴로 난처한 듯이 그를 바라보고 있다.

그리고 레나트와 파밀라에게 이끌려 문 속으로 모습을 감추었다.

오스카는 마법사들이 사라진 하늘을 보고 이를 갈았다.

—모처럼의 기회를 놓쳐버렸다.

티나샤를 되찾고 싶었던 것이다. 그녀를 확보할 수만 있으면 뒷일은 어떻게든 된다. 그녀와 이야기하고 타협점을 찾을 수도 있었을 것이다.

하지만 생각지 못한 방해가 들어오는 바람에 모든 게 물거품이 되어버렸다. 오스카는 뱃속 깊은 곳에서 치미는 분노를 억누르며 아카시아를 검집에 꽂았다.

그는 다시 작아져 돌아온 드래곤의 머리를 쓰다듬어 노고를 위로하고, 루스트를 노려보았다.

"자, 어떻게 된 일인지 설명을 해 보시지."

루스트는 메마른 입술을 깨물었다.

달이 붉다.

문제의 그날은 조용히 다가오고 있었다.

※

"티나샤 님, 다치신 곳은요?"

쿠스쿠르의 마녀의 방으로 전이한 파밀라는 주인의 몸을 살펴보았다.

마녀는 핏기가 완전히 가신 얼굴로 망연히 두 사람을 쳐다보다가 뒤늦게 파밀라에게 대답했다.

"괜찮아요. 그보다 당신은…."

"조금 부딪친 것뿐이에요. 신경 안 쓰셔도 돼요."

마녀는 그 말을 듣고, 맥이 풀린 듯 바닥에 주저앉았다. 레나트와 파밀라가 허둥지둥 무릎을 꿇는다.

"정말로 괜찮으세요? 안색이 많이 안 좋으세요."

"아뇨…, 조금 놀란 것뿐이에요."

레나트는 미간에 주름을 잡고 주인에게 물었다.

"아카시아의 검객과 아는 사이십니까?"

마녀는 그 지적에 희미하게 몸을 떨었다. 검은 눈동자에, 이름 없는 감정이 일렁거린다.

"그 사람은… 내 계약자이고, 내가 단련시킨, 나를 죽일 수 있는 유일한 사람…이에요."

세상에, 앞으로의 역사에, 그녀가 남기기를 원한 것.

그것을 선사한 사람이 그였다. 새로운 시대를 여는 왕.

마녀는, 그 이상 아무 말도 하지 않는다. 눈을 감고, 그리고 감정을 닫는다.

그리고 다음날, 쿠스쿠르를 향해— 연합군의 진군이 시작되었다.

6. 꿈의 끝

"아이티, 어디 있어?"

그녀의 이름을 부른다.

투르다르의 넓은 성은 전체가 차디찬 돌로 만들어져 있다. 그곳을 걸어가는 사람들은 마치 감정 없는 인형 같다. 아무도 그를 돌아보지 않는다. 그를 보지 않는다.

유일한 예외가— 그녀다.

"아이티?"

라나크는 하얀 홀 안을 들여다본다. 그의 신부가 될 소녀는 아무것도 없는 홀 중앙에 서 있었다.

가냘픈 두 팔이 벌어지고, 거기서 꽃이 피어나듯 치밀한 구성이 흘러나온다. 순식간에 공간을 가득 채우며 전개하는 그것을 보고, 라나크는 저도 모르게 숨을 멈췄다.

복잡하고 거대한, 기술의 극치라 할 수 있는 구성.

봐도 이해할 수 없다. 해독할 수도 없다. 그것은 그를 능가하는 힘이다.

망연자실 서 있는 라나크를, 소녀는 그제야 알아차리고 돌아본다. 그녀는 사랑스러운 미소를 지었다.

"라나크, 무슨 일이야?"

"…아이티."

그녀의 얼굴이 보고 싶어서 왔다. 이 성에서, 그녀만이 유일한 자신의 편이니까.

그의 교사들은 모두, 얼마 전부터 열의를 잃은 것 같았다. 무엇이 달라진 건지, 일상에 스며드는 숨 막히는 감각에 헐떡이고 있을 때, 그녀 곁에서도 교사들이 떠났다는 소식을 들은 것이다.

그래서 만나서 위로해주려고 생각했다. 그녀가 아무리 고독해도, 자신만은 끝까지 곁에 있어주겠다고.

하지만 지금… 알아버렸다.

그녀가 고독한 것은 그 힘 때문이다. 그녀에게는 아무도 아무것도 가르칠 수 없다. 교사들이 떠나간 것은 그래서이고, 모두가 그에게 관심을 두지 않는 것도 같은 이유다.

—투르다르의 왕위를 물려받을 사람은 그녀다.

모두가 그렇게 생각하고 있는 것이다. 이 가냘프고 고독한 소녀가 차기 여왕이 될 거라고.

자신의 뒤만 졸졸 따라다니던 그녀는, 어느새 자신을 멀리 추월해버렸다.

하지만 그렇게 되면 자신은—.

"라나크?"

검은 눈동자가 자신을 응시한다. 아무것도 모르는, 천진난만한 강자의 눈동자.

라나크는 치밀어 오르는 쓰라린 괴로움을 삼키고… 웃었다.

"아무것도 아니야, 아이티."

그래도 그녀를 지킬 수 있는 사람은 자신뿐이다. 그래야만 한다.

그녀는 아직 아무것도 모르고, 이 성에서 너무나 고독하니까.

"―라나크, 일어나."

여자의 목소리가 들린다. 부드럽게 어깨를 흔든다.

과거의 풍경이 순식간에 멀어지고, 라나크는 힘겹게 눈을 떴다. 자신을 바라보고 있는 여자를 본다.

"…아이티?"

반사적으로 중얼거린 그 이름에 그녀는 가볍게 눈살을 찌푸린다. 그가 모르는 어른의 얼굴. 거기에 희미한 위화감을 느끼는 것은 늘 있는 일이다. 라나크는 깊은 숨을 토하고, 깜빡 잠들었던 옥좌에 자세를 고쳐 앉았다.

"꿈을… 꾼 것 같아."

"무슨 꿈?"

"옛날 꿈. 네가 아직 소녀였던 시절의 일…. 아마도."

그녀가 아직 연약한 어린아이였을 때의 이야기. 지금은 모호해져버린 기억 저편의 일을 떠올리기 위해 라나크는 고개를 갸웃했다. 하지만 마녀는 그 말을 듣고 쓴웃음을 지었을 뿐이다.

"뭐야, 이상해. 그보다 내일 말이야."

대륙을 변혁하기 위한 수단, 그 준비는 이미 끝났다. 라나크는 감개무량한 눈빛으로 그녀를 보았다.

"네 덕분이야. 이제 대륙은 평화로워질 거야. 마법사들도 위협당하지 않고 살 수 있어."

잃어버린 나라는 이미 돌아오지 않는다. 투르다르는 이미 멸망한 나라인 것이다. 그 왕위를 손에 넣는 일에 의미는 없다. 그것은, 그를 선택하지 않았던 나라다.

그러니까 새로운 자신의 나라를 만든다. 앞으로의 미래, 사람들이 마음 편히 살 수 있도록.

과거에 소녀였던 마녀는, 눈을 감고 미소 짓는다.

"그게 당신의 바람이라면."

그녀가 없으면 라나크의 이상은 실현할 수 없다. 모든 몽상을 현실로 바꿀 만큼의 힘이 그녀에게는 있는 것이다. 그것은 그가 그토록 바랐지만 끝내 얻지 못한 것이고—.

"…아이티."

"왜?"

한층 낮아진 목소리에 그녀는 천진하게 대답한다.

그 대답소리에 라나크는 갑자기 제정신이 돌아왔다. 무슨 생각을 했는지, 무슨 말을 하려고 했는지 스스로도 잘 알 수 없다. 그저 씁쓸한 무언가가 가슴속에 가득할 뿐이다.

그래서 그는 스스로에게 중얼거린다.

"지켜줄게, 아이티."

마녀가 된 그녀를, 다른 사람으로부터 지킨다. 그러지 않으면 안 된다. 지금의 그녀는 사람들로부터 배척당하고 혐오당하는 가련한 존재니까.

라나크는 자신의 답에 만족해 고개를 끄덕인다.

—그래도 삼켜버린 쓴맛은 완전히 사라져주지 않았다.

※

타일리의 서쪽 요새로 전이한 사대국의 군세는 약 오만.

수백 명에 불과한 쿠스쿠르에 대해 지나치게 많게 느껴지는 병력은, 베일에 싸인 상대의 힘을 고려한 결과다.

티나샤를 놓친 밤, 루스트를 다그쳐 정보를 알아낸 오스카는, 후방에서 쓸데없이 시간을 낭비한 일로 심기가 매우 불편했다. 마녀가 지정한 날은 벌써 내일로 다가와 있었다. 과연 이제부터 진군해서 그 '무언가'에 늦지 않을 수 있을까.

초조한 심정으로 오스카는 황혼의 요새 입구에서 장군들과 함께 내일의 진군 경로를 확인하고 있었다. 그리고 고개를 든 그의 눈에, 달려오는 실비아의 모습이 들어왔다. 그녀는 왕 앞에 서서 가쁜 숨을 몰아쉬며 보고했다.

"폐하, 정찰병이 민간인 소녀를 보호했습니다. 쿠스쿠르로 향하는 가도에서 마법사들에게 쫓기고 있었다고 합니다. 지금 회의실에 모두 모여 있으니 그쪽으로 와주시기 바랍니다."

―보호된 소녀의 이름은 루리라고 했다.

그녀는 맨 처음 쿠스쿠르에 의해 불탄 마을의 생존자라고 하는데, 숨어 사는 마법사가 그녀를 보호해주었다고 한다. 하지만 쿠스쿠르의 마법사들에게 들키는 바람에, 그곳을 떠나 요새로 향하다가 또다시 마법사들에게 들켜 쫓기고 있었던 것이다.

회의실로 향하면서 그 이야기를 들은 오스카는 감탄했다.

"놈들에게 들키고도 용케 무사했군."

"아직 어리기 때문일까요? 아무튼 자세한 이야기는 그 아이에게 직접 들으시기 바랍니다."

회의실에 도착하자, 실비아는 주군을 위해 문을 열었다. 오스카가 안으로 들어가자, 회의실 안에는 이미 다른 나라의 왕족과 지휘관들이 모여 있었다.

그 한가운데 선 어린 소녀는 오스카를 말똥말똥 쳐다보더니 활짝 웃었다.

"왕자님이다! 진짜로 있었어!"

"…나는 왕자가 아니야…."

오스카는 무심코 그렇게 말하고 나서, 소녀에게 장단을 맞춰줄 걸 그랬나 하고 생각했다. 하지만 소녀는 물러서지 않았다.

"거짓말! 내가 다 봤어. 아주 센 사람이라고 언니가 그랬어!"

"봤다고?"

"나쁜 마법사에게서 구해준 언니! 굉장히 예쁜 언니였어. 내가 울음을 안 그치니까, 이야기도 들려주고, 이것저것 많이 보여줬어. 이마에 손을 대면, 머릿속에 진짜로 보고 있는 것처럼 풍경이 떠올라."

소녀의 말은 종잡기 어려웠지만, 오스카는 짚이는 바가 있었다. 그는 몸을 숙여, 소녀의 눈높이에 시선을 맞췄다.

"검은 머리였니?"

"응, 눈동자도. 빛이 없는 밤의 색이야."

예상한 그대로의 대답에, 그는 조그맣게 탄식했다.

"그 신출귀몰한 녀석…."

오스카는 몸을 일으키고, 힘이 빠져버릴 것 같은 머리를 손바닥으로 지탱했다.

소녀가 마법사에게 쫓기다 마녀의 도움을 받은 곳은, 요새에서 말을 타고 한 시간쯤 걸리는 초원이라고 했다.

날이 밝은 뒤에 요새를 출발한 병력은 그 앞에서 일단 진군을 멈추고, 정찰을 위해 마법사들을 먼저 보냈다. 아스도라 평원 때처럼 무턱대고 진군하다 함정에 빠지는 사태는 피해야 하는 것이다.

그러나 돌아온 마법사들은 지휘관들이 모여 있는 천막으로 돌아와 "특별한 이상은 없습니다"라고 보고했다. 오스카는 조사하러 갔던 도안을 손짓해 천막 밖으로 불러냈다.

"아무것도 없다는 게 정말이냐?"

"실제로 일대에서 미약한 마력은 느껴지지만, 아무런 구성도 찾을 수 없었습니다. 다만, 만약에 티나샤 님이 설치한 주술이라면, 솔직히 저희가 파악하기란 불가능합니다."

"역시 그렇군."

이미 지휘관들 사이에서는, 이 앞을 통과하는 쪽으로 이야기가 진행되고 있다. 확실히 지금부터 우회하면, 오늘 안으로는 쿠스쿠르에 들어갈 수 없다. 그렇다고 함정임을 알고도 들어가야 할 것인가.

오스카가 고민하고 있을 때, 뒤에서 젊은 여자의 목소리가 들렸다.

"용건을 부탁해놓고 이동하지 말아줘."

"…마침 적임인 녀석이 왔군."

돌아보자, 거기에는 닫힌 숲의 마녀가 화난 얼굴로 서 있었다.

루크레치아는 허리에 손을 올리고 오스카를 노려보았다.

"모든 마을을 다 보고 다녔어! 귀찮아."

"미안해. 그래서 어땠어?"

파르사스 국왕 옆에서 밀담을 나누는 미녀를, 주위를 지나는 병사들과, 조금 떨어진 장소에 있는 지휘관들이 흘끔거리며 호기심 가득한 시선을 던진다. 하지만 당사자들은 아랑곳하지 않고 이야기에 열중한다.

"어떻기는. 그 아이가 참 성실하게도 해놨더라. 사라진 것처럼 보인 건 단순히 주민의 시간을 극단적으로 늦춰서, 의사(擬似) 시간정지 상태로 해놨기 때문이야. 그리고 그 사람들에게 방호결계를 쳐서, 지각(知覺)할 수 없게 만들어놨어. 사라진 게 아니야. 지금도 사람들은 모두 마을에 그대로 있어. 아마 촉이 좋은 사람이라면 기척을 느낄 수도 있을걸?"

"아아, 그런 거였군…."

오스카는 스즈토가 '뭔가가 있는 기척이 느껴진다'라고 보고했던 일을 떠올렸다. 말하자면 그 마을에는 현재, 만질 수도 없고 보이지도 않는 투명인간이 다수 존재하는 것이다. 그런 엄청난 일을 여덟 개 마을에 걸쳐, 심지어 여러 곳을 동시에 해버리다니, 새삼 마녀의 엄청난 힘을 실감할 수 있다.

왕은 감탄하며, 또 다른 마녀에게 물었다.

"그래서 풀 수 있을 것 같아?"

"싫어, 귀찮아. 그리고 시간이 지나면 저절로 풀리게 되어 있었으니까, 앞으로 한 시간만 있으면 모든 마을이 풀릴 거야."

"그게 정말이야?!"

"정말이야. 그럼 난 갈게."

"잠깐만 기다려."

전이하려고 하는 루크레치아의 팔을 오스카가 붙잡았다. 눈살을 찌푸린 마녀에게 부탁한다.

"미안하지만, 이왕 온 김에 이 앞에 티나샤가 마법을 걸어놓지 않았는지 좀 봐줘."

"내가 왜?"

"달리 할 수 있는 사람이 없으니까."

마녀가 걸어놓은 마법을 간파할 수 있는 사람이 있다면, 그것은 같은 마녀뿐이다.

하지만 루크레치아는 냉담한 반응을 보였다.

"뭔가 있다 해도, 어차피 우회할 여유가 없으면 마찬가지 아냐? 사람을 죽이는 주술은 아니니까 안심해."

마녀는 그렇게 말하고 혀를 쏙 내민다. 아마 떨어진 곳에 있으면서도, 그녀는 이 앞에 어떤 마법이 준비되어 있는지 아는 모양이다. 오스카는 한숨을 내쉬었다.

"역시 있구나. 그 녀석을 적으로 돌리니까 꽤 성가시군."

"잘 아는 주제에 무슨 소리야. 이번에는 그 아이가 중심인물인 것만으로도 충분히 문제인데, 나까지 관여한 게 알려지면 더 성가셔질걸. 스스로 자기 목을 조르고 싶어?"

"지금 수단방법을 가릴 처지가 아니야. 뒷일은 내가 어떻게든 할 테니까."

다른 나라들에 관해서라면, 어떻게든 입 다물게 할 자신은 있는 것이다. 그렇게 에둘러 말하는 왕에게 루크레치아는 기가 찬다는 듯이 쏘아붙였다.

"무모한 짓 하지 마. 나중에 영향이 있으니까. 그리고 선택하라면, 난 당신보다는 그 아이가 우선이야."

"아니, 우선한다 해도, 그 녀석은 자기 자신을 신경 쓰지 않잖아."

"그렇다 해도 그래. 난 도와주지 않을 거니까, 알아서 해."

가차 없지만, 정론인 마녀의 말에 오스카는 얼굴을 찌푸렸다.

루크레치아는 정보를 준다. 하지만 관여하지는 않는다. 그것이 마녀로서 그녀가 그어놓은 선이다. 밀어내는 것처럼 보이기도 하는 그녀의 태도는, 그러나 사람의 자유를 중시하기 때문이다.

그걸 아는 오스카는 뜻대로 되지 않는 씁쓸함을 삼키고 고개를 끄덕였다.

"알았어. 내가 알아서 할게."

"잘 생각했어."

까르르 웃은 루크레치아는, 다음 순간, 그 웃음을 거두었다. 극히 진지한, 처음 보는 진지한 표정으로 속삭인다.

"그 아이는 자신을 지키지 않아. 당신이 방패가 되어줘."

"…응."

"이 전환기에 그 아이한테 당신이 있어서 다행이야."

마녀의 호박색 눈동자에 자애의 빛이 떠오른다. 하지만 그녀는 곧 눈을 감고서 평소와 다름없이 빙그레 웃었다.

"그럼 잘해 봐."

가벼운 어조의 말을 남기고 그녀의 모습은 사라졌다. 두 마녀에게 농락당한 오스카는 한숨을 내쉬며 마음을 다잡고, 천막으로 돌아갔다.

회의 결과, 오만의 군세는 함정의 존재를 의심하면서도 처음 예정대로 진군을 개시했다.

그래도 만약에 대비해, 왕족과 지휘관 같은 중요인물은 진 중앙에 모였다. 오스카도 행군을 다른 장군에게 맡기고 알스, 멜레디나, 쿰, 도안, 카브, 실비아를 자신의 주위로 모았다. 앞쪽에 마법 장치가 있어도, 그들이 있으면 대부분의 사태에는 대응할 수 있을 것이다.

하지만 신중하게 경계하면서 한 시간쯤 진군해도 아무 일도 일어나지 않았다. 변함없는 현황에 지휘관들도 차츰 긴장이 풀리기 시작했다.

하지만 그때, 선두 부대에서 전령이 달려왔다.

그가 말했다. ―아무리 나아가도 풍경이 변하지 않는다고.

"이 넓은 공간을 봉쇄하다니, 정말 대단하네요…. 모르는 사이에 같은 곳을 맴돌고 있었군요. 흔히 숲속의 요정들이 비슷한 마법을 사용하지만, 이렇게 대규모인 건 역사상 처음입니다."

보고를 들은 카브는 감탄사를 연발했다. 찬사라고도 할 수 있다. 실제로 반 이상은 찬사인 그 말에, 오스카는 두통을 느꼈다. '그대로 같은 곳을 빙빙 돌고 있어!'라고 외치는 티나샤의 목소리가 들리는 것 같았다.

"하여간 그 녀석은 존재 자체가 반칙이야. 이건 어떻게 하면 풀 수 있지?"

"구성의 핵심이 보이면 그걸 부숴서 봉쇄를 풀 수 있습니다. 규모로 봤을 때, 티나샤 님이 현재 진행으로 유지하고 있는 게 아니라, 문양과 핵이 되는 무언가를 배치해 유지하는 것 같습니다. 그걸 찾는다면 어쩌면 가능성이 있겠지만, 문제는 중요한 구성 자체가 전혀 보이지 않습니다."

"나도 안 보여."

완전히 속수무책이다. 오스카는 루크레치아의 매정함을 조금 저주했다.

한편 진군을 멈춘 군은, 명령을 내려야 할 중심부 자체가 혼란에 빠져 있었다. 오스카가 주위를 둘러보니, 장군과 왕족, 그 측근들이 정보와 타개책을 찾아 여기저기 모여 의논하는 모습이 보인다. 그런 그들 가운데 루스트의 모습을 발견하고, 오스카는 인상을 구겼다.

따지고 보면 저 남자가 시간을 끄는 바람에 사태가 악화한 것이다. 속에서 울화 섞인 짜증이 치민다.

하지만 오스카가 애써 그것을 삼켰을 때— 돌연 '그 남자'는 나타났다.

검은 마법사 로브를 입은 남자. 사람들의 중심에 아무 전조도 없이 출현한 그는, 자신에게 주목이 쏠리자 우아하게 무릎을 굽혀 인사했다. 그리고 우렁찬 목소리로 입을 열었다.

"처음 뵙겠습니다. 저는 쿠스쿠르의 마법사장 바르달로스라고 합니다."

"뭐…!"

몇 명이 빠르게 검을 뽑는다. 순간 주위에 살기가 감돌고, 바르달로스는 과장스럽게 어깨를 으쓱했다.

"잠깐만 기다리세요. 저를 죽이면 여기서 빠져나갈 수 없습니다. 우리 국왕의 신부가 만든, 예술품이라고 해도 좋은 작품입니다. 이 안에서 빠져나가기란 일단 불가능합니다."

"광대 같은 놈…. 용건이 뭐냐?"

세자르의 장군이 내뱉는다. 그러나 바르달로스는 그 으름장에 그저 웃음을 보였을 뿐이다. 그는 자신에게 주어진 역할을 즐기는 것처럼 연극조로 대답했다.

"여러분, 오늘은 이렇게 쿠스쿠르에 종속을 맹세하기 위해 모여주셔서 대단히 기쁘게 생각합니다. 그런 여러분께 우리의 왕이 이 대륙을 지배하는 모습을 보여드리고 싶어서… 외람되오나 제가 이렇게 모시러 온 것입니다."

바르달로스는 주위의 면면을 빙 둘러보았다.

"하지만 모든 분을 초대할 수는 없습니다. 자리에도 한계가 있으니까요. 하지만 어디 보자…, 여기 계신 분들 정도는 충분히 초대할 수 있습니다."

"무슨 말 같지도 않은 소리를!"

"헛소리 집어치워!"

오만불손한 요청에 여기저기서 고함이 터져 나온다. 그러나 바르달로스는 전혀 개의치 않은 채 가면 같은 웃음을 얼굴에 장착하고 있었다. 오스카는 아카시아에 손을 올린 채, 한 발짝 앞으로 나섰다.

"알겠다. 나를 데려가라."

"폐하?!"

쿰이 비명에 가까운 목소리로 외쳤다. 한편, 바르달로스는 흡족한 얼굴로 오스카를 흘깃 쳐다보았다.

검은 옷의 마법사가 두 팔을 크게 벌린다. 그 팔 안에 복잡한 구성이 나타났다.

"물론 모시고 가고말고요. …하지만 다른 분들도 모두 함께입니다. 거부권은 없습니다. 당신들이 관객이 되어주지 않으면 우리가 곤란하니까요. 왜냐하면 당신들은—."

전이 구성이 발동한다. 바르달로스를 중심으로 오십 명 안팎의 인원을 범위에 넣은 전이문이 열렸다. 비명과 경악의 외침이 난무하는 가운데, 바르달로스의 목소리는 파묻혀 들리지 않는다.

하지만 오스카는 확실하게 그 다음 말을 들은 느낌이었다.

『당신들은 우리의 신부에 대해 인질이 되어주셔야 하니까요.』

그렇게 말하고 남자가 음산하게 웃은 것을.

전이문을 통과해 날아간 곳은 끝없이 펼쳐진 넓은 황야 한복판이었다.

모래바람이 불어오는 장소.

그들이 서 있는 곳은 메마른 황야에 있는 허물어진 유적 안이다.

모래먼지가 쌓인 원형광장은 반쯤 무너져 있고, 거기에는 마찬가지로 무너져가는 흰색 돌기둥이 즐비하게 늘어서 있다. 발밑의 돌바닥은 깨져서 떨어져나간 곳도 많고, 그런 광장 중앙에 십여 단의 돌계단 위로 두드러지게 높은 구역이 있었다. 그리고 거기에는 오래된 돌 제단과 아무도 없는 새 옥좌가 놓여 있었다.

광장 한복판에 선 오스카는 주위를 빙 둘러보았다.

"전형적인 잠복 태세로군."

먼 과거를 연상시키는 고요한 풍경. 광장 주변을 빙 둘러 원형의 돌계단이 그들을 내려다보는 것처럼 솟아 있다. 세월의 풍화가 느껴지는 그것들은 마치 화석화한 꽃잎 같다.

그리고 그 돌계단에는 지금, 삼백 명 남짓한 쿠스쿠르의 마법사들이 늘어서서, 전이해 온 '손님'을 싸늘하게 응시한다. 그들 중에는 날개 달린 중급마족을 비롯해, 사역마로 짐작되는 이형의 생물도 상당수 섞여 있었다.

태연하게 그것들을 바라보는 오스카와 달리, 일행 중 어떤 자는 넋이 나간 모습이고, 어떤 자는 공포에 사로잡혀 있다. 오스카는 여전히 시선을 앞쪽에 고정한 채 신하의 이름을 부른다.

"알스, 어때?"

"곤란합니다. 머릿수가 너무 차이 납니다."

전이되어 온 사람은 약 오십 명. 정면으로 맞서 싸우기에는 무리가 있다. 오스카는 다른 신하들을 둘러보고, 아카시아를 뽑았다. 그들에게 들리도록 명령한다.

"나는 수호결계가 있으니까 신경 안 써도 돼. 스스로를 지켜라."

아마 어떤 일이 있어도, 티나샤가 살아 있는 한 계약자인 그가 죽는 일은 없을 것이다.

하지만 오스카는 부하들을 죽게 만들 생각도 없었다. 그는 아카시아의 검자루를 고쳐 잡았다.

그때, 그들의 시선 끝, 중앙 돌계단 위에 다른 마법사들을 거느리고 한 남자가 나타났다.

하얀 머리가 눈길을 끄는 화려한 옷차림의 남자는 주위의 예우를 받으며 앞으로 걸어 나온다. 제단 옆에 있던 바르달로스도 고개를 숙이고 길을 비켰다. 오스카는 나타난 남자를 주시했다.

"라나크…."

그 말을 들은 주위 사람들의 안색이 달라졌다. 사백 년 전의 사람이라고 하는 그는 아무리 봐도 스무 살 정도로밖에 보이지 않는다. 병적일 정도로 새하얀 머리와 피부는 마치 꿈속의 존재 같은 느낌이다.

라나크는 '관객'을 내려다보고 미소 지었다.

"멸망한 투르다르르의 대성당에 온 것을 환영한다."

그 말에 관객들은 주위를 둘러본다. 사백 년 전 마법대국으로 칭송받으며 이질적인 힘을 과시했던 나라의 잔재가 그곳에 침묵하고 있다. 무참하게 사라진 나라의 폐허에서, 라나크는 새로운 돌 옥좌에 앉았다.

"오늘 너희를 데려온 것은 한 가지 제안을 하기 위해서다. 현재 이 대륙에서는, 우리나라를 증오하는 타일리와 마찬가지로 심각한 차별과 싸움이 끊이지 않는다. 신은 불공평하고 변덕스러워 그 힘이 미치지 않는다. 따라서 사람은 사람을 죽인다. 증오해서 죽이고 사랑하면서 죽인다."

담담한 목소리는 상냥하지도 않고 위압적이지도 않았다. 마치 감정 없는 인형처럼.

라나크는 유리구슬 같은 눈동자를 아래로 향했다.

"하지만 그런 짓은 이제 끝내기로 하자. 싸움은 하지 않는다. 이것이 규칙이다. 지킬 수 없다면 이 대륙 어디에 있든지, 누구든지 즉각 벌을 받게 될 것이다. —그러기 위한 힘을 나는 얻는다."

"뭐?"

오스카는 저도 모르게 외쳤다. 다른 사람들도 마지막 한마디에 경악해 할 말을 잃었다.

그중에는 라나크의 정신 상태를 의심하는 사람도 있을 것이다. 요컨대 그것은, 신이 된다는 선언이나 다름없었다.

망상이 아닌지 의심의 눈초리를 향하는 관객들을 보고 라나크는 희미하게 웃음 지었다.

"이 대륙에 '마법호'라 불리는 거대한 힘덩어리가 다섯 개 있다는 건 너희도 알고 있겠지? 그것은 자연의 정기와, 마력과, 무수한 인간의 영혼으로 이루어진 것이다. 지금 마법호의 술식은 그곳에 고착되어 주위의 생명력을 모아갈 뿐이지만, 그것들을 구성으로 새로 연결하면 대륙을 덮는 거대한 망이 된다. 그렇게 하면 나는 여기 있으면서 대륙 전체를 감시할 수 있고, 날씨도 그것으로 조종할 수 있다. 꽤 근사하지?"

—대륙의 완전 감시 · 날씨 통제.

그것은 악몽과도 같은 미래다. 평소의 티나샤가 지금 그의 곁에 있었다면 "하나도 안 근사해!"라고 부르짖었을 게 분명하다. 오스카는 분개하는 마녀를 상상하고 웃음을 터뜨렸다. 뒤에서 알스의 심각한 목소리가 들렸다.

"폐하…."

"아, 미안. 괜찮아. 진지하게 할게."

투르다르가 멸망했을 때 생겼다고 하는 마법호. 근원을 밝히자면, 그것은 사백 년 전에 라나크 안에 집어넣으려고 했던 힘이다. 당시 지나치게 거대해 제어할 수 없었던 그 힘을, 라나크는 다시 자신의 것으로 만들려 하고 있는 것이다.

그 마법호의 힘에 대해서는, 예의 마수 건으로 누구보다 잘 알고 있다. 의도적으로 만든 병기가 아니라 우발적으로 생겨난 마수인데도 그 정도 위력이다. 모든 마법호를 의도적으로 제어할 수 있다면, 확실히 그 힘은 신에 비견할 수 있을지도 모른다.

"그런 발상이 나오는 것 자체가 상당히 위험하지만."

아무리 그 뜻이 숭고해도, 대륙의 완전 감시는 막아야만 한다. 지배자의 독선은 언제 광기로 변할지 알 수 없는 것이다.

라나크는 옥좌에서 일어나 미소 지었다.

"구성에는 한 시간 정도 걸릴 것이다. 지루할 수도 있겠지만, 반드시 입회해주기 바란다. 이제부터 새로운 시대가 열리는 거니까."

그는 관객들이 숨을 삼키는 것을 확인하고 크게 웃었다.

"그럼 내 신부를 소개하마. 그녀가 없으면 이런 거대한 주술은 불가능하니까, 그 힘을 촉매로 빌릴 것이다. 아이티, 이리 나와."

라나크는 오른손을 가볍게 흔들어 자신 옆에 전이문을 열었다. 거기서 한 여자와, 그녀를 따르는 세 명의 마법사가 나타났다.

누가 봐도 '신부'임을 알 수 있는 순백의 여자는 기괴한 이 상황을 잊게 할 만큼 아름다웠다.

여러 겹의 레이스가 달린 긴 드레스. 길게 늘어뜨린 흑발은 같은 색의 꽃으로 장식되어 있다. 그 모습은 조각가가 평생에 걸쳐 완성했다고 해도 좋을 만큼 완벽한 것으로, 검은 두 눈동자는 수심을 띤 채 아래를 향하고 있었다.

그녀가 천천히 눈을 들어 라나크를 본다. 이어서 돌계단 아래 관객들의 존재를 깨닫고— 순간, 경악한 표정이 된다. 그녀를 따르는 세 마법사 중, 아직 어린 소녀를 제외한 나머지 두 남녀도 마찬가지로 낯빛이 변한다.

바르달로스가 신부의 표정을 보고 의미심장하게 웃는다. 라나크는 여전히 미소를 지은 채 고개를 갸웃했다.

"왜 그래? 아이티."

"내 주술이 돌파당한 거야?"

"아니야, 내가 바르달로스를 도와서 데려오게 했어. 저들에게 보여주고 싶어서."

"…그랬구나."

티나샤는 몸을 돌렸다. 그녀는 좌우의 시종을 안심시키는 것처럼 웃어 보이더니, 라나크보다 한 발짝 뒤에 앉는다. 동시에 그곳에 흰 돌로 만들어진 투박한 의자가 나타났다.

라나크가 그녀의 어깨에 손을 올린다. 그리고 천천히 주문을 외우기 시작했다.

※

주문을 외우는 소리만이 울려 퍼지는 유적 안에서, 오스카는 어떻게 할지 궁리하고 있었다.

구성이 완성되기까지 한 시간. 그동안 무슨 수를 써서라도 막아야 한다.

하지만 그가 만약 라나크를 죽이러 간다면, 광장 주위에 대기하고 있는 마법사들은 오스카뿐 아니라 다른 관객들까지 죽이기 위해 움직일 것이다. 그렇게 되면, 수적으로 큰 차이가 있는 만큼 무사하지는 못할 것이다.

"허점이 필요해…."

오스카가 어깨 위를 보자, 나크는 조그맣게 하품을 하고 있다. 그는 그 드래곤을 맡긴 여자에게 시선을 향했다.

그녀의 검은 눈동자는 자신의 발밑에 눈길을 고정하고, 아무도 시야에 넣지 않는다. 마녀의 목적이 어디에 있는지. 오스카는 가만히 그 모습을 응시했다.

※

파밀라는 동요를 억누르며 자신의 주인을 지켜보았다.

설마 관객을 데려올 줄은 상상도 못했었다.

라나크의 생각인지, 바르달로스의 생각인지는 알 수 없다. 그로 인해 사태가 어떻게 굴러갈지는 상상도 하고 싶지 않았다.

"부디 힘을… 지켜주세요…."

파밀라는 입속으로 누구에게랄 것도 없이 기도했다.

왕이 주문을 외우는 소리만이 허물어진 성당에 울리고 있다.

※

—사백 년은 길었다.

정신을 지치게 만들기에 충분한 시간이다. 하지만 티나샤는 그것을 극복해 왔다.

처음 백 년은 루크레치아를 제외하고는 아무하고도 말도 제대로 할 수 없었다.

나라를 잃은 일도, 소중한 사람에게 배신당한 일도, 그리고 의지할 곳 없는 그녀를 이용하려 드는 인간들도, 그 모든 게 그녀를 지속적으로 괴롭혔다. 인간의 모든 것이 증오스러워 견딜 수 없었다.

하지만 그 증오를 간신히 봉인하는 데 성공했을 무렵, 그녀는 인간에게 기대하고 사랑하는 것 역시 그만두었다. 기대하고 사랑하면, 다시 떠올리고 말 것 같았기 때문이다. 세상을 불살라버릴 만큼 강렬한 증오를.

탑을 세우고 달성자를 만나게 된 뒤로는, 사람이 조금 좋아졌다.
그들은 재미있었다.
열심이었다.
그 아름답게 도약하는 생이 부러웠다.
사람이란 이래야 하는 것인가, 그렇게 생각했다. 그리고 자신은 왜 다른지를.

이대로 앞으로 얼마나 긴 세월을 보내야 죽을 수 있을까.
영혼을 갈아 넣어야 원하는 것에 손이 닿을까.
탑에서의 나날은 평온하고 변함없다. 자유롭고 고독하다.
찾고 있는 것은 세월이 아무리 흘러도 보이지 않는다. 자신이 왜 그걸 하고 있는지 알 수 없다.
망집을 품고서, 그저 세월을 건너갈 뿐인 나날.
하지만 마침내 그녀는— 그토록 찾고 있었던 한 사람을 발견한 것이다.

주문을 외우는 남자의 목소리가 기분 좋게 귀에 울린다.
그녀는 이 목소리를 자장가 삼아 자랐다. 성의 별궁에서 홀로 공부에 쫓기는 공허했던 어린 시절도, 그가 있어주었기에 견딜 수 있었다.
상냥한 목소리. 그녀를 지키는 목소리다.
티나샤는 눈을 감고, 자신 안에서 흘러나오는 마력을 따라간다. 형태를 이루어가는 거대한 구성이 느껴진다.
이것은 모든 것을 바꾸는 마법이다. 끝을 시작하기 위한 주문.
원하던 것은 이 앞에 있다.

※

과거에 멸망한 나라의 풍경은, 라나크에게 향수를 불러일으키지 않았다.

암흑시대에 광대한 영토를 가지고, 타국의 침략을 허락하지 않았던 마법대국. 그 정점에 선 왕은 복수의 상위마족을 사역하고, 단신으로 군대를 압도할 수 있었다고 한다. 그래서 라나크는 장래 자신도 그렇게 되어 투르다르를 지킬 거라 생각하고 있었다.

하지만 조국에 대한 그런 감정은 어느새 사라져버렸다. 자신이 선택받지 못한다는 사실을 알았을 때 사라진 건지, 아니면 나라가 멸망했을 때 사라진 건지는 기억이 나지 않는다.

기나긴 잠으로 인해 기억과 감정이 모호해진 것이리라. 눈앞에 보이는 과거의 풍경도, 얇은 천에 가려진 것처럼 그에게 실감을 불러일으키지 않는다. 그저 지금 느끼는 마녀의 온기만이 라나크에게는 현실이다.

그는 호흡을 가다듬고, 신중하게 주문을 외워나갔다.

"탄식의 바다에 흔들리는 침묵. 뻗어오는 무수한 손을 나는 선택하노라. 아침도 아니고 밤도 아니며, 그 눈은 어디에나 있다."

라나크는 티나샤에게서 막대한 마력을 빌려 구성을 낳고, 그것들을 실처럼 꼬아 합쳐나갔다. 차례차례 완성된 작은 구성을 다시 다른 구성과 연결해 거대한 것으로 만들어나간다.

동시에 그는 이미 좌표를 파악한 다섯 개의 마법호를, 법칙으로 간섭하고 연결해나갔다. 점차 넓어지는 구성은 마법호에서 다시 마력을 빨아올려 호수간의 동기를 촉진한다. 미증유의 대마법이 대륙 전체를 범위로 전개하기 시작했다. 거대한 마력의 움직임과 함께, 폐허에 천천히 소용돌이 바람이 휘몰아치기 시작한다.

그 속에 주문을 외우는 라나크의 목소리가 울려 퍼졌다.

"나, 처음 태어난 호수에 명한다. 나는 정의자이다. 너의 현출을 있게 한 '연민'의 이름으로 명한다. 새벽에 위치하라."

—이게 끝나면 뭘 할까.

문득 그런 생각이 라나크의 머리를 스쳤다.

지금까지 '마법으로 대륙을 평정하는' 일만을 생각했을 뿐, 그 후의 일까지는 별로 생각하지 않았던 것이다. 그는 옆에 앉은 티나샤를 보았다.

이 땅에 그녀를 위한 저택을 짓는 것도 괜찮을지 모른다. 그녀가 마음 편히 살 수 있는 곳을. 그녀는 자신이 태어난 조국을 사랑했었다. 지금도 그것은 변함없을 것이다. 그러니까 이제부터는 여기서 평온한 생활을 하게 해주고 싶다. 의무로부터도, 고독으로부터도 그녀를 자유롭게 해주고 싶은 것이다.

"나, 두 번째로 태어난 호수에 명한다. 나는 정의자이다. 너의 현출을 있게 한 '질투'의 이름으로 명한다. 아침에 위치하라."

거대한 구성은 대륙 역사상 유례를 찾을 수 없는 것이다. 술식에도 세심한 주의를 요한다. 하지만 고생하는 만큼의 의미는 있으리라. 이것이 완성되면 대륙에서는 싸움이 없어진다. 사람은 누구나 살아갈 권리를 누릴 수 있게 되는 것이다. 그렇게 생각하면 긴 잠의 나날도 조금은 의미가 있는 것처럼 느껴졌다.

"나, 세 번째로 태어난 호수에 명한다. 나는 정의자이다. 너의 현출을 있게 한 '부정'의 이름으로 명한다. 정오에 위치하라."

지금 이렇게 옥좌에 앉아 있는 것에 불만은 없다.

다만 조금 슬픈 일이 있다면, 그것은 과거에 자신이 어떤 인간이었는지 잘 생각이 나지 않는다는 것이다. 무엇을 사랑하고, 무엇을 미워하고, 왜 그녀에 대해 그런 행위에 이르렀는지 알 수 없다. 같은 사람인데도, 꿈속에서 본 것처럼 자기 자신이 명확하지 않다.

"나, 네 번째로 태어난 호수에 명한다. 나는 정의자이다. 너의 현출을 있게 한 '동경'의 이름으로 명한다. 황혼에 위치하라."

과거를 생각할 때 떠오르는 것은 언제나 아름다운 소녀의 모습이다. 그녀는 기억 속에서 조금 부끄러운 듯이 수줍어한다. 그녀를 지켜야 한다고 생각한다. 오직 그러기 위해 그녀는 존재하는 것이다.

"나, 마지막으로 태어난 호수에 명한다. 나는 정의자이다. 너의 현출을 있게 한 '증오'의 이름으로 명한다. 한밤중에 위치하라."

—왜 사백 년이나 살아온 걸까. 어째서 죽어버리지 않은 걸까.

사백 년 전의 자신이 무슨 생각으로 마법의 잠에 들었는지는 알 수 없다. 다만 지금의 그는 그것을, 그녀를 다시 한 번 만나기 위해서가 아니었을까 추측한다.

라나크는 온화한 감개를 품고, 자신의 신부를 내려다보았다.

그녀는 어느새 라나크를 빤히 올려다보고 있었다.

검은 눈동자에 도전적인 빛이 떠올랐다.

라나크는 그 눈에 본능적으로 두려움을 느꼈다.

어떤 예감이 들었다.

주문을 외우는 소리가 끊긴다.

티나샤는 미소를 지었다.

그것은 전혀 모르는 여자의 얼굴 같았다.

신부가 갑자기 일어서는 것을 보고, 쿠스쿠르의 마법사들이 술렁이기 시작했다.

그녀는 어깨에 놓인 라나크의 손을 뿌리쳤다. 그가 몇 발짝 뒤로 비틀거렸다.

"아이티, 무슨…."

티나샤는 대답하지 않는다. 아름다운 미소를 지은 채 라나크를 향해 — 정확하게는 그가 짜고 있는 구성을 향해 우아하게 손을 내민다.

"와라."

그 말에 응해 거대한 구성이 티나샤에게로 이동했다.

새로운 간섭에 의해, 폐허에서 소용돌이치던 바람이 멈춘다.

라나크는 당황해 구성을 붙잡아두려고 했다. 마녀에게 경악의 시선을 향한다.

"뭐 하는 거야! 이런—."

그녀는 후우 숨을 토하고, 주위를 둘러보았다.

크나큰 향수를 품고, 멸망한 나라의 잔재를 바라본다.

"길었어…."

멀리까지, 아름답게 울리는 목소리.

티나샤는 모두를 매혹시키는 미소를 라나크에게 향했다.

"줄곧 당신을 찾고 있었어…. 정말로 만나고 싶었어. 만났을 때는 너무 기뻐서 눈물이 날 정도였어."

남자를 그리워하는 눈. 그 눈빛은 진심에서 우러나온 연정과 비슷하지만, 다른 것이다.

그녀의 가는 손가락은, 다시 남자가 지배하는 구성을 뒤흔들고, 끌어오려 하고 있다. 꽃잎 같은 입술에서 떨리는 열정의 목소리가 속삭였다.

"정말로 당신이 필요했어…. 내가 정말로 원하는 그것…, 마법호의 정의명을 아는 사람은 소환자인 당신밖에 없으니까."

미소가, 그 성격을 달리한다.
사랑스러운 소녀에서, 한없이 요염하고 잔인한 강자의 미소로.
그녀는 심연의 눈동자로 라나크를 쏘아본다.

"사백 년 전에 당신이 죽인 국민의 영혼, 마법호에 녹아들어 갇혀버린 그들의 영혼을, 드디어 해방할 수 있어."

먼 옛날로부터의 선고. 유구함을 거치고도 사라지지 않았던 마음.
라나크의 얼굴에 이해의 빛이 떠올랐다.
마녀는 하얀 두 팔을 벌린다.
"이리 와."
여자의 팔 안으로 구성이 빨려 들어간다. 라나크가 필사적으로 막으려 한다. 그 손에서 흘러 떨어지듯이— 구성은 마침내 마녀의 지배하에 놓였다.
그녀는 매혹적으로 미소 짓고, 그것을 바꾸기 위한 마력을 쏟는다.
마법호를 지배하는 것이 아니라… 해체하고, 승화하기 위한 구성으로.
"아이티, 너는…."
아무것도 생각할 수 없다. 자신에게 남은 어렴풋한 기억마저 알 수 없어진다.
그녀는 자신이 지키지 않으면 안 되는 존재였다.
연약하고 고독했던 소녀. 그리고 지금은, 모두가 기피하는 마녀. 자신이 지켜주지 않으면 살아갈 수 없는 존재. 그래야만 했다.
그러니까 그녀가 자신을 압도하는 일은— 있어서는 안 되는 것이다.
긴 잠이 점차 깨기 시작한다. 분노와 증오가, 꿈속의 그를 덮어 가린다.

대신 끓어오르는 것은 사백 년 전, 과거의 자신의 감정이다.

왜 그때 그녀의 배를 갈랐는지, 지울 수 없는 격정이 되살아난다.

"아이티…, 또 나를 배신하는 거냐!"

"배신이라고? 나는 오늘 이날을 위해 죽지 않고 있었던 거예요."

그리고 마녀는 낭랑한 목소리로 선언했다.

"자, 속죄를 시작합시다."

과거와 현재를 연결하는 선언.

사백 년이 지나도 여전히 자신의 앞길을 가로막는 여자에게, 라나크는 분노했다.

"누구… 마음대로!"

그는 공격을 위한 마법을 짜기 시작했다. 하지만 티나샤는 한 손을 앞으로 뻗어, 라나크가 쏜 그것을 막았다. 구성을 잃은 왕의 목소리가 거칠어졌다.

"이 여자를 죽여라! …아니, 무력하게 만들어라! 팔다리 따윈 없어도 상관없다!"

얼굴을 일그러뜨린 라나크로부터, 티나샤는 한 발짝 뒤로 물러나 거리를 두었다. 마녀는 태연하게 웃었다.

"오랜만에 보네요, 그 표정. 그때와 똑같은 얼굴이에요. 드디어 잠이 깬 건가요?"

"까불지 마, 건방진 것!"

레나트와 파밀라가 재빨리 티나샤의 양 옆에 붙는다. 티나샤는 그들을 슬쩍 쳐다보고, 오른손 손가락을 튕겼다. 그녀를 에워싸듯이 공중에

흑요석이 나타난다. 마녀가 오른손으로 계단 밑의 관객을 가리키자, 마흔 개의 흑요석이 관객 전체를 에워싸듯이 전이해, 그곳에 결계를 쳤다.

"아아…, 그럴 줄 알았어!"

파밀라는 머리를 싸쥐고, 레나트는 한숨을 내쉰다. 원래 그 마법구는 티나샤가 자신을 지키기 위한 결계로서 구성을 담아둔 것이다. 다섯 개의 마법호를 승화하기 위해서는, 아무리 그녀라도 긴 주문과 집중이 필요하다. 따라서 그동안 쏟아질 무수한 공격을 막아낼 결계가 필요했던 것이다.

하지만 관객이 있는 이상, 티나샤가 그들을 내버려둘 리 없다는 것도 두 사람은 잘 알고 있었다. 마녀는 작은 목소리로 양 옆에 속삭였다.

"파밀라, 레나트, 난 괜찮으니까 도망쳐요."

하지만 두 사람은 광장 주위에서 날아오는 마법을 막아내면서 즉답했다.

"싫어요."

"거절하겠습니다."

마법호를 동기화시킨 대마법은 이미 움직이기 시작하고 있다. 여기서 구성을 멈춰버리면 투르다르가 멸망했을 때보다 더 큰 마력폭풍이 전 대륙에 몰아칠 것이다. 그러니까 지금 여기서 반드시 라나크의 구성을 바꿔 마법호를 승화시켜야 한다. 그걸 할 수 있는 사람은 티나샤뿐이다.

파밀라와 레나트는 주군을 지키며 왕의 측근들을 상대했다. 라나크 자신은 마력을 소비하고 싶지 않은 모양인지, 분노에 일그러진 얼굴로 측근들 뒤로 물러났다.

레나트는 주문 없이 공기의 검을 낳아, 아직 주문을 끝내지 못한 마법사 둘을 베어버렸다. 추격하려던 파밀라가 뭔가를 알아차리고 그의 측면에 방벽을 쳤다. 거기에 검은 화염이 날아와 부딪친다.

"……! 으윽…!"

예상을 뛰어넘는 압력에 파밀라는 전력으로 방어를 강화했다. 하지만 그래도 막기 힘든 열기가 그녀를 덮쳤다. 기세에 밀려 몇 발짝 비틀거린 파밀라는 그것을 쏜 상대를 돌아보았다.

거기에는 미친 마법사 바르달로스가 희희낙락한 얼굴로 서 있었다.

"역시 배신했군! 재미있어!"

바르달로스는 그 손에 다시 검은 화염을 만들어, 승화 구성에 들어간 마녀를 향해 쏘았다. 레나트가 순간적으로 그것을 막으려 했지만, 그 자신에게도 공격마법이 쏟아져 그 자리에서 꼼짝하지 못한다.

"티나샤 님!"

이미 늦었음을 예감하고 파밀라는 비명을 질렀다.

하지만— 부풀어 오른 흑염은 마녀에게 닿지 않았다.

티나샤는 조금 난처한 눈으로 눈앞에 있는 남자를 올려다보았다.

"이제 나한테도 좀 의지해."

거기에는 유일하게 그녀를 죽일 수 있는 남자가 서 있었다.

오스카가 돌계단 밑을 확인해 보니, 마침 알스가 쿠스쿠르의 병사들을 쓰러뜨리며 달려 올라오고 있었다. 도안과 다른 마법사들은 결계 밖으로 나와 적의 마법사들과 싸우고 있다. 나크는 크기를 바꾸어, 공중에서 마족 다섯 마리와 싸우기 시작하고 있었다.

다른 나라 사람들 중에는 결계 안에서 그대로 얼어붙은 자도 적지 않다. 하지만 사태를 파악한 절반 정도는 빠르게 움직이기 시작하고 있었다. 그들 중에는 공방의 열쇠가 되는 마녀를 지키기 위해 결계 밖에서 싸우는 자와, 돌계단을 올라 옥좌 앞으로 오려고 하는 자도 있었다.

치열해지는 혼전 속에, 바르달로스는 마녀 앞에 선 남자를 향해 빛의 창을 쏘았다. 하지만 그것은 오스카의 결계에 부딪쳐 흩어져버린다.

"뭐지?!"

경악한 바르달로스를 무시하고, 오스카는 티나샤를 보았다. 신부 의상을 입은 마녀는 구성을 승화용으로 바꾸어 짜면서 남자를 마주본다.

—그가 옆에 와 있다.

그것만으로도 불가사의한 안도감이 그녀를 채웠다. 목이 메고 마음이 울컥해진다.

"어떻게 해주길 원해?"

남자의 질문에 티나샤는 눈을 내리뜨고 계산을 해 본다.

주문을 외우는 데 걸리는 시간은 약 삼십 분. 이 상태로는 그때까지 버틸 수 있을지 알 수 없다. 버틴다 해도 피해가 클 것이다.

하지만 이곳은 틀림없는 그녀의 나라였다.

마녀가 다시 오스카를 올려다본다. 그 검은 눈동자에는 그가 잘 아는 빛이 떠올라 있었다.

"십 분만, 시간을 주세요."

"알았어. 네가 원하는 대로 해줄게."

망설임 없는 즉답에, 티나샤는 고개를 끄덕였다.

그리고 그녀는 모든 것을 뒤집기 위한 새로운 주문을 외우기 시작했다.

오스카는 지켜야 할 마녀를 뒤에 두고 바르달로스와 맞섰다. 미친 마법사는 즐거운 듯이 웃었다.

"아카시아의 검객이군. 이런저런 전설은 많이 들었지만, 과연 어디까지가 사실일까?"

"글쎄? 관심 없어."

오스카는 그렇게 말하고, 바르달로스를 향해 한 발짝 다가섰다.

하지만 남자는 그것을 예상하고, 오스카의 발밑을 노린다. 화염의 낫을 지면 위로 미끄러뜨리듯이 쏘아댄다.

오스카가 피하면 뒤에 있는 마녀를 집어삼킬 화염. 하지만 그는 그것을 구성의 핵심까지 함께 부숴버린다.

아카시아에 의해 사방으로 흩어진 화염이 돌바닥을 그슬렸다. 바르달로스가 입술을 핥는다.

"제법이군. 결계만 믿고 덤비는 놈인 줄 알았더니."

"이 녀석을 귀찮게 하고 싶진 않으니까."

수호결계는 티나샤와 연동되어 있다. 그녀가 이제부터 뭔가를 하려고 한다면, 쓸데없는 힘을 쓰게 만들고 싶지 않다.

아카시아를 휘둘러 흘러온 마법을 베어버리는 왕에게 바르달로스는 비웃음을 보였다.

"그래서 과연 얼마나 버틸 수 있을까. 거기서 한 발짝도 못 움직이고 죽을 수도 있어. 처음으로 '마법사 킬러'를 만났는데 유감이군."

"미안하지만 인정사정없는 녀석에게 단련된 몸이라서 말이야. 그 처음을 마지막으로 만들어줄 테니 안심해라."

"마지막으로 만들고 싶으면 이쪽으로 와라."

바르달로스는 그렇게 말하면서 스무 개가 넘는 불덩이를 허공에 출현시켰다.

—검객 따위는 거리를 두고 줄기차게 공격을 퍼부으면 그것으로 끝

이다.

제아무리 왕검 아카시아라도, 닿지 않으면 무섭지 않다. 더구나 상대는 지금 꼼짝할 수 없는 마녀를 지키며 싸우고 있는 것이다. 바르달로스는 자신이 질 거라고는 전혀 생각하지 않았다.

"자, 모조리 불태워주마."

오스카를 향해, 불덩이가 비처럼 쏟아진다.

바르달로스는 그것을 보면서 다음 구성을 짜려고 오른손을 들었다. 자신의 우위를 믿어 의심치 않는 그는, 하지만 다음 순간 경악하지 않을 수 없었다.

"왔다."

있을 수 없는 속도. 있을 수 없는 거리. 눈앞에 거울처럼 푸르스름한 칼날이 번뜩인다.

그리고 바르달로스는 뭔가를 생각할 겨를도 없이, 방어결계와 함께 오스카에 의해 목이 날아가버렸다.

사방에 피를 흩뿌리며 절명한 마법사장을 보고, 쿠스쿠르의 마법사들 사이에 경악이 퍼졌다.

라나크는 그들 뒤에서 증오에 차 부르짖는다.

"마족을 소환해! 이놈들을 죽여라!"

왕명을 받아, 광장 주변의 돌계단에 있는 마법사들이 속속 주문을 외우기 시작한다. 옥좌 앞에서도 한 명이 주문을 외우기 시작했다. 하지만 그 몸을, 돌계단을 달려 올라온 알스가 베어버린다. 파밀라와 레나트도 악착같이 응전하고 있어서, 옥좌 주위에 있던 측근들은 이미 절반 이상이 무력화되어 있었다.

하지만 그 대신, 광장 주변에 있던 마법사들이 속속 중앙으로 전이해 온다. 그중에는 수는 많지 않지만, 마족도 섞여 있었다.

"이건 거짓말이야! 아에테르나 님이 배신하다니!"

혼전 와중에 트리스가 부르짖었다.

그녀는 티나샤를 공격하지도 못하고, 파밀라와 레나트처럼 지키지도 못한 채 망연자실 서 있을 뿐이다. 그러다 전이해 오는 마법사들에게 떠밀려 뒤로 밀려난다.

어린 꿈이 짓밟히는 광경. 하지만 거기에 손을 내밀어주는 자는 없다. 전장에서 의미 있는 것은 힘과 피와 의지뿐이다.

결국 트리스는 눈물을 글썽이며 몸을 돌려 뛰어가버렸다. 울면서 황야로 사라지는 소녀에게, 쿠스쿠르의 마법사 중 한 명이 불화살을 쏘려고 손을 들어올린다.

하지만 그 몸을 옆에서 멜레디나의 검이 베어버렸다. 그녀는 도안과 카브의 결계에 보호받으면서, 광장 주변의 돌계단을 향해 달려간다. 적진에 파고들었을 때, 그녀의 눈앞에 마법의 광구가 쏟아졌다.

"에잇…!"

반사적으로 한쪽 눈을 감으면서 멜레디나가 검으로 광구를 베어버리려고 했다.

하지만 그것은 검이 닿기도 전에 결계에 부딪쳐 튕겨나갔다. 도안의 기겁한 목소리가 들린다.

"폐하를 따라 하진 말아줘. 평범한 검으로 벨 수 있는 게 아니야."

그렇게 말하면서 도안은 작은 벼락을 쿠스쿠르의 마법사들에게 쏘았다.

"그래도 아무것도 안 하는 것보다 낫지 않아?"

멜레디나는 왼쪽으로 파고들어, 벼락을 방어한 마법사의 팔을 베어버렸다. 비명을 지르며 쓰러지는 남자를 피해, 그녀는 다시 검을 휘두른다. 뒤에서 도안이 냉정한 어조로 말한다.

"전진 속도가 조금 빨라. 속도를 줄여."

멜레디나는 어깨를 으쓱하고, 두 발짝 물러서서 도마뱀인간이 휘두르는 날카로운 발톱을 막아냈다. 금속성의 소리가 혼전 속에 날카롭게 울린다. 그녀는 그대로 세 합을 주고받다가 비늘로 뒤덮인 가슴에 검을 꽂았다.

그 검을 잡으려고 하는 다른 도마뱀을, 뒤에서 세자르의 장군이 베어 버린다. 멜레디나는 검을 뽑고 살짝 고개 숙여 인사했다. 그러자 장군은 가볍게 손을 흔들었다.

검을 손에 들고 전장에 선 루스트는 망설임 없는 파르사스 진영을 보고 탄식을 삼켰다.

싸움에 집중하고 있을 때는 시간 감각이 없다. 유난히 빨리 지나갈 때도 있는가 하면, 시간이 전혀 흐르지 않을 때도 있다. 마치 출구가 보이지 않는 안개 속을 끝없이 걸어가는 것 같다.

밀려드는 마족과 맹렬히 싸우면서, 그는 돌계단 위에 있는 마녀를 올려다보았다. 하얀 드레스가 멀리서도 선명하게 보였다.

눈을 감고 주문을 외우는 아름다운 마녀. 그 옆모습에 무심코 마음을 빼앗겼을 때, 작은 마법의 창이 그의 어깨를 스쳤다. 날아온 방향을 보니, 아직 소년이라고 해도 좋을 만한 어린 마법사가 공포와 증오에 찬 얼굴로 그를 노려보고 있었다.

"죽어! 죽어버려! 이 짐승만도 못한 놈아!"

처절한 절규는 그 누구도 아닌 루스트를 향한 것이다.

지금까지 수백 년에 걸쳐 타일리가 쌓아온 증오. 그것을 눈앞에 마주한 그는 숨을 삼킨다.

소년은 거칠게 구성을 짜더니 루스트를 향해 쏘았다. 불꽃을 흩뿌리며 그에게 날아드는 불덩이. 증오 그 자체인 불길의 소용돌이 앞에서 루스트는 갈라진 목소리로 중얼거렸다.

"이것이 타일리의 죄인가…."

사람을 사람으로 인정하지 않고 모든 걸 빼앗아온 업보.

일그러진 증오를, 자신들은 태어날 때부터 서로에게 향하고 있다.

그것이 끝나는 날이 올까. 끝낼 수는 있을까.

루스트는 화염 앞에서 눈을 감는다. 하지만 그를 집어삼키려던 화염이 돌연 사라져버렸다. 돌아보니, 파르사스의 마법사 남자가 무심하게 손을 털고 있다.

"생각할 게 있으면 나중에 하시죠. 지금은 이 상황을 버텨내는 게 선결이니까."

"…알겠다."

실례되는 말투지만, 그것은 어디까지나 사실이다. 루스트는 씁쓸한 감정을 삼키고, 소년과의 거리를 좁혔다. 급하게 마법을 쏘려고 하는 소년의 배를 팔꿈치로 가격한다. 루스트는 쓰러지는 상대의 몸을 받쳐 살그머니 땅바닥에 눕혔다. 생각에 잠기려 하는 의식을 억누르고, 지금은 고개를 든다.

그리고 다시 새로운 적병과 싸우기 위해, 그는 오른손에 쥔 검을 치켜들었다.

하늘을 나는 날개 달린 마족이 급강하하면서 발톱으로 마녀를 공격하려 한다.

하지만 그 몸은 순식간에 마법의 불꽃에 휩싸였다. 불꽃을 쏘면서 돌계단을 끝까지 올라온 실비아와 쿰은 긴 주문을 외우는 마녀 옆으로 달려갔다.

티나샤는 두 사람의 얼굴을 보고 미소 지었다. 그 변함없는 모습에 실비아는 울컥 목이 메었다.

"반드시 지켜드릴게요!"

몸 하나로 그렇게 할 수 있는 것이 마법사라는 존재다. 실비아는 주문을 외우기 시작했다.

"낮의 별이여, 밤의 꽃이여, 눈에 보이지 않는 것이여, 숨 쉬어라. 나 선을 그려라."

태어나는 구성은 사람에게 졸음을 불러일으킬 뿐인, 마법으로서는 초보적인 것이다.

하지만 궁정마법사인 실비아는 그런 단순한 효과를 비범하다고까지 할 수 있는 영역으로 강화해놓았다. 순식간에 사방으로 퍼지는 마법은, 원래 같으면 같은 마법사에게는 별다른 효과가 없다. 하지만 그렇게 생각하고 대수롭지 않게 여기던 쿠스쿠르의 마법사들이 차례차례 비틀거리며 픽픽 쓰러져간다. 실비아는 다시 구성을 짰다.

그 옆에서는, 응전을 위해 앞으로 나선 오스카 대신 쿰이 마녀 앞에 선다. 방어결계를 치는 그의 귀에 마녀가 주문을 외우는 소리가 들렸다.

"…이중 주문?!"

놀란 나머지 저도 모르게 외친 쿰의 목소리에, 주위에서 싸우던 마법사들이 돌아본다. 그 경악한 표정을 보면 그들도 아는 것이리라.

—이중 주문은 투르다르와 함께 사라져버린 지 오래인 고등 마법기

술이다.

기록에 의하면, 그것은 하나의 주문으로 두 개의 구성을 만들어냄으로써 동시에 두 개의 마법을 행사한다. 하지만 그 대신, 두 개의 마법 주문을 따로 외우는 것보다 몇 배의 구성력을 필요로 한다. 실로 마법 기술의 극치라 할 수 있다. 티나샤는 그런 이중 주문을 사용해, 마법호의 승화에 더해 또 하나의 마법을 행사하려 하고 있는 것이다.

"심지어 이건…."

또 하나의 마법이 무엇인지 이해한 쿰은 말을 잇지 못했다. 옆에 다가와 있던 파밀라가 그의 말을 받았다.

"투르다르의… 왕위 계승…."

마녀는 거기에 대답하듯이 손바닥을 아래로 하고 오른손을 앞으로 내밀었다.

다음 순간, 그녀를 중심으로 하얗게 빛나는 둥근 고리가 나타났다. 둥근 고리는 순식간에 커져, 돌계단 근처에서 멈춘다. 싸움을 피해 허공에 떠 있던 라나크가 그것을 보고 격노했다.

"아이티…! 어디까지 나를 우롱할 셈이냐?!"

티나샤는 그러나 대답하지 않는다.

나타난 커다란 고리 안에, 여러 개의 흰 빛이 복잡한 문양을 그려나간다. 빛이 점점 강해지는 고리의 한 시 위치에 커다란 빛이 켜졌다. 이어서 두 시, 세 시의 위치에 차례차례 빛이 들어온다.

빛의 출현은 고리를 한 바퀴 돌아 마지막으로 열두 시의 위치에 켜졌다.

광장 주변의 원형 돌계단 위에 있던 도안이 그것을 보고 중얼거렸다.

"저건 설마 투르다르의…! 열두 체가 전부? 말도 안 돼!"

아카시아를 휘두르며 여러 마리의 마족을 동시에 상대하고 있던 오스카는, 달려드는 도마뱀인간의 몸통을 둘로 갈랐다. 그리고 검에 묻은 피를 털면서 돌아본다. 그는 마녀를 보고 웃었다.

"벌써 십 분이 지났어? 과연 뭘 보여주려나?"

다른 자들 모두, 양쪽 진영 모두가 싸우면서 마녀 쪽을 보았다.

무서울 정도로 거대한 마력이 거기에 소용돌이치고 있다.

마녀의 진수를 보여주는 자리. 이곳이 역사의 전환점이 된다는 것을 모두가 본능적으로 예감했다.

티나샤는 주문을 멈추고 말했다. 그 목소리는 혼전 속에 아름답게 울려 퍼졌다.

"출현하라! 과거의 계약에 의해 투르다르에 종속된 정령들이여! 내 이름은 티나샤 어스 메이야 우르 아에테르나 투르다르! 너희들의 왕으로서 정의(定義)를 선언하노라…. 지금 이 자리에 나타나라!"

흰 빛이 공간을 채운다.

그 눈부신 빛에 모두가 시야를 잃는다.

밀어닥치는 힘의 폭풍. 모래바람이 소용돌이치며 그들의 얼굴을 때린다.

공기가 달라진다. 열기와 냉기가 교차하며 밀려드는 탁류.

그리고 그것이 지나갔을 때— 거기에는 투르다르에 전설로 내려오는 열두 정령이 출현해 있었다.

'투르다르의 정령'이라 불리는 존재.

그것은 마법역사 속의 전설이다. 투르다르의 초대 국왕이 소환해 국가에 봉인한 상위마족들. 그들은 새 국왕이 즉위할 때, 왕의 마력에 따라 하나에서 셋까지 선택되어 사역된다.

하지만 현대 마법역사 연구에서는 '상위마족의 복수 사역은 불가능하다'라는 것이 정설이었다.

따라서 열두 체 전부를 사역하는 것이 가능할 리 없다. 모두가 그렇게 생각하고 있었다.

있을 수 없는 현실을, 자신의 눈으로 직접 볼 때까지는.

빛의 고리 위에 선 상위마족들. 그중 한 명인 붉은 머리의 남자가 천천히 입을 연다.

"오랜만의 출현이군."

"그래? 아직 잠이 부족해…."

"그보다 나라가 망했잖아."

"인간이 만드는 건 덧없으니까."

제각기 잡담을 시작하는 정령들의 모습에, 주위의 인간들은 할 말을 잃는다. 노인의 모습을 한 자, 젊은 남녀로 보이는 자, 어린이의 모습을 한 자 등, 겉모습은 다양하다. 하지만 인간과 닮은 모습을 한 그들은 결코 인간이 아니다. 진홍색 머리카락과 초연한 위압감이 그들의 진짜 모습을 보여주고 있다.

내버려두면 언제까지나 이어질 것 같은 그들의 이야기를 끊은 것은 마녀의 한마디였다.

"명한다…."

그 목소리에 모든 정령이 일제히 무릎을 꿇었다. 열두 시 위치에 있던 백발의 노인이 근엄한 목소리로 입을 열었다.

"우리의 주인이여, 무엇이든 명령하십시오."

"적을 섬멸하라. 전의가 없는 자는 내버려둬도 상관없다. 가능하면 죽이지 마라.”

“알겠습니다.”

열두 정령이 일어선다. 그중에는 눈을 감고 있는 자, 노골적으로 의미심장하게 웃고 있는 자도 있었다. 주홍색 머리카락의 정령이 티나샤와 아는 사이인지, 그녀를 향해 야유를 보낸다.

“아가씨는 어른이 되어도 여전히 마음이 약하군, 그래.”

“빨리 가.”

쫓아버리듯이 손을 휘젓는 마녀의 그 목소리를 계기로 전원이 흩어진다.

다음 순간, 소환되어 있던 백 마리 가까운 마족 대부분이 그 자리에서 스러져버렸다.

※

정령의 출현은 쿠스쿠르의 마법사들의 전의를 상실케 하기에 충분한 것이었다.

그들은 혼전 속에, 인간이 아닌 자의 힘에 전율하고 속속 투항, 혹은 도주했다.

주문을 외우는 마녀의 목소리만이 들리는 가운데, 이미 아무도 그것을 위협할 수 없다. 그저, 치밀하고 거대하게 인간의 한계를 뛰어넘어 완성되어가는 구성을 지켜볼 뿐이다.

순식간에 축소되어가는 전투. 라나크는 그것을 뒤로하고, 과거에 자신이 멸망시킨 나라의 유적 사이로 숨을 몰아쉬며 도망치고 있었다.

전장의 소음이 점차 멀어져간다. 전이하고 싶어도, 지금의 그는 마력을 집중하기가 거의 불가능하다. 티나샤를 촉매로 해 짜고 있던 구성을 빼앗긴 탓인지, 아니면 너무 길었던 마법의 잠의 반동인지, 그의 몸은 마법적으로 만신창이가 되어 있었다.

라나크는 피 맛이 도는 목구멍으로 마른침을 삼켰다.

"…아이티…, 아에테르나…."

그저 소녀의 이름만을 그는 부른다. 그 속에 있는 것이 증오인지, 아니면 다른 것인지 지금은 알 수 없다.

그녀의 이름을 부르는 것만이 자신을 이 세상에 붙잡아두는 유일한 수단인 것처럼, 라나크는 연신 중얼거린다. 이마에서 흘러 떨어지는 땀이 메마른 모래 속으로 사라져갔다.

그때, 끝없는 황야를 달려가는 그의 주위에 갑자기 그림자가 드리웠다.

하늘을 올려다보니, 머리 위에 붉은 드래곤이 날고 있다. 드래곤은 라나크를 확인하고 고도를 낮췄다. 그 등에서 한 남자가 뛰어내린다.

거울처럼 반질반질하게 연마된 양날의 검. 라나크도 잘 아는 그것은, 이 대륙에 한 자루밖에 없는 것이다.

라나크는 자신의 앞을 가로막은 그 남자를 향해, 긴장을 숨기고 웃었다.

"어이, 또 만났군. 이미 승부는 난 것 아닌가? 내게 무슨 볼일이지?"

"그냥 하나만 묻고 싶었을 뿐이야."

오스카는 아카시아의 검자루를 손 안에서 고쳐 잡았다. 그 단정한 얼굴에 감정은 보이지 않는다. 다만, 해가 진 직후의 밤하늘과 같은 색의 눈동자에는 지우기 힘든 분노가 불꽃처럼 일렁이고 있었다.

"뭘 물어보려고? 알고 싶은 게 있으면 나 말고 아에테르나에게 물어봐."

이번 전쟁도 그렇다. 아마 그녀가 훨씬 많은 것을 파악하고 뒤에서 움직이고 있었으리라. 아무것도 몰랐던 쪽은 그 자신이다.

"아이티는 모든 걸 알고 있어, 그래서 나를 불쌍히 여기는 거야. 똑같이 국왕 후보인 주제에 힘이 부족하니까."

보호받을 뿐인 소녀였다면 얼마나 좋았을까. 그것이 신부가 될 그녀의 역할이었지만, 그녀의 재능이, 노력이 모든 걸 배신하고 말았다. 그녀가 약한 인간이었다면, 그렇게 되지는 않았을 것이다.

"투르다르가 멸망한 것도 그 녀석 때문이야. 그 녀석 때문에 나는……."

"—그 녀석은 끝까지 너를 믿고 있었어."

얼음장 같은 남자의 목소리. 거기에 담긴 위압감에 눌려 라나크는 말을 멈췄다.

뭔가를 알았던 것은 아니다. 다만 라나크는 '자신은 여기서 죽는다'는 것을 직감했다.

오랫동안 꼬이고 뒤틀려버린 여로의 끝. 라나크는 무엇 하나 좋은 일이 없었던 자신의 생을 돌아본다.

오스카는 담담하게 물었다.

"그 녀석의 배를 갈랐을 때, 무슨 생각을 했지?"

"…하."

라나크는 웃으려고 하면서 얼굴을 일그러뜨렸다.

되살아나는 것은 강렬하고 추악한 광경이다.

처절하게 울부짖으며 살려달라고 외치는 소녀의 목소리. 작은 몸에서 흘러나오는 피와 내장. 메스꺼운 냄새.

지금도 손에 그 내장의 감촉이 남아 있는 기분이다. 라나크는 자신의 두 손을 물끄러미 응시한다.

연민과 질투와 부정과 동경과 증오.

호수에 붙인 정의명은 모두, 그의 소녀에게 바친 감정이다.

그의 일생을 지배하고, 그가 일생을 지배할 예정이었던 여인. 한결같이 순수한 그 존재를 사랑하고 있었다. 천진하게 내미는 손을 소중히 여기고 싶었다.

하지만 그러기에는 자신은 너무나 힘이 부족했다.

그래서… 그녀를 능가하는 힘을 가지고 싶었다.

『라나크, 내 곁에 있어줘. 날 혼자 두지 마.』

『걱정 마, 아이티. 내가 지켜줄게.』

몽롱한 꿈은 언젠가 깨고 만다. 사백 년 동안 꾸어왔던 과거의 꿈도, 현실 앞에서 사라져간다.

—그녀는 이미 자신을 돌아보지 않을 것이다.

그날 밤, 힘에 굶주려 소중한 존재를 짓밟았을 때, 순진했던 그녀와 함께 그 자신도 죽은 것이다.

라나크는 고개를 들고 일그러진 웃음을 보였다.

"아무 생각도 하지 않았어. 그 녀석은 그냥 도구야."

그러니까 더는, 그녀의 이름을 부를 필요도 없다.

라나크는 눈을 감고 감정을 닫는다.

그리고 아카시아가 날아드는 마지막 순간, 그는 입속으로… 소녀의 이름을 불렀다.

※

대륙 중앙부에 위치한 나라, 세자르에 사는 장작팔이 소년은 문득 불가사의한 감각을 느끼고 동쪽 하늘을 올려다보았다.

동쪽 국경에 위치한 숲에는, 과거에 사악한 신과 그 숭배자들이 마을을 이루고 살았다는 전설이 남아 있다. 하지만 사백 년 전, 하늘에서 떨어진 마법이 그 마을을 흔적도 없이 지워버렸다.

—그 후, 마을의 흔적은 '마법호수' 따위가 되었다.

무심코 그쪽 방향을 바라본 소년은, 갑자기 하늘이 환하게 빛나는 것을 보고 깜짝 놀라 눈이 커다래졌다.

기분 탓일지도 모른다고 생각한 것도 잠시, 순식간에 숲 너머에 하얀 빛이 퍼지더니, 천천히 하늘을 향해 올라가기 시작했다.

"…저게 뭐지?"

불가사의하면서도 아름다운 광경.

마치 신의 존재를 믿게 만들려는 듯한 그 현상에 소년은 숨을 삼켰다.

부드럽고 온화한 공기가, 바람도 없는데 일대를 가득 채워나간다. 속속 하늘로 올라가 스며드는 빛은 조금씩 그 수가 줄어들며 희미해져 간다. 소년은 신비한 그 빛에 매료되어 그 자리에서 꼼짝할 수 없었다.

이윽고, 천천히 하늘로 올라가는 빛은 전부 허공으로 스며들어 사라져버렸다.

남은 것은 아무것도 없다.

그저 평소와 다름없는 하늘이 펼쳐진 그곳을, 소년은 언제까지나 망연히 바라보고 있었다.

※

마녀의 흰 손을 떠난 거대한 구성이 마법호의 승화를 마치고 허공으로 사라진다.

긴 주문을 끝낸 티나샤는 지나간 전투의 흔적을, 감정을 지운 눈으로 바라보았다.

피와 살이 타는 냄새가 주위에 떠돈다. 검게 그을린 사체와, 엎드려 움직이지 않는 뒷모습. 전투의 처참한 상흔을 그녀는 가만히 응시했다. 귀에 새겨진 누군가의 단말마의 비명이 여전히 뇌리에 메아리치고 있다.

—우는 것은 쉽다.

하지만 그러고 싶지는 않았다. 그렇게 겉으로 드러내면, 감정이 자신을 떠나 밖으로 흘러 나가버릴 것 같았다. 하지만 지금 여기에 가득한 모든 죽음은 처음부터 그녀가 짊어져야 하는 것이다.

전투에서 살아남은 자들은, 불가사의한 고양감에 취해 마녀를 응시한다. 그것은 같은 목적을 가지고, 함께 싸운 자들에게 공통되는 감정이다.

하지만 그들과 달리 결계 안에서 떨고 있던 자들은, 대부분이 겁에 질린 눈으로 마녀를 노려보았다. 그 적대적인 시선으로부터 주인을 보호하듯이 파밀라와 레나트가 앞을 막아선다.

만신창이가 된 그들에게, 이제 괜찮다고 말하기 위해 티나샤는 고개를 들었다.

그 검은 눈동자가, 돌아온 나크를 포착한다. 붉은 드래곤 위에서 내린 남자는 그녀를 발견하고 똑바로 걸어온다. 티나샤는 말없이 그를 기다린다.

도중에 간도나의 장군이 오스카를 붙잡았다.

"아카시아의 검객으로서 무엇을 해야 할지 아시겠지요."

그 말을 들은 주위에 긴장감이 퍼진다. 오스카에게 마녀 토벌 의뢰가 들어온 것은 이 자리에 있는 모두가 아는 사실이다.

오스카는 가볍게 고개를 끄덕이고, 마녀를 향해 걸음을 옮겼다. 적의를 드러내는 파밀라와 레나트 앞에 마주선다. 주인을 지키기 위해 구성을 짜려고 하는 두 사람을, 뒤에서 마녀의 목소리가 만류했다.

"두 사람 모두 고마워요. 그를 이쪽으로 보내주세요."

주인의 명령에, 두 사람은 주저하면서도 길을 열어주었다.

그 사이를 지나, 오스카는 티나샤 앞에 섰다.

티나샤는 그의 이름을 부르려다가 그 말을 삼켰다.

그가 파르사스의 왕으로 즉위한 사실은 알고 있다. 그렇다면 더더욱 마녀와의 관계가 알려져서는 안 된다. 그는 정도(正道)를 걸을 수 있는 사람이다. 분명 역사에 남는 명군이 될 것이다.

그러니까 자신은 그저, 그의 초석이 되어 사라져주면 된다. 그리하여 태어날 미래에서, 그가 행복하면 된다고 생각하는 것이다.

"그러니까 부디…."

무의식적으로 흘러나온 말. 티나샤는 자신의 목소리를 깨닫고 입을 다물었다.

무슨 말을 하려고 했는지는 알 수 없다. 단지 지금까지 줄곧 삼켜왔던 것이 아주 조금 얼굴을 드러낸다. 목에 남은 열기를 티나샤는 기분 좋게 느낀다. 그것과 함께 죽을 수 있다면, 분명 자신에게는 과분한 행복이다.

티나샤는 깊이 숨을 내쉬고, 눈을 감고 미소 지었다.

마법호를 승화시키느라 마력을 다 써버려서, 지금은 서 있는 게 고작이다.

하지만 끝까지 서 있고 싶었다. 그리고 울지 않을 작정이었다.

마법호가 사라지고, 라나크가 죽고, 그리고 자신이 죽는다.

이로써 투르다르의 망령은 사라진다. 어긋나버린 운명은 사백 년의 시간을 거쳐 원래대로 돌아가는 것이다.

티나샤는 입맞춤을 기다리듯이 아주 조금 고개를 들었다.

아카시아가 자신을 베기를 기다린다.

눈 감은 그녀의 얼굴에 오스카는 손을 뻗었다. 그는 매끄러운 볼을 어루만진다.

"루크레치아의 주술을 풀었을 때, 내가 한 말을 기억해?"

대답은 없다.

아카시아의 날을, 그는 부러질 듯 가냘픈 하얀 목덜미에 살며시 가져간다.

다음 순간, 마녀의 몸은 오스카의 품속으로 쓰러졌다.

※

"아이티, 이리 와."

저 멀리서 들리는 목소리. 그녀는 그 목소리에 눈을 떴다.

긴 복도 중간에 선 그녀는 무한히 이어진 것처럼 보이는 앞쪽을 응시한다.

"이리 와. 많이 외로웠지."

목소리는 뒤에서 들리는 것 같다. 그리운 소녀의 목소리에 그녀는 미소 짓는다. 고독에 익숙하면서도, 그래도 사람 손의 온기에 의지하고 싶었던 과거의 기억을 떠올린다. 자조 같기도 하고 쓸쓸함 같기도 한, 알 수 없는 감정이 가슴을 채운다.

"아이티."

—이름은 사람을 정의한다.

불리는 이름이 자신이 되는 것이다.

그래서 아무리 추억 속에서 그가 다정하게 그 이름을 불러도, 그녀는 이제 돌아보지 않는다. 그것은 먼 옛날에 죽은 어린 소녀의 이름이니까.

"안녕히, 라나크."

그녀는 오로지 앞만을 바라보며 걷기 시작한다.

그 끝에 무엇이 있는가. 끝의 뒤에는 무엇이 이어지는가.

하얀 맨발에 전해지는 서늘한 돌의 감촉은, 앞으로 다가올 미래에 대해 그녀에게 아무것도 말해주지 않았다.

※

눈을 떴을 때, 티나샤는 자신이 어디에 있는지 알 수 없었다.

정확히 말하면, 알았지만 이해할 수 없었다. 그녀는 지끈거리는 무거운 머리를 천천히 흔든다. 침대 위에서 상반신을 일으켜, 멍하니 창밖의 푸른 하늘을 바라본다.

그때, 소리도 없이 방문이 열렸다. 티나샤는 시선을 돌려 그곳에 서 있는 여자를 보았다.

"파밀라…?"

"티나샤 님, 일어나셨군요!"

파밀라는 침대로 달려와 무릎을 꿇고 티나샤의 손을 덥석 잡았다. 그

손의 온기를 확인하듯이 자신의 이마를 갖다 댄다.

"일주일이나 안 깨어나셔서… 걱정했어요."

"내가 살아 있군요."

"당연하죠!"

나무라는 듯한 파밀라의 목소리에도 좀처럼 현실감이 들지 않는다. 잠옷 차림인 티나샤는 바닥에 발을 대고 조심스레 일어서봤지만, 몸이 약해진 탓에 자세를 똑바로 유지할 수 없었다. 비틀거리는 몸을 파밀라가 붙잡아주었다.

"고마워요. …그런데 내가 왜 파르사스에 있는 거죠?"

"많은 일이 있었어요. 아무튼 아직은 안 되겠어요. 좀 더 쉬도록 하세요."

두 사람이 있는 곳은 파르사스 성에 있는 티나샤의 방이다. 한 번 떠났던 방은, 그녀가 떠났을 때와 아무것도 달라진 게 없다. 자신을 침대로 돌려보내려 하는 파밀라에게 이끌려 티나샤는 침대 가장자리에 앉았다. 다른 한 명의 마법사의 이름을 말한다.

"레나트는요?"

"연구실에 있어요. 불러 올까요?"

"아뇨, 무사하면 됐어요."

파밀라가 무사하니까 레나트도 괜찮겠지, 하고 생각은 했지만, 그제야 비로소 티나샤는 안도했다. 마녀는 한숨을 내쉬고, 자신의 맥박을 짚는 여자를 올려다보았다.

"파밀라, 부탁이 있어요…."

"네, 말씀하세요."

"방 밖으로 나가고 싶으니까… 목욕과 옷 갈아입는 걸 도와주세요."

아직 완전히 회복되지 않은 주인의 그 요구에, 파밀라는 떨떠름한 얼굴을 하면서도 마지못해 고개를 끄덕였다.

목욕은 가뜩이나 없는 체력을 더 소모시켰지만, 동시에 쌓여 있던 것을 흘려보내는 후련함도 있었다. 의식이 얼마간 각성해, 사고도 또렷해진다. 티나샤는 방으로 돌아와 마법으로 머리를 말리고, 파밀라가 가져온 긴 드레스를 입었다.

“다리가 약해진 모양인지… 똑바로 걸을 수가 없어요…. 날거나 전이하는 게 나을 것 같아요.”

“제발 좀 쉬세요!”

파밀라가 비명처럼 말했을 때, 마치 그 말을 듣기라도 한 것처럼 방문이 열렸다. 이 성의 주인인 남자가 찌푸린 얼굴로 들어온다.

“그런 몸으로 나다니지 마.”

“오스카….”

비슷한 주의를 주면서 그가 들어오자, 파밀라는 인사하고 재빨리 방을 나갔다.

티나샤는 마법으로 허공에 떠서 오스카 앞에 내린다. 조금 야위어버린 그녀의 몸을, 남자는 어린아이를 안듯이 안아 올렸다. 티나샤는 그의 볼을 쓰다듬으며 물었다.

“내가 왜 살아 있는 거죠?”

“다짜고짜 그거야? 멀쩡한 상태였으면 관자놀이 응징에 들어갔을 거야.”

“그거 진짜로 아프니까 하지 마세요.”

오스카는 그녀를 침대로 데려가 가장자리에 앉혔다. 그리고 자신은 근처에 있던 의자를 가져와 앉는다.

“난 너를 죽일 생각은 애초부터 없었어. 그보다 죽이게 만들지 마. 뒷

맛이 영 별로니까."

"미안해요."

"그거 말고도 잔소리하고 싶은 일이 산더미야. 한나절은 걸릴 테니까 각오해."

"…미안해요."

꾸지람을 듣는 어린아이처럼 고개를 푹 숙인 티나샤에게, 오스카는 손을 뻗는다. 그는 검은 비단실 같은 머리카락을 손가락으로 부드럽게 빗어주었다. 방금 전에 말린 머리카락은 아직 조금 따뜻했다.

마녀는 그의 얼굴을 응시한다. 짙푸른 색의 두 눈동자는 전과 다름없이 그녀를 똑바로 쳐다보고 있었다. 퉁명스러운 말과 달리 다정한 시선이 그녀에게 쏟아진다.

그것을 바라보는 티나샤의 가슴에 형언하기 힘든 그리움이 밀려왔다.

"안아 봐도 되나요?"

"마음대로 해."

티나샤는 허공에 둥실 떠올라, 그의 다리 사이에 무릎을 꿇었다. 남자의 목에 두 팔을 휘감고 몸을 기댄다.

—고독은, 마녀인 자신에게는 당연한 거라 생각하고 있었다.

그래서 간신히 찾아낸 기회에 몸을 던졌고… 하지만 이 성을 떠난 이후의 한 달 반은 굉장히 길었던 느낌이다.

두려움에 찬 주위의 시선을 받으면서, 오로지 때가 오기만을 기다리던 나날. 이제야 비로소, 지켜주지 못했던 민중에게 속죄할 수 있다고 생각했다. 그러기 위해서라면 자신은 죽어도 상관없다고 생각하고 있었다.

그래서 외치고 싶은 말도, 토해내고 싶은 초조함과 자조(自嘲)도 전부 삼켜버린 것이다. 그 수렁이 오장육부를 불태워 미쳐버릴 것 같을 때도, 자신에게는 그럴 자격이 없다고 이를 악물었다.

마치, 홀로 성의 이궁에서 어린 시절을 보내던 그때처럼.

아무도 곁에 없다. 모든 죄는 자신이 짊어진다. 그것은 이미 익숙한 현실이다.

하지만 그런 매일은 왠지 이상할 정도로… 쓸쓸했던 것이다.

"내가 돌아온 건가요?"

"당연하지."

티나샤는 그의 어깨에 얼굴을 파묻었다. 확실한 온기는, 이 성을 떠났을 때와 달라진 게 없다.

뭔가를 토로하고 싶은 충동이 그녀를 사로잡았지만, 무슨 말을 해야 좋을지 알 수 없다. 그저 기분 좋은 열기만이 가슴 속에 있다. 이대로 그의 품에서 잠들어버리고 싶을 만큼 평온하다.

젖은 속눈썹을 떨면서 티나샤는 미소 짓는다.

"많은 일이… 있었어요. 옛날에도, 지금도."

"그렇군."

"그래도 나는…."

하지만 티나샤는 그 다음 말을 삼킨다. 그는 아마 알고 있으리라. 그런 느낌이 들었다

뜨거운 숨을 토하는 그녀의 머리를 쓰다듬으며, 오스카는 "그건 그렇고"라고 중얼거렸다.

"넌 내 약혼녀인 걸로 되어 있어."

"왜!"

"그렇게라도 안 하면, 그 상황에서 너를 데려올 수 없었으니까. 너를 죽이라고 말하는 녀석도 있었지만, 그 이상으로 그 엄청난 힘을 보고

너를 탐내는 놈들도 많았어."

"내 의견을 존중해줘요!"

"뭐, 이왕 이렇게 됐으니까, 남은 반년 동안 열심히 해줘."

여전히 우격다짐인 말투에, 티나샤는 몸을 떼고서 짐짓 과장스럽게 한숨을 내쉬었다.

하지만 입이 웃고 마는 것은 어쩔 수 없다. 그녀는 긴 속눈썹을 흔들며 남자를 응시한다.

"마음대로 하세요, 내 계약자님."

당연하다는 듯이 고개를 끄덕이는 계약자의 모습에, 마녀는 천진하게 미소 짓는다.

그리고 티나샤는 다시 한 번 그를 끌어안고, 그 귀에 "고마워요"라고 속삭였다.

※

폐허에서의 전투 이후, 곧바로 주변국의 요인들을 협상 테이블에 불러낸 것은 오스카였다.

"—그럼 전후 처리 협상을 시작합시다. 그 녀석을 어떻게 할지도 포함해서 모든 것을."

그렇게 말한 파르사스 국왕은 온화한 언행 속에 숨길 수 없는 위엄을 품고 있다. 루스트를 비롯한 각국의 대표는 그 말의 의미를 깨닫고 숨을 삼켰다.

타일리의 성으로 돌아오자마자 열린 협의는 이른바 시간제한이 있는 것이다. 마력을 전부 써버린 마녀는 파르사스의 봉식구를 차고 다른 방에서 잠들어 있다. 그녀가 깨어나기 전에 그 처리 방안을 결정하지 않으면, 다음에는 어떤 일이 벌어질지 모른다.

모두가 그 점을 이해한 가운데 시작된 협의는 표면적으로는 차분하게 시작되었다. 루스트를 중심으로 이번 출병에 대한 보상과, 포로로 데려온 쿠스쿠르 마법사들에 대한 처리방침이 결정되어간다. 그리고 마침내 마녀에 관한 협의가 시작되었을 때, 제일 먼저 입을 연 사람은 사대국 중 하나인 세자르의 장군이었다.

"마녀에 관해서는… 이유야 어찌되었든, 쿠스쿠르에 가담한 대역 죄인입니다. 그게 아니더라도 그녀를 죽일 수 있는 기회는 지금밖에 없습니다. …대륙을 위협하는 요소를 하나 줄일 수 있는 겁니다."

마녀의 시대를 상징하는 다섯 마녀. 그중 최강이 다름 아닌 티나샤다.

그녀의 힘은 앞선 전투에서 모두가 목격했다. 그리고 지금 그녀는 열두 상위마족을 사역하고 있다. 도저히 무시할 수 있는 존재가 아니다.

그 의견에, 마찬가지로 사대국 중 하나인 간도나의 대표도 동의하는 모양인지 협상 테이블에 긍정의 침묵이 흐른다.

그들을 둘러보는 오스카는 깍지 낀 손을 테이블 위에 올려놓았다.

"그 녀석이 대역 죄인인지 아닌지는 아직 협의의 여지가 있소. 주민들이 사라졌던 파르사스의 마을은, 전투가 시작되기 전에 모두 무사히 돌아온 것이 확인되었소."

"…뭐라고요?"

"아마 선전포고의 표적이 됐을 때, 불가시 마법으로 마을 전체를 덮어버린 것 같은데, 다른 마을들은 어떤지 조속히 확인을 부탁하고 싶소."

결과를 알면서 일부러 던진 오스카의 질문에 테이블에는 곤혹스러움이 흘렀다.

그중에서 유일하게 놀라지 않은 사람은 루스트였다. 그는 힘없이 손을 들고 대답했다.

"국내 마을에 관해서는 우리도 확인했습니다. 그녀가 관여한 선전포고에서 희생자는 나오지 않았습니다. 맨 처음에 불타버린 마을은 별개지만…. 아마 그녀는 그 일을 알고 피해를 줄이기 위해 자청해서 쿠스쿠르 측에 개입한 것으로 보입니다."

그녀는 담담하게 궂은일을 떠맡아, 자신의 힘으로 사람들을 숨겼다.

그리고 라나크 옆에 선 마녀가 그때 무엇을 원했는지, 직접 본 것은 다름 아닌 그들이다.

멸망한 나라의 여왕. 잃어버린 국민을 위해 살아온 마녀.

지독하게 요령 없고 진지한 아름다움에, 제각기 자국을 책임진 자들은 복잡한 감개를 느낀다.

이웃나라 간도나의 셋째왕자가 조심스럽게 말문을 열었다.

"그녀는 투르다르의 계승자입니다. 그렇다면 지금은 명맥이 끊겨버린 마법지식도 가지고 있을 겁니다. 의식이 없을 때 처분해버리는 건 경솔한 짓인 듯싶습니다만…."

"하지만 깨어나면 막을 수 없습니다. 그게 마녀입니다."

씁쓸한 얼굴로 주장을 밀어붙이려 하는 세자르의 장군에게, 오스카는 담담하게 말했다.

"내 손에 있으면 막을 수 있소. 그 녀석은 마녀 중에선 그래도 말이 통하는 편이니까. 그리고 파르사스가 가장 적임인 이유는 설명하지 않아도 알 거라 생각하오."

"…아카시아."

—파르사스에 전해 내려오는 왕검. 마녀를 죽일 수 있는 유일한 무기.

지금 그녀를 잡아두고 있는 것도, 왕검과 같은 재질로 만들어진 봉식이다. 마녀를 제어하기 위한 가능성. 대륙에서 단 한 사람, 그것을 가진 파르사스 국왕에게 간도나의 장군이 주저하면서 묻는다.

"하지만 그러면 파르사스가 마녀의 힘을 소유하는 게 되지 않습니까. 그녀가 말이 통하는 상대라면, 그 힘을 빌리고 싶어하는 나라는 얼마든지 있을 겁니다."

"부탁한다고 힘을 빌려줄 녀석 같으면, 애당초 탑에 살지도 않았겠지. 이쪽에서 건드리지만 않으면 매일 허공에 떠서 책이나 읽을 뿐인 무해한 존재지만, 아니다 싶으면 거절하는 녀석이오. 쿠스쿠르의 사자도 한 번 그렇게 그 녀석을 초대하려다 거절당했소."

"쿠스쿠르의 사자도? 그걸 당신이 어떻게 아십니까?"

"애당초 그 녀석을 탑에서 내려오게 만든 사람이 나니까."

오스카의 말에, 루스트의 눈이 휘둥그레졌다.

다른 사람들의 반응도 비슷하다. 뭔가 말하고 싶어도 말이 나오지 않는 듯한 그들을, 오스카는 천천히 둘러보았다. 앉은 자세를 바로하고, 그는 입을 열었다.

"이번 일은 그 녀석에게 나름의 생각이 있었다고 해도, 내 감시가 소홀했음을 인정하오. 거기에 관해서는 사과와 함께, 앞으로 다시는 이런 일이 없도록 할 것을 약속하겠소."

낮고 무거운 목소리가 테이블에 파문을 낳는다. 파르사스 국왕의 말에, 다른 대국의 대표들은 어떻게 반응할지 서로 눈빛을 교환한다. 자신의 입장을 위태롭게 만들 수도 있는 상황에서 오스카는 담담하게 말을 이었다.

"그 점에 입각해, 모두가 납득할 때까지 논의에 응할 생각이오. 잘 부탁하겠소."

한 발 물러선 그의 태도에서는, 그러나 양보하지 않겠다는 의지가 느껴진다. 세자르의 장군이 의아한 어조로 물었다.

"실례지만, 왜 당신이 그녀를 위해 그렇게까지 하시는 겁니까?"

마녀는 살아 있는 재앙이다. 피해야 할 이질의 존재. 그런 존재를 지키기 위해, 어째서 일국의 왕인 그가 움직이는가. 당연하다고 할 수 있는 의문에, 오스카는 쓴웃음을 지었다.

"이유는 단순하오. 그 녀석은 내 아내가 될 여자니까."

"네…?"

몇 번째인지 모를 경악과 함께, 모두의 시선이 오스카에게 집중된다.

젊은 파르사스 국왕은 의혹을 품은 그 시선에 가볍게 미소를 지어 보였을 뿐이다. 그는 비로소 앞에 놓인 찻잔을 손에 들고 입으로 가져갔다.

그리고 그날 저녁, 마녀의 신병은 오스카의 손에 맡겨졌다.

※

"내 신병을 인수할 때, 그 사람이 또 얼마나 우격다짐으로 밀어붙였을까요…. 아아, 과연 괜찮으려나…."

"그 부분은 걱정 안 하셔도 될 거예요. 저희까지 함께 데려오셨을 정도니까요."

침대 위에서 수프를 마시며 이야기를 듣는 티나샤에게 파밀라가 쓴웃음을 지어 보였다.

우격다짐이라면 우격다짐이지만, 최종적으로는 모든 나라가 납득하고 물러났다고 한다. 그 말을 듣고 티나샤는 앞으로 국외에서는 얌전히 있기로 결심했다.

파밀라는 또 한 가지, 주인이 궁금해할 만한 이야기를 이어갔다.

"투항한 쿠스쿠르의 마법사들은 결국 타일리에서 데려갔는데요, 그 후 다시 쿠스쿠르로 돌려보냈다고 해요. 루스트 왕자가 그 나라를 마법사를 위한 자치령으로 인정해 불가침을 결정했다고 하네요."

"네…? 의외네요."

"티나샤 님의 설득이 효과가 있었던 게 아닐까요. 국민들 사이에서도 이번 일을 계기로, 마법사 박해를 문제 삼는 목소리가 어느 정도 있었던 모양이에요. 높은 사람들 중에도 마력을 가지고 태어난 자녀를 국가에 의해 잃은 사람이 있다고 하니까요."

"아아…, 확실히 그럴 만하네요."

타일리에서는 결국, 처음에 불탄 마을의 주민과 아스도라 평원에서의 사망자가 이번 전쟁의 주 희생자가 되었다. 하지만 동시에 더 큰 것이 그 나라에서 끝을 고한 걸지도 모른다. 그것을 정확히 파악하려면 앞으로 시간이 더 필요하리라.

티나샤는 자신이 관련된 역사의 변혁에 막연한 감개를 느꼈다. 마녀는 빈 접시를 파밀라에게 주고, 궁금했던 마지막 한 사람의 이름을 꺼냈다.

"그래서 트리스는 어떻게 됐는지 알고 있나요?"

"행방은 알 수 없지만…, 어디선가 잘 살고 있을 거예요, 분명."

"그렇군요…."

—전부를 구할 수는 없다.

그것은 마녀의 힘으로도 불가능한 일이다. 시간을 되돌릴 수 없는 것처럼. 그리고 죽은 사람을 다시 살려낼 수 없는 것처럼, 이룰 수 없는 영역은 확실하게 존재한다.

그리고 설령 이룰 수 있다 해도, 역시 모든 것에 손을 내밀 수는 없다. 그러니까 자신은 그것을 해서는 안 된다고 먼 옛날에 결심했었다. 마녀로 살아가는 것을 선택했을 때, 지금 살아 있는 사람보다, 죽은 자들을 위해 살고자 생각했을 때에.

다만 그래도 슬퍼하는 것은 자유라고 그녀는 생각한다. 그것이 설령 위선일지라도, 자기만족일지라도, 자유는 자유인 것이다.

티나샤는 침대 천장을 바라보며 탄식했다.

속죄는 끝나고, 이루고 싶었던 모든 것은 이루었다. 그러니까 내일 죽어도 여한은 없지만… 그와의 계약이 남아 있다.

자신을 죽이지 않았던 남자. 그가 가진 힘의 하나로서, 자신은 이제부터 당분간 살아가게 될 것이다.

그것을 생각하면… '살아 있기를 잘했다'라는 생각이 조금 드는 것이다.

7. 티타임

“정말로 마법호가 깨끗이 없어져버렸네. 대단해, 대단해.”

“원래부터 그게 목적이었으니까.”

티나샤가 깨어나고 일주일 후, 남은 전후 처리는 대부분 왕의 손에 맡겨지고, 파르사스 성은 완전히 일상으로 돌아와 있었다. 그런 어느 날, 담화실에서는 두 마녀가 차를 마시고 있었다.

화창한 오후, 옆 테이블에 앉은 실비아가 카브에게 속삭인다.

“요즘 난 티나샤 님과 루크레치아 님이 이 성에 있는 게 그냥 평범하게 느껴져…. 감각이 마비돼버린 것 같아….”

“나도 그래.”

대륙을 통틀어 다섯 명뿐인 마녀 중 두 명이 특정한 나라의 성 안을 드나드는 사태는, 아마 ‘마녀의 시대’가 시작된 뒤로 처음 있는 일일 것이다. 원래 같으면 마녀는 힘과 공포의 상징이고, 그 힘의 크기는 지난번에 두 눈으로 똑똑히 보았다. 하지만 그럼에도 한가롭게 차를 마시고 있는 두 사람을 보면, 어느새 그녀들의 비범함을 잊고 평온해진다.

루크레치아가 잔을 든 손으로 티나샤를 가리켰다.

“정령도 계승했다면서? 드디어 받아들였구나.”

“그 이야기는 하지 말아줘.”

성가신 듯 얼굴을 찡그리는 주인에게, 뒤에 대기하고 있던 파밀라가 의아한 듯이 물었다.

“왜 지금까지 계승을 안 하신 건가요?”

당연하다고 할 수 있는 질문에, 투르다르의 여왕이 될 예정이었던 마녀는 쓴웃음을 지었다.

"힘이 모자란다고 생각한 적은 없었고, 정령은 투르다르 왕위의 상징이니까요. 나라가 멸망했는데 왕만 있는 것도 우습잖아요. 나라와 왕은 국민의 생활을 지키기 위한 개념이니까요."

그러니까 실은 지금도 필요 없다며, 티나샤는 미소 짓는다.

철두철미한 그 말에 파밀라는 잠자코 고개를 끄덕인다. 실비아와 도안, 카브, 레나트 등 다른 마법사들도 진지한 얼굴이 된다.

—하지만 그래도 이분은 옥좌에 없는 여왕이라고, 파밀라는 생각한다.

자기만족이라고 마녀는 말하지만, 사백 년 동안 투르다르의 죽은 영혼들을 위해 살아온 그녀는, 틀림없이 국민을 위해 헌신하는 왕의 모습이었으리라.

루크레치아는 턱을 괴고서, 마주앉은 마녀를 응시했다. 그런 그녀의 눈이 갑자기 날카롭게 가늘어진다. 티나샤가 그걸 깨닫기 전에, 그녀는 완벽하게 환한 미소를 지었다.

"그건 그렇고, 이번에 구운 과자 신작을 가져왔어."

"앗! 무슨 과자야?"

눈을 반짝이는 티나샤 앞에, 루크레치아는 구운 과자가 산더미처럼 쌓인 접시를 전이시켰다.

"자, 다들 시식해 봐."

꽃 모양의 구운 과자는 겉에 설탕이 묻어 있고, 단면은 색이 다른 두 층으로 이루어져 있다. 티나샤가 먼저 그것을 하나 집어 들자, 뒤이어 두 여자가, 마지막으로 남자들이 집어 들었다. 레나트는 단것을 싫어하는 모양인지 주저하는 기색이었지만, 하나 맛보더니 눈이 휘둥그레진다.

"맛있어!"

그 사이 실비아는 신이 나서 두 개째를 집어 들었다.

"너무 맛있어요! 행복해!"

"응, 고마워. 많이 먹어."

모두가 구운 과자에 열광하는 가운데, 티나샤만이 하나를 먹고 의아한 표정을 한다. 의심스러운 얼굴인 친구를, 루크레치아가 고개를 갸웃하고 쳐다본다.

"왜 그래? 맛이 없어?"

"아니, 맛있어. 그런데 이거, 안에다 마법을 사용한 거야?"

"응, 반죽이 두 종류라 굽는 시간을 조절하는 데 사용했어."

"그랬구나."

의문이 해소된 티나샤는 두 개째를 입으로 가져갔다. 자신이 끓인 차를 마시면서 느긋하게 맛을 음미한다. 루크레치아의 과자는 옛날부터 각별하다. 처음 마녀가 됐을 무렵부터 티나샤는 그 맛이 참을 수 없이 좋았다. 기뻐하며 맛있게 먹는 그녀의 얼굴을 루크레치아는 흐뭇하게 지켜본다.

티나샤가 세 개째를 집어 들었을 무렵에는, 다른 마법사들은 이미 꽤 많은 양을 먹어치운 상태였다. 그녀는 네 개째를 손에 들고 빙글빙글 돌리면서 별 생각 없이 물었다.

"마법을 사용한 게 새로운 거야? 아까 신작이라고 한 것 같은데."

"아니, 미약이 들었어."

즐겁게 웃는 루크레치아의 말에, 그 자리에 있던 모두가 그대로 얼음이 되었다.

도안이 먹다 만 과자를 떨어뜨린다. 카브는 차를 마시다 사레가 들려

기침을 한다.

티나샤는 놀란 나머지 얼굴이 굳어졌다.

"무슨 속셈이야…."

"구성을 들키지 않게 몇 겹으로 숨겨놨는데도 마법의 존재를 알아차리다니 대단해. 하지만 순순히 믿은 건 안이했어."

"무슨 속셈이냐고 물었어!"

테이블 위에 마력이 폭발해 불꽃이 튄다. 그걸 본 마법사들의 얼굴이 창백해졌다. 카브가 마녀들에게 들리지 않게 중얼거린다.

"폐하를 모셔 와야 하나."

"그럴지도."

다과 시간에 성이 무너진다면 뭐라고 해명해야 좋을까.

카브가 몰래 자리를 뜨려고 했을 때, 그의 앞을 루크레치아의 결계가 가로막았다. 혼란의 주범은 당당하게 모두를 둘러보았다.

"일단 내 이야기를 들어봐. 약 두 시간 후면 효과가 나기 시작할 거야. 효과는 꽤 강하니까, 거기에 대해서는 말 안 하기로 할게. 그리고 효과는 사흘간 지속되니까, 방에 틀어박혀 있어도 소용없어."

예상보다 더 심각한 설명에, 티나샤는 머리를 싸쥐었다. 옆에서 실비아가 울며 매달린다.

"티나샤 님, 해주 가능한가요?"

"루크레치아가 만든 건 두 시간 안에는 도저히 무리예요…."

"어, 어떡해…."

고민해도 소용없다. 티나샤는 머리를 싸쥐었던 손을 내려 팔짱을 끼고서 의자 등받이에 몸을 기댔다. 한숨을 내쉬며 친구를 바라본다.

"그래서 원하는 게 뭐야?"

"눈치가 빨라서 좋았어."

"수백 년을 알고 지냈는데 당연하지."

먼 옛날부터 두 사람은 이런 비슷한 대화를 반복해온 것이다. 루크레치아는 요염하게 웃고서, 테이블 위로 오른손을 내밀었다. 손바닥 위에 반지의 영상이 나타났다.

그것은 전체에 마법 문양이 새겨진 은색 반지로, 작은 석류석이 하나 박혀 있었다.

"이걸 옛날에 잃어버렸는데, 찾아줘."

"언제 어디서 잃어버렸는데?"

"오백 년 전에 집에서."

"난 태어나기도 전이야! 그러면 집 청소를 하든가!"

"우리 집에는 없어. 이건 확실해."

티나샤는 조그맣게 신음했다. 루크레치아는 이런 수수께끼 놀이를 좋아한다. 그리고 이런 식으로 부탁하는 것도. 하지만 아무리 그래도 단서가 터무니없이 부족하다. 불친절한 데도 정도가 있는 법이다.

"정보가 더 필요해. 이건 어떻게 손쓸 도리가 없잖아."

"내가 만든 거니까 내 마력을 띠고 있어."

"추적할 수는 없어?"

"못 해. 안 보여."

마녀가 자신의 마력을 추적할 수 없는 것은 상당히 한정된 상황뿐이다. 생각할 수 있는 가능성은 강력한 결계가 쳐진 장소이거나, 강력한 술자가 가지고 있거나. 이 성에서 그 정도의 결계가 있는 장소는 보물고밖에 없다. 다름 아닌 티나샤 자신이 밀라리스 사건 이후로 강화한 것이다.

잠시 생각하다가 티나샤는 친구를 쏘아보았다.

"두 시간?"

“두 시간. 찾으면 해주해줄게.”
“못 찾으면?”
“그건 그것대로 재미있겠지.”
“그때는 가만 안 둘 줄 알아.”
티나샤는 일어서서 주위의 마법사들을 둘러보았다.
“자, 일단 찾아볼까요….”
그 목소리는 처음부터 극심한 피로감으로 가득 차 있었다.

“여차여차해서 보물고 출입 허가를 내주세요.”
“뭐가 여차여차해서야. 이야기를 먼저 해.”
느닷없이 집무실로 전이해 온 마녀에게, 오스카는 서류에 눈길을 고정한 채 대꾸했다.
지금은 왕인 그는, 즉위 후에도 옮기기 귀찮다는 이유로 같은 방을 사용하고 있었다.
티나샤는 예상 그대로인 반응에, 두 손을 얼굴 앞에 모으고 애원했다.
“그건 별로 말하고 싶지 않아요. 시간이 없어요. 이렇게 부탁할게요.”
“안 돼. 말해. 너의 비밀주의는 경고 대상이야.”
“어흑.”
쿠스쿠르 건으로 완전히 신용을 잃은 마녀는 어쩔 수 없이 요점만 간추려 사정을 설명했다. 이야기를 마친 그녀는, 오스카가 배를 쥐고 웃고 있는 걸 깨달았다.
“남의 일이라고 그렇게….”
“웃지 말라는 게 무리야. 마법사가 대여섯 명씩 있으면서 뭘 하는 거야?”

그 정점에 있는 존재인 티나샤는 아무 말 못 하고 고개를 떨궜다. 풀 죽은 그녀의 머리를, 자리에서 일어나 옆으로 다가온 오스카가 토닥거린다.

"아무튼 난 재미있으니까, 못 찾아도 상관없어."

"하나도 안 재미있어요! 신하를 좀 소중히 여겨주세요."

"자업자득이야. 수상한 걸 먹으니까 그렇지."

냉정하게 말하면서 문 쪽으로 향한 오스카는, 문을 열고서 마녀를 돌아보고 손짓했다.

"얼른 와. 시간 없다며."

티나샤는 고개를 들고, 허둥지둥 그의 뒤를 따라갔다.

마녀와 함께 보물고로 이어지는 복도를 걸어가면서, 오스카는 짐짓 진지하게 말했다.

"그나저나 정말로 너에게도 효과가 있구나. 일반 마법약이라면 네가 무효화했을 텐데."

"루크레치아가 만든 건 특별해요. …옛날에도 종종 속아서 이상한 걸 먹곤 했어요."

"그런데도 왜 자꾸 먹는 거야? 이해가 안 되는군."

"맛있으니까요."

보초병들을 지나치자 잠시 후, 보물고의 문이 보였다. 오스카는 그 앞에 서서 거대한 문을 밀어 열었다. 안으로 들어간 티나샤는 자신의 마력을 펼쳐 실내를 탐색했다.

파르사스의 보물고인 만큼, 티나샤도 정체를 알 수 없는 신비한 힘을 띤 물건들이 많이 탐지에 걸린다. 하지만 그중에 루크레치아의 마력을 띤 것은 없었다.

"없어…. 어라, 빠뜨렸나…?"

"유감이야."

전혀 유감스럽지 않은 어조로 오스카가 말한다. 티나샤는 방관하는 계약자를 원망스러운 눈빛으로 노려보았다.

"다른 후보지는 있어?"

"진짜가 있어요. 투르다르의 보물고예요."

"그런 게 있었군!"

"여태까지는 봉인되어 있었지만, 내가 왕위를 계승했으니까 들어갈 수 있을 거예요. 잠깐 가서 보고 올게요."

그렇게 말하고 전이 구성을 짜기 시작하는 마녀를 오스카가 제지했다.

"관심 있어. 나도 데려가."

마녀는 놀란 기색이었지만, 이내 웃으면서 남자의 손을 잡고, 문을 열기 위한 구성으로 바꾸어 짜기 시작했다.

전이한 곳은 아무것도 없는 황야였다. 일대를 둘러보니, 조금 떨어진 곳에 얼마 전 전투를 벌였던 대성당 터가 보였다. 티나샤는 잠시 여기저기 오락가락하다가, 어느 한 지점을 보고 발을 멈추더니 천천히 두 손을 앞으로 뻗었다.

"나는 왕이니 길을 열어라."

왕의 명에 응답해, 지면에 하얀 마법 문양이 떠올랐다.

몇 초 후, 문양은 사라지고 대신 땅속으로 내려가는 계단이 나타났다.

"이게 뭐야, 굉장한걸."

"마법 장치니까요. 아마 멸망한 이후로 아무도 들어간 적 없을 거예요."

티나샤는 오른손에 불을 밝히고, 아무렇지 않게 캄캄한 계단을 내려간다. 오스카는 그 뒤를 따랐다.

탁한 공기가 느껴지는 가운데, 두 층 정도를 내려가자 넓은 석실이 나타났다.

두 사람이 석실에 발을 들여놓은 순간, 벽에 걸린 촛대에 불이 켜졌다. 빛 속에 떠오른 석실 내부는, 선반과 돌탁자 위에 마법의 물건들이 잡다하게 쌓여 있어, 어딘지 모르게 탑에 있는 마녀의 방을 연상시켰다.

"다음에 제대로 정리하러 와야겠어요."

"굉장하군…. 이게 다 마법구야?"

오스카가 근처에 있는 수정구슬을 집어 들자, 수정구슬 안에는 낯선 해변의 풍경이 떠올라 있었다. 티나샤는 전방에 시선을 고정한 채 주의를 주었다.

"위험하니까 가급적 만지지 마세요. 개중엔 건드리기만 해도 발동하는 것도 있으니까요."

"알았어. 조심할게."

수정구슬을 제자리에 돌려놓는 오스카를 등지고, 티나샤는 아까와 마찬가지로 주위에 마력을 펼쳐본다. 실내에 있는 건 거의 전부가 마법구라 판별에 시간이 조금 더 걸릴 것 같았다. 작은 물건을 빠뜨리는 일이 없도록 신중하게 구석구석 탐색해 나간다.

보물고 여기저기를 헤집고 다니던 오스카가 곁으로 돌아왔다.

"찾았어?"

"으으, …없어요…!"

티나샤는 좌절했다. 루크레치아의 이야기를 들었을 때, 분명 여기에 있을 거라고 생각했던 것이다. 시간을 확인해 보니, 남은 시간은 앞으로 한 시간 정도. 차라리 당장 성으로 돌아가 루크레치아를 협박하는 편이 나을지도 모른다.

하지만 초조해하는 그녀의 머리를 오스카가 토닥거렸다.

"한 번 더 잘 생각해 봐. 문제에 단서가 있을 거야. 전에 루크레치아를 만났을 때와 오늘을 비교해 보면 뭐가 달라?"

"음…. 우선 내가 투르다르르의 왕위를 계승했어요. 그리고 파밀라와 레나트가 있고요. 하지만 루크레치아는 성에 올 때까지 그들에 대해 몰랐으니까, 아마 아닐 거예요. 그리고 당신이 즉위했네요."

"난 즉위한 후에 한 번 만난 적 있어."

"그래요?"

어떤 상황에서 만났는지 조금 궁금했지만, 지금은 그걸 물어보고 있을 때가 아니다.

"역시 투르다르르가 수상해요. 오백 년 전의 일이고, 오백 년 전에 존재했던 건 별로 안 남아 있어요. 암흑시대였으니까요."

"달리 남아 있는 시설은 없어?"

"땅속에 만들어진 건 여기하고 정령의 방뿐이에요."

거기까지 말하고, 두 사람은 얼굴을 마주보았다. 오스카가 마녀의 머리를 쓰다듬는다.

"결정이네. 여기서 갈 수 있어?"

"아뇨, 연결되어 있진 않아요. 지상에서 좌표를 다시 잡아야 해요. 대성당 바로 밑이에요."

두 사람은 걸어서 대성당 터까지 돌아와, 거기서 땅속으로 전이했다.

그렇게 찾아온 정령의 방은, 바닥 전체에 돌이 깔려 있을 뿐인 텅 빈 둥근 홀이었다.

원래 같으면 계승되지 않은 정령은 이 홀에 조각상으로 출현하지만, 모든 정령이 티나샤에게 계승된 지금은 돌조각 하나 떨어져 있지 않다.

두 사람은 마법의 불을 손에 밝히고, 넓은 공간을 분담해서 확인하기 시작했다. 도중에 벽 한가운데에 덩그러니 있는 문을 발견하고 오스카가 물었다.

"이건 어디로 연결된 거야?"

"원래는 성으로 연결되어 있었지만, 아마도 지금은 막혀버렸을 거예요."

그리고 그 문 말고는 아무것도 없다. 방을 한 바퀴 빙 돌고 나서, 두 사람은 다시 중앙으로 돌아왔다.

"없는 것 같은데."

"그러게요. 아무것도 안 느껴져요. 역시 소환해서 물어봐야겠어요……. 오백 년 전이면 자유루크 왕 시대니까, 사역되었던 정령은 하나뿐이에요."

티나샤는 어깨를 으쓱하고, 담담하게 그 이름을 불렀다.

"센, 나와."

그 부름에 응해, 한 정령이 두 사람 앞에 나타났다.

"여왕이여, 무슨 일이지?"

나타난 정령은 스물 대여섯 살 정도 된 남자의 모습을 하고 있었다.

인간에게는 없는, 푸른빛이 도는 하얗고 짧은 머리에, 선명한 빨간 눈동자. 단정한 얼굴에는 심술궂은 웃음이 떠올라 있다. 자신을 섬기는 정령을 앞에 두고, 티나샤는 팔짱을 끼고 오만하게 물었다.

"닫힌 숲의 마녀를 알아?"

"알지."

"그녀가 만든 반지를 찾고 있어. 석류석이 박힌 은반지다."

반지가 없어진 시대에 출현했던 정령이라면 뭔가 알고 있을지도 모른다. 티나샤는 그렇게 생각하고 그를 소환했지만, 반응은 예상 밖이었다.

센의 눈이 조금 커졌다가, 곧 다시 원래의 표정으로 돌아왔다.

"내가 가지고 있어."

"뭐?! 왜?!"

티나샤는 저도 모르게 얼빠진 목소리로 물었다. 설마 그가 가지고 있을 줄은 상상도 못 한 것이다. 이게 대체 어떻게 된 일인지 고민하기 시작한 그녀는, 오스카가 시간을 보라고 등을 콕콕 찌르는 바람에 간신히 현재 상황을 떠올렸다. 정령을 마주본다.

"그걸 주지 않겠나? 그녀가 그걸 원해."

"내 거야. 하지만 여왕이 원한다면 명령에 따를게."

웃으며 고개를 갸웃하는 정령을 보고, 티나샤는 조금 망설였다.

주종관계를 무기로 남의 물건을 빼앗는 데는 거부감이 있었지만, 이 경우는 어쩔 수 없다고 각오를 다질 수밖에 없다. 티나샤는 괴로운 얼굴로 고개를 끄덕였다.

"그럼 명령이다. 나에게 줘. 그녀에게 줄 거니까, 되찾고 싶다면 다시 교섭하자."

"그럴 필요는 없어. 그녀가 원한다면 그게 대답이야."

센이 손을 내민다. 티나샤가 자신의 손을 내밀자, 허공에 반지가 나타나, 하얀 손 안으로 떨어졌다. 받아들고 확인해 보니, 문양도 돌도 확실하게 루크레치아가 지정한 그것이다.

티나샤는 잃어버리지 않게 일단 그것을 자신의 손가락에 끼었지만, 남자 반지인 모양인지 헐렁헐렁하다. 마녀는 반지와 함께 주먹을 꼭 움켜쥐었다.

"고마워. 수고를 끼쳤다."

"쉬운 일이야. 그럼 이만 실례."

센은 나타날 때와 마찬가지로 순식간에 모습을 감추었다.

마녀는 몸을 돌려, 반지를 낀 손가락을 오스카에게 보여주었다. 남자는 가는 손가락에는 너무 큰 그 반지를 빤히 쳐다보았다.

"다행히 안 늦었군."

"덕분에요…."

안도의 한숨을 내쉰 그녀는 다시 계약자의 팔을 잡고, 성으로 가는 전이 구성을 짰다.

"재미있었어"라고 말하고 다시 집무실로 돌아가는 오스카와 헤어져, 티나샤가 담화실로 돌아오자, 거기에는 루크레치아뿐 아니라 미약을 먹은 다른 마법사들도 남아 있었다.

나갔을 때와 마찬가지로 여전히 차를 마시고 있는 모두를 본 티나샤는 황당한 표정이 된다.

"전혀 동요하지 않다니 다들 대단하네요."

그 말에 마법서를 펼쳐놓고 있던 도안이 지친 얼굴로 말했다.

"최근에 여러 가지로 내성이 생긴 것 같습니다. 그러니까 이 정도야 뭐…."

다른 사람들도 같은 의견인지, 비슷한 표정이다. 한편, 그 원인인 여자는 즐거운 얼굴로 웃었다.

"찾았어?"

"찾았어."

티나샤는 반지를 빼서 요염하게 미소 짓는 친구에게 던졌다. 루크레치아는 그것을 공중에서 받았다. 다른 마법사들의 긴장감에 찬 시선이 집중된다.

닫힌 숲의 마녀는 손 안의 반지를 요리조리 굴리며 검사하더니 방긋 웃었다.

"응, 고마워."

그 말에 모두가 안도하며 가슴을 쓸어내린다. 본의 아니게 휘말려버린 티나샤는 관자놀이를 지그시 눌렀다.

"다음부터는 평범하게 부탁해줘."

"어머, 그러면 재미없잖아."

"뭐든지 무난한 게 제일이야. 주술이나 빨리 풀어줘."

티나샤의 재촉에 루크레치아는 왼손을 앞으로 내밀었다. 거기에 순간적으로 구성이 나타났다 폭발하듯 사라졌다. 동시에 전원의 몸 안에서 마력과 구성이 사라진다. 이렇게 쉽게 풀 수 있는 것은 그녀가 구성을 짠 장본인이기 때문이다. 다른 사람이라면 긴 주문을 외워도 과연 풀 수 있을지 알 수 없다.

"하여간…. 너는 항상 쓸데없이 힘을 낭비하는 게 문제야."

"할 수 있는 일을 하는 게 뭐가 문제야? 난 너와 달라."

"그러니까 마녀의 시대라는 소리를 듣는 거야…."

티나샤는 투덜거리면서 친구 옆으로 다가간다. 이렇게까지 고생했으니, 그에 상응하는 설명이 필요하다. 의자에 앉은 티나샤는 못마땅한 표정으로 턱을 괴었다.

"그래서 그건 대체 뭐야?"

헐렁한 반지를 손가락에 낀 루크레치아는 한쪽 눈썹을 치켜 올렸다.

순간, 아름다운 얼굴에서 웃음기가 사라지고, 어린아이처럼 발끈한 표정이 된다.

그녀는 티나샤를 힐끗 곁눈질하더니 떨떠름하게 중얼거렸다.

"…옛 남자에게 선물한 거야."

"뭐?"

무슨 말인지 의미를 알 수 없다. 눈이 동그래진 티나샤를 무시하고, 루크레치아는 손을 흔들었다.

"그럼 또 봐."

그 말만을 남기고, 그녀는 돌연 모습을 감추었다.

남겨진 마녀는 방금 전까지 친구가 있던 자리를 바라보았다.

"뭐, 뭐였지…."

자신이 모르는 시대에, 자신의 지인들 사이에 무슨 일이 있었던 걸까.

수백 년을 살아도 여전히 모르는 일은 있는 듯하다.

티나샤는 아무것도 끼워져 있지 않은 자신의 손을 물끄러미 바라보았다.

이미 거기에 없는 은반지에는, 누군가의 마음이 담겨 있는 느낌이 들었다.

8. 바다의 푸른빛

찜통더위가 실내에까지 밀어닥친 맑은 날, 집무실에서 차를 준비하고 있던 마녀는 놀라면서 라자르에게 되물었다.

"네? 생일이요?"

"그렇습니다. 이제 이주일 남았습니다."

"누구의?"

"나."

지금까지 조용히 듣고만 있던 오스카가 서류에 서명하면서 끼어들었다. 티나샤는 여전히 놀라움을 금치 못한 채, 오스카 앞에 찻잔을 내려놓았다.

"당신에게 생일이 있었군요…."

"대체 나를 어떤 눈으로 보고 있는 거야?"

쟁반을 끌어안은 마녀는 집무 중인 계약자를 빤히 쳐다보았다. 고귀함이 감도는 단정한 얼굴은 그녀에게는 이미 익숙한 모습이다. 티나샤는 솔직하게 감상을 중얼거렸다.

"이제 스물한 살이 되는 건가요. …젊네."

"네가 보기엔 대부분의 인간이 젊겠지."

"당신은 정신적으로 늙은 사람이라 아주 의외예요."

"관자놀이 응징 들어가게 머리 내밀어."

손을 뻗는 오스카를 피해 티나샤는 뒤로 물러섰다. 그녀는 테이블 옆의 의자에 앉아 자신의 차를 마시기 시작했다. 한편, 편하게 쉬고 있는 수호자와는 대조적으로, 서류를 오른쪽에서 왼쪽으로 척척 처리해가면서 오스카는 마녀에게 물었다.

"의외라고 하지만, 너에게도 생일은 있잖아?"

"있어요. 일단은 엄마 배에서 태어났으니까요. 두 달 전쯤이었어요."

"몇 살이야?"

"이젠 아예 세지를 않아서…. 아마 사백 이삼십 살 정도일 거예요."

"어마어마하네."

처리가 끝난 서류를 라자르가 한꺼번에 손에 든다. 충실한 시종인 그는 다시 왕에게 의견을 구했다.

"그래서 폐하의 탄신일 식전은 어떻게 할까요?"

"아바마마가 얼마 전에 하셨으니까 올해는 됐어…. 귀찮아."

"하지만 즉위식도 간소하게 하시지 않았습니까."

"그 후에 타일리에서 실컷 만났으니까 괜찮아."

오스카는 일은 빈틈없이 하면서도, 화려한 자리는 별로 즐기지 않는다. 주군의 그 발언에 라자르는 조그맣게 신음했지만, 타일리에서 체칠리아에게 시달린 걸 생각하면 오스카의 마음도 이해가 안 되는 바는 아니다. 라자르는 단념하고 고개를 끄덕였다.

"그럼 이미 문의가 온 나라에는 그렇게 전하겠습니다."

"그래, 부탁해."

라자르가 한숨을 쉬면서 방을 나가자, 마녀는 찻잔을 내려놓고 허공에 둥실 떠올랐다.

마녀는 헤엄치듯이 허공을 날아 책상 위까지 와서 오스카를 내려다보았다. 달콤한 꽃향기가 은은하게 풍겨와 오스카의 표정이 누그러진다. 방울소리 같은 목소리가 묻는다.

"뭐 갖고 싶은 거 있어요?"

"갑자기 무슨 소리야?"

"생일이잖아요. 이왕에 알게 됐으니까요."

고개를 들어 마녀를 올려다보니 그녀는 즐거운 얼굴로 웃고 있다. 그 얼굴은 한없이 천진해 보여서, 사백 살이 넘었다고는 도저히 믿기 힘들다. 오스카는 손을 멈추고 잠시 생각에 잠겼다.

"글쎄? 딱히 없는데."

"욕심이 없군요."

"혜택받은 삶이라는 자각은 있어."

오스카는 고개를 갸웃하는 마녀를 손짓해 불렀다. 그녀는 소리도 없이 내려와 그의 무릎 위에 옆으로 앉았다. 그 머리카락을 손으로 빗어주자 하얀 귓불이 보인다. 마녀의 아름다운 옆얼굴과 가냘픈 목덜미를 본 오스카의 눈이 조금 가늘어졌다.

"혹시 결혼은?"

"안 해요!"

평소와 다름없는 대답에 그는 쓴웃음을 짓고, 마녀의 머리를 토닥거렸다.

"그럼 딱히 없어. 네가 있으면 그걸로 충분해."

"그게 다예요?"

"그래. 그러니까 자꾸 없어지지 마. 애도 아니고."

마녀는 할 말이 없는지 조그맣게 신음한다. 그리고 결국 말없이 유감스러운 표정으로 그의 얼굴을 올려다보았다.

깊은 숲속에는 해도 잘 들지 않는다.

어두컴컴한 나무 밑에는 울창한 덤불이 여기저기서 숨죽인 채 방문자의 모습을 지켜보고 있다. 그늘 속에서 침묵하는 그것들은, 길을 잃고 헤매 들어온 인간의 눈에는 마치 의지가 있는 것처럼 음산하게 보일 것이다.

그래도 작은 오두막집 주위에는 나뭇잎 사이로 약한 햇빛이 조금씩 비쳐들어, 그중 한 줄기는 집 앞에 놓인 꽃화분 위로 쏟아지고 있었다. 이걸 계산해서 이 화분을 볕이 드는 자리에 놓아둔 걸까. 궁금하게 생각하면서 티나샤는 오두막집의 문을 두드렸다.

"너구나. 어서 와."

문을 열고 나타난 루크레치아는 실험 중이었는지 손에 작은 병을 여러 개 들고 있었다. 안으로 들어간 티나샤는, 익히 잘 아는 집이라 주방에서 직접 차를 준비하기 시작했다.

잠시 후 두 사람이 자리에 앉자, 티나샤는 잔을 든 손가락으로 천장을 가리켰다.

"지난번의 그 과자 만드는 법 좀 가르쳐줘. 미약은 빼고."

"빼면 맛이 달라져."

"그게 뭐야!"

루크레치아가 마법약으로 몰래 인체실험을 하는 일은 가끔 있지만, 고작해야 오십 년에 한 번 정도라 매번 잊어버리고 먹게 된다. 다른 일에 관해서는 신중한 티나샤지만, 이 문제에 관한 한 자신이 그 순간만 지나면 금세 잊어버리고 마는 경향이 있음을 자각하고 있었다.

"그래서 오늘은 무슨 일이야?"

"아아, 의논할 게 좀 있어서. 남자한테는 보통 뭘 주면 돼?"

"…무슨 말이야?"

맥락 없는 질문에, 닫힌 숲의 마녀는 어이없다는 듯이 친구를 보았다. 티나샤는 집무실에서 나눈 대화를 짧게 설명했다. 대수롭지 않은 내용에, 루크레치아는 별 생각 없이 대꾸했다.

"필요 없다면 안 주면 되는 거 아냐?"

"최근에 신세를 좀 많이 져서 기회가 된다면 갚고 싶어."

"신세라고."

루크레치아는 턱을 괴고서, 구운 과자를 주의 깊게 고르는 친구를 응시했다.

—생일에 선물을 주고 싶어하다니, 너무 평범한 사고방식이라 평범하지 않다. 그걸 본인은 모르고 있는 걸까.

"그걸 왜 나한테 물어보러 온 거야?"

"그야 지난번의 그 반지는 루크레치아가…."

"뭐?!"

"아무것도 아니야."

살벌한 눈빛을 마주한 티나샤는 얼른 입을 다물었다. 루크레치아는 쌀쌀맞게 결론을 내렸다.

"적당히 아무거나 주면 되잖아."

"응…. 정리도 할 겸 투르다르의 보물고나 보러 갔다 와야겠다. 뭔가 재미있는 장비가 있을지도 모르니까."

"제발 부탁이니까! 그 남자를 더 이상 강화하지 말아줘!"

태연한 얼굴을 가장하고 티나샤는 차를 마신다.

어쨌든 실용적인 게 좋을 것 같은데, 과연 뭐가 좋을까. 먹으면 없어지는 음식이 좋을까?

티나샤는 구운 과자를 오물거리며 생각한다. 생각해 보면, 누군가의 생일에 선물을 한 경험은 거의 없다. 어쩌면 마녀가 되기 전으로까지 거슬러 올라가야 할지도 모른다.

특별히 원하는 게 없는 사람에게 선물을 한다는 게 이렇게 막막한 일인 줄은 미처 몰랐었다.

“전혀 모르겠어….”

“너 자신을 줘. 아마 기뻐할걸.”

“변태야, 그거.”

티나샤는 구운 과자를 반으로 자르며 탄식했다.

※

파르사스의 남단은 바다에 면해 있다.

대륙의 남부 해안인 그 일대에는 항구도시가 여러 군데 있어서, 과거부터 어업과 교역으로 번성해왔다.

교역은 멀리 떨어진 동쪽 대륙과 행하기도 하고, 대륙 동부의 나라를 상대로 할 때도 있다.

어느 날, 항구도시 니슬레를 출항한 귀족의 상선도 예외는 아니어서, 동부의 나라 멘산을 향해 항해하고 있었다. 진주와 견직물을 실은 배는 멘산에서 그것들을 팔아, 대신 곡류와 향신료를 사서 돌아올 예정이었다.

—그러나 배는 니슬레를 떠나자마자 홀연히 자취를 감추고 만 것이다.

소식불명이 된 배를 두고, 사람들은 해적을 만났거나 무슨 사고를 당했을 거라고 추측했다. 하지만 그 추측을 뒷받침하는 정보는 들어오지 않았고— 오히려 비슷한 피해 소식만 여러 건이 추가되었다.

줄지어 날아드는 소식불명 보고가 열 척을 넘겼을 때, 사람들은 비로소 깨달았다.

어느새 니슬레 동쪽은 배가 지날 수 없는 마의 해역이 되어버렸다는 사실을.

“얼마 전 주변국에 회답한 탄신 축하 건과 관련해, 타일리의 루스트 왕자님이 지난 전투의 답례를 겸해 방문하신다고 합니다.”

“거절해.”

주군의 즉답에 라자르의 표정이 구겨졌다. 간언이 한숨과 함께 흘러나온다.

“그러지 마십시오. 파르사스는 결코 타일리에 강하게 나갈 수 있는 입장이 아닙니다.”

그것은 오스카도 잘 알고 있는 사실이다.

지난 전쟁에서는 타일리의 요청으로 군을 움직여, 결과적으로는 좋은 방향으로 마무리되었지만, 마지막에, 원래 티나샤를 데리고 있었던 게 파르사스였다는 사실이 주변국에 알려지고 만 것이다. 다행히 거기에 대해 드러내놓고 비난하는 나라는 없었지만, 당분간은 얌전히 있는 게 무난할 것이다.

그뿐 아니라 오스카는, 티나샤의 방문 사실을 숨긴 루스트에게 검까지 겨눴었기 때문에, 솔직히 말해 별로 만나고 싶은 상대는 아니었다.

라자르가 손에 든 서류를 팔락팔락 넘겼다.

“일단 지금 당장 거절한다 해도 이미 늦었습니다. 사흘밖에 안 남았으니까요.”

“그냥 말해 본 것뿐이야. 루스트가 왜 오려고 하는지 짐작은 가.”

“왜입니까?”

“그 녀석을 만나고 싶어서겠지.”

오스카가 턱으로 문을 가리키는 것과 동시에 책을 든 티나샤가 문을 열고 들어왔다. 두 사람의 주목을 받은 마녀는 의아한 듯이 고개를 갸웃했다.

"무슨 이야기예요?"

"이 절조 없는 녀석."

방에 들어오자마자 영문을 알 수 없는 비난을 받은 마녀는 얼굴을 찌푸렸다.

하지만 오스카는 그것을 무시하고, 라자르에게 서류를 건넸다.

"그럼 준비 잘 부탁해."

"잠깐만요, 오스카…. 대체 뭐예요?"

"네가 모르겠으면 된 거 아냐?"

퉁명스러운 계약자의 대꾸에, 마녀는 납득하지 못한 채 의자에 앉았다. 그녀가 두꺼운 마법서를 팔락팔락 넘기기 시작한다. 그 귀에 오스카의 놀란 목소리가 들려왔다.

"이게 뭐야!"

마녀가 고개를 들어 쳐다보니, 그는 서류를 보며 인상을 쓰고 있었다. 의아한 듯이 계약자를 바라보는 티나샤에게 라자르가 설명해주었다.

"남부의 바다에서 배가 벌써 몇 척이나 행방불명된 모양입니다. 원인은 알 수 없시만, 피해금액이 엄청나서, 귀족과 상인들이 함께 해결을 의뢰해왔습니다."

"배가 행방불명된 거면 해적의 짓 아닌가요?"

"최근까지는 해적이 있었지만, 마찬가지로 해결을 의뢰받고 알스 장군이 토벌했습니다."

"흠, 그럼 해마(海魔)인가."

"그런 게 있어?"

오스카는 서류를 내려놓고 팔짱을 끼었다. 마물 종류를 상대하는 것은 성가신 일이다. 그게 먼 항구의 해상이라면 더더욱 그렇다. 진지하게 군 편성을 생각하는 그에게, 티나샤는 가벼운 어조로 설명했다.

"해마는 여러 가지가 있어요. 커다란 물고기도 있고, 잘 모르는 형태의 생물도 있고요. 바다생물은 거대해지기 쉬우니까요. 물론 평범한 마족이 범인일 가능성도 있지만요."

"잘 모르는 형태의 생물이란 게 뭐지?"

"커다란 말미잘이라든가 그런 거… 본 적 없어요?"

"난 바다 자체를 본 적이 없어."

옆에서 라자르가 "저도 본 적 없습니다"라면서 손을 든다. 파르사스는 국토가 넓어서, 성도에서 태어난 사람은 평생 바다를 못 보는 경우도 적지 않다. 그걸 몰랐던 마녀는 깜짝 놀라 물었다.

"바다를 본 적이 없다면, 혹시 헤엄도 못 치나요?"

"헤엄은 칠 줄 알아."

"재미없어…."

자칫 엉뚱한 곳으로 빠져버릴 것 같은 이야기를, 오스카가 제자리로 돌려놓았다.

"어떤 멤버들로 가야 대응이 가능하다고 생각해?"

"실력에 따라 다르겠지만, 알스가 있으면 마법사를 포함해 열 명 정도면 되지 않을까 싶어요. 너무 큰 생물인 경우에는 감이 안 오지만요."

"알스라…. 지리도 잘 아니까, 그 녀석에게 편성을 맡기기로 할까……."

결정을 내리려고 하는 오스카의 머리 위에서, 허공에 둥둥 뜬 마녀가 서류를 들여다보았다.

"니슬레군요. 그리워라. 니슬레 하면…."

그렇게 말하다 말고, 마녀는 갑자기 손뼉을 탁 쳤다. 경쾌한 소리에 오스카가 고개를 든다.

"왜?"

"그거, 내가 갈게요."

"뭐야, 갑자기…."

"무조건 갈게요. 가서 확실하게 해결하고 올게요!"

갑자기 기분이 좋아진 마녀에게 오스카는 의심스러운 눈초리를 향했다. 무슨 꿍꿍이인지 실토하게 만들까도 잠깐 생각했지만, 그녀가 가면 최소한의 피해로 확실하게 해결할 수 있는 것도 사실이다.

어디쯤에서 타협해야 할지 턱에 손가락을 대고 생각에 잠긴 오스카는 문득 한 가지 사실을 떠올렸다.

"좋아, 갔다 와. 동행자는 마음대로 선택해도 좋아."

"고마워요."

"한 일주일쯤 갔다 와도 돼. 이왕 간 김에 푹 쉬고 와."

"폐하…."

오스카의 생각을 눈치챈 라자르가 황당함을 감추지 못한다. 마녀와 루스트를 만나지 못하게 하려는 것이다. 이상한 데서 유치하다.

하지만 그런 줄도 모르고 마녀는 꽃처럼 웃는다.

"생일날까지는 돌아올게요."

그리고 그녀는 계약자의 머리카락을 쓰다듬고는 집무실에서 홀연히 전이해 사라졌다.

※

마녀와 동행하는 인원은 알스, 스즈토, 파밀라, 레나트로 결정되었다.

지리를 잘 아는 알스는 자신의 동행자로 스즈토를 선택했다. 여전히 티나샤를 두려워하는 사람도도 성 안에 적지 않은 가운데, 스즈토는 그녀와 친하기 때문이다. 그리고 파밀라와 레나트는 소속은 파르사스지만, 실제로는 티나샤 개인을 섬기는 마법사다. 바다를 본 적이 없어 겁먹은 다른 마법사들과 달리, 그들은 주저 없이 동행을 자청했다.

다섯 명은 성의 전이진으로 남부의 요새까지 이동한 다음, 거기서부터 말을 타고 남하해 니슬레에 도착했다.

알스가 불과 석 달 전에 해적을 토벌한 곳이라, 니슬레 사람들은 일행을 환성으로 맞이했다. 도시에서 가장 유력자인 블로기아 후작의 저택에서 열리는 환영파티에 초대받은 그들은 손님용 응접실로 안내되었다.

블로기아 후작이 응접실에 나타나 민망해하며 알스에게 고개를 숙였다.

"이렇게 자꾸 수고를 끼쳐서 미안하오."

"아닙니다. 배가 행방불명되는 건 중대한 사태이니 잘 조사해 해결하겠습니다."

알스는 자못 진지하게 인사했다. 이번 일의 지휘를 맡은 것은 티나샤지만, 그것은 그녀가 마녀라는 사실과 함께 비밀에 부쳐져 있다. 블로기아 후작은 알스 뒤에 있는 아름다운 여자를 보고 놀란 표정이 되었다가, 다음으로 몇 명 안 되는 적은 인원에 불안해진 것 같았다. 자신의 사병(私兵)을 붙여주겠다고 말했지만, 알스가 정중히 거절했다.

"배와, 배를 조종할 사람만 빌려주십시오."

"그 정도야 당연하지만…, 괜찮겠소?"

"괜찮은 사람들로 모아서 왔으니까요."

알스가 시선을 던지자, 창밖을 보고 있던 마녀가 방긋 웃으며 손을 흔들었다.

다음날, 항구로 안내받은 일행은 스무 명은 족히 탈 수 있는 중형선을 빌리게 되었다. 원래 블로기아 후작은 더 큰 무장선을 내주려 했지만, 티나샤가 침몰하면 아깝다면서 만류한 것이다.

"그 말은 침몰할 가능성이 있다는 뜻입니까?"

다섯 명의 선원이 조종하는 배를 타고 문제의 해역으로 향하는 도중에, 스즈토가 핏기가 가신 얼굴로 중얼거렸다.

"없다고는 할 수 없어요. 침몰시키지 않도록 노력은 하겠지만요."

당연하다는 듯이 말하는 티나샤에게 알스는 고개를 갸웃하며 물었다.

"애당초 뭐가 상대인 거지?"

"이야기를 들어보니 느낌상 마족이나 해마 같아요. 난 마족이 편해서 좋지만요. 해마는 징그러워서 싫어요. 크고 미끌미끌거리고."

"그런 문제야…? 크고 미끌거리는 것 말고도 더 중요한 게…."

거기서 파밀라가 손을 들고 질문했다.

"크라켄일 가능성도 있나요?"

마녀는 그 질문에 미간을 모았다. 바다에 사는 거대한 해마로 유명한 크라켄은 오징어나 문어와 닮은 모습을 하고 있는 경우가 많다. 이게 상대라면 상당히 강적이다.

그러나 티나샤는 잠시 생각한 뒤에 가볍게 고개를 저었다.

"크라켄은 훨씬 북쪽의 먼바다에 있어요. 소환된 게 아니라면 이 일대에는 없어요."

거기서 스즈토가 조심스럽게 물었다.

"저어, 기본적인 질문이라 죄송합니다. 바닷속에 있는 것에도 마법이 효과가 있습니까?"

세 마법사가 얼굴을 마주본다. 입을 연 사람은 레나트였다.

"수중에 있는 경우에는 아무래도 효과를 기대하기 힘들어. 완전히 잠겨 있으면 효과가 거의 없을 거야. 그렇다고 직접 바닷속에 들어가면 주문을 외울 수 없으니까, 해상에서 싸우는 게 제일 좋아."

마녀와 파밀라도 동의하는 듯 고개를 끄덕인다. 알스는 깊은 한숨을 내쉬었다.

"배가 가라앉기 전에 낚아 올릴 수밖에 없는 건가."

"가라앉아도 날아서 뭍으로 돌아가면 되니까 괜찮아요."

가볍게 말하는 마녀를 보고, 파밀라와 레나트가 쓴웃음을 짓는다. 티나샤는 집무실이나 자신의 방에서는 허공에 떠 있는 일이 많지만, 실제로는 마법으로 날기 위해서는 나름의 구성과 집중이 필요하다. 평범한 마법사라면 날고 있을 때는 다른 주문을 못 외우는 자가 더 많다.

다행히 파밀라와 레나트는 모두 실력이 뛰어난 마법사라, 날면서 싸울 수도 있고, 싸우지 않아도 된다면 다른 사람을 데리고 날 수도 있다. 이 멤버라면 배를 잃어도 대응할 수는 있을 것이다.

마녀는 더위 때문인지 소년처럼 가벼운 복장을 하고, 머리를 묶고 있었다. 폭이 좁은 검을 허리에 찬 날씬한 그 모습은 의외로 배 위에 잘 어울렸다.

망망대해를 바라보는 그녀를 알스가 돌아본다.

다른 신하들은 어떻게 생각할지 몰라도, 알스는 종종, 그녀가 파르사스에 있는 게 너무 당연하게 느껴져서 마녀라는 사실을 잊고 말 정도다. 정확히 말하면, 마녀인 그녀가 언젠가 성에서 없어진다는 게 오히려 더 믿기 힘들다.

그래서 그녀가 쿠스쿠르로 갔을 때는 상당히 경악했고, 돌아왔을 때는 안도했다. 실제로 알스는 오스카가 그녀 아닌 다른 여자를 아내로 맞이하는 것은 상상도 할 수 없었다.

하지만 미래의 일은 알 수 없다.

결과는 받아들일 수밖에 없고, 언젠가는 거기에 익숙해지는 것이다.

문제의 해역에는, 항구를 떠난 지 한 시간만에 도착했다. 까마득히 멀리 육지의 절벽 부분이 보이고, 깎아지른 회색 암벽에는 위압감이 있다. 알스는 아무런 이상도 느낄 수 없는 바다를 빙 둘러보았다.

"자, 티나샤 양. 이제 어떡하지?"

"공격해올 때까지 기다리기는 심심하니까, 정찰을 보내볼게요."

티나샤가 조그맣게 주문을 외우자, 그녀의 손 안에 물고기처럼 생긴 생물이 나타났다. 자세히 보니 그것은 생물이 아니라. 희미하게 빛나는 점토로 만든 것 같은 물체였다. 그녀는 뱃전에 서서 그것을 바다로 던졌다, 바닷속에 들어가자 그것은 마치 살아 있는 물고기처럼 물속을 미끄러지기 시작했다.

"마력을 탐지하면서 한 바퀴 돌고 올 거예요. 뭔가 있으면 나에게 전해질 거예요."

"그거 편해서 좋군. 술이나 한잔하면서 기다릴까."

"그러다 바다에 빠지면 죽어요."

긴장감 없는 두 사람과 달리, 선원들의 얼굴은 겁에 질려 파리하다. 아무리 블로기아 후작의 명령이라 해도, 지금까지 행방불명된 배는 열 척이 넘고, 예외는 없다. 당장이라도 배를 돌려 도망치고 싶은 심정일 것이다.

날씨가 좋아 푸른 바다는 수평선까지 또렷하게 보인다. 강하지는 않지만, 순풍도 불어줘서 배는 해역 중간쯤에 도달해 있었다. 알스는 멀리 보이는 육지를 확인했다.

"여기는 해적을 토벌하러 지난번에도 왔었어. 이 근처에서 놈들의 배를 침몰시켰지."

"아, 그럼 그게 유령선이 됐다거나⋯."

"말도 안 되는 소리! 전에 티나샤 양 자신이 유령은 없다고—."

거기서 알스는 어느새 바람이 멎은 걸 깨달았다.

파도가 잔잔하다. 돛을 조작하고 있던 선원이 겁에 질려 주위를 살피는 모습이 보인다. 뱃전에서 바다를 들여다보니, 조금 앞쪽에 물속에서 거품이 부글부글 올라오고 있었다.

티나샤는 그것을 보고 활짝 웃었다.

"아, 미안해요. 역시 크라켄이었네요."

소리 없는 비명이 터져 나온다.

다음 순간, 바닷속에서 기둥만큼 거대한 촉수 열 개가 출현했다.

모든 방향에서 배를 습격하려고 한 반투명한 촉수는, 그러나 보이지 않는 벽에 가로막혀 거기에 찰싹 달라붙었다.

지금 순간적으로 티나샤가 배를 보호하는 결계를 친 것이다. 하지만 안도한 것도 잠시, 촉수는 아예 결계째로 배를 바닷속으로 끌고 들어가려고 한다. 마녀는 눈썹을 홱 치켜 올렸다.

"안 되겠어요. 지금부터 십 초 후에 일단 결계를 풀 테니까, 저걸 쫓아주세요."

알스와 스즈토가 검을 뽑는다. 두 마법사도 주문을 외우기 시작했다. 마녀의 목소리가 울린다.

"…팔! 구! 십!"

마지막 외침과 동시에 결계가 사라졌다.

크라켄의 다리가 붙잡을 것을 잃고 갑판 위로 쏟아져 내렸다. 그것을 파밀라와 레나트가 제각기 마법으로 불태운다. 선원을 움켜쥐려고 하는 다리를 스즈토가 검으로 막고, 알스가 베어버린다. 갑판 위로 떨어진 다리는 그 자리에서 격렬하게 꿈틀거렸다. 그것을 레나트가 마법으로 바다로 날려버린다.

남은 다리를 불태우면서 티나샤는 다시 결계를 쳤다. 크라켄은 뜻밖의 반격을 당한 탓인지, 바닷속으로 다리를 집어넣는다. 파밀라가 미끌미끌해진 갑판을 내려다보았다.

"생리적으로 아주 불쾌하네요…."

"크라켄의 점액은 일부 지역에서는 비싸게 팔린대요."

"티나샤 님…."

수십 초에 불과한 공방은 너무 비현실적이어서, 공포심조차 들지 않는다. 그저 불가사의한 고양감만이 갑판에 넘실거린다. 알스는 자신의 고동이 격렬해진 것을 깨닫고 심호흡을 했다.

"크라켄이 있다면, 그걸 소환한 사람도 있는 건가."

"아마도요. 하지만 목적을 전혀 모르겠어요. 완전히 무작위 공격인 것 같아요."

"티나샤 양, 죽일 수 있겠어?"

"물 밖으로 좀 더 나와주지 않으면 힘들어요. 그리고 어디를 공격해야 죽는지도…."

그때 선체가 크게 흔들렸다. 모두가 균형을 잃고 비틀거린다. 미끄러질 뻔한 마녀의 팔을 붙잡고 알스가 뱃머리 쪽을 보자, 세 개의 굵은 다리가 그곳을 휘감고 결계째로 배를 비스듬히 들어 올리고 있었다.

"말도 안 돼."

뱃머리가 점점 들려 올라가서, 모두가 고물 쪽으로 굴러 떨어질 지경이다. 알스에게 팔을 붙잡힌 마녀가 부르짖었다.

"파밀라! 레나트! 하늘로! 배를 버려요."

두 마법사의 주문 암송 소리가 거기에 응한다. 마녀의 손이 알스를 붙잡았다.

발 디딜 곳이 사라진다. 간발의 차로 허공으로 피한 일동은, 크라켄의 다리가 선체를 휘감고 결계째로 바닷속으로 삼켜버리는 모습을 상공에서 지켜볼 수밖에 없었다.

티나샤는 세차게 일렁이는 바다를 내려다보며 관자놀이를 긁적거렸다.

"역시 큰 배로 안 오길 잘했어요. 오스카가 저걸 보상해줄까요?"

"그건 블로기아 후작과 의논할 일이 아닐까…."

오히려 크라켄 퇴치를 위해서라면, 배 한 척쯤은 괜찮다고 말할 것 같기도 하다.

바다를 내려다보니, 크라켄은 가라앉은 배에 사냥감이 없는 것을 눈치챘는지 여기저기 찾는 것처럼 다리를 꿈틀대고 있었지만, 곧 그 다리는 다시 물속으로 사라졌다. 위에서 보니 그 압도적인 크기를 잘 알 수 있다. 다리가 그 정도면, 몸 전체는 최소 작은 마을을 덮을 정도일지도 모른다.

"일단 추적은 하고 있으니까, 방법을 찾아볼게요. 선원들은 먼저 항구로 돌려보내주세요."

파밀라는 주인의 명령에 따라, 공중에 전이문을 열고 선원들을 밀어넣었다. 그동안 티나샤는 팔짱을 끼고 생각에 잠겨 있다가, 선원들이 사라지고 나자 입을 열었다.

"아무래도 이 주변 해역에 붙잡혀 있는 것 같아요. 그리고 아무런 명령도 안 받은 것 같아요."

"소환해놓고 방치해버렸다는 거야?"

"아뇨, 소환주가 여기 있는 게 아닐까 싶어요."

"뭐? 여기라면, 우리 중에?"

알스가 자신의 얼굴을 가리켰다. 하지만 마녀는 쓴웃음을 지으며 고개를 젓더니 발밑을 가리켰다.

"아마 죽었을 거예요. 알스가 침몰시킨 해적선에 타고 있던 사람이 아닐까요?"

"뭐?"

그녀의 아름다운 얼굴을 보며, 알스는 그 자리에 얼어붙고 말았다. 주인의 말을 레나트가 보충한다.

"소환해놓고 명령을 내리기 전에 주인이 죽어서, 이 해역에 묶여버렸다는 말씀입니까?"

"아마도요. 소환을 완성하는 데 시간이 걸려서 이렇게 된 거겠지만, 알스가 토벌하고 있을 때가 아니라서 다행이에요."

"우와…, 실화냐."

간신히 상황을 파악한 알스는 자신이 아슬아슬하게 크라켄의 마수에서 벗어난 것을 알고 모골이 송연해졌다. 문어인지 오징어인지 몰라도, 그런 것과 싸우다 죽는 건 절대 사양이다.

파밀라가 주인에게 물었다.

"어떻게 하시겠어요? 본체를 공격하거나, 소환주가 남겨놓은 구성문을 파괴해야 될 것 같은데요."

"하지만 둘 다 바닷속에 있네요. 어떻게 할까요."

마녀의 시선이 허공을 스친다. 알스를 보고 티나샤는 조금 고민했지만, 결국 두 손을 모으고 그에게 부탁했다.

"미끼가 되어주세요."

"…실화냐."

아까와 똑같은 말을 되풀이하고, 알스는 하늘을 올려다보았다.

공중에 뜬 일행은 발밑의 푸른 바다를 내려다보며, 제각기 준비를 시작했다.

알스가 검의 상태를 확인하는 동안, 파밀라와 레나트가 공격을 위한 구성을 짜기 시작한다. 스즈토는 이번 작전에서 미끼 역할을 면했기 때문에, 공중에 남아 있는 사람은 그들 셋과 마녀뿐이다.

파밀라와 레나트는 각자 구성을 짠 다음 그것을 하나로 합쳤다. 한편, 티나샤는 알스에게 방벽을 쳤다.

"수면까지 내릴 테니까 적당히 유인해주세요. 걸리면 낚아 올릴게요."

"가능하면 죽고 싶지 않은데…."

"노력할게요."

마녀는 두 사람의 구성이 완성된 것을 확인하고, 하얀 손을 흔들면서 천천히 알스를 하강시켰다. 수면에 그의 발이 살짝 잠기는 위치까지 내리고는 멈춘다. 하지만 결계가 바닷물을 밀어내서, 발은 젖지 않은 상태다. 알스는 이렇게 가슴 졸인 게 얼마만인지를 생각하며, 상공에 있는 동료를 올려다보았다. 마녀가 아직 손을 흔드는 모습이 저 멀리 보인다.

"정말로 저분은 폐하의 비로 잘 어울리는 성격이야…."

무모한 성격이 천생연분이라고 생각하지만, 무엇보다 중요한 것은 그녀의 확실한 실력이다.

알스는 가만히 기다리기가 불안해서 시험 삼아 칼을 휘둘러보았다. 바닷물을 밀어내는 모양으로 짐작건대, 결계는 아마 구체인 것 같았다. 하지만 신기하게도, 검으로 결계를 관통해도 물이 새어 들어오지 않는다. 알스는 그대로 검으로 바닷물을 휘저어보았다.

잠시 지나자, 아까처럼 일대에 거품이 부글부글 올라오기 시작했다.

"…왔구나."

등에 식은땀이 흐른다. 알스는 검을 거두고 호흡을 가다듬었다. 다음 순간, 주위에 물보라가 솟구쳤다. 해수면에 나타난 거대한 다리가 그를 에워싼다.

다리는 알스를 휘감으려고 뻗어왔지만, 그 끝이 닿을까 말까 한 위치에서 결계가 상승하기 시작했다. 쫓아와 휘감으려고 하는 다리를 알스가 검으로 베어버린다. 기분 나쁜 탄력에 검이 튕겨 나오고, 다리가 약간 움츠러들었다.

"검이 엉망이 될 것 같아…."

그러는 동안에도 결계는 천천히 상승한다. 열 개의 거대한 다리가 알스를 따라 상공으로 길게 뻗어온다.

탑보다 높은 다리가 하늘을 향해 꿈틀거리는 광경은 악몽 그 자체다. 그 모습을 상공에서 지켜보던 티나샤는 옆에 있는 두 사람에게 고개를 끄덕였다.

"지금이에요. 시작해주세요."

파밀라와 레나트는 주인의 명령에 따라 동시에 마법을 쏘았다.

무시무시한 벼락이 창이 되어 열 개의 다리를 직격했다. 그대로 모든 다리를 타고 강력한 전류가 흐른다.

허공을 찢는 괴성이 일대에 울려 퍼졌다. 뜻하지 않은 공격을 당한 해마는 다리를 바닷속으로 집어넣으려고 했지만, 그럴 수 없었다. 마녀가 의기양양한 웃음을 보인다.

"놓칠 줄 알고? 상대가 누구라고 생각하는 거야."

티나샤가 짠 주문 없는 구성이 열 개의 다리를 묶어 공중에 고정하고 있다. 한편 벼락은 다리를 태워 주변에 맛있는 냄새를 풍겼지만, 수면에 도달하자 물에 확산되어 본체까지는 도달하지 못한 것 같았다.

"음…. 역시 부족하네."

마녀는 허리에 차고 있던 통을 뒤져, 수정구슬 다섯 개를 꺼내서 바다에 던졌다. 구슬은 크라켄을 중심으로 예쁘게 원형으로 퍼져 바닷속으로 가라앉았다.

"레나트, 잠깐 알스를 부탁할게요."

"알겠습니다."

자신이 지탱하고 있던 알스를 레나트에게 넘기고, 티나샤는 주문을 외우기 시작했다.

"나의 말을 받아들여라, 모양이 변하는 것은 변질이 아닐지니. 정의(定義)는 흔들림 없이 흘러 떠돌 뿐. —물러나라."

그 주문을 받아, 물속에서 다섯 개의 흰 빛이 흘러나온다. 그것들이 순식간에 연결되어 하얀 마법원이 그려졌다. 빛나는 둥근 고리가 크라켄을 에워싸자, 원 안에 있는 바닷물이 서서히 바깥쪽으로 빠지기 시작한다.

"…말도 안 돼."

상상을 초월하는 마법에 알스가 감탄사를 내뱉고, 옆에서 파밀라가 숨을 삼켰다.

그리고 삼 분쯤 지났을 무렵에는, 바다는 예쁘게 원통형으로 갈라져 있었다. 크라켄의 거대한 몸통이 바다라는 갑옷을 잃고 공기 속에 추악한 모습을 드러냈다. 성인 키의 세 배는 되어 보이는 시커먼 눈동자가 뒤룩거리며, 공중에 있는 일행을 노려보았다.

티나샤는 자신이 잡은 해마를 빤히 쳐다보았다.

"오징어인가요. 먹으면 배부르겠네요."

"티나샤 양, 어떻게 저걸 보고 그런 감상이 나오는 거지…."

그새 얼굴이 핼쑥해진 알스를 무시하고, 마녀는 고도를 조금 낮추더니 다른 주문을 외우기 시작했다.

"나의 의지를 명령으로 인식하라. 땅에 잠들고 하늘을 달리는 전환자여. 나는 너의 벼락을 지배하고 소환한다. 나의 명령이 현출의 개념의 전부라고 이해하라."

주문의 끝나는 것과 동시에, 그녀의 팔 안에 벼락이 번쩍이는 열 개의 구체가 나타났다. 그것들은 공기가 폭발하는 소리와 함께, 매 순간 빛나는 불꽃을 일대에 뿌리고 있다.

"가라."

티나샤는 구체들을 힐끗 쳐다보고, 그것들을 크라켄을 향해 쏘았다. 구체는 순식간에 커지면서, 허공에 고정된 각각의 다리에 도달했다.

—그리고 무서운 속도로 다리를 타고 본체로 흘러갔다,

공기가 파열되는 듯한 충격음.

맛있는 냄새를 풍기던 다리가 시커먼 재가 되어 후드득 떨어져 내린다.

벼락은 크라켄의 머리에 도달해, 유리를 긁는 듯한 길고 긴 비명이 일대의 바다를 진동시켰다.

그 비명이 차츰 잦아들어 사라졌을 무렵에는, 허공에 고정된 크라켄은 힘없이 매달려 있는 것처럼 보였다. 시커멓고 둥근 눈이 어느새 뿌옇게 흐려져 있다.

"죽은 건가?"

"글쎄요."

티나샤는 고도를 더 낮췄다. 머리가 잘 보이는 곳까지 다가가 크라켄의 눈을 관찰한다.

—그때, 거대한 눈동자가 뒤룩거리며 다시 검은 빛을 되찾았다.

떨어져 나간 다리가 순식간에 재생된다. 가늘어진 다리 하나가 티나샤의 오른다리를 붙잡았다.

"티나샤 님!"

파밀라가 급강하하려고 하지만, 크라켄의 다리는 그보다 빠르게 마녀의 몸을 휘감는다. 그대로 이빨이 촘촘하게 박힌 거대한 입을 향해 그녀를 끌고 가려고 한다.

마녀는 고통을 참으면서 휘감긴 해마의 다리에 손을 가져갔다.

"흩어져라!"

크라켄의 다리가 폭발한다. 티나샤는 허공을 박차고, 하강해온 파밀라 옆으로 전이했다. 그리고 파밀라와 함께 다시 알스 옆까지 상승했다.

"티나샤 양, 괜찮아?"

"뼈가 부러졌어요."

티나샤의 오른발에는 나선형으로 휘감긴 자국을 따라 붉게 멍이 들어 있었다. 그녀는 급한 대로 통증을 지웠다. 뼈가 부러진 이상, 완전히 낫기까지는 시간이 걸릴 것이다.

한숨 돌린 마녀가 바다를 내려다보자, 집중이 흩어진 탓에 갈라져 있던 바다가 소용돌이치며 다시 밀려들고 있었다. 그 속에서 재생된 열 개의 거대한 다리가 꿈틀거린다.

"저 오징어 놈…. 이제 어떡하지…."

티나샤가 분개하며 욕설을 중얼거렸을 때, 갑자기 크라켄이 움직임을 멈췄다.

그 주위에 거대한 일그러짐이 생겨난다. 그것은 짐승이 낮게 으르렁대는 듯한 소리를 내면서 한동안 삐걱거리다 갑자기 중심을 향해 수축했다.

그리고 동시에— 크라켄의 모습은 홀연히 사라져버렸다.

레나트는 비로소 안도의 숨을 내쉬었다.

"성공한 모양이네요."

"그런 것 같아요."

마녀가 어깨를 으쓱했을 때, 공중에 스즈토와 어린 소년이 전이해 왔다. 담담한 표정의 소년은 티나샤를 향해 고개를 끄덕였다.

"여왕님, 명령은 완료했어."

"수고했어, 니르. 그리고 여왕님이라고 부르지 마."

"하지만 여왕님이잖아."

토라진 얼굴을 하는 정령 옆에서, 스즈토는 안도한 표정을 지었다.

"소환 마법의 문양을 파괴하고 왔습니다. 찾는 데 시간이 너무 오래 걸려서 죄송합니다."

부하의 보고를 들은 알스는 검을 검집에 꽂고 웃었다.

"아니, 덕분에 살았다. 수고했어."

세 마법사와 알스가 해상에서 정공법으로 공격하는 동안, 스즈토는 마녀의 정령에게 결계를 제공받으며 바닷속을 찾아다니고 있었던 것이다. 그리고 크라켄이 침몰시킨 것으로 보이는 십여 척의 배들 중에서 목적한 해적선을 찾아내, 다시 정령의 지시에 따라, 소환주가 갑판에 새겨놓은 문양을 검으로 파괴했다.

소환 문양이 사라지자, 크라켄은 속박에서 풀려나 원래 있던 북쪽의 깊은 바다로 돌아간 것이다.

—이리하여 니슬레는 마의 해역에서 해방되었다.

무사히 임무를 마친 알스는 옆에 떠 있는 마녀를 보았다.

"티나샤 양이 안 왔으면 어떻게 됐을지 모르겠군."

"글쎄요. 오스카가 왔을지도 모르죠."

가냘픈 몸 안에 무서운 힘을 간직한 여자는, 결코 농담만은 아닌 가능성을 입에 담고 밝게 웃음을 터뜨렸다.

※

타일리의 루스트 왕자는 오스카의 생일 전날, 말을 타고 파르사스의 성도에 도착했다. 그의 나라는 마법사에 대해 암묵적으로 그 존재를 인정하게 되었지만, 그래도 성 안에서는 마법을 일절 사용하지 않는다. 따라서 다른 대국에는 다 있는 전이진도 마련되어 있지 않은 것이다.

루스트를 맞이한 오스카는 형식적인 예의를 갖추면서 그를 환대했다.

알스 일행의 귀환 연락이 들어온 것은, 손님을 위한 연회가 시작된 직후였다. 홀에 있던 오스카는 문관에게서 보고를 듣고, 속으로 '좀 더 있다 오라니까' 하고 혀를 찼다.

문관이 물러가자, 루스트는 가볍게 질문을 던졌다.

"무슨 일입니까?"

"해마를 토벌하러 간 알스 일행이 돌아온 것 같습니다. 나중에 자세한 보고를 들을 예정입니다."

"알스 장군에게는 저희도 신세가 많았습니다. 괜찮으시면 지금 이곳으로 불러주실 수 있겠습니까?"

오스카는 인상을 쓰고 싶어졌지만, 거절하기도 부자연스럽다. 어쩔 수 없이 돌아온 일행을 부르라고 명령한다.

십 분 후 일동이 고개를 숙이고 홀 안으로 들어왔다. 고개를 든 레나트와 파밀라는 루스트의 모습을 보고 그 자리에 얼어붙었다. 오스카는 그들을 불쌍하게 여겼지만, 두 사람의 주인은 거기에 없었다. 그는 의아하게 생각하면서 알스에게 말을 건넸다.

"그래, 어땠어? 엄청난 놈이 있었다는 이야기는 들었다만."

"당분간 오징어는 먹고 싶지 않습니다."

"나도 좀 봤으면 좋았을걸. 먹으면 배부를 것 같아."

"정말로 천생연분이십니다…."

"뭐가? 그래서 티나샤는?"

파밀라가 왕에게 대답했다.

"볼일이 있어서 나중에 오신다고 했습니다."

"그래, 수고했다."

왕이 고개를 끄덕이자, 파밀라와 레나트, 스즈토는 인사하고 재빨리 물러갔다. 장군인 알스만 남아 술잔을 받고, 정식으로 루스트에게 인사했다. 이국의 왕자는 이상하다는 듯이 그를 쳐다본다.

"마녀님은 언제나 토벌에 함께하십니까?"

"저희가 감당하기 힘든 경우나, 마음이 내킬 때 함께 가십니다."

"기분파라서요."

오스카는 그렇게 덧붙이고 쓴웃음을 지으며 잔을 입으로 가져갔다.

원래 같으면 주변국의 주요 인물을 초대해 성대하게 행해지는 축하연도, 올해는 두 번째라 루스트 이외에 다른 내빈은 없다. 덕분에 준비는 편했지만, 상대가 상대인 만큼 신경이 쓰였다. 결과, 오스카는 축하연이 시작되고 두 시간 후, 홀로 발코니에 나와 취기를 날리고 있었다. 술에 약한 건 아니지만, 외교적인 자리에서는 가능한 한 맨정신으로 있고 싶었다. 그는 한숨 돌릴 겸, 바깥의 풍경을 바라보고 있었다.

저물어가는 저녁하늘에는 연한 오렌지색과 밤의 푸른색이 섞여 있다. 길게 뻗은 구름이 황금색으로 물든 광경은 티나샤에게도 보여주고 싶을 만큼 아름다웠다.

잠시 멍하니 하늘을 올려다보던 오스카는, 뒤에 사람의 기척을 느끼고 돌아보았다. 그곳에는 루스트가 조심스러운 표정으로 서 있었다. 눈이 마주치자 그는 고개를 숙였다.

"그때는 대단히 죄송했습니다."

그것이 언제를 말하는지는 잘 알고 있다. 루스트의 방에서 칼싸움이 벌어질 뻔했던 때의 일이다.

"나야말로 미안합니다. 가능하면 잊어주십시오."

"그 일을 용서해주신다면 물론입니다. …그녀는 잘 지내고 있습니까?"

아마도 궁금한 건 그쪽이었으리라. 오스카는 미소 지으며 대답하려고 했다.

—그때, 오스카 바로 뒤에, 당사자인 마녀가 전이해 왔다.

"오스카, 돌아왔어요."

티나샤는 공중으로 떠올라 천진하게 웃으면서 계약자의 목에 팔을 휘감았다. 하지만 곧 눈앞에 있는 이국의 왕자를 발견하고 얼굴에 핏기가 가신다.

"루, 루스트 왕자…."

"오랜만입니다."

돌아와도 하필 이 타이밍이다. 오스카는 한숨을 삼키면서, 마녀의 팔을 풀고 옆으로 비켜섰다. 어색한 얼굴로 바닥에 내린 그녀를 돌아보니, 소녀들이 입을 법한 가벼운 복장 그대로다.

"뭐야, 옷이나 제대로 갈아입고 와."

"미안해요."

계약자만 있는 자리라면 몰라도, 내빈이 있는 것이다. 그녀는 황급히 루스트에게 고개를 숙였다.

"볼썽사나운 꼴을 보여드려 죄송합니다. 나중에 다시 오겠습니다."

그대로 그녀는 전이하려고 한다. 하지만 오스카는 가벼운 위화감을 느끼고 하얀 팔을 붙잡았다.

"왜, 왜요?"

"너, 다리에 마법을 걸어놓은 거 아냐? 무슨 일이야?"

마녀는 놀란 표정이 되었다가, 이내 고개를 가로저었다.

"기분 탓이에요."

"말이 되는 소리를 해. 어디 봐봐."

오스카는 무릎 아래가 드러난 그녀의 오른발에 손을 뻗었다. 오스카가 한쪽 다리를 들어 올리는 바람에 균형을 잃은 티나샤는 허공에 떠서 자세를 유지했다.

"아무것도 아니라니까요!"

가는 다리에는 상처 하나 없다. 매끄러운 피부를 오스카는 미간을 찌푸리고 쳐다보다가 다른 손으로 아카시아를 뽑았다. 그 의도를 알아차린 마녀는 몸을 버둥거렸지만, 그는 그 다리를 꽉 잡고 놓지 않는다.

무슨 일인지 영문을 모르는 루스트가 말릴까 말까 망설이는 사이, 오스카는 아카시아의 검신을 마녀의 다리에 가져갔다. 그러자 거기에 걸려 있던 마법이 흩어져버렸다.

"너…."

눈속임 마법이 풀린 그녀의 다리에는 나선형의 붉은 멍이 드러나 있었다. 마녀는 어색한 얼굴로 고개를 돌린다. 뼈와 근육, 신경은 치료했지만, 피부에 든 멍은 지우지 못한 것이다.

희고 가는 다리를 휘감듯이 선명하게 새겨진 붉은 멍은, 안쓰럽다기보다 묘하게 요염한 느낌이다. 마치 봐서는 안 될 것을 봐버린 듯한 기분이 들어서, 루스트는 저도 모르게 고개를 돌렸다.

한편, 오스카는 괴로운 얼굴로 그것을 응시했다.

"이 바보가 방심했군. 이런 상처를 입고 올 정도면 다음엔 안 보낼 줄 알아. 더 여유만만하게 이기고 와."

"네…."

오스카가 다리를 놓아주자, 마녀는 멋쩍은지 혀를 날름 내밀고 전이한다. 오스카는 그런 수호자를 배웅하고 한숨을 내쉬더니, 난처해하는 루스트에게 쓴웃음을 지어 보였다.

"그 녀석은 대체로 그런 느낌입니다."

그렇게 말하는 목소리는 푸념 이상으로 애정이 담긴 것이었다.

삼십 분 후, 마법사의 정장을 입은 티나샤가 축하연 자리로 돌아왔다.

흰 마법복 차림의 그녀는, 실비아에게 붙잡혔던 모양인지 연한 화장을 하고 있었다.

그곳에 있는 것만으로도 그 자리의 분위기를 바꿔놓을 만큼 아름다운 마녀는 정식으로 루스트에게 인사했다.

"아까는 그런 꼴로 실례했습니다."

"아닙니다. 토벌하느라 고생 많으셨습니다."

공손하게 미소 짓는 마녀는, 타일리의 성에서 만났을 때와는 완전히 다른 분위기를 풍기고 있었다.

범접할 수 없는 신비한 위압감은 사라지고, 나뭇잎 사이로 비치는 햇

살 같은 온화함이 거기에 있다. 그녀의 그런 변화가 루스트는 기쁘기도 하고 서운하기도 했다.

인간이자 마녀이자 옥좌에 없는 여왕이기도 한 티나샤는, 그 측면을 달의 차고 이지러짐처럼 수시로 바꾸어간다. 사람은 누구나 그런 다면성을 지니고 있지만, 그녀는 마녀로서 긴 세월을 살아왔기 때문에, 각각의 측면이 완전히 분화되어 있는 것이다.

옆에 앉은 마녀의 섬세한 옆모습을 보면서, 루스트는 그동안 줄곧 하고 싶었던 말을 꺼냈다.

"그때는 신세가 많았습니다. 당신이 한 말을 곱씹어보다가…… 결국 나는 지금까지 스스로는 아무 생각도 하지 않았다는 사실을 깨달았습니다. 신은 물론 절대적이지만, 그 이름 뒤에 숨어 힘을 휘두르면서, 어쩌면 자신이 신이라도 된 듯한 기분이었던 것 같습니다."

한마디, 한마디 토해내는 자성의 말은 비록 서툴지라도 그의 성실함이다. 티나샤는 온화하게 대답했다.

"무리하지 마세요. 천 년이나 이어져온 역사인걸요. 당신 혼자 힘으로 거기에 대항하기는 힘들었을 거예요. 하지만 당신이 한 일은 굉장히 의미 있는 일이라고 나는 생각해요. 그래요…, 아주 인간적이에요."

"인간적, 입니까?"

"사람을 죽이는 것도, 살리는 것도 인간이 하는 일이에요."

그렇게 말하고 미소 짓는 티나샤는 밝은 달처럼 아름다웠다.

루스트는 가슴에 묵직한 통증을 느꼈다. 하지만 그는 겉으로는 웃는 얼굴로 물었다.

"그런데 결혼은 언제쯤 하실 예정입니까?"

"에?"

티나샤가 얼빠진 목소리로 되묻는다. 루스트의 반대쪽에 앉아 있던 오스카가 큰소리로 웃기 시작했다. 그제야 마녀는 비로소 자신이 파르사스로 오게 된 이유를 떠올렸다.

"아, 으음, 그건…."

"거짓말입니다."

말문이 막힌 마녀를 대신해, 오스카가 태연하게 대답했다. 이번에는 루스트의 눈이 휘둥그레졌다.

"그 이야기는 이 녀석을 데려오기 위한 방편이었습니다. 실제로는 이 녀석은 내 수호자입니다."

이 녀석, 이라고 불린 티나샤는 겸연쩍은 얼굴이 된다. 한편 그 뒤에서는, 대기하고 있던 라자르가 얼어붙어 있다. 설마 주군이 루스트에게 사실대로 말할 줄은 상상도 못 한 것이다. 마녀와 루스트를 만나게 해주는 것조차 싫어했으면서 대체 무슨 바람이 분 걸까. 뒷일이 두려울 따름이다.

루스트는 의미를 이해하기 힘든 모양인지, 좌우의 남녀를 둘러보다가 이번에는 오스카에게 물었다.

"그럼 결혼 예정은…."

"아직 없습니다."

"수호자라는 건 대체…."

그 질문에 대답한 것은 탑의 마녀였다.

"계약관계예요. 내가 평소에 탑에 사는 건 아시나요? 이 사람은 그 탑을 끝까지 올라온 달성자로서 나와 계약을 맺은 거예요."

마녀는 부드럽게 미소 짓는다 그 미소에 매료되어, 루스트는 무심코 입을 열었다.

"그럼 만약에 내가 탑을 올라간다면, 당신은 내 소원을 들어주실 겁니까?"

왕과 마녀를 제외한 주위의 모두가 그 말에 순간 경직되었다.

루스트가 마녀에게 끌리고 있는 것은 누가 봐도 명백하다. 하지만 그런 말을 입에 담으면 파르사스 국왕의 심기가 불편해지는 것도 확실하다. 자칫 또다시 소동의 씨앗이 될 수도 있는 것이다.

하지만 측근들의 걱정은 아랑곳없이 오스카는 태연하게 술을 마시고 있다.

마녀는 루스트의 말에 조금 놀란 표정이 되었다가 난처한 듯이 쓴웃음을 지었다.

"상관없지만, 권하지는 않아요. 이 사람은 가볍게 올라왔지만, 그 탑은 원래 열 명이 한꺼번에 덤벼도 백 년에 한 번 달성자가 나올까 말까 하게 만들어놨거든요. 실패한 자는 기억을 조작당한 채 대륙 여기저기로 날아가버리니까, 왕족같이 책임 있는 지위에 계신 분은 도전하지 않는 게 좋다고 생각해요."

마녀의 충고는 틀림없는 사실이다. 시련의 탑 이야기는 멀리 타일리에도 알려져 있다. 수많은 용감한 젊은이들이 그곳에 도전했다가 돌아오지 않았다는 이야기도.

루스트는 높은 벽에 좌절감을 느꼈다. 하지만 그럼에도 포기하기 힘든 것 또한 사실이다.

—이런 존재는 둘도 없다. 지금은 그런 그녀가 손닿는 곳에 있는 것이다.

자신이 마법사에게 가혹한 타일리의 왕위 계승자라는 사실도, 그녀가 마녀라는 사실도 이 순간만큼은 관계없다. 루스트는 그녀의 손을 잡았다. 눈이 동그래지는 마녀를 바라본다.

"저어…."

"티나샤."

루스트의 말을 가로막은 계약자 쪽으로, 티나샤는 고개를 돌렸다. 오스카는 술잔을 든 손으로 발코니를 가리켰다. 관심 없다는 듯이 자신의 마녀에게 말한다.

"중요한 이야기면 밖에서 들어."

"알겠어요."

그녀는 의아한 표정을 하면서도 순순히 일어선다. 루스트가 송구스러워하며 그녀의 손을 고쳐 잡았다.

"그럼 잠시 빌리겠습니다. 죄송합니다."

그가 마녀를 데리고 발코니로 나가자, 가까이서 듣고 있던 알스가 주군에게 낮은 목소리로 속삭였다.

"괜찮으십니까?"

"내가 왜 나보다 스무 배나 더 오래 산 여자를 그렇게까지 챙겨줘야 하지?"

당연하지만 의외인 대답에, 측근들은 서로 얼굴을 마주본다.

당사자인 오스카만이 평정을 유지한 채 술잔을 입에 가져갔다.

루스트와 마녀는 금방 다시 돌아왔다. 둘 다 겉으로는 조금 전과 다름없는 모습이다.

티나샤는 오스카 옆에 앉더니, 술잔을 보고 아름다운 얼굴을 찌푸렸다.

"과음하지 마세요, 그러다 죽어요."

"뭐야, 갑자기…. 영문을 모르겠네."

마녀는 이유를 대답하지 않는다. 오스카는 조금 의아하게 생각했지만, 술잔을 내려놓고 대신 물잔을 손에 들었다.

그 후로도 일동은 한동안 담소를 이어갔지만, 티나샤가 "먼저 실례할게요"라고 말하고 자신의 방으로 돌아가자, 그걸 계기로 자연스럽게 축하연은 마무리되었다.

※

자신의 방으로 돌아온 오스카는 옷을 갈아입으면서, 조금 남은 취기를 목욕으로 씻어낼지 말지 망설이고 있었다.

시계를 확인하니, 곧 날짜가 바뀌는 한밤중이다. 그가 겉옷을 막 벗었을 때, 밖에서 창문을 두드리는 소리가 들렸다. 대답하자, 마녀가 유리창을 열고 들어왔다. 오스카는 그 모습에 어안이 벙벙해졌다.

"뭐야, 그 옷차림은…."

"활동성을 중시했어요."

티나샤가 입고 있는 것은 소매 없는 검은 드레스다. 몸의 곡선에 꼭 밀착되는 그 옷은 허리 아랫부분은 약간 풍성하지만, 대신 길이가 무척 짧아서, 희고 매끄러운 다리가 거의 전부 드러나 있었다. 물론 안에 뭔가를 입은 것 같지만, 그렇다 해도 깜짝 놀랄 만한 모습이다. 다리의 상처는 마법으로 지웠는지 말끔해져 있었다.

오스카는 그녀의 희고 날씬한 다리를 물끄러미 응시했다.

"안 보는 게 약이랄까, 보는 게 눈호강이랄까…."

"알 수 없는 소리 말고, 당신도 움직이기 편한 옷으로 입으세요."

쳐다보니, 그녀는 두툼한 면직물을 여러 장 끌어안고 있었다. 어디에 쓰려는 건지 궁금하게 여기면서도, 오스카는 그녀가 시키는 대로 얇은 겉옷을 입었다. 그때 마녀의 목소리가 울린다.

"아, 나크도 같이 데려가주세요."

"뭐야, 대체…. 아카시아도 필요해?"

"있든 없든 상관없어요."

일단 무기가 필요한 용건은 아닌 모양이다. 오스카는 방 한구석에서 이미 잠들어 있는 나크를 깨워 어깨에 올렸다. 망설이다가 결국 아카시아도 허리에 찬다.

마녀는 그의 손을 잡더니, 그 자리에 전이문을 열었다. 문을 통과해 도착한 곳은 넓은 초원이다. 달이 휘영청 밝은 밤, 마녀는 나크를 안아 올리더니 커지라고 부탁했다. 그 등에 올라타 그들은 다시 이동했다.

저 멀리 도시의 불빛이 보여서 오스카는 옆에 있는 마녀에게 물었다.

"어디를 향해 가는 거야?"

"니슬레예요."

해마 퇴치를 막 마친 도시의 이름을 듣고 오스카는 조금 놀랐다.

점점이 반짝이는 빛 너머로 밤바다가 펼쳐져 있다. 출렁이는 수면 위로 푸르스름한 달빛이 쏟아져, 일렁이는 파도가 하얗게 반짝거렸다. 수면에 비친 달은 조금씩 흔들리며 반짝반짝 빛나고 있었다.

난생 처음 보는 자연의 압도적인 광경을 오스카는 넋을 잃고 바라보았다. 끝없이 펼쳐진 밤바다는 정적과 신비로 가득하다. 티나샤는 검은 머리를 쓸어 올리며 미소 지었다.

"실은 낮에 왔으면 더 좋았겠지만, 바빴으니까요."

"…아니, 충분해."

감탄 섞인 대답에 마녀는 흐뭇한 미소를 지었다. 그녀는 나크의 머리 쪽으로 이동해 뭔가를 지시했다. 그러자 드래곤이 바다 위를 천천히 선회했다. 오스카는 아래를 내려다보았다.

"크라켄이라도 보여주려고?"

"그렇다면 어떡할 거예요?"

"알스에게 한 말을 취소하겠어."

마녀는 대충 상상이 되는지 웃음을 터뜨렸다. 드래곤은 방향을 바꿔 해안선을 따라 날기 시작했다.

이윽고 도시에서 조금 떨어진 바위 절벽 위에 도착하자, 나크는 두 사람을 내려주었다. 드래곤은 원래 크기로 돌아와 오스카의 어깨 위에 앉았다.

남쪽 지방이라, 일대는 밤이지만 나른한 더위로 가득하다. 티나샤가 소년처럼 가벼운 차림을 한 것도 이 기온 때문이리라. 마녀는 바닷바람에 나부끼는 머리카락을 쓸어 올린다.

"그럼 갈까요."

티나샤는 그렇게 말하고 그의 손을 잡았다. 두 사람은 소리도 없이 떠올라, 바다를 향해 천천히 절벽을 내려간다. 모든 게 신선해서 수면을 내려다보고 있던 오스카는, 벼랑 중간에 동굴이 있는 것을 발견했다. 마녀가 그의 손을 잡은 채 그 안으로 들어간다.

작은 동굴은 비스듬히 아래로 향하는 구조로 되어 있어서, 두 사람은 곧 바닷물이 넘실거리는 넓은 공간에 도착했다. 천장에 갈라진 틈이 있는지, 희미하게 들어오는 달빛이 수면을 푸르스름하게 비추고 있었다.

바닷물이 긴 세월 동안 절벽 내부를 침식해 빈 공간을 만든 걸까. 달걀껍질 속 같은 그곳은 사방이 암벽으로 둘러싸여 파도도 치지 않는다.

마녀는 암벽 중간의 작은 방만 한 크기의 공간에 그를 내려주었다.

"빛이여—."

그녀가 하얀 두 팔을 벌리자, 그 안에 광구(光球)가 여러 개 나타났다. 그것들은 마녀의 손을 떠나 어떤 것은 바위 천장에 달라붙고, 어떤 것은 물속에 가라앉아 주위를 비추었다.

공간이 푸른빛으로 물든다.

"이건…."

오스카는 갑자기 달라진 공간을 보고 숨을 삼켰다.

수면은 빛을 받아 선명하게 밝은 푸른빛으로 빛나고, 깊어질수록 색이 진해진다. 하지만 바닷속에 가라앉은 여러 개의 광구가 황홀하리만큼 아름다운 푸른빛으로 물속을 비추고 있었다.

보석 같은 반짝임, 감탄을 금할 수 없는 신비로운 광경에 오스카는 매혹되었다. 마녀가 회심의 미소를 짓는다.

“어때요?”

“절경이야.”

“바닥은 모래니까 안심하고 헤엄치세요. 물고기도 없어요.”

“헤엄을 친다고?!”

“헤엄칠 줄 안다고 했었죠?”

성에서 가져온 면직물은 몸을 닦는 용도였던 모양이다. 티나샤는 그것을 젖지 않을 곳에 두고, 천천히 물속으로 뛰어들었다. 물보라가 허공에서 반짝인다.

“그래서 그런 차림이었구나….”

오스카는 납득하면서 겉옷과 신발을 벗었다. 차고 있던 아카시아를, 졸려 보이는 나크와 함께 내려놓는다.

물속에 들어가자, 기분 좋은 차가운 감각이 몸에 전해진다. 주위의 기온이 높아서 춥지는 않다. 바닥까지 잠수해 보니, 그곳에는 흰 모래가 깔려 있었다. 바깥쪽의 바다로 이어지는 듯한 수중동굴도 암벽 안쪽에 보였지만, 구불구불한 그 끝이 어떻게 되어 있는지는 알 수 없다.

몸이 가벼워지는 감각. 헤엄치는 건 어릴 때 이후로 처음이지만, 몸이 기억하고 있었다.

숨을 쉬기 위해 수면 위로 얼굴을 내밀자, 머리 위에 떠 있는 티나샤가 그를 내려다본다.

긴 흑발에서 방울방울 흐르는 물방울이 수면 위에 떨어져 작은 물보라를 만들었다. 매끄러운 피부와 심연의 눈동자는 푸른빛을 받아 고혹적인 매력을 발산한다. 오스카는 젖은 앞머리를 쓸어 올리며 물었다.

"여긴 네가 만든 거야?"

"완전히 자연의 작품이에요. 옛날에 가끔 쉬러 왔었는데, 누구를 데려온 건 처음이에요. 발 디딜 곳이 없으면 불편하니까, 낮에 잠깐 벽을 깎았어요."

그녀는 물건이 놓여 있는 자리를 가리켰다. 거기에는 그의 겉옷 위에서 나크가 몸을 웅크린 채 잠들어 있었다.

"그리고 생일 축하해요."

티나샤는 두 손을 모으고 즐거운 얼굴로 미소 짓는다.

그제야 비로소 오스카는 그녀가 자신을 여기에 데려온 이유를 이해했다. 손을 뻗어 그녀의 머리카락을 끌어당기자, 마녀가 천천히 내려온다. 그 볼을 어루만지자, 이상하게 뜨겁다.

"고마워."

남자의 인사에, 티나샤는 어린아이처럼 소리 내어 웃었다.

한바탕 헤엄치며 놀다가 암벽 위의 공간으로 돌아오자, 몸의 무게감이 묵직하게 느껴졌다.

오스카가 돌아보니, 마녀는 아직 수면 위에서 놀고 있다. 그 모습은 정말로 어린아이 같았다.

그는 쓴웃음을 짓고 면직물로 머리를 닦았다. 상반신을 닦고 나서, 갈아입을 옷에 대해 물어보려고 돌아보자, 마녀가 수면 위에 앉아 물끄러미 그를 바라보고 있었다.

"왜?"

"그냥 예뻐서요."

"뭐가."

"당신이."

"뭔 소리야…."

예쁘다는 말은 일반적으로 남자에게 하는 칭찬의 말은 아니라고 생각한다. 하지만 마녀는 그런 건 아랑곳없이, 남자의 수려한 얼굴과 균형 잡힌 몸을, 고개를 기울여 바라보고 있었다. 거침없는 시선을 받으며, 오스카는 마녀를 손짓해 불렀다.

"옷은 어떻게 하지? 안 가져왔는데."

"말려줄게요."

수면 위를 사뿐사뿐 걸어온 마녀는 하얀 손으로 그의 옷을 건드렸다. 열기가 옷에 전해져 순식간에 물기가 말라가지만, 그 열기로 피부까지 뜨거워지는 일은 없다.

감탄하면서 그것을 보고 있던 오스카는 문득 지금까지 잊고 있던 일을 떠올렸다.

"그러고 보니까, 아까 루스트가 뭐래?"

"아아, 청혼을 받았어요."

"또?"

"거절했어요."

"즉답이네."

"딱히 좋아하는 건 아니니까요…."

"그렇게 말하고 거절했어? 상당히 잔인하군."

오스카는 루스트를 조금 동정했다. 하지만 흠뻑 젖은 마녀는 언짢은 표정을 지었다.

"그렇게 말했다가 국교가 악화되면 어떡하게요. 적당히 무난하게 거절했어요."

"그렇군."

같은 마녀라도 루크레치아였다면 마음껏 그를 농락했을 게 분명하다. 상대가 티나샤였던 것은 루스트뿐 아니라 주위에도 행운이었으리라.

하지만 오스카는 그녀의 말에 조금 위화감을 느꼈다.

지금까지 티나샤는 타인과의 관계를 거절하는 이유로 '마녀니까'를 즐겨 사용했던 것이다.

그랬던 그녀가 '좋아하지 않는다'라는 이유로 거절한 것은 무슨 심경의 변화일까. 오스카는 이상하게 생각했지만, 꼬치꼬치 캐물으면 로스트만 불쌍해질 것 같아서 잠자코 있었다.

말이 없는 남자를 마녀가 쳐다본다.

"피곤한가요? 슬슬 돌아갈까요."

"아니, 조금만 더 있다가 갈래. 이왕 여기까지 왔으니까."

그의 대답에, 티나샤는 기쁜 얼굴로 웃었다.

황홀하리만큼 아름다운 미소. 기쁨으로 가득한 눈빛에는 근심도 쓸쓸함도 없다.

지근거리에서 그것을 본 오스카는 넋을 잃고 말았다.

그는 작은 턱을 손가락으로 잡고, 지극히 자연스럽게 얼굴을 가까이 가져간다.

"앗, 잠깐만요."

안색이 변한 티나샤가 남자의 몸을 밀어내려고 한다. 하지만 그 손도 남자의 다른 손에 붙잡히고 말았다.

그대로 남자는 당황하는 마녀의 입술을 빼앗는다.

푸른빛으로 물든 비현실적인 공간 속, 그녀의 존재를 확인한다. 마녀의 긴 속눈썹이 그의 얼굴을 간지럽힌다.

가볍게 닿기만 할 뿐인, 그러나 긴 입맞춤 후에, 오스카는 각도를 바꾸어 다시 마녀에게 입맞춤했다. 그대로 그녀의 열기를, 숨결을, 자신의 것으로 만들려는 듯이, 애타는 입맞춤을 거듭한다. 이성이 마비될 듯한 강렬한 열정이 그를 가득 채웠다.

갑작스러운 입맞춤에, 티나샤는 벗어나려고 저항했지만, 그는 그것을 허락하지 않았다. 숨이 막힐 정도로 쏟아지는 입맞춤 세례에, 서 있기도 힘들 지경이다. 물에 흠뻑 젖은 몸 깊은 곳에서 불가사의한 열기가 차올라 그녀의 사고를 마비시켰다.

정신이 아득해진다.

마법을 사용하는 것조차 잊는다.

열기가, 짜릿한 감각과 함께 온몸을 지배한다.

—그때, 주위의 빛이 크게 일렁였다.

오스카는 빛의 깜빡임을 느끼고 입술을 떼었다. 마녀의 의식이 흐트러져 광구가 깜빡인 것이다. 그것을 깨달은 마녀는 한 손으로 빨개진 얼굴을 가렸다. 지금까지 어떤 고통 속에서도 이렇게 간단한 주술이 흔들린 적은 없었던 것이다.

“뭐 하는 거예요….”

오스카는 잡고 있던 그녀의 손을 놓았다. 꽤 힘껏 잡고 있었지만, 다행히 멍은 들지 않았다. 그는 귀까지 빨개진 마녀의 머리를 토닥거렸다.

“미안해. 나도 모르게 그만.”

겉으로는 태연하게 말하는 계약자를, 티나샤는 눈물 고인 눈으로 노려보았다.

오스카는 무방비해 보이는 가냘픈 몸을 바라보았다. 깊은 한숨을 내쉬고 고개를 흔든다.

"좀만 더 헤엄치고 올게."

"…네?"

무뚝뚝하게 그 말을 남기고, 그는 물속으로 뛰어든다. 홀로 남겨진 마녀는 고동이 가라앉지 않는 가슴을 손으로 눌렀다.

"왜…. 옷도 다 말려놨는데…."

※

다음날, 루스트는 파르사스를 떠났다. 마녀는 전이를 권했지만, 그는 그것을 사양했다. 시종과 호위병을 거느리고 말을 타고 돌아가는 길, 오래전부터 루스트를 알고 있는 호위대장이 그에게 말을 건넸다.

"이대로 물러나도 괜찮으십니까."

그 말이 무엇을 의미하는지 알아챈 루스트는 가볍게 웃었다.

"확실하게 차였으니 어쩔 수 없지."

"하지만 파르사스에는 계약으로 묶여 있는 것 아닙니까?"

"아니…."

루스트는 쓴웃음을 지었다. 어젯밤의 기억이 되살아난다. 똑같은 질문을 한 그에게, 그 아름다운 마녀는 이렇게 말한 것이다.

『그 사람은 특별해요. 그런 계약자가 또 있으면 곤란해요.』

그녀 자신은 자각이 없는 걸지도 모른다.

하지만 조금 난처한 듯이 미소 짓는 그녀의 모습에, 루스트는 완벽한 패배를 깨달은 것이었다.

9. 소야곡

"이런 이야기는 어디까지가 사실일까."

집무책상 앞에 앉은 왕이 그렇게 중얼거렸을 때, 티나샤는 방 천장에서 두꺼운 마법서를 펼쳐놓고 있었다. '이런 이야기'가 뭔지 몰랐던 마녀는 머리를 아래로 하고 허공을 미끄러져 오스카의 손을 올려다본다.

"그게 뭐예요? 옛날이야기인가요?"

왼쪽 페이지 가득 정교한 삽화가 실린 책은 어린이 동화책 같았다. 공주님이 타원형 거울을 바라보고 있는 그림은, 오래된 시대의 것인지 어쩐지 음산함이 느껴진다. 오스카는 책장을 덮고 표지를 가리켰다.

"성의 자료로 사들인 책을 대강 훑어보는 중이야. 기묘한 이야기가 많아서 아주 재미있어."

"아아, 암흑시대 이야기인가요?"

아마 역사나 문학을 연구하는 학자의 신청으로 구입한 자료인 모양이다. 과거의 일화가 당시 사람들에 의해 입에서 입으로 전해지다가 한 권의 책으로 묶인 것이다. 공중에서 내려온 티나샤는 집무책상 귀퉁이에 앉아 옆으로 손을 뻗어, 남자가 펼쳐놓은 책을 팔락팔락 넘겼다.

"망각의 거울 이야기네요. 이건 내가 태어나기 전의 이야기라 나도 진위는 알 수 없어요."

공주가 거울을 들여다보고 있는 삽화는, 암흑시대 초기의 일화를 그린 것이다. 양친을 잃고 슬픔에 빠져 지내던 공주가 그 거울을 보고 슬픔을 잊는다는 이야기. 특별할 것 없는 옛날이야기지만, 실화라고 한다면 거울은 아마 마법구였을 것이다.

티나샤는 어떤 구성을 짜면 그게 가능할지 생각하면서, 다시 페이지를 넘겼다.

"아, 이건 실화예요. 성이 갑자기 덩굴로 뒤덮인 이야기."

"비교적 최근이군. 마녀의 시대에 막 접어들었을 무렵인가."

"맞아요. 그걸 한 건 나니까요."

"……."

뭔가 할 말이 있는 듯한 눈빛인 계약자를 무시하고, 티나샤는 둥실 떠올라 천장으로 돌아왔다. 밑에서 남자의 깊은 한숨소리가 들려온다.

"나도 그런 특이한 이야기 좀 만나봤으면 좋겠다…."

"무슨 소리예요. 자중하세요."

따분함을 견디기 힘들어하는 오스카에게 일침을 놓고, 마녀는 독서를 재개한다. 그리고 페이지를 넘기면서 그녀는 문득 '그는 어떻게 전해지는 왕이 될까'라고 생각하고… 저도 모르게 미소 지었다.

파르사스 성에 마법사의 강의실은 전부 해서 일곱 개가 있다. 그것들은 모두 낮에는 강의실로 사용되지만, 빈 시간에는 희망자에게 사용 허가를 내준다. 그렇게 강의실에 모인 여섯 명의 마법사는 방 한가운데 둥글게 모여서서, 가운데 선 두 여자를 지켜보고 있었다.

"파밀라, 제7계열로의 이행이 너무 늦어요."

마녀의 목소리가 울리자, 파밀라는 황급히 구성을 지우고 처음부터 다시 짜기 시작했다. 복잡하게 얽힌 정령마법의 구성을, 티나샤는 말없이 검토했다.

정령술사인 파밀라에게 마법을 가르칠 수 있는 사람은, 성 안에는 이 마녀를 제외하고는 없다. 티나샤는 자신을 주인으로 섬기는 마법사의 부탁으로, 종종 그 훈련을 돕고 있었다.

도안, 실비아, 레나트, 그리고 쿰도 그 모습을 흥미진진하게 지켜보고 있다. 정령마법은 실행보다 구성에 대부분의 마력을 사용하는 특수한 형식이지만, 구성 절차 등은 일반 마법과 통하는 바가 있는 것이다.

"지금 짜고 있는 계열만 보면 안 돼요. 항상 전체를 의식하고, 앞을 내다봐야 해요."

티나샤는 그렇게 말하고, 오른손 손바닥을 내밀었다. 순식간에 그곳에 치밀한 구성이 완성된다.

"어떤 구성을 발상하고 실현하느냐가 마법사의 실력 지표이기도 하지만, 실전에서는 그게 전부가 아니에요. 구성을 짜는 속도와 그 안정성이 실력으로 직결된다고 할 수 있어요. 마력이 아무리 강해도 구성이 허술하면 의미가 없어요."

마녀는 고개를 끄덕이는 파밀라에게 미소를 짓는다. 하지만 곧 진지한 얼굴로 돌아와 자신의 어깨를 두드렸다.

"실은 직접 싸우는 상황을 만나지 않는 게 제일 좋아요. 미리 구성을 짜두고, 문양과 진을 준비해서 거기로 끌어들이는 거죠. 이런 승리방식이 마법사에게는 제일이에요. 대면 전투는 아무래도 불확실한 요소가 많으니까요."

"공부가 됐소."

마법사장 쿰이 고개를 끄덕인다. 마녀는 그 반응에 그리운 감정을 느꼈다. 칠십 년 전에도 이렇게 파르사스의 마법사들에게 싸우는 법을 설명한 적이 있었던 것이다. 당시는 전시상황이었기 때문에, 죽이는 것보다는 살아남기 위한 주술을 중점적으로 가르쳤었다.

"그럼 마지막으로 다 함께 경쟁을 한 번 해 볼까요."

마녀가 가볍게 손을 흔든다. 그러자 그녀의 눈앞에 사람 머리만 한 유리구슬이 나타났다.

텅 빈 내부에는 작은 반지 하나가 들어 있다. 유리구슬 자체에 이음매는 없지만, 위쪽에 반지와 비슷한 크기의 구멍이 나 있다. 하지만 그 구멍을 보강하듯이, 바깥쪽에 은고리가 끼워져 있어, 그만큼 구멍이 좁아진 탓에 반지가 통과할 수 없다.

티나샤는 하얀 손가락으로 유리구슬을 가리켰다.

"안에 있는 반지를, 유리구슬을 손상시키지 않고 꺼내기 위한 구성을 짜주세요. 전이마법은 통하지 않게 되어 있어요. 구성을 짜는 속도와 방법을 보겠어요. 작전을 위한 시간을 드릴 테니 삼 분 동안 마음껏 만져보고 확인하세요."

티나샤는 그렇게 말하고, 책상 위에 유리구슬을 올려놓았다. 도안이 그것을 들어 한 바퀴 돌려본다. 안에 든 반지가 경쾌한 소리를 내면서 굴러다녔지만, 구멍을 아래쪽으로 향해도 예상대로 은고리에 걸려 나오지 않는다. 은고리는, 유리구슬이 아직 뜨거운 액체 상태일 때 끼워진 듯, 끝부분이 유리 안에 박혀 있었다.

과제를 받은 마법사들은 차례차례 유리구슬을 손에 들고 관찰했다.

"자, 삼 분 지났어요. 다 됐나요?"

마녀의 질문에 모두가 고개를 끄덕였다. 티나샤는 긴장한 얼굴의 그들을 둘러보았다.

"그럼 갑니다. 오, 사, 삼, 이, 일, 제로!"

개시 신호와 함께 전원이 구성을 짜기 시작했다. 쿰과 파밀라, 도안은 주문 없이, 실비아와 레나트는 짧게 주문을 외운다.

가장 먼저 구성을 완성한 사람은 쿰이다. 그리고 파밀라가 그 뒤를 잇고, 나머지 세 사람은 거의 동시에 완성했다. 티나샤는 각각의 구성을 신중하게 살펴보았다.

"쿰과 파밀라와 도안은 은고리를 제거하는 방법이군요. 쿰은 속도와 안정성 모두 아주 좋아요. 역시 대단하네요. …파밀라는 조금 지나치게 신중한 것 같아요. 하지만 상당한 수준이에요. 도안은 과감함이 좋네요. 제3계열의 군더더기 부분을 조금만 덜어내면 좋을 것 같아요."

평가를 들은 세 사람은 안도하고 가슴을 쓸어내렸다. 평소, 마법사들에겐 시험이 없기 때문에 상당히 긴장하고 마는 것이다.

"레나트는 다른 곳에 구멍을 뚫어 꺼낸 다음, 다시 덮는 방법이군요. 은고리를 제거하는 것보다 유리 조작에 더 자신이 있나요?"

"그렇게 판단했습니다."

"응, 이런 발상의 전환은 좋아해요. 구성의 완성도도 좋고요. 이대로 계속 열심히 해주세요."

"감사합니다."

마녀는 마지막으로 실비아의 구성을 물끄러미 바라본다. 하지만 곧 그녀는 소리 내어 웃음을 터뜨렸다.

실비아는 당황해 좌우를 둘러보았다. 옆에 있던 도안이 기겁하며 말했다.

"실비아, 그러면 반지가 찌그러지잖아."

"네? 하지만…."

"괜찮아요. 유리구슬을 부수지 말라고는 했지만, 반지를 찌그러뜨리지 말라고는 안 했으니까요. 나쁘지 않아요. 가장 재미있어요."

티나샤는 즐겁게 웃고 나서, 자신의 오른손에 번개같이 구성을 완성했다. 그것을 유리구슬에 쏟자, 순식간에 손 안으로 반지가 빨려 들어왔다.

마치 전이한 것 같은 빠른 솜씨였지만, 실제로는 반지의 크기를 줄여

꺼낸 다음 다시 원래 크기로 만든 것임을 알고, 다섯 마법사들은 탄성을 질렀다. 물건의 크기를 줄이는 마법은 구성도 어려울뿐더러, 살아 있는 것이나 손바닥보다 큰 물건에는 사용할 수 없다. 제약이 많아서 간과되기 쉬운 마법인 것이다.

"구성에 관해서는 발상과 기술의 단련이 중요하니까, 꾸준히 훈련해 주세요. 자, 이건 실비아에게 줄게요. 참신한 발상에 대한 상이에요."

티나샤가 던진 반지를 실비아는 두 손으로 받았다.

"가, 감사합니다!"

"그 반지로 구성을 흡수해서 필요할 때 방출할 수 있어요. 간이 마법구 같은 건데, 몇 번이든 사용할 수 있으니까 편하게 사용하세요."

실비아는 감격한 얼굴로 연신 고개를 숙였다. 그리고 이로써 특별 강의는 마무리된 것이었다.

"듣기만 해도 죽는 노래가 유행이라고 합니다."

"너무 음치라서요?"

연구실로 돌아간 쿰과 레나트를 제외하고, 나머지 네 사람은 담화실로 이동했다. 차를 마시고 있던 티나샤는 생뚱맞은 화제에 시큰둥하게 대꾸했다. 하지만 도안은 얼굴 앞에 손가락을 세우고 까딱까딱 흔들었다.

"그게 말이죠, 노래 실력은 상당한 모양입니다. 여성 가수인데요, 원래도 노래 잘하기로 유명했다는군요. 하지만 그 노래를 들은 사람은 얼마 지나지 않아 자살해버린다고 합니다."

"싫어어어!"

실비아가 귀를 틀어막고 몸을 부르르 떤다. 그 반응에 티나샤는 눈살을 찌푸렸다.

"이게 그렇게 무서운 이야기인가요? 솔직히 실화인지도 의심스러운데요."

"사실입니다. 지금 성도에서 자살자가 폭증하고 있습니다. 벌써 수십 명이 죽었다고 들었습니다."

"네?! 이 성도 이야기였어요?!"

"네, 거리에서는 지금 그 이야기로 난리도 아닙니다. 일부러 노래를 들으러 가는 별난 사람도 있어서 피해자가 급증하고 있습니다."

"…그게 뭐야."

제일 무서운 건 사람의 호기심이라고 해야 할까. 그 이야기가 사실이라면, 심각한 문제가 아닐 수 없다.

잠자코 듣고 있던 파밀라가 주인을 향해 질문했다.

"마법으로 그런 일이 가능한가요?"

"불가능하지는 않다고 생각하지만, 굳이 말하자면 저주의 범주겠죠. 하지만 저주에는 사람을 자살하게 만들 정도의 힘은 없으니까…. 역시 마법일까요. 하지만 이런 건 불특정 다수에게 거는 방식이라, 암시를 걸어 조종하는 것도 보통 일이 아니고, 으음, 어렵네요. 평범한 마법사에게는 어려울 거예요."

"그럼 만약 티나샤 님이라면 가능한가요?"

"가능해요. 청중 중에 적당히 골라서 자살로 위장해 죽이는 거죠."

"……."

현실적인 의견에 일동은 침묵했다. 마녀는 태연한 얼굴로 차를 마시고 있다.

시계를 보니, 조금 있으면 오후 세 시가 되는 시간이다. 티나샤는 찻잔을 내려놓고 일어섰다.

"아무튼 가급적 그 이야기가 오스카의 귀에 안 들어가게 해주세요."

"왜입니까?"

"그 사람이 요즘 따분해 죽으려고 하고 있거든요. 직접 그 노래를 들으러 가겠다고 나설 수도 있어요."

"…그렇군요."

즉위한 뒤로 많이 잠잠해지기는 했지만, 원래 호기심이 강하고 어디든지 직접 가는 왕이다. 더구나 성도가 현장이라면, 당장 달려가고도 남기 때문에 정말로 위험하다.

그 소문이 문제라면, 자신이 몰래 어떻게든 처리해야겠다고 마녀는 마음속 결정사항에 추가했다.

"듣기만 해도 죽는 노래가 유행이래."

집무실에 들어가기 무섭게, 계약자가 흥미진진한 어조로 하는 말을 듣고, 티나샤는 그만 털썩 주저앉고 말았다. 그 모습을 본 오스카가 깜짝 놀라 몸을 일으킨다.

"왜 그래? 빈혈이야?"

"…아무것도 아니에요."

마음을 다잡고 몸을 일으킨 그녀는 차를 준비하기 시작했다.

"어디서 그런 이야기를 들었어요?"

"라자르에게."

"쓸데없는 소리를…."

마녀는 이 자리에 없는 오스카의 시종을 저주했다. 라자르는 주군이 무모한 짓을 할까 봐 걱정하면서도, 한편으로는 일부러 부채질하는 게 아닌지 의심스러울 만큼, 수상한 이야기를 자꾸 물어오는 것이다.

그런 티나샤의 속도 모르고, 오스카는 파밀라와 마찬가지로 "마법으로 가능해?"라고 물어온다. 마녀는 무표정하게 같은 대답을 해주었다.

"아무튼 실제로 들어보기 전에는 자세한 건 알 수 없어요."

"흐음? 그럼 가볼까."

"내가요!"

찻잔을 내밀면서 티나샤는 생긋 웃었다. 그 눈이 웃지 않는 것을 눈치챘는지 오스카는 턱을 괸 채로 쓴웃음을 짓는다.

"너는 못 가."

"왜요!"

"문제의 가수는 두 명인 것 같아. 술집 가수하고, 다른 한 명은… 창관에 있거든."

그 대답에 마녀는 아연실색했다. 창관이면 확실히 여자인 그녀는 들어갈 수 없을 것이다. 하지만 오스카는 더 안 될 것 같은 느낌이다.

"왕이 창관 같은 곳에 가지 마세요…."

"신분을 숨기고 드나드는 사람도 많아."

"그럼 차라리 내가 창부로 위장하고 들어가면 되잖아요."

"그건 안 돼. 절대로 안 돼."

"양보하라고!"

마녀는 계약자의 어깨를 붙잡고 흔들기 시작했다. 그가 들고 있는 찻잔도 같이 흔들려, 찻잔 속의 차가 찰랑거린다.

"정신계 주술은 수호결계로 막을 수 없다고 말했잖아요! 루크레치아에게 뜨거운 맛을 본 걸 벌써 잊었어요?"

"별로 뜨겁진 않았던 것 같은데."

"문자 그대로의 의미가 아니라!"

티나샤는 손을 떼고, 보는 이를 공포에 떨게 만드는 싸늘한 눈빛으로 미소 지었다. 평소에는 겉으로 드러나지 않는 마녀의 위압감을 품은 그 눈동자를 오스카는 태연히 직시한다.

"아무튼 가면 안 돼요. 일단 내가 그 술집부터 먼저 가볼 테니까, 당신은 얌전히 일이나 하고 있어요."

"알았어, 알았어."

가볍게 손을 흔들며 대답하는 계약자가 정말로 알아들은 건지 마녀는 불안해진다.

아무튼 가장 확실한 대책은 자신이 해결하는 것이다. 티나샤는 계약자가 움직일 틈을 주지 않기 위해, 당장 조사를 시작하기로 했다. 집무실을 나오자마자, 그 길로 담화실로 돌아와 도안을 붙잡았다.

그를 조사에 동행시키기로 한 티나샤는 술집으로 향하면서 자세한 이야기를 정리했다.

—술집 가수의 이름은 델리아라고 하며, 상당한 미인에 노래 실력도 뛰어나서 전부터 인기가 많았다고 한다.

그런 그녀가 한 달쯤 전부터 어떤 노래를 부르기 시작했다.

구슬프게 향수를 자극하는 그 노래는 손님들에게 극찬을 받았지만, 얼마 지나지 않아 손님들 중에 자살자가 나오기 시작했다. 들은 사람이 모두 죽는 건 아니지만, 그래도 벌써 서른 명 가량의 희생자가 나와, 술집 주인은 공연을 그만둘 생각도 했었다고 한다.

하지만 그 소문이 성도에 퍼지자, 오히려 '들으면 죽는 노래'를 듣기 위해 손님이 몰려들어, 그만두고 싶어도 그만두지 못한 채 지금도 공연을 계속하고 있다는 이야기였다.

대략적인 이야기를 들은 마녀는 어처구니없다는 듯이 미간에 주름을 잡았다.

"호기심 때문에 죽다니 어이가 없네요. 창관 쪽도 비슷한 상황인가요?"

"창관이요? 무슨 말씀이시죠?"

"문제의 가수는 두 명이라고 들었는데요."

"저는 금시초문입니다. 제가 아는 건 델리아뿐입니다."

"어라?"

오스카에게 속은 걸까? 창관이라고 하면 티나샤가 포기할 거라고 생각한 걸지도 모른다.

"나를 상대로 잔꾀를 부리다니, 배짱이 제법이군…."

"뭔지는 모르지만, 저희 국왕 폐하시니까 살살 부탁드립니다."

도안은 지도를 보면서 길을 선택하고 있다. 번거로움을 피해 사람의 왕래가 적은 뒷길로 가는 게 도안답다. 티나샤는 조그맣게 손가락을 튕겼다.

"뭐하면 나 혼자 갈 테니까, 먼저 성으로 돌아가도 괜찮아요."

"그게 무슨 말씀입니까. 저도 가겠습니다. 명색이 마법사인걸요. 저는 미신 종류는 믿지 않습니다."

"그럼 부탁해요."

도안의 이런 쿨한 성격은 고마울 따름이다. 곧 두 사람은 문제의 술집에 도착했다. 어두운 가게 안은 티나샤의 미모를 숨기기에 적당했다. 두 사람은 저녁식사를 겸해 가벼운 음식을 주문했다.

술잔 부딪치는 소리와, 낮게 웅성거리는 소리로 가득한 공간. 그 속에서 예의 노래에 대해 수군거리는 소리도 이따금씩 들려왔다. —'죽음을 부르는 노래'란 대체 어떤 것일까, 라고.

기가 찬 표정으로 마녀가 턱을 괴고 있을 때, 가게 안쪽의 작은 무대에 불이 켜지고, 손님들이 일제히 그쪽을 향했다. 구운 생선을 먹고 있던 도안이 고개를 들었다.

"드디어 시작이군요."

"일단 대(對) 마법 방어 구성은 준비해두세요. 마법이 아니라면 내가 대처할게요."

"알겠습니다."

무대에 나타난 가수는 이십대 후반의 요염한 여자였다. 뛰어나게 아름다운 건 아니지만, 우수 어린 색기가 사람의 눈길을 끈다. 그녀는 가게 안을 둘러보고 웃는 얼굴로 인사한 후, 오른발을 약간 뒤로 빼고 자세를 잡았다.

숨을 깊이 마신다. 자세가 꼿꼿해진다. 현악기만을 반주로 여자는 노래를 부르기 시작했다.

여기는 닫힌 장소 하늘이 없는 방
나는 노래를 부르네 아무도 듣지 않는 노래를
먼 고향의 하늘은 저물고 당신은 여기에 없네 어디에도 없네 아무리 그리워해도 돌아오지 않으리
내일도 여전히 밤이 온다면 죽어버리자
여기는 닫힌 장소 하늘이 없는 꿈

구슬픈 선율을 노래하는 여자의 목소리는 가슴을 파고들 만큼 아름다웠다.

다만, 그 노래를 듣는 동안 묘한 불안감이 가슴에 퍼진다. 도안은 진지하게 몰입한 마녀의 옆얼굴을 보았다. 그 시선을 느끼고 티나샤가 그를 돌아보았다.

그녀는 조금 생각에 잠긴 듯이 고개를 갸웃하다가 갑자기 가볍게 손을 흔들었다. 순간, 노래가 들리지 않게 되었다.

도안은 당황해 주위를 둘러보았지만, 손님들은 모두 노래에 심취한 모습이다. 불안감을 느끼고 일어서려고 했을 때, 마녀가 그의 소매를 잡아당겼다. 그녀는 의자를 가까이 가져와 조용히 귀띔했다.

"당신에게만 노래가 안 들리게 했어요. 이건 안 듣는 게 좋아요."

"저주의 노래입니까? 하지만 마력은 안 느껴지는데요."

"그건 아니에요. 밖에서 설명할게요. 그만 나갈까요."

마녀는 쓴웃음을 짓고는, 소리가 나지 않도록 조용히 일어섰다. 노래에 심취한 손님들은 아무도 돌아보지 않는다.

두 사람이 가게를 나오자, 바깥은 완전히 해가 저물어 있었다. 티나샤는 술집에서 조금 떨어진 곳까지 와서 입을 열었다.

"그건 의심의 여지없이 그냥 노래예요."

"그냥 노래요?!"

"네, 마력도 저주도 없는 평범한 노래예요. 하지만 선율과 가사와 목소리가 어우러져 사람을 묘하게 불안하게 만드는 것 같아요. 나도 오랫동안 살아오면서 손에 꼽을 만큼밖에 만난 적 없지만, 노래나 그림이나 시 중에 극히 드물게 그런 게 있어요. 지친 사람, 마음이 약해진 사람에게는 상당히 위험할 수 있어요. —정식 절차를 밟아서, 그 곡의 연주를 그만두게 하는 게 좋겠어요."

"그렇군요…."

도안은 맥이 풀려 어깨를 늘어뜨렸다. 설명을 듣기 전까지는 뭔가 엄청난 진상을 기대하고 있었던 것이다. 평범한 노래라는 설명에 안심되기도 하고 살짝 유감스럽기도 한 기분이다. 그 표정을 보고 마녀는 쓴웃음을 지었다.

"진짜 무서운 건 마법과 상관없는 이런 것들이에요. 마법이라면 법칙이 있어서 어떻게든 대처할 수 있으니까요. 하지만 이건 곡을 만든 사람과 부르는 여성의 능력이 대단한 거예요. 이런 사건을 만나면, 인간의 힘은 역시 불가사의하다는 생각이 들어요."

티나샤는 눈을 내리뜨고 미소 지었다. 그리고 도안에게 공연을 금지시키기 위한 사무절차를 부탁하고 성으로 돌아왔다. 그리고 그녀는 이로써 모든 게 끝났다고 안심하고 있었던 것이다.

※

마녀가 술집에서 식사하고 있을 무렵, 성도 서쪽에 있는 뒷골목의 한 가게에 불이 켜졌다.

같은 뒷골목이라도 동쪽과 달리 서쪽은 비교적 치안이 좋고 손님들도 부유층이 많다. 이 창관도 예외는 아니어서, 귀족들이 은밀히 찾아오는 일도 드물지 않았다.

가게 주인 가스크는 최근의 벌이에 매우 흡족해하고 있었다.

이것도 다 클라라 덕분이다. 최근 그녀를 찾는 손님의 발걸음이 줄을 잇는다. 그 손님들 대부분이 다시 안 와도 전혀 아쉽지 않을 만큼 새로운 손님이 밀려드는 것이다. 모두가 호기심과, 자신만은 괜찮다는 근거 없는 자신감에 충만해 있다. 그리고 그 착각은 바로잡을 수도 없다.

가스크는 싱글벙글 웃으면서 가게 문을 열고 접수 카운터로 돌아왔다. 그곳에 첫 손님이 들어온다.

얼굴이 안 보이게 후드를 깊이 눌러쓴 장신의 남자는 옷차림이 매우 훌륭했다. 귀족임을 직감한 가스크는 손님을 정중하게 맞이한다. 남자는 주인을 보자마자 대뜸 물었다.

"이 가게에, 들으면 죽는 노래를 부르는 여자가 있다지?"

그렇게 묻는 목소리가 젊은 남자의 것이라, 가스크는 조금 의외라고 생각했다. 파르사스에서는 십오 년 전쯤에 어린이의 행방불명 사건이 빈발해, 현재 귀족층에는 젊은 사람이 많지 않은 것이다.

하지만 손님에게 캐묻는 것은 영업방침에 맞지 않는 일이다. 가스크는 웃는 얼굴로 대답했다.

"클라라 말씀이시군요. 물론 있습니다. 하지만 지금은 예약이 꽉 차서…."

"그래? 하지만 지금 이 기회를 놓치면 성가신 녀석한테 들켜서 안 돼. 어떻게 융통성을 좀 발휘해줄 수 없나?"

"죄송하지만…."

가스크의 대답에 남자는 쓴웃음을 지었다. 후드를 벗고 얼굴을 드러낸다.

"내가 누구인지 알겠나?"

모를 리가 없다. 가스크는 말문이 막힌 채, 손에 들고 있던 서류를 떨어뜨리고 말았다.

생각만으로 사람을 조종할 수 있다면 얼마나 좋을까.

그런 망상을 한 적이 있는 사람은 아마 적지 않을 것이다.

—그리고 자신에게는 그런 힘이 있다. 클라라는 그렇게 확신하고 있었다.

그녀가 원하면 누구든지 그녀의 뜻대로 되는 것이다. 죽음을 원하면 그대로 된다. 하지만 그걸 알면서 찾아오는 손님들은 자신의 운명에 둔감한 것이리라. 그러니까 죽어도 어쩔 수 없다고 그녀는 생각한다.

"클라라, 손님이야."

"시몬."

거문고를 든 남자가 방문을 두드리고 들어온다.

시몬과는 벌써 삼 년을 함께한 사이다. 어느 날, 가진 것 하나 없이 창관 앞에 쓰러져 있던 그를 클라라가 구해준 것이다. 그 후 음악에 재능이 있는 것을 알고 그녀의 전속 반주자가 되었는데, 그는 은인인 그녀의 말이라면 뭐든지 다 들어준다. 연인이 되고 싶지는 않지만, 시몬만큼 그녀를 이해해주는 사람은 없다.

화장대 앞에 앉아 있던 클라라는 머리장식을 매만지면서 일어섰다.

"예약 손님이지? 지금 갈게."

"아니, 갑자기 찾아온 손님이야."

"예약도 없이?"

이 창관은 신분이 높은 손님이 많기 때문에, 오히려 돈과 신분을 내세운 특권이 통하지 않는 것이다. 그런데도 예약 없이 방문을 감행하다니, 과연 어떤 손님일까. ―순수하게 흥미가 일었다.

"알았어. 갈게."

그녀는 서둘러 준비를 마친 후, 시몬을 남겨두고 지정된 방으로 향했다.

커다란 침대가 놓인 그 방의 창은 아주 작고, 높은 곳에 위치해 있다. 이런 구조는 밖에서 엿보는 것을 방지하기 위한 것이지만, 그로 인한 폐쇄감을 느끼지 못할 만큼 실내는 넓었다.

남자는 입구 쪽에 등을 향한 채 술잔을 기울이고 있다가, 클라라의 기척을 느끼고 돌아보았다.

수려한 얼굴, 막 해가 진 뒤의 밤하늘 같은 눈동자.

만난 적은 없다. 하지만 그 모습을 멀리서 본 적은 있었다.

클라라는 소스라치게 놀라 그 자리에 얼어붙었다. 거기서 더 안으로 들어가지 못한다.

"뭐 해? 들어와."

경직된 여자를 보고, 파르사스의 국왕은 가벼운 어조로 말했다.

클라라는 간신히 충격에서 벗어나, 주뼛주뼛 남자 옆에 앉아 술을 따랐다.

"국왕 폐하께서 이런 곳에 오셔도 괜찮으신가요?"

"안 되니까 몰래 왔지."

"어떤 미희라도 자유롭게 취하실 수 있을 텐데 어째서…."

"좋아하는 여자가 만만치 않아서 말이야."

오스카는 술잔을 비우고 옆에 내려놓았다. 예쁘기는 하지만 어딘지 불안정한 느낌인 여자를 보고, 손을 뻗어 머리카락을 만져본다. 윤기 흐르는 매끄러운 흑발은, 가까이서 확인하니 마녀의 그것보다는 약간 색이 밝았다.

"…그 녀석은 정말로 밤의 색이군."

"폐하? 뭐라고 하셨는지요?"

"아무것도 아니야. 그보다 재미있는 노래를 부른다지? 그걸 들으러 왔다."

"진심으로 하시는 말씀입니까?"

"진심이 아니면 오지도 않았어. 들키면 목숨이 위험하니까."

클라라는 또다시 경악해 말문이 막혀버렸다. 항간에 소문이 도는 술집 가수와는 다르다. 자신이 죽으라고 생각하고 부르면 정말로 죽는다. 이 젊은 왕을 그걸 모르는 게 분명하다.

"아직 후계자도 없으신데 그런 농담을…."

"난 아직 죽을 생각은 없어."

"그럼 노래는 포기해주세요."

클라라는 상아색 손으로 남자의 볼을 어루만졌다. 사람을 복종시키는 힘이 있는 눈동자가 그녀를 쏘아본다.

그 푸른 눈동자에 빨려들 것 같아서 클라라는 숨을 삼켰다.

—무리다.

부를 수 없다. 불러도 죽일 수 없다. 이 남자의 죽음을 바라기란 불가능하다.

그를 죽게 할 수는 없었다.

"부탁하마. 노래를 불러줘."

"…부를 수 없습니다. 대신 다른 것이라면 드릴 수 있습니다. 여기는 그런 곳이니까요."

"여자는 필요 없어. 이미 충분해."

"그러시면 그만 가주십시오. 노래도 이야기도, 아무것도 드릴 수 없습니다."

그 말을 들은 왕은 언짢은 얼굴이 된다. 지금까지 자신이 마음먹은 일은 대부분 이루어온 사람이다. 그게 가능할 만큼의 힘이 있고, 자각도 있다.

하지만 창부의 무기는 밀당이다. 이 자리에서라면 아무리 왕이라도 양보할 생각은 없다.

클라라는 말 대신 남자의 목에 팔을 휘감았다. 천천히 체중을 가한다. 남자의 입술에 열정을 담아 자신의 그것을 포갰다.

완전히 비현실적인 시간. 이 순간이 영원하기를 바라면서.

※

술집에서 돌아온 다음날, 티나샤는 집무실에서 어젯밤의 보고를 하고 있었다.

다른 서류를 처리하면서 보고를 듣는 오스카에게, 그녀는 대략적인 내용을 설명하고 이야기를 마무리했다.

"도안에게 그렇게 처리를 부탁했으니까, 신청이 오면 승인해주세요."

"알았어. 수고했어."

"별일 아닌걸요. 그보다 부탁이 있어요. 오늘부터 일주일 정도 마법사를 몇 명 빌리고 싶어요. 물론 강의가 끝나는 저녁 시간 이후로 하고, 사례금도 내가 지불할게요."

"그건 상관없지만, 뭘 하려고?"

"투르다르의 보물고를 정리하려고요. 봉인이 풀린 탓에 도굴이라도 당하면 곤란하니까, 분류해서 탑과…, 그리고 가능하면 파르사스로 옮기고 싶어요."

생각지도 못한 마녀의 요청에, 오스카는 고개를 들었다.

"보물고? 거기 있는 걸 파르사스로 가져와도 괜찮아?"

"탑에 놔둬도 난 쓰지도 않으니까요. 위험한 것만 거기 놔두려고요. 여기로 가져와도 어차피 사장되겠지만, 괜찮다면 부탁할게요."

"그렇군…. 알았어. 그렇게 해."

오스카는 조그맣게 탄식했다.

보물고가 비고, 정령이 마녀 아래 모여, 마법대국 투르다르는 멸망 이후로 사백 년이 지나 마침내 그 유산을 완전히 잃는다. 이래도 되나 싶은 생각이 가슴을 스쳤지만, 마지막 여왕인 그녀의 결단이라면 어쩔 수 없는 일이리라.

옥좌에 없는 여왕인 마녀는 평소처럼 허공에 떠올라, 머리를 아래로 하고 계약자의 얼굴을 들여다보았다. 검은 눈동자와 밤하늘 색의 눈동자에 서로의 얼굴이 비친다.

그녀는 애정이 담긴 온화한 눈길로 그를 응시하고 있었다. 과거의 망집에서 해방된 그 모습은 평온하고, 그리고 조금 불안해 보인다. 오스카는 손을 뻗어 그녀의 작은 머리를 끌어당겼다. 마녀의 붉은 입술에 입맞춤— 하기 직전에, 그녀는 뭔가를 알아차리고 외마디를 질렀다.

“아.”

“왜….”

허탕을 치고 만 오스카는 인상을 찌푸렸다. 그런 줄도 모르는 티나샤는 남자의 가슴팍을 가리키며 지적했다.

“멍들었어요. 어디 부딪쳤어요?”

오스카는 ‘그 여자!’ 하고 혀를 찰 뻔했지만, 간신히 참고 표정을 지웠다. 이런 일로 이번 사건에 끼어든 걸 들키면, 무슨 봉변을 당할지 모른다. 상관하지 말라고 마녀가 그토록 당부했던 것이다. 충고를 무시한 사실을 그녀가 알면 일단 폭풍 잔소리가 쏟아질 것은 확실하다. 하지만 아직까지는 모르는 모양인지, 그녀는 턱에 손가락을 대고 고개를 갸웃한다.

“멍은 없앨 수 없어요. 안 보이게 해줄까요?”

“어, 부탁해. 네 다리의 멍은 이제 없어졌어?”

“그런 건 없어지고 나서 떠올려주세요.”

그녀는 싫은 얼굴을 하면서 계약자의 멍을 지우고, 내친김에 하는 것처럼 그 이마에 입맞춤했다.

그날 저녁, 투르다르의 보물고에 함께 간 카브, 도안, 실비아, 레나트, 파밀라는 놀라운 광경에 탄성을 질렀다.

“보물의 산이네요…!”

"그야 보물고니까요. 마력이 약한 것부터 선별해주세요. 파르사스로 가져갈 거예요. 수상한 물건은 탑으로 가져갈 거니까, 그것도 분류해주세요. 만지면 위험하게 생긴 건 나에게 말해주세요. 다 끝나면 이중에서 뭔가를 드릴게요."

"열심히 하겠습니다!"

여섯 사람은 움직이기 편한 복장으로, 이사작업을 하는 것처럼 차례차례 마법구들을 분류하기 시작했다. 여기저기서 경탄의 목소리가 터져 나온다.

그 목소리를 흐뭇하게 생각하는 마녀에게 도안이 가볍게 손을 들고 다가왔다.

"티나샤 님, 어제의 노래 건은 공연 중지 절차를 밟아두었습니다."

"고마워요. 수고했어요."

"당연한 일인걸요. 그리고 재발 방지를 위해 좀 더 조사해 보겠습니다."

"알겠어요. 무슨 일 있으면 알려주세요."

일단 계약자의 무모한 행동은 막았으니 충분하다. 티나샤는 기분 좋게 콧노래를 흥얼거리며 정리를 시작해, 그날은 평온하게 마무리되었다.

※

—다시는 와주지 않을 거라 생각하고 있었다.

클라라는 예상 밖의 방문에 가슴이 떨렸다. 찾아온 남자는 그녀의 얼굴을 보자마자 대뜸 내뱉었다.

"자국을 만들지 마. 목숨에 지장 있다고 말했잖아."

불만에 찬 투덜거림마저 기뻐서, 그녀는 방울처럼 청아한 목소리로 웃었다.

"질투심 많은 분이 계시나요?"

"질투심은 많지 않지만…. 그 녀석은 나에게 전혀 집착하지 않으니까."

쓴웃음을 짓는 그는 그때만큼은 제 나이에 걸맞은 청년으로 보였다. 짙푸른 눈동자에 상대에 대한 애정의 빛이 엿보여서, 클라라의 마음은 싸늘해진다. 하지만 그것은 창부가 얼굴에 드러내서는 안 되는 감정이다. 그녀는 어색하게 웃었다.

"그럼 굳이 의리를 지키실 필요도 없지 않나요?"

"집착하지 않는 것과 인정사정없는 건 별개니까. 독단으로 움직인 게 들통나면, 나와 함께 나라가 통째로 없어질지도 몰라."

클라라는 물론 그 말을 농담으로 받아들였다. 남자가 의자에 앉자, 어깨에 기대어 애교를 부린다.

"폐하께 그토록 사랑받는 그분이 부러워요. 어떤 분이신가요?"

오스카는 여자의 질문에 조금 생각했다. 그의 마녀는 실로 종잡을 수 없는 존재다. 그녀를 모르는 사람에게 그녀에 대해 말로 설명하기란 어렵다.

"글쎄…? 비유하자면, 순백과 칠흑이랄까. 사람을 잘 따르는 표범 같은 여자야."

"어머나. 아마 곱게 자라 고생 한 번 안 해 보신 공주님이겠죠."

"군데군데 맞지만, 전혀 달라…."

곱게 자란 건 사실이지만, 마녀가 겪은 고생은 다른 사람은 상상도 할 수 없는 것이다.

그리고 티나샤는 역시 '공주'라기보다 '여왕'이다. 쿠스쿠르 사건을 겪으며 오스카도 그걸 실감했다. 그렇기에 그녀는, 왕족이 짊어진 무게를 누구보다 잘 이해하고 있다.

"아, 그보다 노래나 불러줘. 난 너와 밀당을 하러 온 게 아니야."

"거절하겠습니다."

"즉답하지 마. 난 어지간해서는 안 죽어."

"제 노래를 듣고 안 죽은 분은 안 계세요."

"그럼 내가 첫 생환자가 되겠군."

물러설 생각이 없는 남자의 고집에 클라라는 당황했다.

노래는 부를 수 없다. 죽이고 싶지 않은 것이다.

하지만 완강하게 거절하면 남자는 다시는 찾아오지 않을 것이다. 그녀는 그것도 싫었다.

최대한 붙잡아두고 싶다. 그를 만지고 싶다. 몸 안을 불사르는 이 열기를 남자의 살에 배어들게 하고 싶다. 그래서 그녀는 밀당을 하는 것이다.

클라라는 일어서서 뒤에서 남자의 턱을 잡고, 그 볼에 입맞춤했다.

"글쎄요…. 단골이 되어주신다면 생각해 볼게요. 최소 다섯 번은 와주신다면요."

오스카는 그 조건에 노골적으로 싫은 얼굴을 한다.

"난 그렇게 한가하지 않아. 그냥 오늘 불러."

"거절하겠어요. 여기는 여자의 몸을 파는 곳이지, 노래를 파는 곳이 아니에요. 노래를 듣고 싶으시면 당신도 상응하는 대가를 지불해주세요."

오스카는 여자의 요구에 얼굴을 찡그렸다. 이쯤에서 포기하고 손을 떼야 할지 잠시 망설인다.

하지만 그러면 사망자가 속출할 뿐이다. 게다가 이틀이나 성을 빠져

나온 게 아까운 기분도 든다. 대신 부하를 보내 볼까도 생각했지만, 그 부하가 죽어버리면 그야말로 큰일이다. 마녀는 '정신에 작용하는 주술은 막을 수 없다'고 집요하게 강조했지만, 그래도 마력이 개재해 있으면 꼬리는 잡을 수 있을 것이다. 적어도 그에게는, 다른 사람보다 잘해 낼 자신이 있었다.

"다섯 번이라…. 약속하는 거지?"

"약속하겠어요."

클라라는 남자의 대답에 뛸 듯이 기뻐하며 그의 몸을 와락 끌어안았다.

한 시간 후, 창관을 나온 오스카는 잠시 이동한 뒤에 천천히 뒤를 돌아보았다. 골목 안쪽을 향해 말을 건넨다.

"알스, 다 보여."

"앗."

건물 뒤에서 동요한 목소리가 들려서, 오스카는 저도 모르게 웃음을 터뜨렸다.

"거짓말이야. 안 보여."

"…폐하."

모습을 드러낸 알스는 어색하게 인사했다. 겉옷을 벗은 건 뒷골목에서 눈에 띄지 않기 위해서이리라. 장군의 지위를 가진 남자는 이해하기 어렵다는 듯이 주군에게 물었다.

"언제 눈치채셨습니까?"

"밖에 나오자마자. 익숙한 기척이라 금방 알았어."

"성을 빠져나가시는 걸 목격하고 무심코…."

"상관없어. 마침 잘됐다."

오스카는 신하와 함께 걸으면서, 죽음을 부르는 노래에 대해 설명해 주었다. 알스는 깜짝 놀라 눈이 휘둥그레진다.

“티나샤 양이 보러 간 곳 말고도 또 있습니까?”

“그래, 이쪽은 귀족과 상인들로부터 은밀하게 요청이 들어왔어. 장소가 장소인 만큼 공공연하게 알려지는 걸 꺼리는 것 같아. 위력도 술집과 달리 거의 전원이래.”

“오싹하네요. 동시에 두 명의 가수가 나타나다니 기묘한 일이군요.”

“그래…. 그 점은 확실히 마음에 걸려.”

티나샤의 보고에 의하면, 술집 쪽은 평범한 가수였다고 하는데, 혹시 둘 사이에 어떤 관계가 있는 걸까. 술집 쪽도 한 번 들어봤으면 좋았을지도 모른다.

“알스, 미안하지만 이 일과 관련해서 죽은 사람들의 자세한 사인과 상황 등을 조사해줘.”

“알겠습니다. 그런데 왜 라자르한테 안 시키시고요?”

“그 녀석은 티나샤에게 거짓말을 못 해서 안 돼. 전과가 있어.”

마녀의 이름을 들은 알스의 얼굴이 약간 창백해졌다.

“혹시 티나샤 양에게 말씀 안 하셨습니까?”

“말했으면 아무리 생각해도 난 여기에 없을걸.”

—괜히 끼어들고 말았다.

알스는 격하게 후회했다.

그 마녀는 본인도 매번 직접 나서는 주제에, 계약자가 직접 나서는 것을 극도로 싫어한다. 더구나 ‘죽음을 부르는 노래’가 아닌가. 목숨이 달린 일이니, 마녀도 목숨을 걸고 분노할 것이다. 거기까지 생각하다가 알스는 문득 고개를 갸웃했다.

“티나샤 양이 이걸 알면 질투할까요?”

"아마 안 할걸. 지난번에 나한테 그랬거든. 애써 저주를 풀었으니까, 왕비 후보를 결정하라고."

"맞는 말이죠."

"동의하지 마. 우울하니까. 아무튼 그러니까 성을 빠져나간 것과 무모한 행동에 대해서만 분노할 거야."

"아뇨, 하지만… 그 분노가 제일 무섭지 않습니까…. 성이 날아가버릴걸요."

전전긍긍하는 알스를 무시하고, 오스카는 가벼운 어조로 말했다.

"뭐, 들키면 너와 연대책임인 걸로 가자고."

"제발 참아주십시오…."

"그 녀석은 알면서 말 안 한 사람도 용서 안 해. 전에 라자르가 한 번 호되게 당했었지."

배신하고 말해버릴까 하는, 신하로서 있을 수 없는 유혹이 알스를 사로잡았다. 하지만 그 마음을 꿰뚫어본 것처럼 오스카가 어깨를 툭 쳤다.

"그 녀석한테 말하면 내가 용서 안 할 줄 알아. 그럼 조사 잘 부탁한다."

"…알겠습니다."

어깨를 축 늘어뜨리고, 알스는 명령을 받아들였다.

클라라는 자기 방으로 돌아와 다음 만남을 위해 옷을 고르기 시작했다.

이렇게 마음이 설레는 게 얼마만일까. 자신에게 아직도 이런 감정이 남아 있다는 게 놀라웠다. 기분 좋게 콧노래를 흥얼거리면서, 그녀는 가진 옷을 전부 침대 위에 꺼내놓았다.
“클라라, 뭐 해?”
갑자기 들려온 목소리에 클라라는 화들짝 놀랐다.
“아아, 시몬. 옷을 고르는 중이야.”
들뜬 모습으로 대답하는 그녀를 시몬은 삐딱하게 쳐다본다.
“그 남자가 그렇게 마음에 들었어?”
“국왕 폐하야! …아니, 그게 아니라, 그래, 그 사람이 마음에 들어. 그런 사람은 다시없어.”
“신분이 달라.”
“알아! 왕비가 되고 싶은 게 아니야. 나도 내 주제는 알고 있어.”
“그럼 됐고.”
시몬은 심드렁하게 대답하고, 등의자에 앉았다. 소녀처럼 들떠 옷을 고르는 클라라를 바라보며 한숨을 내쉰다. 그녀가 그것을 알아차리고 돌아보았다.
“왜? 뭐 할 말 있어?”
“그 남자는 노래를 원하는 거잖아. 불러주면 되는 거 아냐?”
“그럴 순 없어. 죽이고 싶지 않아….”
“너를 좋아하게 해달라고 빌면서 부르면 되지.”
클라라의 눈이 동그래졌다. 그런 발상은 없었던 것이다. 자신이 힘이 미치는 것은 죽음뿐이라고 생각하고 있었다.
“그게 가능할까?”
“가능해, 클라라에게는 힘이 있어.”
“정말로?”
불안한 듯한 여자의 질문에, 시몬은 웃었다. 그리고 단호하게 말했다.

"할 수 있어."

언제나 그렇듯이 그 목소리에는 그녀를 안심시키는 힘이 있었다.

왕은 다음날은 오지 않았다. 대신 그 다음날 나타났을 때는 조그맣고 빨간 드래곤을 데리고 왔다. 드래곤을 처음 본 클라라는 어린아이처럼 눈을 반짝였다. 남자는 먼저 주의를 주었다.

"만지지 마. 사람에게 익숙하지 않으니까."

"정말 근사해요."

남자는 쓴웃음을 짓고는 테이블 위의 접시에 담긴 과일을 드래곤에게 던져주었다. 드래곤은 그것을 재주 좋게 입으로 받아 꿀꺽 삼켰다.

"어제도 그랬지만, 내일도 바빠."

"괜찮습니다. 집무가 먼저니까요."

"그렇게 생각한다면, 오늘 노래를 불러줘."

"싫습니다."

고개를 팩 돌린 클라라는, 그러나 새로운 노래를 부를 날을 생각하자 가슴이 설렜다. 얼굴에 절로 미소가 감돈다. 하지만 남자는 그런 그녀에게는 관심 없는 듯, 드래곤에게 연신 과일을 던져주었다. 조그만 그 몸에 어디로 다 들어가는지, 순식간에 접시가 비어버렸다.

"과일을 더 내오라고 할까요?"

"상관없어. 실은 먹이도 안 줘도 돼."

그는 빨리 돌아가고 싶은 마음을 숨기려고도 하지 않는다. 그런 모습이 얄미웠지만, 불만을 능가하는 연정이 그녀를 불태운다.

—지금 이 순간만은 이 남자는 자신의 것이다.

그런 생각은 더없이 감미롭고 마음을 달뜨게 만드는 힘을 가지고 있었다. 그래서 그녀는 상아색 팔로 남자를 휘감았다. 테이블 위에서는 드래곤이 몸을 동그랗게 말고 꾸벅꾸벅 졸기 시작하고 있었다.

※

보물고 정리를 시작한 지 나흘째, 마법구를 반출해낸 공간은 전체의 칠 할 정도로 넓어져 있었다. 자잘한 것들이라고는 해도 그 수가 어마어마하다. 원래 같으면 여섯 명이 할 수 있는 일이 아니다.

하지만 마법구를 다루는 일이라, 마법사가 아닌 사람의 손은 빌릴 수 없고, 장소가 투르다르의 보물고이기 때문에 믿을 수 있는 사람이 아니면 안에 들일 수 없다. 마녀의 지명을 받은 그들은 남은 물건들을 솜씨 좋게 분류해나갔다.

그 속에서 안쪽 선반을 정리하고 있던 티나샤는, 선반 안쪽에 숨겨둔 것처럼 놓여 있는 하얗고 작은 석함을 발견했다. 그녀는 앞에 있는 물건들을 치우고 그것을 꺼냈다.

뚜껑을 열어보니, 안에는 푸른 광석으로 만들어진 구슬이 있었다. 크기는 손바닥보다 조금 크고, 표면에는 처음 보는 마법 문양이 새겨져 있다.

"어라? 이건 어디선가 본 기억이…."

하지만 고개를 갸웃해 봐도 어디서 봤는지 도저히 기억이 나지 않는다. 문양도 생소한 것이라 어떤 효과가 있는지 짐작조차 가지 않는다.

티나샤는 잠시 고민하다가 그것을 '탑으로 보낼 물건'으로 분류했다. 산더미처럼 쌓인 마법구 무더기에 상자를 놓고 왔을 때, 실비아가 달려왔다.

"티나샤 님! 이런 게 있었어요!"

"이게 뭐죠?"

티나샤가 받아든 그것은 여러 겹으로 접힌 순백의 레이스 천이었다. 희미하게 느껴지는 마력은 천이 삭지 않도록 걸어둔 마법 같았다. 더럽히지 않게 조심조심 펼쳐보니, 레이스는 결혼식에 사용하는 것 같은 긴 베일이 되었다.

"뭐지…."

"티나샤 님, 여기요! 이것 좀 보세요!"

실비아가 베일 안쪽의 가장자리를 가리켰다. 거기에는 은실로 조그맣게 자수가 놓여 있었다.

의아하게 생각하며 티나샤가 얼굴을 가까이 가져가 살펴보니, 투르다르 문자로 '사랑하는 딸, 티나샤에게. 건강한 성장을 기원하며'라고 쓰여 있었다.

"이건…!"

티나샤는 망연자실한 얼굴로 자신의 이름을 응시했다.

얼굴도 이름도 모르는 부모님. 이것은 그들이 갓난아기였던 딸을 위해, 성으로 보낸 베일이었다.

뭐라고 말해야 좋을지 알 수 없다.

정신을 뜨겁게 불태우는 이 감정을 뭐라고 하는지도.

티나샤는 그저, 멍하니 은실 자수를 응시하며 언제까지나 그 자리에서 있었다.

※

다음이면 약속한 다섯 번째가 되는 날, 드래곤을 데려온 남자는 평소와 달리 기분이 좋아 보였다. 클라라는 침대 위에 누워, 옷을 입는 남자의 등을 응시했다.

"오늘은 웬일로 그렇게 기분이 좋으신가요?"

"기분이 좋다고?"

"그래 보여요."

남자는 슬쩍 웃고는 검을 허리에 찼다.

"내 여자가 좋은 걸 발견했거든. 기뻐하는 게 정말 귀여워. 발견한 그것도 아마 신부 의상에 잘 어울릴 거야."

"…신부 의상이요?"

클라라는 분노가 끓어오르는 것을 느꼈다.

아무리 창관이라도, 규방에서 다른 여자 이야기를 하다니 무신경하기 짝이 없다.

아니, 일부러 그런 것이리라. 클라라 따위는 안중에도 없다고 말하고 있는 것이다.

알고 있었던 일이다. 납득하고 있다고 생각했다. 그렇다 해도 실제로 들으면 용서하기 힘들다. 클라라는 베개에 손톱을 박았다. 강한 집착이 증오로 기울어간다.

"죽여버리고 싶어…."

무심코 흘러나온 말에, 클라라는 스스로도 깜짝 놀랐다. 남자가 가벼운 어조로 물었다.

"내일이 약속한 날인 건 알고 있겠지?"

"…네."

"딴소리 하면 그냥 안 넘어갈 줄 알아."

"알고 있습니다."

남자는 뒤도 안 돌아보고 방을 나갔다.

클라라는 닫힌 문을 바라보며, 그를 사랑해야 할지 죽여야 할지, 공허한 눈빛으로 자신의 심정을 저울질했다.

하룻밤은 순식간에 지나가버렸다.

밤새 고민을 거듭했다. 한숨도 잘 수 없었다. 어쩌면 간헐적으로 꿈을 꾸고 있었는지도 모른다.

죽이고 싶다. 그렇게 생각한다. 그것은 애정의 또 다른 얼굴일까. 자신이 어떻게 하고 싶은지 알 수 없다. 이렇게까지 망설인 적은 단언컨대 난생 처음이다.

—하지만 약속시간은 눈 깜짝할 사이에 닥쳐왔다.

눈 밑의 피곤한 기색을 화장으로 감추고, 클라라는 시몬과 함께 남자를 맞이한다. 평소에 만나던 방이 아닌, 연회를 위한 넓은 방에서 클라라는 남자를 마주했다.

바닥에 책상다리를 하고 앉은 남자는, 그 다리 사이에 작은 드래곤을 올려놓고 있었다. 죽음을 눈앞에 두고도 태연한 왕의 모습에, 클라라는 이유 없이 약이 올랐다.

“자, 이제 노래를 들려줘.”

“각오는 되셨습니까?”

“죽을 생각은 없어.”

—그 한마디에 마음이 정해진다.

남자의 강함은 말하자면 오만함이다. 어째서 자신을 봐주지 않는 것인가. 어째서 버리려고 하는 것인가. 그에게 끌리면 끌릴수록, 그 흔들림 없는 정신이 저주스럽다.

클라라는 신랄한 미소를 지었다. 시몬을 돌아보고 신호한다.

그가 든 악기에서 공기를 진동시키는 선율이 방 안을 구슬프게 물들였다.

클라라는 잠시 숨을 고른다. 그리고 억누를 수 없는 격정을 흐느끼듯이 노래했다.

여기는 닫힌 장소 하늘이 없는 방 나는 노래를 부르네 아무도 듣지 않는 노래를

꽃은 이 손 안에서 지고 꽃잎조차 남지 않네

당신은 여기에 없네 어디에도 없네 내 손은 아무것도 잡지 못하리

내일도 여전히 밤이 온다면 죽어버리자 여기는 닫힌 장소 하늘이 없는 꿈

손이 떨린다.

자신이 똑바로 서 있는지조차 알 수 없다. 남자를 보자, 그는 무표정하게 귀 기울여 듣고 있다.

그 존재를 미치도록 가지고 싶다.

노래가 끝나는 게 두렵다. 어떻게 될지 알 수 없다. 시몬의 반주에 의지하듯이 노래하던 그녀는 문득 반주가 멈춘 것을 깨닫고 그를 돌아보았다.

시몬은 경악한 얼굴을 하고 있었다. 그제야 비로소 클라라는 자신의 노래가 이중으로 들린다는 사실을 깨달았다. 똑같은 가사, 똑같은 선율로 정확하게 포개지는 그것은— 그러나 잘 들어보면 자신의 목소리가 아니다.

노래를 멈춘다.

조금 늦게 또 하나의 목소리도 멈춘다.

손님인 남자를 보자, 그는 재미있다는 듯이 웃고 있다. 클라라는 발

끈해 소리쳤다.

"뭐죠?! 뭘 하신 거예요!"

"뭐라고 해야 하나…. 참, 그러고 보니 너는 내 여자에 대해 궁금해 했었지. 소개해주마. 티나샤."

마지막의 이름은 다리 위에 올려놓은 드래곤을 향해 부른 것이었다.

드래곤의 모습이 순식간에 아름다운 여자의 모습으로 변신한다.

도자기 같은 피부에 칠흑의 머리카락을 가진 여자. 그녀는 숨 막힐 정도로 강렬하고, 그저 오로지 아름다웠다.

검은 눈동자에는 분노의 빛이 떠올라 있다. 여자는 남자의 다리 위에 앉은 채, 클라라와 시몬을 싸늘하게 쳐다보았다. 오스카는 마녀의 볼에 입맞춤하고, 그 귀에 대고 물었다.

"어느 쪽이 주체야?"

"남자 쪽이에요."

"역시. 완전히 시간낭비였군."

"시간낭비라고요?!"

클라라는 격분했다. 견디기 힘든 패배감이 밀려왔다.

—설마 저런 여자일 줄은 상상도 못했었다.

분노로 사고가 멈춰버린다. 자신의 손으로 둘 다 찢어죽이고 싶었다.

격정에 부들부들 떠는 클라라 뒤에서 시몬이 몸을 일으켰다. 남자는 두 명의 손님을 향해 손을 뻗었다. 하지만 마녀가 그것을 제지했다.

"움직이지 마. 움직이면 반역 의사가 있는 것으로 간주하고 죽이겠다."

시몬은 입이 찢어져라 웃었다. 뻗은 손 안에 구성이 생겨난다.

다음 순간, 남자는 그 자리에서 뒤로 날아가버렸다.

뒤쪽의 벽에 세차게 부딪쳐 힘없이 떨어진다. 클라라는 그 광경을 믿기 힘든 심정으로 바라보았다.

그녀는 비틀거리며, 미동조차 없는 시몬에게 다가갔다. 남자는 팔다리가 이상한 방향으로 돌아가 있었다. 망가진 인형 같은 그 모습에, 클라라의 시야는 새빨갛게 물들었다.

"시몬에게 무슨 짓을 한 거야!"

"충고는 했어."

마녀는 벌떡 일어섰다. 그녀가 발산하는 위압감이 공간을 지배한다.

수만의 군세에 필적하는 마녀의 압력. 하지만 클라라는 거기에 저항했다.

"어떻게 이런 짓을! 나에게는 시몬밖에 없었어! 네가 뭘 안다고!"

"말하지 않으면 아무것도 몰라. 그렇게 소중하면 그 남자의 뒤를 따를 테냐?"

"죽어! 둘 다 죽어버려!"

모든 게 어찌 되든 상관없다.

그리고 모든 게 증오스러웠다.

여자의 광란을 마주한 마녀는 조금 망설였지만, 곧 형태 없는 힘을 쏘기 위해 구성을 짰다.

하지만 뒤에서 오스카가 그 손을 붙잡았다.

"기다려, 죽이지 마."

티나샤는 일어선 계약자를 못마땅한 얼굴로 올려다보았다.

"그녀에게 실행력이 없었다고는 해도, 열 명도 넘게 죽었어요."

"누군가를 죽이고 싶다고 생각하는 일은 누구에게나 있어."

"저 여자는 당신을 죽이고 싶어했어요. 지금은 작은 가시라도, 나중에는 검이 될지도 몰라요. 그렇다면 지금 싹을 제거해야 해요."

"상관 마. 그만해."

세 번째 제지에 티나샤는 크게 한숨을 내쉬었다. 구성을 지우고 남자를 마주본다.

"…정이라도 든 건가요?"

"정식으로 조서를 작성할 거야. 귀족들에게도 좋은 약이 될 거라고 생각해."

"나는 당신에게 쓸 약이 필요해요."

티나샤가 가볍게 손을 흔들자, 클라라는 그 자리에 무너지듯이 쓰러졌다.

※

주범인 시몬은 사망하고, 그를 돕는 형태였던 클라라는 국외추방형에 처해졌다. 그녀의 진술에 따라 작성한 조서와, 조사서를 비교해 보면서 알스가 말했다.

"자살로 위장해 죽인 거였군요. 약간 김새는걸."

"그게 제일 간단해요."

모든 게 끝난 후, 왕의 집무실에서 차를 마시면서 마녀가 대답했다.

"여자 쪽에도 희미하게 마력이 있었어요. 훈련은 안 받은 것 같지만, 노래가사에 마력을 실어 듣는 이의 기분을 다소는 조종할 수 있었던 것 같아요. 그래서 피해자를 우울하게 만들어, 주위에서 자살할 것 같다고 생각할 때쯤에 남자가 죽이러 가는 거죠."

명쾌한 설명에, 오스카가 의문을 던졌다.

"여자는 자신에게 힘이 있는 줄 알았다던데?"

"죽으라고 생각한 사람이 계속 죽어나갔으니 그럴 만도 하죠. 남자도 지속적으로 암시를 걸고 있었던 것 같아요."

"굉장한 이야기네…."

알스는 천장을 올려다보았다. 진상이 밝혀졌어도 선뜻 믿기 힘든 기묘한 사건이다.

"그런데 남자는 애당초 뭘 하고 싶었던 거지?"

마녀는 턱을 괸 채, 씁쓸한 표정으로 대답했다.

"여자가 원하는 대로 해주고 싶었던 게 아닐까요. 애당초 발단은 어떤 손님이 그녀를 심하게 모욕했던 일이라고 해요. 그래서 그녀를 위해 남자가 노래를 지어준 거예요. 그녀가 죽이고 싶은 사람에게 그 노래를 불러주는 게 신호가 된 거죠. 그러니까 피해자를 선택한 건 여자 쪽이에요."

"그 노래를 우연히 들은 술집 가수가 따라 불러서 그쪽도 같이 유명해진 건가."

"노래 자체는 술집 가수가 더 실력이 있었어요. 감정을 조종하도록 작곡된 곡이니까, 부르는 사람의 실력이 뛰어나면 마력은 필요 없어요. 결국 이번 사건은 작곡자인 남자가 모든 것의 원인이에요. 그런 재능은 나도 처음 봤어요. 어느 나라의 궁정에 몸을 의탁했다면, 역사를 바꾸는 재능이 됐을지도 몰라요."

마녀는 그렇게 마무리하고 빈 찻잔을 쟁반에 내려놓았다. 싸늘한 눈빛으로 뒤를 돌아본다.

"그래서 당신은 얼마나 설교를 듣고 싶은 거죠?"

그 말에 마녀의 계약자는 쓴웃음을 지었다.

"집무실을 다 부수고도 아직도 부족해?"

"당연히 부족하죠."

알스는 방 안을 둘러보았다. 그들이 있는 곳은 평소의 집무실이 아니다. 그곳은 마녀의 손에 완전히 파괴되어버린 것이다. 마침 좋은 기회라 왕을 위한 방으로 옮기게 돼서, 지금 세 사람은 새 집무실에 와 있다. 오스카는 서류를 처리하면서 투덜거렸다.

"알스에게는 입단속을 해놨지만…, 설마 도안이 작곡자를 밝혀낼 줄은 몰랐네."

"능력 있는 신하가 있어서 다행이에요. 아직도 정신 못 차렸다면 탑에 매달아버릴 거예요."

술집 건을 처리하고 있던 도안이, 재발 방지를 위한 조사를 행하다가 노래의 출처가 한 창관이라는 사실을 알아냈다. 그 보고를 들은 티나샤는 먼저 라자르를 추궁해, 귀족들로부터 요청이 들어왔었다는 사실을 확인한 것이다.

그리고 그녀는 실제로 그 창관에 갔다.

전날 밤, 창관에서 돌아와 집무실에서 일하고 있던 오스카는 갑자기 문이 부서지는 것을 보고 어안이 벙벙해졌다. 마침 방에 함께 있던 알스도 놀란 얼굴이다.

부서진 문으로 여유 만만하게 들어온 마녀는 계약자를 보고 빙그레 웃었다. 천진함은 전혀 찾아볼 수 없는 여왕의 미소다.

그녀는 하얀 두 팔을 벌리고 거기에 거대한 구성을 짜면서, 일견 사랑스럽게 고개를 갸웃했다.

"노래를 듣고 죽을지, 지금 여기서 내 손에 죽을지 선택하세요."

"……."

두 남자는 비밀이 더는 비밀이 아니게 되었음을 깨달았다. 알스는 죽음을 각오하고 눈을 감았다.

억누를 수 없는, 혹은 억누르려고도 하지 않는 건지, 마녀에게서 흘러나오는 마력이 집무실에 장식되어 있던 도자기를 차례차례 박살냈다. 오스카는 어떻게 대처할지 궁리하면서 일단 물었다.

"누구한테 들었어?"

"창관의 주인을 족쳤어요."

"아직 살아 있어?"

"다치게 하지는 않았어요. 당분간 두 다리 뻗고 편하게는 못 자겠지만요."

그의 뒤에서 창문의 유리가 요란한 소리를 내며 깨진다. 밖에서 온화한 밤바람이 불어 들어왔다.

티나샤는 그 바람을 맞으며 아름답게 웃었다.

보는 이를 매료시키고 죽음으로 몰아넣는 마녀의 미소다. 투명한 얼음이 깨지는 듯한 청아한 목소리가 울린다.

"몇 번을 말해도 못 알아듣는 것 같아서 무척 유감이에요. 호기심에 못 이겨 자신의 힘을 과신하고…. 개죽음 당하는 꼴을 보느니 차라리 지금 내가 죽여줄게요. 자, 어서 목을 내밀어요."

—진심으로밖에 들리지 않는다.

테이블과 벽의 선반이 휘어져 짜부라진다. 알스는 상상을 초월하는 참사에 숨을 삼켰다. 두 사람 사이에 끼어들어야 할지 말지도 알 수 없었고, 무엇보다 자신이 상황을 바꿀 수 있다고는 생각할 수 없었다.

오스카는 몸을 일으켜 마녀를 똑바로 마주보았다.

"기다려, 티나샤."

"시끄러워."

육중한 집무책상이 장난감처럼 둘로 쪼개진다. 사방의 벽이 바깥쪽으로 휘어진다. 음산한 소리를 내며 방이 일그러지기 시작했다. 그 안으로 강풍이 휘몰아쳐 서류가 소용돌이를 타고 춤춘다.

오스카는 부서진 책상을 타넘어 마녀 앞으로 가서, 허공에 뜬 몸에 손을 뻗었다

"건드리지 말아요."

마녀는 남자의 몸을 마법으로 밀어내려고 했지만, 자신의 결계에 상쇄되어버리고 말았다.

오스카는 폭풍 그 자체가 되어버린 마녀의 몸을 끌어안았다.

"미안해."

"사과로 끝날 문제인가요?"

"끝날 거라고 생각하진 않지만, 사과할게."

티나샤는 입술을 깨물었다. 가증스럽다는 듯이 남자를 내려다본다.

그는 태연한 모습이었지만, 조금 난처한 눈빛을 하고 있었다. 그 눈동자를 그녀는 응시한다.

어떤 상황에서도 그는 마녀를 상대로 주눅 든 모습을 보이지 않는다. 그게 기쁘기도 하고 얄밉기도 했다.

"확 물어뜯고 싶어요."

"그렇게 해서 네 화가 풀린다면."

"안 풀려요."

"물어뜯기면 손해네…."

티나샤는 남자의 머리카락을 거칠게 쓸어 올렸다. 그 머리를 손으로 감싸고 빤히 응시한다.

"빚진 게 많아서 이번엔 그냥 넘어갈게요. 하지만 다음에 또 그러면 그 즉시 탑으로 돌아가버릴 거예요."

"알았어. 명심할게."

마녀는 격정을 쏟아내듯이 한동안 남자의 머리를 꽉 안고 있었지만,

이윽고 깊은 숨을 토하고 그 몸을 해방했다. 남자의 손을 피해 허공으로 떠오른다.

그렇게 목숨을 건진 오스카는 방 안을 둘러보고 담담하게 말했다.

"완전히 박살났네."

그 말에 마녀는 혀를 살짝 내밀었다.

방이 파괴되고 하루 뒤, 새 집무실에서 차를 마시면서 알스는 감개무량한 어조로 중얼거렸다.

"진짜로 죽는 줄 알았습니다. 다시는 저를 끌어들이지 말아주십시오."

"전에 라자르도 똑같은 말을 했었어."

"자업자득이에요."

마녀는 쌀쌀맞게 대꾸하고, 오스카의 잔에 차를 더 따라주었다. 그대로 까치발을 하고 그의 의자 팔걸이에 걸터앉는다.

"여자를 원하면 정식으로 측실이든 애첩이든 들이도록 하세요. 밖으로 나돌아다니다니 바보인가요? 당신도 바보왕인가요?"

"여자를 원해서 그런 건 아닌데…."

"시끄러워."

"……."

그녀는 아직도 화가 안 풀린 모양이다. 어린아이처럼 발을 달랑거리더니 오스카의 정강이를 뒤꿈치로 차버린다.

"적도 아닌 나를 이렇게까지 화나게 만든 사람은 사백 년 동안 당신뿐이에요."

"그건 다행이네."

"어디가!"

티나샤는 반동을 줘서 팔걸이에서 내려와 오스카를 마주보았다. 허리에 두 손을 올리고 계약자를 똑바로 쏘아본다.

"…뭐…, 당신에게는 화내도 안 통하니까… 그래요, 됐어요. 화내 봤자 쓸데없이 힘만 낭비하는 기분이에요."

어깨를 조금 으쓱하는 그녀는, 평소처럼 사랑스럽게 웃는 얼굴이다. 그녀는 손을 뻗어 오스카의 머리를 쓰다듬었다.

그 다정한 손길에 그의 눈이 가늘어진다. 자신의 머리를 쓰다듬는 흰 손을 잡고 매끄러운 손등에 입맞춤한다.

"난 너만 가질 수 있다면 다른 여자는 필요 없어."

"그건 불가능하니까, 정식으로 다른 여성을 왕비로 맞이하세요."

단호하게 잘라 말하고, 그녀는 소리 내어 꽃처럼 웃었다.

10. 달의 조각

연푸른빛이 끝없이 펼쳐진 상공은 화창하다.

강렬한 열기를 내뿜는 태양이 때마침 흐르는 구름에 가려진다.

온화한 오후 날씨 속에 성의 중정에서는 날카로운 금속음이 들려온다.

청량한 그 소리는 때로는 빨라졌다가 때로는 느려지면서 경쾌하게 울려 퍼졌다.

"티나샤, 자꾸 물러서지 마."

"으으."

남자가 휘두르는 연습용 검을, 자신도 같은 검으로 받아내면서 마녀는 남자의 좌측을 파고들었다. 가볍게 허리를 숙이고 남자의 몸을 후려치려고 한다.

하지만 그 검은, 다음 순간 가벼운 소리를 내며 튕겨 나왔다.

그대로 그녀의 손에서도 날아가 허공을 빙글빙글 돌면서 저 멀리 떨어진다.

"아, 위험했다."

얼얼한 손목을 감싸며, 마녀는 날아가버린 검 쪽을 쳐다보았다.

오스카는 검을 눕혀 자신의 어깨를 톡톡 치면서 가볍게 말했다.

"누가 이쪽으로 못 오게 결계를 쳐놔. 위험해."

"알겠어요."

티나샤는 종종걸음으로 가서 떨어진 검을 주워온다. 마녀는 손목을 확인한 후 검을 잡고 다시 자세를 취했다.

"폐하는 계시나?"

여기저기 주군을 찾아다니다 마지막으로 담화실에 들른 알스는 방 안에도 찾는 인물이 안 보이자 고개를 갸웃했다. 대신, 논문을 쓰고 있던 카브가 고개를 들었다.

"밖에 계십니다."

"밖에?"

그는 방 안의 창문 쪽으로 시선을 향했다. 창가에는 담화실의 단골 마법사들이 모여 서서 중정을 내려다보고 있었다.

알스는 그들과 함께 밖을 내다보았다. 그러자 중정에서 주군과 그 수호자가 검을 겨루는 모습이 보였다.

"뭘 하시는 거지?"

그 말에 파밀라가 쓴웃음을 지으며 대답했다.

"폐하께서 몸이 찌뿌둥하다고 하시면서 티나샤 님을 끌고 나가셨어요."

"그렇군."

검 실력에 있어서는 마녀도 상당한 편이지만, 안타깝게도 오스카를 상대로는 그 실력 차이가 분명하다. 두 사람의 중간쯤에 위치한 실력인 알스는 그들의 대결을 흥미진진하게 바라보았다.

실비아가 진지한 어조로 중얼거린다.

"저 두 분은 역시 사이가 좋으신 것 같아요."

"아마도."

실비아 옆에 서 있던 도안이 문득 뭔가 생각난 것처럼 심술궂은 미소를 지었다.

“계약기간이 끝날 때까지 앞으로 넉 달 정도 남은 것 같은데, 두 분이 결혼에 이르실 수 있을지 내기할까?”

“네에에?”

실비아는 미간을 찌푸렸지만, 뒤에서 논문을 쓰고 있던 카브가 “그럼 난 못 한다에 걸겠어”라고 말했다. 재빠른 참전에 도안은 껄껄 웃었다.

“저는 결혼하시는 쪽에 걸겠어요!”

뾰로통해진 실비아가 내기에 참가하자, 발안자인 도안이 그 뒤를 이었다.

“난 못 한다에 한 표.”

세 마법사의 대화를 알스는 어이없다는 듯이 듣고 있었지만, 눈빛으로 의견을 요구받자, “결혼하시는 쪽에 걸지. 내 희망사항일 뿐이지만” 하고 대답했다. 의견이 반으로 갈린 상태가 되자, 일동은 생각에 잠긴 얼굴이 되었다. 아직 내기에 참가하지 않은 파밀라는 소박한 의문을 드러냈다.

“애당초 두 분의 마음보다는 정치적인 문제가 더 크지 않을까요?”

“뭐, 그렇긴 하지.”

도안이 고개를 끄덕이자, 알스가 참견하고 나섰다.

“하지만 즉각적인 전력이 된다는 의미에서는 티나샤 양을 능가할 왕비는 없어. 힘도 그렇지만, 투르다르의 계승자에다 지식과 기술을 겸비했으니까 탐내는 나라는 많을걸.”

“얼마 전에 투르다르의 보물고에서 물건들을 대부분 파르사스로 옮겼습니다.”

“정말로?”

알스는 깜짝 놀라 정원의 마녀를 내려다보았다. 그녀는 가냘픈 팔다리를 탄력적으로 움직이며 묵묵히 검을 휘두르고 있었다. 파밀라는 주군을 온화한 눈빛으로 바라보았다.

"저는 결혼하시는 쪽에 걸겠어요. 이제 그만 행복해지셨으면 해요."

그런 그들의 대화를 꿈에도 모르는 마녀는, 또다시 날아가는 검을 잡으러 뛰어가고 있었다.

한바탕 몸을 풀고서 만족한 오스카는 기분 좋게 집무실로 돌아왔지만, 녹초가 된 티나샤는 돌아오자마자 창가에 놓인 장의자에 그대로 늘어져버렸다. 지친 고양이 같은 그 모습에, 계약자인 남자는 근심스러운 얼굴이 된다.

"괜찮아?"

"한 시간 정도만 쉬면 괜찮아질 거예요. 체력이 약해서…."

"체중을 좀 늘려."

"근육이 잘 안 붙는 것 같아요."

마녀는 자신의 가냘픈 팔다리를 바라보았다. 지방도 근육도 별로 없는 그것은 누가 봐도 마법사의 것이다.

이 몸으로 검을 휘두르는 게 오히려 이상할 정도지만, 경험과 반사신경의 문제이리라. 실제로 신체 강화 없이 무거운 검을 잡으면, 금세 녹초가 되고 만다.

"당신은 괜찮은가요?"

"이 정도는 준비운동 수준이지. 요즘 책상 앞에만 앉아 있었더니 몸이 녹스는 기분이야."

듣고 보니, 지난 삼주일 가량 그가 서류업무 외에 다른 걸 하는 모습을 본 적이 없다. 마지막으로 움직인 건, 지난번의 죽음을 부르는 노래

사건 때였다.

티나샤에게 있어 그는 싸움 속에 있는 사람이라는 인상이 강하지만, 실제로는 휴일도 없이 집무에 매달리는 시간이 대부분이다. 그녀는 젊은 계약자가 조금 불쌍해졌다.

"창관에라도 갈래요?"

"비꼬는 거야?"

"그런 건 아니지만…."

티나샤는 허공으로 떠올라 남자 옆으로 이동했다. 몸이 지쳐서, 걷는 것보다는 마법을 사용하는 게 더 편한 것이다. 오스카는 펜을 잡지 않은 손으로 그녀의 머리카락을 끌어당겼다.

"그보다 바다에나 또 데려가줘."

"그쯤이야 일도 아니죠."

그녀는 책상 가장자리에 걸터앉아, 남은 서류를 집어 들었다. 평소보다는 양이 적은 느낌이다. 시계를 보니 아직 정오가 막 지났을 무렵이다.

"그럼 내가 도와줄 테니까, 저녁에 나가볼래요? 바다도 좋고 다른 곳도 좋아요."

마녀의 제안에, 오스카의 눈이 조금 커다래졌다.

"어디까지 갈 수 있어?"

"대륙 안이라면 도시든 산이든 호수든 다 좋아요."

"그럼 호수."

"알겠어요."

부드럽게 미소 짓는 마녀를 보고, 오스카는 어릴 때처럼 기분이 들뜨는 것을 느꼈다.

잠시 숨을 돌릴 수 있다. 그것이 그의 마녀와 함께라면 더할 나위 없었다.

티나샤가 손을 보태자, 모든 집무는 삼십 분만에 처리되었다. 마녀는 준비를 위해 일단 자기 방으로 돌아와 가뿐한 드레스로 갈아입는다. 대기하고 있던 파밀라가 옷 갈아입는 걸 도와주면서 기쁜 어조로 말했다.

"평소엔 너무 바빠서 두 분이 함께 외출하기 힘드시니까, 이 기회에 느긋하게 다녀오세요."

티나샤는 그 말에 고개를 끄덕였지만, 무시할 수 없는 부자연스러움을 느끼고 다시 물었다.

"어쩐지 연인 사이처럼 들리는데요…."

"연인 사이로 보이세요."

"어라…."

뭔가가 잘못된 느낌이다. 하지만 파밀라는 주인과 달리 흐뭇하게 미소 지었다.

"두 분이 다정해 보이세요."

다시금 단호한 대답이 돌아왔다. 하지만 평소의 행동을 돌아보면, 확실히 옆에서 보기에는 그럴지도 모른다. 티나샤는 현실을 인식하고 한숨을 내쉬었다.

"스킨십에 익숙해진 탓일까요…. 나도 무심코 스킨십을 하게 되네요. 백 년쯤 지나면 실수로 결혼해버릴 것 같아요. 아, 무서워라."

"백 년이나 걸리나요…. 심지어 실수로라뇨…."

주인의 결혼식을 기대하고 있던 파밀라는 내심 실망해 어깨를 떨궜다.

해지기 전에 두 사람은 성을 나섰다. 먼저 티나샤의 전이문으로 탑까지 날아가, 거기서 나크를 타고 다시 서쪽으로 날아간다. 휴식이라고 생각해서인지, 오스카는 아카시아가 아닌 평범한 장검을 차고 있었다.

"어디의 호수로 가는 거야?"

"옛 투르다르 남부에 있는 소크나스 호수예요. 지금은 매그다르시아의 영토가 되었을 거예요. 거의 다 왔어요."

매그다르시아는 대륙 남서부에 위치한 소국이다. 목축업이 번성한 나라로, 영토의 대부분은 산림이 차지하고 있다.

나크가 날고 있는 저녁하늘은 서서히 붉은 빛을 띠기 시작하고 있었다. 저물어가는 해가 산꼭대기에 걸리려 하고 있다. 첩첩이 이어진 산맥을 티나샤가 손가락으로 가리켰다.

"저기예요."

그녀가 가리킨 쪽을 보자, 산들 사이에 약간 평탄한 장소가 있다. 주위는 나무숲으로 에워싸여 있고, 그 한가운데에 있는 호수가 붉은 석양빛을 받아 거울처럼 반짝이고 있었다. 나크가 천천히 고도를 낮추면서 날아간다.

"어렸을 때 몇 번 와본 적이 있어요. 옛날에는 월정석이라고 불리는 푸른빛이 도는 수정이 호숫가에서 채취됐는데, 지금은 거의 없어졌다고 해요. 어쩐지 그립네요."

"…그렇군."

마녀가 옛날이야기를 하는 것은 드문 일이라, 오스카는 그 얼굴을 물끄러미 응시했다. 그늘 없는, 그리움만이 떠오른 표정을 보고 그는 안심한다.

그러는 동안에도 나크는 고도를 점점 낮춰, 호수 위로 접어들 무렵에는 건물 삼 층 정도의 높이로 날고 있었다. 마녀는 드래곤 위에서 몸을 내밀어 아래를 내려다보았다. 물은 맑았지만 제법 깊어서, 중심부는 바닥이 보이지 않았다.

"어디쯤에 내릴까요?"

"좋아, 그럼 가자."

"네?"

오스카는 그렇게 말하고, 마녀를 품에 안더니 그대로 뛰어내렸다.

여자의 긴 비명이 호수 위에 울려 퍼진다. 요란한 물소리가 그 뒤를 이었다.

몇 초 후, 티나샤를 안은 채 수면 위로 떠오른 오스카는, 품안에서 아연실색한 그녀를 보고 웃음을 터뜨렸다.

"까, 깜짝이야…! 뭐 하는 거예요."

"상쾌함을 추구해 봤어."

"공포를 느꼈다고!"

티나샤는 계약자의 몸을 만져보며 상처가 없는지 확인했다. 그녀 자신은 그에게 보호받고 있었기 때문에 아무렇지도 않다. 결계 덕분인지 남자의 검도 잘 매달려 있었다. 괜찮다.

하늘을 올려다보자, 주인이 없어진 것을 알아차린 나크가 크기를 바꾸며 선회해왔다. 오스카는 여전히 웃으면서 티나샤를 고쳐 안았다.

"네 비명소리는 처음 들었어."

"나도 오랜만에 들었어요…."

마녀는 남자의 어깨에 손을 짚고 허공으로 떠올랐다. 드레스 자락의 물기를 짠다. 오늘은 헤엄치지 않을 작정이었기 때문에, 옷은 물을 머금어 무거웠다. 그녀가 허공에서 내려다보니, 오스카는 호수를 헤엄치고 있었다. 다행히 수온은 딱 좋은 정도다. 즐거워하는 그는 드물게 자신의 나이에 걸맞은 모습으로 보여서, 티나샤는 미소 지었다.

"한숨 돌리는 시간이 된 것 같아서 다행이에요."

"네 덕분이야. 그런데 여기에는 뭐가 살아?"

"옛날에는 평범한 생물들만 있었지만, 지금은 알 수 없어요. 일단 조심하세요."

"알았어."

그녀는 주위를 날아다니는 나크를 불러 어깨에 앉히고, 자신은 다리를 담그고 수면 위에 앉았다.

동쪽의 수면이 붉게 물들어가고, 대신 서쪽에는 어두운 숲 그림자가 드리운다. 하늘에는 하얀 달이 떠오르고, 아직은 밤하늘이라고 할 수 없는 푸른 하늘도 곧 오스카의 눈동자와 같은 색이 될 것이다.

티나샤는 젖은 머리카락을 손가락으로 빗었다. 마법으로 말려도 되지만, 또 젖을지도 모른다고 생각하니 굳이 필요성을 느낄 수 없었다. 어느새 옆으로 헤엄쳐온 오스카가 티나샤의 무릎 위에 팔을 올리고 턱을 괸다.

"너, 그러고 있으니까 꼭 물의 요정 같아."

"그래요? 수면에 앉는 건 좀 그런가요?"

"뭐, 괜찮지 않을까?"

오스카는 티나샤의 머리카락을 잡아당겨 얼굴을 가까이 오게 하더니, 그녀의 볼에 입맞춤했다. 그녀는 고양이처럼 눈을 가늘게 뜨고, 미묘한 표정으로 그를 응시한다.

"그러고 보니, 파밀라가 우리 둘이 연인으로 보인대요."

"무슨 문제라도 있어?"

태연한 반응에 그녀는 진지하게 생각했다. 보인다고 해도, 뭔가가 달라지는 것은 아니다.

"…딱히."

"그럼 됐지."

오스카는 티나샤의 머리카락을 손가락으로 빗어주면서 미소 지었다. 평소에 그가 웃을 때는 쓴웃음이거나, 우스워서 웃거나, 다른 사람을 위압하기 위한 웃음이 대부분이라, 가끔 이런 표정을 하면 무심코 눈길이 향하고 만다.

티나샤는 하얀 손가락을 뻗어 그의 얼굴을 쓰다듬었다. 푸른 눈동자에 비치는 하늘은 점차 밤이 되어가고 있다. 가만히 응시하면 그곳에 달이 보일 것 같아서, 그녀는 더 잘 보려고 얼굴을 가까이 가져갔다.

그때, 오스카가 마녀의 몸을 홱 끌어당겼다. 그리고 물속으로 빠지는 여자를 보호하듯이 품에 안는다.

뒤이어 공기가 터지는 소리가 두 사람의 귀를 때렸다. 호숫가에서 무언가가 날아와 결계에 부딪친 것이다.

"뭐지?!"

"화살이야…."

티나샤는 수면에 떨어진 나크를 급하게 안았다. 하마터면 가라앉을 뻔한 드래곤은 그녀의 품속에서 날개를 파닥거리며 버둥거린다. 그것을 몸으로 막아 보호하면서 오스카는 미간을 찌푸리고 호숫가를 노려보았다.

"맞았나?"

"모르겠어. 물속으로 들어가버린 것 같아."

다섯 명의 남자들은 호숫가의 숲속에서 호수의 수면을 물끄러미 응시했다. 하지만 눈앞에 펼쳐진 풍경에 수상한 점은 없다.

아까 사람이 수면 위에 앉아 있는 것처럼 보인 건 눈의 착각이었을까? 포기하고 활을 내린 남자가 어깨를 으쓱했다.

"물의 요정의 보물을 손에 넣을 수 있다면 최고인데 말이지."

"그게 진짜로 물의 요정이고, 혹시 화났으면 어쩌려고 그래. 설사 죽인다 해도 호수 한복판까지 가지러 갈 수도 없잖아."

"사람처럼 보였지만, 아마 늙고기였을 거야."

낙담과 안도가 교차하는 대화를 나누면서, 그들은 발길을 돌려 그 자리를 떠나려고 한다.

—하지만 그때, 뒤에서 첨벙, 물소리가 들렸다.

숲의 나무들 사이로 보이는 호숫가에 어느새 한 여자가 서 있었다. 다리가 물에 잠겨, 검은 드레스 자락이 물 위에 넓게 퍼져 있다. 칠흑의 긴 머리에 빛나는 하얀 피부를 가진 여자는 인간이라고 믿기 힘들 만큼 아름다웠다.

남자들은 순간 얼어붙었지만, 곧 젊은 남자가 화살을 꺼내는 것을 시작으로 제각기 무기를 잡았다.

하지만 그때 여자가 두 손을 살짝 들었다.

"기다려요, 인간이에요."

여자의 말에 남자들은 의심스러운 표정을 지었다.

"인간이라고? 정말로?"

"정말이에요, 파르사스에서 놀러 왔어요."

"역시 물의 요정으로 보인 모양이군."

갑자기 끼어든 남자의 목소리에 그들은 깜짝 놀라 나무그늘 쪽을 보았다. 그곳에는 검을 찬 젊은 남자가 나무에 기대어 서 있었다. 그는 헤엄이라도 친 모양인지 머리부터 발끝까지 흠뻑 젖어 있었다.

"그 녀석은 내 일행이고, 정말로 인간 마법사가 맞아."

"아아…."

그 설명에 남자들은 비로소 납득했다. 이 일대는 시골이라 마법사를 볼 일이 거의 없지만, 파르사스 정도 되는 큰 나라에는 그런 사람들이 많이 있다고 들은 것이다.

남자들 중에 제일 연장자인 듯한 한 사람이 앞으로 나섰다.

"미안합니다. 물의 요정인 줄 알고 큰 실례를 범했습니다. 다친 곳은 없습니까?"

"괜찮아요."

여자는 생긋 미소 짓고, 호수에서 나와 일행 옆에 섰다. 남자들은 어쩔 줄 몰라하며 고개를 숙였다.

"평소 같으면 물의 요정은 무서워서 건드리지도 않는데, 마음이 급해서 그만…."

"무슨 문제라도 있나요?"

"아뇨, 오늘은 마을의 축제날입니다."

"축제라고요? 물의 요정 퇴치가?"

의아하게 생각하면서 티나샤는 재빨리 오스카와 자신의 옷을 말렸다. 마법사를 처음 본 남자들은 그 기술에 완전히 감동한 눈치였다. 그 중 한 명이 웃으며 설명해준다.

"결혼상대를 정하는 축제입니다. 물론 지금은 실제로 결혼하는 사람은 거의 없지만, 그래도 분위기만큼은 상당히 뜨겁습니다. 인근 마을에서 온 참가자도 많고요. 괜찮으시면 두 분도 어떠십니까?"

"참가하면 뭘 하는 건가요?"

"여성분은 그냥 마을에서 기다리시면 되고, 남자는 호숫가를 돌며 선물을 구해 와야 합니다. 자연의 것으로요. 그걸 가지고 마음에 둔 여성에게 구혼하는 겁니다."

"흠, 그렇군."

지방에는 별별 재미있는 축제가 다 있는 모양이다. 즐길 거리가 별로 없는 산골에서는 이런 축제가 일 년 동안의 노고에 위로가 되는 걸지도 모른다. 감탄하면서도 참가는 사양하기 위해 티나샤가 입을 열려고 했을 때, 그녀의 계약자가 그 머리를 가볍게 토닥거렸다.

"재미있군. 하자."

"네?! 가, 갑자기 무슨 소리예요?"

"이왕 온 김에 해 보면 좋잖아. 너는 마을에 가 있어."

"네에…? 하지만 아카시아도…."

없는데, 라고 말하려다 그녀는 관자놀이 누르기 공격을 당하고 말았다.

"괜찮으니까 가 있어."

"오랜만에 당하니까 아파!"

오스카는 걱정도 팔자인 수호자의 머리를 쓰다듬었다. 그 귀에 속삭인다.

"이런 산골에 위험한 일은 없으니까 안심하고 기다려. 가끔은 이런 것도 재미있잖아."

"…알겠어요. 어차피 당신을 위해서 온 거니까요. …."

수호결계도 있고, 무엇보다 그는 강하다. 이야기가 마무리된 것을 본 마을 남자는, 티나샤에게 마을로 가는 길을 가르쳐주었다. 지금은 다섯 명뿐이지만, 곧 더 많은 남자들이 숲으로 올 거라고 했다.

오스카는 마녀를 향해 가볍게 손을 흔들었다.

"모르는 남자 따라가지 마."

"무슨 미아도 아니고!"

티나샤는 여전히 걱정을 떨치지 못하면서도 어쩔 수 없이 그 자리를 떠나 마을로 향했다.

몇 분 정도 걸어 도착한 마을은 축제 분위기가 한창이었다. 좁은 길은 사람들로 넘쳐나고, 여기저기에 술과 음식이 차려져 있다. 하늘은 완전히 밤의 색으로 바뀌었지만, 부드러운 불빛이 곳곳을 밝혀, 마을 전체가 환하게 채색되어 있었다. 어린아이의 노랫소리가 멀리서 들려온다.

마을 입구에 서서 그런 풍경을 바라보는 티나샤에게 모르는 중년 여자가 다가와 어깨를 톡톡 두드렸다.

"당신은 외부인이군요! 어디서 왔어요?"

"파르사스에서 왔습니다."

"멀리서도 왔네…. 환영해요. 혼자예요?"

"일행이 있지만, 숲에 물건을 구하러 갔어요."

"아아, 연인이 있군요. 그럼 일단 옷부터 갈아입어요."

"네?"

옷을 왜 갈아입느냐고 물어볼 새도 없이, 중년여자가 거의 반강제로 마녀의 팔을 붙잡고 데려간다.

그리고 도착한 곳은 마을의 집회소였다. 옷을 갈아입는 여자들로 북적이는 가운데, 티나샤가 중년 여자에게 이끌려 들어가자, 입구 근처에 있던 여자들이 와아, 환성을 질렀다.

"미인이네."

"파르사스에서 왔대. 세련됐지!"

티나샤가 입을 열 새도 없이 여자들의 몰려들어 반강제로 그녀를 자리에 앉히고 화장을 해주기 시작했다.

"저어…."

"말하지 말아요! 지금 입술연지 바를 거니까."

유부녀로 보이는 여자들이 그녀를 둘러싸고 즐겁게 화장을 해나간다. 한편, 젊은 아가씨들은 자신의 몸단장에 여념이 없다. 멀리 이곳까지 와서, 왜 성에 있을 때와 비슷한 일을 당하고 있는 걸까. 티나샤는 도망치고 싶었지만, 그랬다가는 화장해주는 여자들에게 혼이 날 것 같았다.

가만히 한숨을 내쉬다가— 그녀의 눈이 커다래졌다.

계약자의 수호결계에 무언가가 부딪친 것이다. 미미한 마력의 진동이 그녀 안에 퍼진다.

"왜 그래요?"

백분을 든 여자가 낯빛이 흐려진 티나샤의 얼굴을 들여다보았다.

"아뇨…. 일행이 좀 걱정돼서요."

"괜찮아요. 연인을 좀 더 믿어줘요!"

명랑하게 등을 두드리는 여인에게 마녀는 웃음을 지어 보였다. 그래도 불안감을 완전히 씻을 수는 없었다.

이윽고 준비를 마친 여자들이 마을 광장으로 향하자, 건네받은 의상으로 갈아입은 티나샤도 그들을 따랐다.

화려하게 단장한 여자들로 꽉 찬 광장은 젊음의 활기로 가득하다. 구혼자를 기다리는 그녀들 앞에 남자들이 속속 돌아와 마음에 둔 상대에게 선물을 건넨다. 그때마다 와아, 환성이 일고 축제 분위기가 한층 무르익는다.

그런 광경을 바라보며, 티나샤는 홀로 광장 한구석에 서서 베일로 얼굴을 가리고 있었다.

자신의 용모가 눈에 띈다는 자각은 있다. 이제 그와 합류해 성으로 돌아가면 그만이지만, 아무리 기다려도 오스카는 나타나지 않는다. 그 이후로 결계에 변화는 없지만, 그래도 역시 걱정이 되었다.

티나샤는 베일 사이로 하늘을 올려다보았다. 하늘에는 달이 하얗게 빛나고 있었다.

—데리러 갈까 말까 망설인다.

그를 신용하지 않는 것은 아니다. 혼자 있는 게 불안할 뿐이다. 고민을 거듭하며 고개를 숙이고 있던 그녀는 갑자기 베일이 벗겨지는 바람에 고개를 들었다.

"많이 기다렸어?"

티나샤는 계약자의 모습을 보고 진심으로 안도의 한숨을 내쉬었다. 아까 말려준 옷은 왠지 또 흠뻑 젖어 있었다. 손을 뻗어 그것을 말리면서 그녀는 미소 지었다.

"걱정했어요."

"신용이 너무 없네. 자, 손 내밀어봐."

마녀는 고개를 갸웃하면서 두 손을 모아 앞으로 내밀었다. 오스카는 그 손안에, 쥐고 있던 것을 떨어뜨렸다. 희미하게 푸른빛이 도는, 다섯 개의 둥근 수정이다.

"이건…."

"그립다면서."

주위에서 그 모습을 지켜보던 마을 사람들이, 지금은 거의 사라진 월수정을 보고 숨을 삼켰다.

그녀는 손안에 놓인 수정을 물끄러미 바라본다. 소중하게 여겼던, 지금은 이미 없는 돌을 떠올린다.

가슴이 뜨거워진다. 눈을 깜박이면 그대로 울음이 터질 것만 같았다.

남자를 올려다보니, 그는 쓴웃음을 짓고 있다.

"고마워요. 정말로… 기뻐요."

티나샤는 어린아이처럼, 그리고 다시는 어린아이로 돌아갈 수 없는 여자의 얼굴로 미소 지었다. 제대로 웃고 있는지 자신은 없지만, 진심으로 기뻤던 것이다.

오스카의 얼굴이 다가온다. 그녀는 눈을 감고 그 입맞춤을 받아들였다.

연인으로 보이든 보이지 않든, 그런 건 관계없다. 말로 표현할 수 있느냐고 한다면, 알 수 없다.

다만, 그가 곁에 있고 자신을 어루만진다.

아마 그것은 지극히 자연스러운 일이고, 그것만이 진짜인 것이다.

옷을 갈아입고 마을을 뒤로한 두 사람은 나크의 등 위에서 점차 멀어져가는 호수를 바라보았다.

티나샤는 오스카에게 받은 월수정을 소중하게 꼭 움켜쥐었다.

"이게 어디에 있었어요?"

"호수 바닥에. 물의 요정을 붙잡아서 안내시켰어."

마녀는 아연실색해 입을 떡 벌렸다. 하여간 이 남자는 어디를 가든 위험한 짓을 하고야 마는 것이다.

하지만 지금은 잔소리하고 싶지 않았다. 손안에 있는 수정이 체온을 머금어 따뜻하다.

"성에 돌아가면 모양을 다듬어서 목걸이로 만들래?"

"아뇨…, 이대로가 좋아요."

"그래."

오스카는 곁에 있는 마녀의 머리를 쓰다듬었다. 그녀는 기분 좋게 눈을 감는다.

다정하게 어루만지는 온기에, 계속되어가는 기억을 맡기고.

11. 초록색 덩굴

지하의 넓은 동굴에는 축축한 공기가 흐르고 있었다.

옛날부터 '성지'로 전해지는 숨겨진 장소, 지금까지의 역사가 새겨진 벽화를, 푸른 옷을 입은 청년은 바라본다. 그가 가진 검은 이미 피에 젖어, 칼끝에서 붉은 핏방울이 뚝뚝 떨어지고 있었다.

고요한, 아무도 말이 없는 시간.

청년 앞에 쓰러져 있는 남자는 아직 희미하게 숨이 붙어 있는 듯하다. 그 옆에 무릎을 꿇고 있는 다른 남자가 청년을 올려다보고 말했다.

"너는 누구냐? 어떻게 그 검을 가지고 있는 거지? 그건 부족의 수장에게만 계승되는 검인데—."

말하면서 남자는, 엎드린 채 쓰러져 있는 형을 보았다. 부족의 현 수장인 그의 손에는 같은 검이 쥐어져 있다. 존재할 리 없는 두 번째 검—그것은 무엇을 의미하는가. 그것을 가진 청년이 어떻게 자신들의 성지를 알고 있으며, 왜 형을 죽이려 하는가.

의문에 사로잡힌 남자를, 청년은 내려다보았다.

"당신은 공평한 사람이었어. 변덕이 심한 아버지보다 훨씬 나에게 성실하게 대해주었지. 내게 싸우는 법을 가르쳐준 사람도 당신이야. 그건 언제나 감사하고 있어."

"…그게 무슨 말이냐?"

이 청년에게 검술을 가르쳐준 적은 없다. 처음 본 사이다. 그들의 부족은 정착지를 갖지 않고 국경을 넘나들며 약탈을 생업으로 삼고 있다.

하지만 비밀의 거점이 몇 군데 있는데, 바로 그곳에 청년이 나타난 것이다.

수장인 형은 청년을 보고 격노했다. 형이 어떤 마을을 약탈하고 있을 때, 이 청년이 나타나 형을 마을에서 몰아냈다고 한다. 형은 도망치는 청년을 쫓아 이 성지에 들어왔다. 그것이 인적 없는 장소로 유인당한 것임을 깨달은 건, 형이 단칼에 허무하게 쓰러졌을 때의 일이다.

청년은 그의 의문을 무시하고 담담하게 말을 이었다.

"실은 어머니만 구하면 됐었어. 하지만 그 약탈을 막아도 나는 사라져버리지 않았다. 그러니까 이자를 살려두면, 언젠가 반드시 또 어머니를 불행하게 만들 거야. 어머니의 고향을 불태우고, 그녀를 납치해 노리개로 삼겠지. 음식도 제대로 안 주고, 짚더미에 재우고, 병들어 쇠약해진 어머니에게 채찍을 휘두르겠지. 이자는 나에게 좋은 아버지이고자 했지만… 어머니를 헌신짝처럼 취급했다는 점에서 조금도 내 아버지는 아니었어."

쓰러진 형을 향해 하는 말은 의미가 있는 듯하지만, 이해할 수 없다. 남자는 망연자실한 채 청년을 바라본다.

"무슨 말을 하는 거냐……. 형은 너와 나이가 거의 비슷해. 아버지라니—."

"그래, 당신에게는 다가올 시간의 이야기야. 다만 곧 존재하지 않는 미래가 되겠지. 내가 어머니를 위해 그렇게 만들었다."

청년을 아픔을 참는 것처럼 얼굴을 찡그렸다.

"어머니는 아름답고 상냥한 사람이었어. 결코 그런 인생을 살 사람이 아니었는데…."

깊은 한숨소리. 조용한 말이 그 자리에 떨어져 내린다.

"그래서 나는 어머니가 세상을 떠난 후… 과거를 바꿀 수 있다는 말에 응해, 여기에 왔다."

목소리는 암벽에 부딪쳐 사라진다. 남자는 그 말을 곱씹다가— 간신히 입을 열었다.

"…그럼 너는 마치…."

청년이 말하는 의미는 하나뿐이다.

그는 미래의 시간에서, 과거를 바꾸기 위해 왔다. 지금 이 자리에 쓰러져 있는 형이, 약탈해온 여자에게 낳게 할 아들이 청년인 것이다. 그래서 그는 시간을 거슬러 모친의 운명을 바꾸러 왔다.

완전히 미친 소리다. 도저히 믿을 수 없다. 하지만 이 청년이 수장의 검을 가지고 있는 것은 사실이다…. 그게 만약, 미래 언젠가에 형이 자신의 아들에게 물려준 검이라고 한다면.

"네 이름을 말해다오."

왜 그런 말을 했는지는 스스로도 알 수 없다. 단지, 지금 물어보지 않으면 영원히 알 수 없을 것 같았다. 이름도, 존재도, 어디에도 남지 않는다. 원래부터 없었던 인간이 된다.

그런 확신에 사로잡혀 던진 질문에, 청년의 표정이 처음으로 약간 누그러졌다.

"당신만은 어머니에게 동정적이었어. 어린 나를 도와 어머니를 고향에 묻어주었지. 그래서 나는 당신에게 모든 걸 말하고 가려고 해. 내 이름도, 내가 어떻게 여기에 왔는지도 전부."

청년은 쓰러져 있는 남자에게 시선을 던진다. 흘러나오는 피의 양으로 미루어 오래는 버티지 못할 것이다. 남은 시간은 짧다. 지금 마주하고 있는 두 사람 모두, 그것을 알고 있다.

청년은 자신의 검을 검집에 꽂고, 그것을 젊은 숙부에게 내밀었다.

“그리고 가능하면 언젠가 이 검을 어머니에게 전해줘. 그녀의 행복을 바라는 사람이 확실하게 있었다고.”

곧 스러질 목숨과 함께 사라질 존재.

그것을 눈앞에 바라보며 남자는 검을 받아들고… 고개를 끄덕였다.

※

대륙의 동쪽에는 대국 간도나 외에도 멘산이라는 큰 나라가 있지만, 그 외의 땅에는 다수의 소국들이 존재하고 있다. 결과적으로 동부는 서쪽보다 국경선이 훨씬 복잡해서 그로 인해 분쟁의 불씨도 많은 탓에, 많은 소국들이 틈만 나면 타국에 침략의 손길을 뻗고 있었다.

십 년 전에 발생한 야르다의 파르사스 침공도 그중 하나로, 갑자기 공격해온 야르다를 파르사스는 쉽사리 격퇴했다. 이 패배로 당시 대국을 압박할 정도로 기세등등했던 야르다는 영토의 절반을 잃고 말았다.

한편, 파르사스는 분쟁이 끝이지 않는 동부 국경 때문에, 백 년 전부터 동부에 미네다트 요새라는 국내 최대 규모의 요새를 구축했다. 그곳에는 항시 삼 만의 군이 주둔해 국경 경비를 맡고 있었다.

“요새 시찰? 나도 같이 갈래요. 당신은 잠시만 눈을 떼도 위험한 짓을 하고 마니까요.”

“그렇게 말하는 사람은 너뿐이야.”

“모두가 생각은 해도 말을 못 하는 것뿐이에요.”

오스카는 집무책상 너머로 마녀를 보았다. 그녀는 아까부터 그의 앞에 서서 서류더미를 훑어보고 있다. 사흘 뒤부터 그는 미네다트 요새의 정기시찰을 위해, 무관 몇 명을 대동하고 현지에 가기로 되어 있는 것이다. 마녀는 동부 국경에 대한 상세한 내용을 읽고서 약간 놀란 어조로 말했다.

"십 년 전에 전쟁이 있었군요."

"소규모였지만 있었어. 너는 그런 걸 잘 모르더라."

"평소엔 탑에 틀어박혀 지내니까…. 십 년 전이면 당신도 살아 있을 때잖아요."

사백 년 넘게 살아온 마녀라 그런지 말을 괴상하게 한다고 생각했지만, 오스카는 입 밖에 내지 않았다. 대신 당시의 기억을 떠올린다.

"그래, 종전 교섭 때 야르다에서 왕녀를 나에게 시집보낸다고 했었기 때문에 기억해."

"그래서 어떻게 됐어요?"

"당연히 거절했지. 더 악화될 게 뻔하니까."

"아, 그런가!"

당시는 아직 오스카에게 마녀의 저주가 걸려 있었던 것이다. 평화를 위해 보낸 왕녀가 아이를 임신하고 죽으면, 간신히 회복된 국교에 또다시 그림자가 드리울 게 자명하다. 해주한 본인은 저주의 존재를 까맣게 잊고 있었던 모양인지, 맞아, 맞아, 하고 중얼거린다.

하지만 야르다 측은 왕녀를 시집보내겠다고 제안했음에도 불구하고 이유도 못 들은 채 거절당하자, 파르사스에 무시당했다고 생각하고 후회했다고 한다. 하지만 그렇다고 평화교섭 자체를 엎어버리기에는 당시의 파르사스와 국력 차가 너무 컸고, 십 년이 지난 지금은 그 격차가 더 벌어져버렸다.

오스카는 다른 안건을 처리하면서 수호자에게 덧붙였다.

"사흘 정도 걸리니까 준비해둬."

"알겠어요."

마녀는 서류를 책상에 다시 돌려놓고 방에서 사라진다. 그 갑작스러움에 쓴웃음을 지으면서 오스카는 서류를 집어 들었다.

시찰 당일, 전이진을 사용해 미네다트 요새로 날아간 사람은 오스카와 그의 마녀, 그리고 글랜포트 장군과 세 명의 무관들이다.

마흔이 넘어, 장군들 중에서는 연장자에 해당하는 글랜포트는 처음에는 마녀의 존재를 꺼림칙하게 여긴 것 같았지만, 지금은 상당히 태도가 부드러워졌다. 그것은 아마 오스카의 아버지인 전 국왕이 중신들에게 칠십 년 전의 진실을 이야기한 일과 관계가 없지는 않을 것이다.

덕분에 티나샤는 '나라를 탐한 마녀'라는 오해도 풀리고, 투르다르의 계승자라는 사실도 알려져, 새삼 그 높은 존재 가치를 인정받게 되었다. 글랜포트는 이제 그녀가 오스카에게 잔소리하고 주의를 주는 것을 오히려 환영할 정도였다.

한편, 그들을 맞이한 미네다트의 장군은 두 사람이다.

요새의 전권을 쥐고 있는 장군 에드가르드는 글랜포트와 동년배이고, 나머지 한 명은 가젠이라고 하는 스물일곱 살의 젊은 장군이다. 두 사람은 마녀의 모습을 보고 놀란 것 같았지만, 곧 놀란 기색을 숨기고 주군에게 무릎 꿇고 인사했다. 의례적인 인사가 끝나자, 티나샤는 오스카의 소매를 잡아당겼다.

"역시 난 모습을 바꾸고 올 걸 그랬나 봐요…."

"그러면 내가 재미없으니까 됐어."

가벼운 대답에 마녀는 얼굴을 찡그렸다. 계약자를 따라 요새의 복도를 걸어가던 그녀는 무심코 창밖을 내다보다가 중정에서 놀고 있는 아이들을 발견했다.

"요새 안에 어린아이가 있네요."

"근처 마을 주민들이 작년부터 이곳에서 지내고 있어. 남자들이 침략자와 싸우다 다 죽어서, 노인과 여자와 아이들을 보호하기 위해 데려온 거야."

"싸우다가…."

티나샤는 탄식했다. 아이들이 떠드는 소리가 정원에 울리고 있었다.

미네다트 요새에 소속된 병사 중 한 명인 카렐은 휴식시간이 된 것을 확인하고, 아이들이 놀고 있는 중정으로 향했다. 그의 모습을 발견한 아이들은 가지고 놀던 돌을 내려놓고 신이 나서 뛰어온다.

"카렐! 이야기해줘! 이야기!"

"이야기라…. 어떤 이야기가 좋아?"

"푸른 검객 이야기가 좋아!"

"또 그거냐."

카렐은 검을 풀어 땅바닥에 내려놓고 책상다리를 하고 앉았다. 아직 열여덟 살인 그는 이 년 전에 군속이 되었고, 지금은 병사로서 훈련을 쌓고 있는 단계다. 아이들은 기대에 찬 눈빛으로 그를 에워쌌다.

"옛날 옛날, 우리 마을이 초원에 있었을 때, 마을에는 아주 아름다운 처녀가 있었어. 그 처녀와 결혼하고 싶어하는 젊은이들이 줄을 이었지만, 처녀는 아무도 신랑감으로 선택하지 않았어."

"괜찮은 남자가 없어서 그래."

"조용히 들어. ―하지만 어느 날, 나쁜 놈들이 말을 타고 마을을 습격했어. 나쁜 놈들은 집에 불을 질러 마을을 불태우고, 사람을 죽이려고 했어. 하지만 그때 푸른 옷을 입은 검객이 나타난 거야. 그는 나쁜 놈들을 물리치고 납치될 뻔한 처녀를 구해줬어. 감격한 처녀는 푸른 검객과 결혼하고 싶다고 말했지만, 그는 거절하고 어디론가 사라져버렸어. 끝."

"카렐, 너무 많이 줄였잖아!"

"더 자세히 이야기해줘!"

아이들 사이에서 원성이 터져 나온다. 하지만 카렐은 태연하게 대꾸했다.

"틀린 부분만 없으면 됐지. 배부른 소리 하지 마."

심통이 나서 입이 삐죽 튀어나온 아이들의 머리를 손가락으로 콕콕 찌르던 카렐은 뒤에서 젊은 여자가 킥킥 웃는 소리를 듣고 말았다. 돌아보니, 처음 보는 아름다운 여자가 서 있었다. 여자는 카렐과 눈이 마주치자 고개를 숙였다.

"미안해요. 무슨 이야기를 하는지 궁금해서 듣고 말았어요."

그렇게 말하고, 왕의 마녀는 방긋 웃었다.

"줄인 거라면, 원래는 더 긴 이야기인가요?"

그녀의 정체를 알게 된 카렐은 당황한 기색이었지만, 티나샤가 자세한 이야기를 청하자 다시 땅바닥에 앉았다. 이야기에 싫증이 났는지, 아이들은 조금 떨어진 곳에서 땅바닥에 그림을 그리기 시작했다.

"실은 이 이야기는 이백 년 전에 저희 마을에서 실제로 있었던 일입니다. 그리고 푸른 검객은, 그가 구해준 처녀의 아들이라고 합니다."

"으음…, 그럼 미래에서 왔다는 건가요?"

"그렇게 되겠죠. 푸른 검객은, 처녀가 그때 기마민족에게 납치되어 낳은 아들이라고 합니다. 그래서 어머니의 불행한 인생을 바꾸기 위해 과거로 온 거죠. 과거를 바꾸면, 그 자신은 태어날 수 없게 되지만, 그는 그걸 알면서도 어머니를 구했다는 이야기입니다. —이 검은 그 푸른 검객이 남긴 것이라고 전해지고 있습니다."

카렐은 자신 옆에 놓아두었던 검을 들어 보여주었다. 자루에 말(馬)이 조각된 그것은 확실히 훌륭한 검이었고, 관리가 잘 되어 있었다, 이백 년 전부터 전해 내려온 검이라면, 어떤 마법의 힘을 띤 검일지도 모른다. 그것을 본 마녀는 개탄스러운 목소리로 말했다.

"그렇군요…. 어린이 동화와는 느낌이 많이 다르네요."

옛날이야기치고는 완성도가 높은 이야기지만, 실제로는 과거로 돌아갈 수 있는 법칙은 마법에도 존재하지 않는다. 미래에서 왔다고 하는 부분은 진실이 아니겠지만, 그렇다 해도 상당히 정교한 이야기다. 티나샤는 놀고 있는 아이들을 돌아보았다.

"저 아이들은 당신과 같은 마을 출신인가요?"

"네…. 실은 일 년 전에 기마민족의 습격을 받아서…. 병사들이 달려갔을 때는 마을 남자들은 이미 전멸이라, 살아남은 사람들만 여기로 데려온 겁니다. 제가 마을에 있었다면 어떻게든 보탬이 될 수 있었을 텐데…."

입술을 깨무는 젊은 카렐을 바라보는 티나샤의 낯빛이 흐려졌다.

오스카의 말에 의하면, 이 일대에는 옛날부터, 나라가 없는 '이토'라 불리는 기마민족이 나타난다고 한다. 정착지가 없는 그들은 여러 나라를 넘나들며 갑자기 나타나 마을을 약탈하고 사라진다. 토벌을 시도한 적은 여러 번 있었지만, 국경을 넘어 자취를 감춰버리는 탓에 박멸까지는 이를 수 없었다고 한다.

"촌장님의 부인은 촌장님이 그녀를 구하려다 돌아가시는 바람에, 그 후로 지금까지 웃음을 보인 적이 없습니다. 이유 없이 남의 삶을 짓밟는… 그놈들을 저는 결코 용서할 수 없습니다."

카렐이 두 주먹을 움켜쥔다. 마치 거기에 증오스러운 원수가 있는 것처럼 눈빛에 분노가 이글거린다.

—보복이 보복을 낳는다. 티나샤는 그것을 잘 알고 있다.

그래서 그녀는 계약자를 위협하는 어떤 싹도 그냥 놔둘 생각은 없다. 보복이 형태가 되기 전에 뿌리를 뽑는다. 거기에 자신을 개재시킨다. 어리석은 기만이라는 것은 알고 있었다. 그 결과 자신이 언젠가 보복을 당해 죽는다면, 그건 어쩔 수 없는 일이라는 것도.

하지만 역시 이상(理想)을 이야기하기에는 그녀는 너무 오래 살았고… 그 손은 확실하게 피로 더럽혀져 있다.

첫날의 시찰이 끝나고 저녁식사를 마친 오스카는 가젠에게 밤에 잘 방에 대해 이야기를 듣고 폭소를 터뜨렸다. 갑자기 웃기 시작한 왕을 본 신하는 눈이 휘둥그레진다.

"폐하, 무슨 문제라도 있습니까?"

"그게 뭐야. 누가 시킨 거냐?"

가젠이 "마녀님도 같은 방으로 하면 될까요"라고 물어온 것이다. 예상치 못한 일이지만, 최근 들어 결혼과 후계자 문제로 잔소리가 많은 중신들의 술책일지도 모른다. 전에 티나샤 외에는 아무도 아내로 맞이할 생각이 없다고 선언한 탓인지, 그런 방향으로 추진하려고 하는 움직임도 지금은 적지 않은 것이다.

오스카가 방을 변경하라고 말하기 위해 입을 막 열려고 했을 때, 마녀의 어이없어하는 목소리가 끼어들었다.

"오스카만 괜찮다면 난 상관없어요."

"…열이라도 있는 거 아냐?"

오스카는 진심으로 의심하면서 마녀의 이마를 짚어보았다. 하지만 열은 없다. 그녀는 미간을 찌푸렸다.

"멋대로 쫓아온 쪽은 나니까요. 모습을 바꾸면 그만이에요."

"아아, 그렇군."

그는 얼마 전 사역마의 모습이 되었던 마녀를 떠올렸다. 원래 그녀는 겉모습과 나이를 자유자재로 바꿀 수 있는 것이다. 그러면 확실히 불편은 없을 것이다.

"그럼 그렇게 해."

가젠은 안도하면서 가슴을 쓸어내리고 물러갔다. 둘만 남자, 마녀는 차분한 어조로 말했다.

"당신이 밤에 빠져나가면 바로 알 수 있어서 좋네요."

"정말로 신용이 없군…."

"있다고 생각하는 게 더 이상해요."

마녀는 쌀쌀맞게 대꾸하고, 조그맣게 하품을 했다.

저녁식사 후의 회의는 밤늦게까지 계속되었다. 그 주요 이유는 이웃나라 야르다로, 십 년 동안 얌전했던 그 나라가 최근 수상한 움직임을 보이고 있다고 한다. 오스카는 야르다의 동향에 대한 검토와 앞으로의 경계태세에 대해 지시하고 침실로 돌아왔다.

방에서는 마녀가 장의자에서 잠들어 있었다. 그녀는 목욕을 마쳤는지 실내복 차림이었다.

"티나샤, 이런 데서 자지 마."

볼을 가볍게 두드려봐도, 반응이 없다. 요새를 빠져나가도 안 들킬 것 같은데… 라고 오스카는 생각했지만, 안타깝게도 빠져나가도 할 일이 없다.

편하게 자게 해주려고 가벼운 몸을 안고서 침대 앞까지 왔을 때, 그는 문득 발을 멈췄다. 예전에 침대에 내려놓았을 때, 그녀가 소스라치며 잠에서 깼던 일을 떠올린다.

그것은 사백 년 전의 사건에 기인한 것이지만, 그 문제가 일단락된 지금도 그녀가 여전히 같은 악몽에 시달리는 것은 아닌지, 오스카로서는 알 수 없다. 그는 몇 초간 생각하다가, 티나샤를 안은 채 자신이 침대에 앉았다. 잠든 그녀를 무릎 위에 내려놓고, 볼을 찰싹찰싹 두드린다.

"일어나, 일어나."

작은 신음소리와 함께, 티나샤는 힘겹게 눈을 떴다. 검은 눈동자는 잠에 취해 있다.

"자려면 제대로 자."

"네…."

간신히 대답하고 티나샤는 오스카에게 의지하면서도 스스로 넓은 침대의 구석으로 이동했다. 그대로 고양이처럼 몸을 웅크리고 잠에 빠져든다.

그녀가 악몽을 꾸지 않은 것에 안도한 오스카였지만, 곧 다른 사실을 깨닫고 혀를 찼다.

"어이, 모습을 안 바꿨잖아…."

머리카락을 잡아당겨봤지만, 이번에야말로 일어날 기미가 없다.

그는 한숨을 내쉬고 마녀에게 이불을 덮어준 다음, 자신도 씻기 위해 욕실로 향했다.

※

잊을 수 없는 영상이 있다.

피와, 쓰러져가는 남편의 몸, 그 몸 너머로 보이는 젊은 남자. 땅바닥에 떨어진 그 남자의 팔.

처참한 과거의 기억에는 어째서인지 색이 없다.

다만, 무서운 눈으로 자신을 쏘아보는 남자의 눈동자에만 색이 있었다.

그 눈동자는 해가 들지 않는 숲처럼 짙은 초록색이다.

다시는 만나고 싶지 않다. 보고 싶지 않다.

그럼에도 그 초록색만이 언제까지나 그녀를 따라다니며 괴롭힌다.

※

깊이 잠든 마녀를 내버려두고 옆에서 자고 있던 오스카는 한밤중에 이상하게 숨이 막혀 잠에서 깼다. 간신히 눈을 조금 떴지만, 잘 보이지 않는다. 몸이 무겁다. 따뜻한 무언가의 감촉이 느껴진다.

그러는 동안, 입술을 가르고 들어온 무언가가 입안을 애무해, 그는 순식간에 각성했다.

아찔한 현기증과 함께 온몸이 떨린다. 여자의 혀가 그의 혀를 휘감고 꿈틀거렸다. 그는 깔려 있는 손을 움직여 여자의 볼을 쓰다듬었다.

그녀는 그것을 깨닫고 천천히 얼굴을 떼었다. 몸을 일으켜, 자신을 응시하는 남자의 얼굴에 손을 가져간다. 꿈속을 헤매는 듯한 공허한 표정으로 남자의 푸른 눈동자를 바라보며… 입을 열었다.

“아니……… 지 않아!”

속삭이는 듯한 목소리에서 갑자기 크게 부르짖으며 그녀는 몸을 벌떡 일으켰다. 그 얼굴을 오스카는 황당한 표정으로 쳐다보았다.

"뭐 하는 거야?"

"동조당했어…."

머리를 싸쥔 마녀는 침대 위에 몸을 웅크리고 분한 듯이 중얼거렸다. 어린아이처럼 흔들어대는 마녀의 머리를, 정신을 차린 오스카가 가볍게 톡톡 건드렸다.

"일단 설명부터 해. 전혀 의미를 모르겠군. 갑자기 나와 결혼하고 싶어진 거야?"

"전혀 아니에요…."

"단정적으로 말하지 마."

"깊이 잠들어서, 주파가 맞는 꿈을 받아들인 거예요…."

"그게 뭐야."

오스카는 관자놀이를 눌렀다. 어이없게 잠에서 깨는 바람에 현기증이 날 것 같다. 시계를 보니 아침까지는 아직 시간이 남아 있었다. 마녀는 다소 진정됐는지 침대에 무릎을 꿇고 앉았다.

"아마 이 요새 안에 강한 정념을 가진 꿈을 밖으로 내보내면서 자는 사람이 있는 것 같아요. 마력을 가진 사람이고, 아마 제어 훈련은 받은 적이 없을 거예요. 평범한 사람에게는 별다른 영향이 없지만, 난 마녀이고 피곤한 상태라… 그걸 포착하고 만 것 같아요. 미안해요!"

"심장에 안 좋아."

"잊어주세요…."

마녀는 납죽 엎드려 사정했다. 그 모습을 보는 것만으로도 오스카는 극심한 피로감이 밀려왔다. 좋았다는 느낌보다는, 그저 피곤했다. 불과 일 분 남짓한 일인데도, 신경이 무거운 돌덩이에 짓눌린 기분이다.

"아까 아니라고 했는데, 뭐가 아니란 거야?"

"아마 눈동자 색인 것 같아요. 초록색… 이라고 생각했었나?"

"제정신이 돌아와서 다행이야."

계약자의 냉담한 목소리에 마녀는 고개를 들지 못한다. 냉담하지 않았다 해도, 자신의 행동에 고개를 들 수 없었다.

"아무튼 난 조금 더 잘게. 넌 모습이나 바꾸도록 해."

"네…."

오스카가 등을 돌리고 돌아눕자, 티나샤는 비로소 고개를 들고 검은 새끼고양이로 모습을 바꾼다. 힘없이 꼬리를 말았지만… 자신의 어처구니없는 실수를 생각하면, 잠이 올 것 같지 않았다.

다음날 아침, 눈을 뜬 오스카는 머리맡에서 몸을 웅크리고 있는 고양이를 안아 올렸다. 고양이는 크게 하품하더니, 그의 어깨로 올라가 기지개를 켠다. 오스카는 그 목덜미를 쓰다듬으면서 낮은 목소리로 말했다.

"너 말이지, 정령술사로 있고 싶으면 오늘은 하루 종일 그 모습으로 있어."

그 말에 고양이는 움찔 몸을 떨더니, 검은 귀를 소심하게 축 늘어뜨렸다.

※

시찰 둘째 날 오전, 오스카는 요새 안의 설비를 점검했다. 오래된 방벽 수선에 대해 설명을 듣는다. 그 후, 요새 안의 집무실로 돌아와 다른 보고서를 훑어보고 있을 때, 요새에 구조된 마을의 대표자가 인사를 하고 싶다면서 찾아왔다.

허락을 얻어 들어온 대표자는 선대 촌장이었다고 하는 노인과, 이십대 후반의 아름다운 여자였다. 여자는 연한 금색 머리카락을 땋아 올려, 고운 얼굴의 선을 드러내고 있었다. 원래는 화려한 미모인 듯하지만, 지금은 얼굴에 그늘이 짙게 드리워 있다.

인기척을 느꼈는지, 그때까지 책상 구석에서 동그랗게 몸을 웅크리고 있던 고양이가 고개를 들었다. 검은 등을 일으키며 천천히 고개를 들더니 여자 쪽을 빤히 응시한다. 오스카는 그 시선을 알아차리고 여자를 보았다.

"그렇군, 너였구나."

"네?"

"아니, 아무것도 아니야."

엘제라고 자신을 소개한 여자는 죽은 촌장의 미망인이라고 했다. 예의상 미소를 지을 때도, 그 얼굴에는 어쩐지 수심이 느껴진다. 인사를 마치고 나가려고 하는 그녀를 오스카가 불러 세웠다.

"세상을 떠난 남편은 눈동자가 초록색이었나?"

별 뜻 없이 던진 그 말에, 그녀는 그대로 굳어버렸다. 그늘진 얼굴이 경악으로 얼어붙는 것을 오스카는 의아하게 생각했다. 질문에는 옆에 있던 노인이 대신 대답했다.

"아니오, 갈색 눈동자였습니다."

"그런가. 시시한 질문을 했군. 물러가도 좋다."

두 사람이 방을 나가자, 오스카는 손으로 턱을 괸다. 그는 무료한 듯 책상 위에 있던 장식용 수정구슬을 고양이 앞으로 굴렸다. 검은 고양이는 귀를 쫑긋 세우고 거기에 달려든다. 수정구슬을 가지고 노는 고양이를 쓰다듬으면서, 그는 검은 귀에 대고 물었다.

"그 여자가 누구의 꿈을 꾼 거라고 생각해?"

고양이는 어깨를 으쓱하듯이 고개를 갸웃하고는, 다시 검은 발로 수정구슬을 굴렸다.

말을 탄 오스카가 글랜포트를 비롯한 부하들과 함께 요새를 나선 것은 정오가 지났을 무렵의 일이다.

국경 근처를 돌아보는 시찰은 이웃나라 야르다의 동태를 확인하는 의미도 있다. 어깨에 검은 고양이를 올린 왕은 험준한 바위 위에서 검붉은 암석뿐인 지면을 신기한 듯이 내려다보았다.

"마치 경계선이라도 있는 것처럼 풍경이 달라지는군. 요새 주변과는 천지차이야."

"이 일대는 암흑시대 이전에 지하의 암반이 융기해 만들어졌다고 합니다. 국경 근처에는 더 험준한 협곡도 있고 미세한 균열도 있으니 조심하십시오."

"알겠다."

크고 작은 수많은 바위산과 벼랑이 밀집한 그곳은 자연의 방벽이다. 미네다트 요새가 생기기 전에는, 이 험준한 지형이 동쪽으로부터의 침공을 막아주고 있었다. 파르사스에 침공하려면 좀 더 남하해 간도나와의 국경선 부근으로 우회하지 않으면 행군하기도 어렵다.

하지만 야르다는 십 년 전, 험준한 협곡을 넘어 침공해 왔다. 당시는 이 협곡지대의 동쪽 절반이 야르다의 영토였기 때문에, 파르사스에 들키지 않고 준비할 수 있었던 것이다. 오스카는 어깨 위의 고양이를 쓰다듬었다.

"슬슬 돌아갈까. 마을도 돌아봐야 하니까."

오늘로 피난민들의 마을이 습격당한 지 일 년이 된다. 요새에서 보호 중인 사람들에 대해서는 새로운 땅으로의 이주 계획이 진행되고 있다.

하지만 그 전에, 원래 살던 마을을 마지막으로 보고 싶다고 몇 명이 청해온 것이다. 함께 요새를 나선 그들은 호위병과 함께 협곡지대 밑에서 기다리고 있다.

오스카는 고삐를 잡고 말머리를 돌렸다. 여기저기 솟은 바위기둥을 피해, 구불구불한 경사면을 내려간다. 말 위에서 그는 바위뿐인 풍경을 둘러보았다.

"티나샤와 함께 있으면 전이하는 경우가 많아서, 가끔은 이렇게 평범하게 움직이는 것도 신선하군."

그 말을 들은 고양이가 검은 앞발로 그의 머리를 찰싹 때린다. 하지만 왕은 고양이에게 얻어맞으면서 전혀 신경 쓰지 않는다. 뒤를 따르는 신하들은 어떻게 반응해야 좋을지 몰라 침묵을 지켰다.

하지만 절반쯤 내려왔을 때, 오스카가 갑자기 말을 멈춰 세웠다. 그의 어깨에서 검은 고양이가 고개를 들었다.

"폐하? 왜 그러십니까?"

글랜포트의 목소리에 오스카가 대답하는 것보다 먼저, 그들 위로 그림자가 드리웠다.

올려다보니, 좌우로 우뚝 솟은 바위산 위에, 어느새 이쪽을 향해 화살을 겨눈 남자들이 늘어서 있었다.

오십 발 가까운 화살의 표적이 된 왕은, 그들을 보고 태연하게 말했다.

"이토인가. 기마민족인데 말을 안 타고 있군."

"폐, 폐하…, 그런 말씀을 하실 때가…."

"티나샤, 움직이지 마. 얌전히 있어."

짧은 명령은 자신의 수호자에게 내린 것이다. 그 이름에 신하들의 긴장이 다소 누그러진다. 한편, 일어서려고 하던 고양이는 불만스러운 얼굴로 그를 쳐다보더니, 마지못해 어깨 위에 다시 앉았다.

화살을 겨눈 이토들 사이에서 한 남자가 걸어 나왔다. 서른 살 전후로 보이는 장신의 남자. 햇빛이 들지 않는 숲속 같은 진초록색의 눈동자가 파르사스 일행을 내려다보았다.

"나는 이토의 수장이다. 너희 중에서 가장 높은 사람과 대화를 하고 싶다."

"가장 높은 사람이라면 나겠군. ―이름을 밝혀라."

가벼운 대답에 뒤이은 그 말에는, 왕으로서의 위엄이 담겨 있었다. 파르사스 사람들이 흠칫 긴장하고, 화살을 겨눈 남자들도 주춤한다. 하지만 수장이라는 남자만은 놀라면서도 오스카에게서 시선을 떼지 않는다. 남자는 가슴을 젖히고 오만하게 말했다.

"내 이름을 하비. 원하는 게 있어서 교섭하러 왔다."

"도적 따위가 뻔뻔하구나. 지금 이곳에서 너희 모두를 베어버릴 수도 있다만?"

"이 상황에서 큰소리치지 마. 눈이 안 보이는 거냐?"

벼랑 위에서 겨누고 있는 화살을 전부 쏘면, 파르사스 일행 십여 명쯤은 순식간에 죽일 수 있다고, 그렇게 하비는 생각하고 있으리라. 하지만 화살을 쏘는 순간, 숯덩이가 되는 건 이토들 쪽이다. 그게 가능하기 때문에, 오스카도 몇 안 되는 인원으로 밖에 나와 있는 것이다.

어깨를 으쓱할 뿐 대답하지 않는 파르사스 국왕에게 하비가 내뱉었다.

"너희가 어떻게 생각하든, 약탈은 옛날부터 이어져온 우리 일족의 생존법이다. 우리는 이 생존법에 긍지를 가지고 있다. 군대로 다른 나라를 침략하는 것과 무엇이 다른가. 자신은 싸우지도 않으면서 명령만 내리는 자보다, 나는 훨씬 올바른 삶을 살고 있다."

비꼬는 미소를 보이는 오스카의 어깨 위에서, 마침내 검은 고양이가 털을 곤두세웠다. 위협적으로 입을 벌리는 고양이를 오스카가 목덜미를 잡고 들어올린다. 고양이는 버둥거렸지만, 그는 그것을 무시했다.

"말은 청산유수로군. 원하는 게 뭐냐?"

"여자다."

그 대답에, 오스카는 손에 든 고양이와 얼굴을 마주보았다.

※

메마른 바람은 지금은 이미 사라지고 없는 마을 쪽에서 불어온다. 엘제는 말 위에서 먼 풍경을 바라보았다.

평화롭고 아무 일도 없었던 그 시절. 그녀는 자신의 인생은 평생 변함없이 쭉 이어질 거라 생각하고 있었다.

남편이나 마을에서의 생활에 불만이 있었던 것은 아니다. 부모님이 정해준 상대와 결혼해 가정을 꾸렸다. 사랑받는 생활은 온화하고 행복했다. 어느 날 마을이 습격당하기 전까지는.

남편을 죽인 남자. 그녀를 쏘아보는 그 눈.

다시는 만나고 싶지 않았다. 하지만 그 눈동자가, 그 색이, 영혼에 각인되어버렸다.

잊고 싶다고 얼마나 바랐던가. 그 눈동자를 보기 전으로 돌아가고 싶다고.

하지만 그렇게 생각하면 할수록, 그 눈동자는 밤마다 그녀를 꿈속에서 몰아붙였다. 앞으로 얼마만큼의 세월이 지나야 벗어날 수 있을지 짐작조차 가지 않는다.

"왜 그러십니까, 마님."

들려온 목소리에 엘제는 퍼뜩 정신을 차렸다. 그녀를 걱정하는 목소리의 주인공은 같은 마을 출신인 카렐이다. 호위로 따라와준 청년에게 엘제는 힘없이 고개를 끄덕였다.

"아무것도 아니에요. 미안해요."

마님, 이라고 불릴 때마다 현실을 떠올린다. 다시는 아무데도 갈 수 없을 것 같은 답답함을 느낀다.

하지만 그런 공허함은 남편을 잃었기 때문일 것이다. 의지할 곳도, 걸어가야 할 길도 보이지 않게 되었다.

그래서 그날부터 자신은 움직일 수 없는 채로—.

"엘제"

함께 온 선대 촌장이 부르는 소리에 그녀는 돌아보았다. 그리고 경악한 나머지 그 자리에 얼어붙었다.

"어째서…."

바위산에서 내려오는 국왕 일행. 하지만 그 면면은 올라갔을 때와는 완전히 다르다. 왕의 모습은 보이지 않고, 일행을 이끄는 사람은 글랜포트 장군이다. 그리고 어째서인지, 이토로 짐작되는 남자들이 함께 있었다.

무슨 상황인지 몰라, 엘제 주위에서 호위병들이 술렁거린다. 철천지 원수를 본 카렐의 낯빛이 달라졌다. 하지만 그런 가운데, 글랜포트는 엘제 앞에서 말을 멈춰 세우고 말했다.

"미안하지만 상황이 달라졌소. 마을로 가기 전에 함께 가줘야겠소."

"함께 가다니… 어, 어디를요…? 어째서 그 사람들과…."

"폐하의 명령이오. 당신만이라도 데려오라고 하셨소."

글랜포트는 침통한 얼굴로 말머리를 돌렸다. 영문도 모른 채 정신없이 그 뒤를 따라간 엘제는— 다시는 보고 싶지 않다고 생각했던 그 초록색 눈동자와 재회했다.

불규칙하게 솟은 바위산 너머에 있는 검붉은 암반 전망대는 이른바 천연 광장이다.

둥글게 펼쳐진 그곳은 거대한 원기둥의 꼭대기 같은 곳이라, 떨어지면 목숨을 부지할 수 없는 높이다. 대신 광장을 에워싸듯이 가장자리에 여러 개의 거대한 바위가 융기해 있었다.

말에서 내려, 고양이만 데리고 붉은 돌 광장에 선 오스카는 감탄하며 주위를 둘러보았다.

"마치 거인의 감옥 같은걸. 재미있어. 이런 곳이 있었군."

"여기는 이토의 성지다. 먼 옛날, 손님인 신이 찾아왔던 곳이다."

"신? 아이테아 말이냐? 아니면 아이테아의 자신(子神)인가?"

"어느 것도 아니야. 그 이름은 사라지고 말았다. 다른 곳의 신이다."

불가사의한 말에, 오스카는 고양이의 모습을 한 마녀를 보았지만, 그녀는 관심 없는 듯 꼬리를 흔들 뿐이다. 투르다르는 무신교의 마법국가였다고 하니까, 아마 그 영향이리라.

서른 명 남짓한 이토들은 그들의 성지라고 하는 광장을 에워싸고, 노골적인 적의를 드러내고 있었다. 하지만 전혀 개의치 않고 오스카는 발밑 땅의 미세한 균열에서 눈길을 들어 남자에게 물었다.

"그래서 결투를 원하는 거냐?"

"그렇다. 싸울 사람을 요새에서 불러오고 싶다면 사자를 보내주마."

"상관없어. 이 자리에 있는 사람들로 대충 하면 돼."

왕을 따라온 호위병들은, 다섯 배 가까운 인원 차이에도 겁먹은 기색은 없다. 싸늘한 적의를 띠고서 주변을 에워싼 이토들을 노려보고 있다.

마침 그때, 광장으로 이어진 좁은 비탈길에서 글랜포트가 나타났다. 그가 데려온 엘제는 하비의 모습을 보고 얼굴에 핏기가 가신다. 하비는 그녀를 똑바로 응시했다.

"오랜만이군."

"아…."

그녀는 그대로 얼어붙었다. 오스카는 그런 그녀를, 고개를 약간 기울이고 쳐다보았다.

"사정은 글랜포트에게 들었지?"

"아, 네…."

—하비가 요구하는 것은 엘제다.

일 년 전, 그가 약탈하려다 실패한 여자. 하비는 이번에야말로 그녀를 힘으로 빼앗겠다고 주장했다.

다만 엘제에게는 지금 그녀를 지켜줄 사람이 없다. 그녀의 남편을 비롯해 마을 남자들은 모두 죽고 말았기 때문이다. 그렇다면 그녀가 몸을 의탁하고 있는 요새의 사람이 그것을 대신하라고 하비는 주장했다. 단, 요새의 군대와 전투를 벌여 일족을 희생시키고 싶지는 않으니까, 결투로 승부를 내자고.

그 말을 들은 파르사스 사람들은 적반하장도 유분수라고 격분했다. 파르사스 입장에서는 그들은 죄인이며, 대등한 승부를 요구할 수 있는 입장이 아니다. 말 그대로 군을 동원해 쓸어버려야 할 존재인 것이다.

한편, 이토는 이토대로 할 말이 있었다.

그들은 약탈 시에 여자와 어린이는 죽이지 않으며, 그들에게도 부양해야 할 가족이 있다. 약탈은 그들에게 있어 일족의 생활을 위한 책무인 것이다.

하지만 어떤 사정이 있다 한들 파르사스에서 약탈은 용납되지 않는 행위다. 이토의 주장을 아, 그렇습니까, 하고 받아들일 수는 없는 노릇이다.

그렇게 결렬될 뻔했던 교섭을 간단히 끝내버린 것은 오스카였다.

"지금까지 뿌리를 뽑지 못했던 상대다. 결투로 그들을 굴복시킬 수 있다면 오히려 잘된 일이지. 그러니까 너도 입회해."

"저, 저는…."

망연자실한 모습으로, 텅 빈 인형처럼 엘제는 경직되어버린다. 그럼에도 억누를 수 없는 감정을 간직한 여자는 말을 잃은 채 그저 서 있을 뿐이다. 그녀 뒤에서는 카렐이 증오에 불타는 눈으로 하비를 노려보고 있다.

하비는 두 사람에게서 시선을 돌려 오스카에게 지시했다.

"강한 놈으로 셋을 골라라. 우리도 셋을 고르겠다. 그러면 불만 없겠지?"

"상관없어. 인원이 적을수록 빨리 끝나니까. 뭐하면 너와 나, 둘이라도 좋다."

"세상물정 모르는 애송이로군. 그 헛소리에 죽어나는 건 주위 사람들이야."

코웃음 치는 하비에게, 왕의 어깨 위에서 검은 고양이가 달려들려고 몸을 날린다. 하지만 오스카는 그 몸을 허공에서 움켜잡았다. 고양이는 필사의 저항을 시도하지만, 그는 놓아주지 않았다.

"단, 우리가 이긴 경우, 앞으로 파르사스에서의 약탈을 금한다. ―어기면 어떻게 될지는 알고 있겠지?"

별안간 위압감을 드러내는 오스카를 보고 하비는 약간 기가 죽었다. 하지만 일족의 수장인 이상, 그는 애써 그것을 숨기고 고개를 끄덕였다.

하비가 돌아보고 신호하자, 주위를 에워싸고 있던 이토들 중에서 결투에 참가할 두 명이 앞으로 나섰다. 그는 두 사람을 확인하고, 글랜포트 옆에서 떨고 있는 엘제를 응시했다.

그녀는 일 년 전처럼 겁에 질린 아름다운 얼굴로 그를 보고 있다. 바람 불면 날아갈 것 같은 연약한 존재다. —하지만 그것이 그를 참을 수 없이 매료시킨다.

피비린내 진동하는 약탈 현장에서 그는 그녀를 만났다. 그녀를 지키려 하는 남편을 필사적으로 만류하던 여자. 그 아름다운 용모. 남편을 보는 강렬한 눈빛에 첫눈에 사로잡혀버렸다. 그녀의 그 눈빛을 오로지 자신에게만 향하게 만들고 싶다고 생각한 것이다.

빛바래가는 기억 속에, 그녀의 모습만은 언제까지나 선명했다.

쓰러지는 그녀의 남편 뒤에서, 망연자실한 채 자신을 응시하던 여자의 눈을 잊을 수 없다.

타인에게 이토록 집착한 적은 없었다. 하지만 무슨 수를 써서라도 반드시 갖고 싶었던 것이다. 결코 포기할 수 없었다.

그래서 지금 그는 이 자리에 있다.

"네 남편의 칼에 잘려나간 팔이 돌아오기까지 일 년이 걸렸다. 늦었지만 데리러 왔다."

하비는 엘제에게서 눈을 떼지 않은 채, 자신의 왼팔을 쓰다듬었다. 마법으로 붙여놓은 그 팔을 원래대로 움직일 수 있게 되기까지 상당한 고통과 노력이 필요했던 것이다.

엘제의 눈이 조금 커진다. 작은 입술이 전율한다.

오스카는 귀찮은 듯이 머리를 긁적이며 일단 신하들이 있는 곳으로 돌아왔다.

“자, 일단 나는 나가는 걸로 하고, 나머지 두 명은 어떻게 할까….”

그는 목덜미를 붙잡은 고양이를 눈높이까지 치켜들었다.

“센 순서대로 하면 이 녀석이지만, 고양이라서.”

그때, 갑자기 고양이의 윤곽이 허물어졌다. 작고 검은 새끼고양이는 순식간에 원래의 여자 모습으로 돌아온다. 오스카는 얼굴을 찌푸리고 여자를 나무랐다.

“돌아오지 말라고 했잖아. 혼나고 싶어?”

“아무리 고양이라도 목덜미를 붙잡으면 질식한다고요!”

느닷없이 나타난 마녀를 본 다른 사람들은 경악해 말문이 막혀버린다. 유난히 까칠하던 고양이가 설마 왕의 수호자일 줄은 상상도 못 한 것이다. 마녀는 목덜미를 문지르면서 태연하게 말했다.

“내가 나갈게요.”

“안 돼.”

“끝까지 들어주세요…. 저 두 명 중에 키 작은 쪽은 아마 마법사일 거예요.”

오스카는 광장에 선 두 남자를 바라보았다. 근육질의 거한과 왜소한 체구의 남자는 각자 검을 차고 있어서 마법사로 보이지는 않는다. 하지만 마녀가 그렇게 말한다면 틀림없을 것이다.

“알았어. 저 녀석은 너에게 맡길게.”

“알겠어요.”

마녀는 긴 머리를 묶기 시작했다. 그러면서 그녀는 계약자에게만 들리는 목소리로 속삭였다.

“그리고… 이 장소 말인데요, 뭔가 좀 이상하지 않나요? 수상한 기척이 있어요.”

"수상한 기척? 성지라고 하던데, 그래서 그런가?"
"음…, 애당초 '다른 곳의 신이 찾아왔다'라는 이야기가 약간 마음에 걸려요. 아이테아 계통이 아니라면, 그들은 무엇을 신이라고 생각한 걸까요?"
"상위마족 아냐? 그런 이야기는 흔하잖아."
"있기야 있지만, 그게 아니라 뭔가…."
마음에 걸리는 존재의 정체를 찾기 위해 티나샤는 고개를 갸웃했다. 그녀는 검은 눈동자로 오스카를 보았다.
"역시 내가 모두를 전이시킬 테니까, 다른 곳에서 하는 게 어때요? 성의 훈련장은 어떤가요."
"그건 살짝 재미있지만, 저쪽에서 안 받아들일걸. 그냥 얼른 이겨버리면 돼."
오스카는 마녀의 머리를 토닥거린다. 그때 오스카 앞으로 한 청년이 달려왔다.
"폐하! 저를 내보내주십시오!"
필사적인 모습으로 그렇게 청하는 남자는 카렐이다. 오스카는 증오에 불타는 두 눈을 마주보았다.
"왜냐."
"놈들에게 습격당한 마을 출신입니다. 저는 아버지를 잃었습니다."
티나샤가 옆에서 미간을 살짝 찌푸린다. 오스카는 그것을 보고, 다시 한 번 청년에게 시선을 향했다.
"이름은?"
"카렐이라고 합니다."
"알았다. 네가 나가도록 해라."
왕의 결정에 카렐의 얼굴에 화색이 감돈다.

—이제 원수를 갚을 수 있다. 그렇게 생각하며 카렐이 엘제를 보자, 그녀는 여전히 창백한 얼굴로 하비를 뚫어져라 응시하고 있었다.

첫 번째 결투는 카렐과 호아킨이라고 하는 거한의 싸움이 되었다. 모두가 숨을 삼키고 지켜보는 가운데, 두 사람은 검을 뽑아들고 마주선다. 호리호리한 체구인 카렐이 호아킨과 마주서자, 말 그대로 어른과 아이처럼 보였다.

호아킨은 자신의 대결 상대를 내려다보고 코웃음 쳤다.

"마을의 생존자라고? 얌전히 숨어 있었으면 좋았을 것을."

"닥쳐! 이 야만족 놈아!"

카렐이 검을 겨눈다. 하지만 거기에 드러난 미숙함은 누가 봐도 명백하다. 시작도 하기 전부터 승패를 짐작하는 분위기 속에, 하비만이 혼자 미간을 찌푸렸다.

"저 검은…. 저게 왜 저기 있는 거지?"

카렐이 가진 검은, 대대로 이토의 수장에게 전해 내려오는, 세상에 단 한 자루뿐인 무명(無銘)(주1)의 검과 매우 비슷했다. 하지만 그 검은 분명히 선대 수장 때, 전투 중에 부러져버렸다.

수상하게 생각하던 하비는 문득 어린 시절의 기억을 떠올렸다.

성지 깊숙한 곳, 벽화 옆에 새겨진 그 이야기는 분명—.

"그럼 시작!"

신호의 목소리가 울린다.

카렐은 검을 머리 위로 치켜올리고 호아킨을 향해 내달리기 시작했다. 그대로 내리치는 혼신의 일격을, 호아킨은 웃으면서 받아낸다. 일 합, 이 합, 이어지는 공격은 한 번도 거구의 남자에게 닿지 못한다. 그

주1) 무명(無銘): 검이나 그림 등에 작자의 이름이 없는 것.

래도 카렐은 계속 검을 휘둘렀다.

호아킨은 잠시 즐거운 듯이 그것을 받아내다가, 이윽고 입꼬리를 올리고 웃더니 위에서 강렬한 일격을 휘둘렀다.

카렐은 그것을 받아내지 못하고 엉덩방아를 찧는다. 구경하던 이토들이 큰소리로 웃음을 터뜨렸다.

"제기랄…."

수치심에 감정이 격앙된다. 하지만 몸을 일으킬 시간조차 주어지지 않는다. 호아킨의 검이 카렐을 향해 날아들었다. 그는 그것을 앉은 채로 잽싸게 뒤로 물러나 간신히 피했다.

—하지만 이어진 세 번째 공격은 도저히 피할 길이 없었다.

카렐은 죽음을 각오하고 눈을 감았다. 하지만 아무리 기다려도 충격은 오지 않는다. 그는 가늘게 눈을 떴다.

"어…?"

어느새 폭이 좁은 검이 눈앞에 꽂혀 있었다. 그 검에 부딪쳐 방향이 빗나간 호아킨의 검은 옆쪽의 땅바닥에 파묻혀 있다. 얼떨떨한 얼굴의 카렐 옆에서, 조그만 발이 모래를 밟는다.

"승부는 났어. 다음은 나다."

긴 검은 머리를 올려 묶은 마녀는 얼음장 같은 목소리로 그렇게 말했다.

"여자를 내보낸다고? 파르사스에도 인물이 어지간히 없는 모양이군."

"나서기 좋아하는 녀석이라 골치야."

하비의 야유에 오스카가 가볍게 대꾸한다.

관중의 시선이 집중된 가운데, 티나샤는 대수롭지 않은 태도로 검을 겨누었다. 몸에 꼭 맞는 검은 마법복은 그녀의 가냘픈 몸을 선명하게 보여준다. 이니고라는 이름의 두 번째 남자는 비릿한 웃음을 흘리면서 그녀의 몸을 핥듯이 응시했다. 둥글게 휘어진 검을 뽑아 마녀를 겨눈다.

"조금 말랐지만, 예쁜 여자로군. 홀딱 벗겨줄까?"

"할 수 있으면 해 보시지."

싸늘한 미소를 보인 그녀는 개시 신호와 동시에 땅을 박찼다.

힘은 강하지 않지만 무서운 속도로 육박하는 여자의 공격을 이니고는 반사적으로 검을 들어 막아냈다. 방심하면 바로 목이 날아갈 것 같은 일격에, 여자라고 얕잡아보던 태도를 바꾼다.

그는 식은땀을 흘리면서 간신히 삼 합을 받아내고, 힘을 실어 검을 옆으로 크게 휘둘렀다. 마녀는 그것을 피해 뒤로 점프한다. 충분한 간격이 생긴 것을 확인한 이니고는 칼끝을 여자 쪽으로 향했다. 구성을 짜고, 마법을 쏜는다.

생겨난 것은 눈에 보이지 않는 밧줄이다. 그 한쪽 끝이 여자의 가냘픈 몸을 향해 날아간다. 밧줄은 그대로 검을 겨눈 그녀의 팔다리에 휘감겨 순식간에 포박해버렸다.

두 팔이 위로 치켜 올려진 티나샤는 밧줄에 손목이 조여 검을 떨어뜨린다. 그것을 본 파르사스 진영에 웅성거림이 퍼졌다.

한편, 이니고의 힘을 아는 이토들은 예상 가능한 전개에 야비한 웃음을 지었다.

검을 잡는 마법사는 드물다. 더구나 조악한 차림을 하고 있으면, 그 가능성을 의심하는 자조차 없는 것이다. 이니고는 그렇게 과거에 수십 명을 같은 식으로 농락하며 죽여왔다. 꼼짝할 수 없다는 사실을 알았을 때의 그들의 표정은 매우 볼 만하다고밖에 표현할 길이 없다.

이니고는 밧줄에 묶인 여자에게 다가가 쇄골 사이에 칼끝을 대었다. 여자는 겁먹은 기색 없이 태연하게 그를 마주본다.

"마법을 쓰면 안 된다는 말은 없었잖아?"

승리를 확신하고 웃으면서 이니고는 여자의 옷에 검을 미끄러뜨리려고 했다.

그때— 날카로운 파열음과 함께 그의 검이 부서져버렸다.

반짝이며 땅바닥에 떨어지는 파편을, 이니고는 입을 쩍 벌린 채 바라보았다. 그것은 너무나 비현실적인 풍경이라 위기감조차 느낄 수 없었다. 대신, 기척을 느끼고 이니고는 고개를 들었다. 거기에는 잔혹한 미소를 띤 여자가 허공에 떠 있었다. 노래하는 듯한 목소리가 들린다.

"확실히 마법을 쓰면 안 된다고는 안 했지."

뻗어온 여자의 흰 손이 남자의 목을 움켜잡는다. 다음 순간, 광장에 남자의 절규가 울려 퍼졌다.

"이로써 현재까지는 무승부인가."

돌아오는 마녀를 보면서 오스카는 당연하다는 듯이 말했다. 옆에서는 하비가 놀란 얼굴을 하고 있다.

"이니고에게 무슨 짓을 한 거냐…. 저 여자는 누구지?"

"마법사가 마법에 당해놓고 무슨 짓을 했냐고 묻는 건 무슨 경우냐."

돌아온 티나샤는 머리를 풀면서 오스카 옆에 섰다.

"자, 그럼 돌아갈까요. 어서요, 일각이라도 빨리."

"뭐가 그렇게 불안해서 그래…. 아무튼 됐고, 티나샤."

그가 자신을 부른 의미를 아는 마녀는 가볍게 허공에 떠올라 남자의 귀 뒤에 자신의 피를 발랐다. 이제 검은 통하지만 마법은 통하지 않는다. 하비에게는 마력이 없으니까 충분할 것이다.

주술을 확인하는 그녀의 흰 귓불을 보고, 오스카는 갑자기 얼굴을 가까이 가져가 그녀의 귀를 가볍게 깨물었다.

"햐악!"

마녀는 기성을 지르면서 얼굴이 빨개져 뒤로 물러난다. 고양이였다면 등의 털이 곤두섰을 것이다. 귀를 가리고 도망친 그녀를 향해 오스카는 심술궂은 미소를 지었다.

"내 지시를 어긴 벌이야. 바보 고양이 녀석."

"으으으으, 왜…."

원망스러운 표정의 수호자를 그 자리에 남겨두고, 오스카는 광장으로 걸어 나간다. 하비도 그 뒤를 따랐다.

주위의 공기에 팽팽한 긴장감이 감돈다. 메마른 바람이 돌기둥 사이로 불어왔다.

광장 한복판까지 와서 오스카는 엘제를 돌아보았다. 힘 있는 눈으로 그녀를 응시한다.

"자, 어떻게 해줄까? 원수를 죽여주길 원해?"

갑작스러운 질문에 그녀는 놀란 눈으로 왕을 본다.

아무것도 생각할 수 없다. 자신 안에 답이 없는 것이다. 엘제는 숨이 곧 끊어질 듯한 모습으로 대답했다.

"그, 그 남자는 제 남편을 죽였습니다…."

"알아. 하지만 그건 네가 바라는 게 아니잖아."

"제, 제가 바라는 건…."

자신에게 있는 것은, 그저 일어나버린 사실뿐이다. 지극히 평범하게 태어나고 자라서, 양친이 정해준 상대와 결혼했다. 거기에 자신의 바람은 없었다. 스스로 뭔가를 바란다는 것은 의식해 본 적도 없었다. 피해야 할 것은 피하고, 해서는 안 될 일은 하지 않는다. 그저 변함없는 일상을 보내는 인생이다.

—그러니까 원수인 남자에게 끌리는 일은 있을 수 없다.

왕의 옆에서는, 진초록색 눈동자가 그녀를 뚫어져라 응시하고 있다. 그 시선에 엘제는 얼어붙는다.

오스카는 대답하지 않는 여자에게서 시선을 돌려 하비를 마주보았다. 곁눈으로 관중을 살피자, 그의 마녀는 지시를 지키기 위해서인지 다시 고양이로 돌아가 작은 돌기둥 위에서 식빵을 굽고 있다. 자못 진지한 그 모습에 킥킥 웃으면서 오스카는 아카시아를 뽑았다.

"얼른 덤벼. 아직 할 일이 남아서 빨리 가야 되니까."

"애송이가…! 각오해라."

하비는 길고 두꺼운 검을 뽑았다. 예리함보다 무게를 중시한 점으로, 이걸 온힘을 다해 휘두르면 상대의 검은 산산조각 날 수도 있을 정도다. 대적하는 자들 모두가 두려워했던 그 검을 오스카는 신경도 쓰지 않는다. 하비는 입맛을 다시며 자신의 검을 겨누었다.

개시 신호가 들린다.

그와 동시에 하비는 순식간에 거리를 좁혔다. 눈앞의 파르사스 왕을 노리고 검을 휘두른다.

맞아도, 막아내도 치명적이 되는 강렬한 일격을, 오스카는 뒤로 점프해 피했다.

한편, 하비는 무거운 검을 재빨리 거두어 옆으로 휘두르면서 거리를 좁혔다. 오스카는 두 번째 일격도 마찬가지로 피한다. 계속해서 하비가 휘두른 일격을, 그는 아카시아로 받아넘겼다. 그대로 왼손으로, 검을 잡은 남자의 오른팔을 붙잡는다.

"어…?"

하비의 목소리를 무시하고, 오스카는 번개같이 아카시아를 치켜들었다.

그리고 왕은 무서운 기세로 하비의 팔을 팔꿈치 위에서 절단했다.

팔이 땅바닥에 떨어지는 둔탁한 소리. 이어서 짐승의 울부짖음 같은 절규가 광장을 뒤흔들었다.

하비는 격통에 무릎을 꿇으면서도 왼손을 뻗어 땅에 떨어진 검을 잡으려 한다.

하지만 손가락이 검에 닿으려 한 순간, 그의 목에 왕검이 겨누어졌다. 냉철한 목소리가 울린다.

"승부는 끝났어. 약속은 지켜라."

파르사스 진영에서 와아, 환성이 터져 나온다. 이토들이 경악해 숨을 삼켰다.

하비는 입술을 깨물고 자신의 오른손과 검을 노려보았다.

승부의 결과에 엘제는 가볍게 비틀거렸다. 글랜포트가 그런 그녀를 부축한다.

관중의 열광 속에, 그녀의 몸은 이상할 정도로 싸늘해져 있었다.

세상에서 색이 사라진다.

오직, 팔을 잃고 땅바닥에 무릎 꿇은 남자와 그 피의 색만이 선명하다.

아무것도 들리지 않는다.

아무 말도 할 수 없다.

남자의 초록색 눈이 자신을 포착한다. 그 입이 자신의 이름 모양으로 조금 움직였다.

시야가 일그러진다. 몸이 휘청 기울어진다.

정신이 들었을 때, 그녀는 피웅덩이 속에 무릎을 꿇고 남자의 얼굴에 손을 뻗고 있었다.

"주, 죽지 말아요…."

그 말만을 간신히 중얼거린다.

가까이서 보는 초록색 눈동자는 꿈속에서 보는 것보다 훨씬 선명했다.

오스카는 숨을 내쉬고 아카시아를 검집에 꽂고서, 고양이가 있는 곳으로 돌아와 그녀를 어깨에 올렸다.

돌아본 그는, 광장 한복판에 있는 남녀를 바라본다. 팔을 잃은 남자와, 망연자실한 채 필사적으로 지혈하려고 하는 여자. 파르사스 사람들도, 이토들도 말없이 그 기묘한 광경을 바라보고 있었다.

오스카는 관심 없다는 듯이 콧방귀를 뀌고, 어깨 위의 고양이에게 말을 건넸다.

"티나샤, 팔을 붙일 수 있어?"

"거절하겠어요."

"그럴 줄 알았어. 그럼 지혈이나 해줘."

마녀는 혀를 차고 싶어졌다. 애당초 그도 팔을 붙여줄 생각 따위는 없는 것이다. 하지만 받아들여지지 않을 요구를 먼저 함으로써, 그 다음의 지혈 요구 정도는 마녀도 받아들여줄 거라고 생각한 게 분명하다.

티나샤는 한마디 쏘아붙여주려다 결국 말없이 그 자리에서 구성을 짰다. 마력을 쏟아 남자에게 지혈을 해준다.

"그녀는 어떻게 할 거예요? 회수하라면 할게요."

"스스로 결정했잖아. 꿈까지 꿀 만큼 의식하고 있다면 직접 마주해야지."

담담한 왕의 말에 고양이는 물끄러미 그를 올려다본다.

—그녀의 검은 눈이 커다래진 건 그때였다.

바람이 갑자기 멈춘다.

공기가 달라진다.

이변을 눈치챈 오스카가 광장 복판에 있는 두 사람에게 외쳤다.

"거기서 도망쳐!"

"뭐?"

경고에 반응한 것은 하비뿐이다. 엘제 쪽은 어느새 피웅덩이에 두 손을 짚고 꼼짝하지 않는다. 고개를 숙이고 있어 얼굴이 보이지 않는 그녀에게 하비는 왼손을 가져갔다.

"이봐, 왜 그래—."

그 손이 눈에 보이지 않는 무언가에 의해 튕겨나간다.

그쳤던 바람이 그녀를 중심으로 소용돌이치기 시작한다. 삽시간에 위력을 더해가는 그것을 보고 광장에 있는 사람들은 혼란에 빠져버렸다. 오스카는 모두를 향해 외쳤다.

"여기서 내려가! 휘말린다!"

"웃기지 마. 누가 네놈의 명령 따위를…."

그렇게 말하던 이토 중 한 명이 강풍에 떠밀려 중심을 잃는다. 비명을 지르면서 바위 사이로 떨어지는 남자의 모습에 주위의 이토들이 경악한다.

"도, 도망쳐!"

누군가가 부르짖자, 그것을 계기로 공포가 확산된다. 좁은 길을 앞다투어 내려가려고 하는 그들 사이에서, 또다시 추락하는 자의 비명이 울렸다. 오스카는 바람에 날아갈 것 같은 고양이를 꽉 붙잡았다.

"티나샤, 괜찮아? 뭐야, 이건."

"전…이, 시킬게요."

갈라진 목소리와 동시에, 광장에 있던 파르사스 사람들을 전이문이 집어삼킨다. 경악한 표정 그대로 글랜포트가, 그리고 카렐이 사라진다. 하지만 엘제는 소용돌이치는 바람 속에 여전히 남아 있었다.

그녀는 피웅덩이 속에서 꼼짝하지 않는다. 갑자기 광장 구석에서 이니고가 절규하며 몸부림쳤다.

광장 곳곳에 균열이 생긴다. 균열은 순식간에 퍼져, 주위의 붉은 암반이 모래가 되어 무너지기 시작했다. 모래는 바람과 함께 소용돌이를 그리며 흘러내리기 시작한다.

"난감하네…. 티나샤, 무사해?"

이대로는 광장 자체가 붕괴될 것 같다. 오스카는 어깨 위의 고양이를 보았다.

어느새 검은 고양이의 호흡은 거칠어져 있었다. 작은 몸이 파르르 떨리고, 검은 눈은 시선이 흔들린다. 상태가 안 좋아 보이는 마녀를 본 오스카는 단정한 얼굴을 찌푸렸다. 티나샤의 목소리인 듯한 가냘픈 목소리가 들린다.

"오스카…, 저걸… 막지 않으면…."

광장 한복판에 가까운 균열에서 새하얀 안개가 스며 나오기 시작한다. 오스카는 자신을 향해 다가오는 그것을 아카시아로 베어버렸다. 안개는 칼날에 닿자 사라졌지만, 그래도 새로운 유출은 막을 수 없다. 중앙에 생긴 커다란 균열이 조금씩 넓어져가는 가운데, 안에서 한층 진한 어떤 덩어리가 기어 나오고 있었다. 흡사 사람의 모양처럼 보이는 그것은 균열 속에서 금방이라도 일어서려고 하고 있었다.

"저게 뭐야…."

흰 덩어리는 손처럼 보이는 부분을 하늘로 뻗는다. 그 발이 균열에서 빠져나와 허공으로 떠오른다.

—저걸 놓치면 안 돼.

그 직감은 확신에 가까운 것이었지만, 그의 몸은 강풍과 모래에 떠밀려가고 있었다. 흐르는 모래 속에서 비틀거리며, 오스카는 사람 모양의 흰 덩어리를 향해 아카시아를 치켜들었다.

그리고 왕검을 던졌다.

소용돌이치는 바람을 관통하는 왕검. 아카시아의 날이 사람 모양의 흰 덩어리에 꽂혔다. 그 몸이 산산이 흩어진다.

하지만 다음 순간, 광장에 새로운 균열이 생겼다.

균형을 잃고 기울어진 그의 어깨에서 검은 고양이가 미끄러져 거대한 균열 속으로 떨어진다.

"티나샤!"

뻗은 손은 닿지 않는다. 오스카는 주저 없이 그녀를 쫓아 몸을 던졌다.

그리고 왕과 마녀는 성지 속으로 사라졌다.

바위 틈새, 깜깜한 안쪽으로 떨어져간다.

그 끝을 불안하게 생각한 것도 잠시, 이내 균열의 바닥이 펼쳐졌다.

희미하게 하얀 빛이 비치는 넓은 공간. 떨어져가는 그들 아래 펼쳐진 것은 수면이다. 오스카는 검은 고양이를 간신히 공중에서 붙잡아 품에 안았다.

직후, 두 사람은 요란하게 물보라를 튀기며 물속으로 떨어졌다.

금세 수면으로 올라온 오스카는 안고 있던 고양이를 어깨 위로 밀어 올렸다. 검은 눈을 동그랗게 뜬 채 굳어버린 고양이에게 말을 건넨다.

"괜찮아, 티나샤?"

"싫…."

"싫?"

"싫어, 싫어, 싫어, 싫어! 물은 싫어! 젖는 건 싫어!"

"왜 그래? 좀 진정해."

말하는 동안에도 쫄딱 젖은 고양이는 혼란에 빠져 물에서 먼 그의 머리로 기를 쓰고 올라간다. 공황상태에서 발톱을 세우는 고양이의 등을, 오스카는 토닥토닥 두들겼다.

"알았어. 인간으로 돌아와도 되니까 진정해. 그리고 잠깐 헤엄칠 테니까 떨어지지 마."

희미하게 밝은 그곳은 바위로 둘러싸인 거대한 동굴 같았다. 생일에 티나샤가 데려가준 해중동굴보다 넓지만, 물은 별로 깊지 않다. 호수라기보다는 샘이다. 오스카가 무사한 것은 거의 결계 덕분이고, 확실하게 밑바닥에 충돌하는 충격이 있었다. 지하수가 고여 샘이 된 것일지도 모르지만, 쫄딱 젖어버린 고양이에게는 재난일 뿐이다.

그의 말에 얼마간 정신이 돌아왔는지 티나샤가 원래의 모습으로 변신한다. 그래도 그녀는 아직 물의 공포가 가시지 않은 듯, 헤엄치는 오스카의 머리에 눈물이 그렁그렁한 얼굴로 매달렸다.

"저… 젖었어…. 털이 흠뻑 다 젖었어…."

"넌 헤엄도 칠 줄 알면서 대체 왜 그래? 그리고 앞이 안 보이니까 손 좀 치워."

"고양이라 젖는 건 싫어요! 뭐예요, 여기는!"

"그건 나도 몰라."

오스카는 마녀의 가는 허리를 안고 차가운 샘을 헤엄쳐갔다. 기슭에 도착한 그는 마녀의 몸을 먼저 밀어올리고, 자신도 물에서 나왔다. 티나샤는 투덜거리면서 두 사람의 옷을 말린다. 그러다 갑자기 그녀가 움직임을 멈췄다.

"오스카…, 아카시아는요?"

"던졌어. 다른 균열 속으로 떨어지는 걸 봤어."

"그, 그랬군요…."

마녀가 그 이상 말하지 않는 것은, 그 상황에서는 그것이 최선이었음을 알기 때문이리라.

한숨을 내쉬며 옷을 말리는 그녀에게 오스카는 다시 물었다.

"아까 그건 대체 뭐였어? 그리고 너도 어쩐지 좀 이상했잖아. 엘제와 상대 쪽 마법사도 그렇고."

"맞아요…. 그 상황에서 왜 당신만 아무렇지도 않았는지 신기하네요."

티나샤는 주위를 둘러보았다. 암벽이 희미하게 빛나는 것은 이끼 때문인 듯하다. 그녀는 바위의 하나뿐인 갈라진 틈새를 가리켰다.

"일단 이동하면서 설명할게요. 아카시아를 회수하고 싶으니까요."

"알았어, 미안."

작은 머리를 쓰다듬자, 마녀의 눈이 가늘어진다. 두 사람은 바위 틈새에 난 길을 따라 걷기 시작했다.

"아까 상태가 안 좋았던 건 외부에서 온 마력 간섭 때문이에요. 땅속에서 어떤 힘이 우리의 체내 마력을 향해 밀려들었어요. 나와 이토의 마법사처럼 제어 훈련을 한 사람 입장에서는, 자신 안에 있는 것을 누가 억지로 휘젓는 느낌이라 굉장히 불쾌하고 구성도 짤 수 없어요. 엘제는 제어되지 않은 마력이라 어떤 느낌인지는 알 수 없지만요…."

"난 제어하고 있지 않지만 아무렇지도 않은데?"

"당신은 조금 특수하니까요…. 아카시아가 있어서 상대가 피한 걸지도 몰라요.”

“상대, 라…. 너는 처음부터 그 장소를 꺼림칙하게 여겼었지.”

그럼에도 불구하고, 지금은 그곳의 지하로 떨어져버렸다. 오스카는 옆에 있는 마녀를 쳐다보았다.

“뭐하면 넌 요새에서 기다려도 돼. 내가 아카시아를 회수해서 돌아갈게.”

“말도 안 되는 소리 하지 말아요. 나는 당신의 수호자예요. 정말이지 같이 오길 천만다행이에요. 내가 모르는 곳에서 당신이 이런 일에 휘말리는 건 생각만 해도 끔찍해요.”

마녀는 단호하게 말하고 오스카의 소매를 붙잡았다. 그것은 그녀의 성실함일지도 모르지만, 무엇보다도 깊은 정일 것이다. 오스카는 미소 짓고 길을 걸어간다.

바위의 갈라진 틈새 안쪽은 좁고 구불구불한 길이다. 오스카는 벽의 표면을 쓰다듬었다.

“이건 사람의 손길이 닿았군. 여기까지 포함해서 성지인 건가.”

“아마도요. 그보다 위는 그냥 뚜껑일 뿐이에요. 뚜껑 위에서 날뛰는 바람에 깨져버린 거죠.”

“뚜껑이라면, 안에 들어 있는 건 그 하얀 안개인가? 넌 그게 뭔지 알아?”

“몰라요. 추론하려고 해도 정보가 너무 없어요. 단지 마법사에게 좋지 않다는 것만은 느낄 수 있어요.”

길의 끝이 보인다. 그 뒤는 트인 장소인 것 같았다. 앞서 가려고 하는 마녀를 오스카가 만류했다.

“인기척이 있어.”

그렇게 말하면서 오스카는 단검을 뽑았다. 티나샤는 얌전히 그의 뒤로 물러섰다.

그리고 발소리를 죽여 들어간 곳은 텅 빈 원형의 석실이었다. 오스카는 중앙에서 웅크리고 있는 남자를 보고 황당한 표정을 지었다.

“너도 떨어진 거냐? 무사해?”

그곳에 있는 사람은 오른팔을 잃은 하비였다. 남자는 공허한 눈으로 두 사람을 올려다본다.

“너희가… 어떻게 여기에.”

“떨어졌어. 치명상을 입었다면 이 녀석을 시켜 치료해주마.”

“멋대로 무슨 소리예요. 난 태도 여하에 따라서는 저들을 모조리 죽일 작정이에요.”

진심으로 화난 듯한 마녀를 보고 오스카는 쓴웃음을 지었다.

함께 있으면서 알게 된 사실이지만, 그녀는 자신에 대한 적의에는 무심해도, 계약자에 대한 적의에는 용서가 없다. 특히 패배가 명백한 상황에서도 끝까지 덤비는 인간에 대해서는 오스카보다도 훨씬 냉혹하다.

자신의 힘에 자신 있는 두 남녀는, 남자는 그 여유로 인해 종종 적을 놓아주지만, 여자는 미래의 보복을 방지하기 위해 철저하게 응징한다. 분노한 마녀를 제지하기란 여간 어려운 일이 아니다.

“내버려둬. 뭐든지 책임지려고 하지 마. 그보다 지금은 물어보고 싶은 게 있어. ―여기는 대체 뭐지?”

하얗게 어렴풋이 빛나는 석실 안. 그 벽에는 벽화와 문자가 새겨져 있다. 하비는 그것을 불길한 것을 보는 듯한 눈으로 노려보았다.

“여기는 이토의 성지다. 수장과 측근들밖에 모르는 장소. 거기에 새겨진 것은 우리 부족의 역사다. ……나도 어릴 때 한 번밖에 안 와봤지만.”

"역사라…. 그렇군."

오스카는 벽면에 그려진 벽화 중, 비교적 최근의 것으로 보이는 오른쪽 끝의 벽화 쪽으로 걸어갔다. 이백 년 전의 일이 기록된 그곳에는 그림은 없고, 작은 문자가 빼곡하게 새겨져 있었다. 곳곳이 마모되어 읽을 수는 없지만, 군데군데 '두 자루의 똑같은 검', '과거', '마법구슬', '기억하는 일족' 같은 단어들이 보인다. 더 자세히 보려고 얼굴을 가까이 가져갔을 때, 마녀가 그를 불렀다.

"오스카, 돌아다니지 말고 가만있어요. 이거, 생각보다 성가셔요."

"뭐, 왜?"

티나샤가 보고 있는 곳은 그와 반대편에 있는 더 오래된 기록 부분이다. 그림이 대부분을 차지하는 가운데, 그녀는 하얀 사람 모양의 그림을 가리켰다. 얼굴도, 옷도 아무것도 없는 그것의 발밑에는 작은 구슬이 그려져 있고, 주위의 인간들이 그것들을 향해 경배하고 있었다.

"이게 아마 손님인 신이고, 아까 우리를 습격해온 '무언가'일 거예요."

"아아, 하얘서? 하지만 색만 가지고 판단해도 되는 거야?"

"더 알기 쉽게 씌어 있어요. '외부에서 온 신이 사람들 속에 숨어 있던 마자(魔者)를 찾아내 죽였다. 모두가 신에게 감사하고, 또한 신을 두려워하여, 신의 침상을 만들었다'라고요. 이 '마자'란 암흑시대 초기에 사용되었던 마법사의 멸칭이에요. 당시, 마법사는 인간으로 취급되지 않았으니까요. 이 신은 마력에 반응해 마법사를 찾아내는 힘으로 이토들의 숭배를 받았을 거예요."

"그렇군. 그래서 성지를 침상으로 삼은 건가. 하지만 마력에 반응한다면 정체가 뭘까? 안개처럼 보였지만 마족인가?"

"아니에요. 마족은 마족대로 자신의 마력이 있으니까요. 하지만 그건 그렇지 않아서—."

티나샤는 벽의 일부를 손가락으로 훑는다. 오스카가 옆에서 들여다보니, 그것은 전후의 문맥으로 짐작컨대, 그 신의 이름 같았다. 하지만 그것은 나중에 지워진 모양인지 일부밖에 남아 있지 않았다.

"…리티…디…? 뭔지 모르겠군."

오스카가 생각에 잠겨 있는 동안, 티나샤는 굳은 표정으로 하비를 돌아보았다.

"외부에서 온 신이 어디서 온 건지 당신은 알고 있나요?"

하비의 얼굴은 창백했다. 하지만 그는 마녀를 노려보며 대답하지 않는다. 마녀는 크게 한숨을 내쉬었다.

"별다른 부상도 없이 여기에 있다는 건, 우리처럼 떨어진 게 아니라 스스로 길을 통해 내려온 거겠죠? 그건 엘제를 찾으러 내려온 것 아닌가요? 그렇다면 빨리 말하지 않으면 늦을 거예요. 그녀에게도 마력이 있으니까요."

"뭐…! 그건…."

남자는 일어서려고 하다가 격통에 무릎을 꿇는다. 그는 잠시 망설이다가 비로소 대답했다.

"부, 북쪽에서 왔다고 들었다. 북쪽에서 흘러들어왔다고."

"역시…."

"티나샤, 뭔가 알 것 같아?"

"확실한 건 아니에요. 하지만 이 대륙에는 같은 이야기가 하나 전해오고 있어요. '그것' 앞에서는 마력을 가진 자는 정신과 육체를 온전히 유지할 수 없고, 마력이 폭주해 사람들을 해친다고 하는 존재가…."

"설마."

같은 이야기를 오스카도 들은 적이 있다. 아니, 불과 두 달 전, 필요성을 느끼고 다시 읽어본 것이다.

타국의 종교 관련 전쟁에 군을 보낸다면, 최소한의 지식은 알아야 한다고 생각했기 때문이다. 그래서 그도 '세계를 가르는 칼', '잠자는 백점토'라고 불리는 그 존재를 알고 있었다.

대륙 북부에 자리 잡은 대국. 그곳에서 추앙받는 신.

"—타일리의 유일신 일리티르디아인가."

"아마도요. …신이라 불린 '무언가'겠죠."

마법사를 배척하고 탄압을 거듭해온 타일리. 그 근저에는 일리티르디아의 존재가 있다.

그것이 있었기 때문에, 마법사들은 미쳐 날뛰고 사람을 해쳤다. 그들의 그런 모습은, 마력을 갖지 않은 사람들 눈에는, 마법사들을 사악한 존재로 판단하기에 충분한 것이었으리라.

그 일리티르디아가 북쪽에서 흘러들어와 이 땅에 도달해 있었다.

티나샤는 팔짱을 풀고 하비에게 물었다.

"그래서 이 앞은 어디로 이어진 건가요? 당신은 엘제가 있는 곳을 알고 있죠?"

"…들어갈 수 없었어. 이 앞이 성지의 중심이고, 광장 바로 밑이다. 하지만 보이지 않는 벽이 있어서 갈 수 없어."

"그건 내가 어떻게 해 볼게요. 위치적으로 그녀는 아카시아와 가까운 곳에 떨어졌을 거예요."

마녀는 석실을 둘러보았다. 하비가 내려온 것으로 짐작되는 통로와, 그 반대편에 있는 문이 보인다.

"오스카, 당신은 여기서 기다리라고 하면…."

"안 기다리지."

"그렇죠! 그럴 줄 알았어요! 강제 전이로 송환해버리고 싶어!"

평소와 다름없는 계약자에게 마녀는 부르짖었다. 그런 마녀를 향해, 오스카는 태연하게 되물었다.

"그보다 너, 그것과 마법사는 상극이라고 했잖아. 아까처럼 되는 거 아냐?"

"이번엔 방벽을 칠 거예요. 이젠 고양이도 아니고요. 상대가 마력 간섭을 해와도 더 세게 밀어내면 돼요. 그러니까 솔직히 말하면, 아카시아를 잃어버린 당신이 더 불안해요."

"응. 마침 잘됐군. 이 검 좀 빌리자."

오스카는 하비가 가지고 있던, 날이 두꺼운 검을 주워들었다. 가볍게 대검을 드는 그의 모습에, 티나샤는 가볍게 어깨를 떨궜다. 두 사람은 주저 없이 안쪽의 문으로 향했다.

그리고 오스카는 신화로 이어지는 문을 열어젖혔다.

문 안쪽에는 완만하게 구불거리는 좁은 길이 나 있었다. 암벽 사이로 난 그 길은 두 사람이 겨우 지나갈 만큼 좁았다.

마녀가 오스카보다 두 발짝 뒤에서 걷고 있는 것은, 그가 검을 휘두를 때 방해가 되지 않기 위해서다. 긴 주문과 함께, 오스카의 눈에도 치밀한 방벽이 만들어지는 게 보인다.

조금씩 변해가는 공기. 발걸음을 멈추지 않은 채, 그는 물었다.

"상대가 일리티르드디아라 치고, 죽이는 게 가능하다고 생각해?"

"잘 모르겠어요…. 아까 봤을 땐 아카시아의 공격이 효과가 있는 것 같았지만, 상대는 안개니까요."

"안개 같은 생물인가? 불태우는 수밖에 없으려나."

"생물이라기보다… 간섭을 받은 느낌이니까, 그건 아마 현상일 거예요. 마력에 반응해 그것을 거부하는 현상."

"마력을 거부하는? 아카시아 같은 건가?"

"아뇨, 달라요. 아카시아는 마력을 우리가 사는 이 위계 내에서 분해 · 확산하지만, 그 현상은 마력을, 원래 마력이 존재하는 마력계로 돌려보내려고 해요. '세계를 가르는 칼'이라는 통칭은, 위계 사이를 단절시키려고 하기 때문에 붙은 이름일 거예요. 원래 우리 마법사들은 태어날 때부터 마력계의 힘을 몸에 지니고 있으니까요. 내장을 빼가려고 하는 거나 마찬가지예요."

"기분 엄청 더럽겠네."

"기분 더러워요. 하지만 그건 제어 훈련을 해서 마력을 체내에 담아둘 수 있는 사람의 경우예요."

"엘제의 경우는?"

"…마력은 그 사람과 뗄 수 있는 게 아니니까, 영혼까지 함께 짓눌려 버릴지도 몰라요."

"그럼 서둘러야겠군."

오스카는 발걸음을 재촉한다. 곧 통로가 끝나고, 큰 바위산을 뽑아낸 듯한 공간이 나타났다.

빛나는 이끼도 없는 그곳은, 어둠과 흰 안개만이 자욱한 장소다. 오스카는 얼굴을 찡그리고 전방을 보았다.

"이 앞에 보이지 않는 껍질 같은 건 없어?"

"있어요. 아까 그 사람이 못 들어간 것도 이것 때문이에요. 일리티르디아가 움직이기 시작했을 때, 밖으로 도망치지 못하게 누군가가 짜놓은 거예요. 마력으로 결계를 짜면 뚫릴 수 있으니까, 아마 자신의 영혼을 술식으로 변환한 것 같아요. 하지만 오래된 거라 그리 오래 버티지는 못할 거예요."

티나샤는 그의 옆으로 다가와 아무것도 없는 허공을 만졌다.

순간, 가벼운 파쇄음이 울렸다. ―안개가, 술렁거린다.

자욱한 흰 안개가 두 사람을 향해 삽시간에 밀려든다. 하지만 그것은 오스카에게 닿기 전, 몇 발자국 앞에서 티나샤의 결계에 막혀버렸다. 마녀는 얼굴을 찡그리면서 손을 뻗는다.

"…물러가라."

그들을 집어삼키려고 밀려든 안개가, 마녀의 힘에 의해 뒤로 밀려나기 시작한다. 시야가 점차 맑아진다. 하지만 티나샤의 이마에는 땀방울이 맺히기 시작하고 있었다.

아마, 그리 오래는 버틸 수 없다―. 그렇게 판단하고, 오스카는 수호자의 어깨를 툭 쳤다.

"갔다 올게. 한계에 이르면 포기해도 돼."

"조심하세요."

속삭이는 목소리에 고개를 끄덕이고, 오스카는 질주하기 시작했다. 찾는 것은 엘제와 아카시아다.

하지만 안개가 걷힌 장소에는 아무것도 보이지 않는다. 오스카는 확장되어가는 수호자의 결계를 추월해 스스로 안개 속으로 뛰어들었다.

순간, 천지가 흐느적거리며 일그러진다.

마치 위아래가 뒤집힌 듯한 감각. 하지만 발은 확실하게 땅바닥을 딛고 있다. 밀려드는 안개가 그의 마력에 간섭하려고 하는 것이다. 그것들은 항시 쳐져 있는 수호자의 결계째로 오스카를 짓누르려고 한다.

온몸이 짜부라들 것 같은 압력에도, 오스카는 발을 멈추지 않았다.

"엘제! 들리면 대답해!"

아까의 상태로 봐서는 이미 영혼까지 위계 밖으로 밀려나버렸을지도 모른다. 그래도 그녀를 찾아 목청을 높인 오스카는, 다음 순간, 반사적으로 검을 치켜들었다.

머리 위에서 덮쳐온 무언가가 검에 부딪쳐 날카로운 소리를 낸다. 오스카는 반쯤은 본능적인 움직임으로 검을 휘둘렀다. 하지만 그 날은 허공을 가른다.

티나샤의 결계가, 안개의 범위를 더욱 압축해간다.

그리하여 모습을 드러낸 상대를 보고… 오스카는 단정한 얼굴을 찌푸렸다.

"너…."

거기에 서 있는 것은 엘제였다. 공허한 눈동자에는 초점이 없고, 손에는 하얀 검 비슷한 것을 쥐고 있다. 제정신이 아닌 것으로 보이는 그녀는 마치 실로 조종당하는 인형 같은 모습이다.

그녀는 가냘픈 팔을 치켜 올리더니— 오스카에게 하얀 검을 던졌다.

"큭!"

오스카는 쉽사리 검을 쳐냈지만, 그것은 이내 형태를 잃고 흰 안개로 변했다.

"완벽하게 조종당하고 있군. 곤란한걸."

안개보다는 실체가 있는 쪽이 베기 편하지만, 베면 안 되는 상대다. 주저하는 그를 향해 다시 엘제가 달려든다. 날아드는 안개의 검을 받아내면서, 그렇다고 엘제를 벨 수도 없는 오스카는 공격에 애를 먹는다. 일종의 교착상태가 이어지자, 엘제는 공격이 통하지 않는 남자에게 거리를 두고 뒤로 물러난다.

그녀는 두 팔을 벌리고 가슴을 젖혔다.

뭘 하려는 건지 오스카가 의아하게 생각했을 때, 벌어진 입으로 주위의 안개가 빨려 들어가기 시작했다. 가냘픈 몸 안으로 안개가 탁류처럼 거세게 빨려 들어간다.

"어렵쇼…, 그렇게 나오시겠다?"

안개는 순식간에 엘제 안으로 빨려 들어간다. 저 가냘픈 몸의 어디로 이 어마어마한 양의 흰 안개가 들어가는 걸까. 하지만 허공을 떠도는 그것들은 점점 빠르게 줄어들고, 대신 여자의 몸이 희미하게 빛나기 시작했다.

오스카가 주저한 것은 찰나, 그는 지면을 박차고 그녀에게 육박했다. 안개의 유입을 막기 위해, 그녀의 머리 위에서 풀을 베듯이 옆으로 검을 휘둘렀다.

하지만 그 검은— 엘제의 흰 손에 가로막혔다.

"어?"

뼈까지 부수는 육중한 검이, 여자의 손에 붙들려 꼼짝하지 않는다. 오스카는 내심 경악했지만, 몸은 반사적으로 움직이고 있었다. 검을 버리고 뒤로 점프해 물러난다.

직전까지 그가 있던 곳을, 엘제가 내리친 검의 자루가 직격했다. 잘 길들여진 대검이 엿가락처럼 휘어진다. 그녀가 잡고 있던 날이 산산조각 나는 것을 보고, 오스카는 실소가 터질 지경이었다.

"이게 신이라고 한다면, 아이테아 신은 꽤나 점잖은 거였군."

"당신은 왕이니까 발언에 주의하세요."

지친 듯한 마녀의 목소리에 오스카는 돌아보았다. 안개가 엘제에게 빨려 들어가서 결계의 확대를 멈춘 것이리라. 티나샤가 이마의 땀을 훔치면서 걸어왔다.

"상당히 중노동이네요…. 저걸 상대한 마법사는 아마 절망했을 거예요."

"괜찮아? 얼굴이 창백해."

"지독한 뱃멀미를 하는 기분이에요. 뭔가가 몸속을 휘젓고 있다고 할까…, 똑바로 걸을 수가 없어요."

"난 그렇게까지 심하게는 안 느껴지는데."

안개 속에서 천지가 애매해지는 감각은 있었지만, 그 정도는 아니다. 그녀는 힘없이 고개를 저었다.

"내 마력은 절반이 후천적으로 집어넣은 거라 영향을 받기 쉬울 거예요…. 그런 점에서 당신의 마력은 봉인되어 있으니까요."

"봉인? 그런 이야기는 금시초문인데."

오스카가 그렇게 말하자, 마녀의 눈이 고양이처럼 동그래졌다. 하지만 이내 그녀는 아무 일도 없었던 것처럼 미소 지었다.

"그런가요? 그럼 아마 내 기분 탓이겠죠. 그보다 앞으로의 일 말인데요—."

"그 건은 궁금하니까, 나중에 다시 얘기하자. 그건 그렇고, 저 상태로 엘제를 죽이지 않고 일리티르디아를 처치할 수 있겠어?"

"어려워요…. 마법이 잘 안 통해서 강제로 끄집어낼 수도 없고, 그렇다고 몸에 상처를 입히지 않고 속에 있는 것만 없애기란 불가능해요. 그 벽화에 그려진 사람 모양도, 저렇게 몸을 빼앗긴 인간이었을지도 몰라요."

티나샤는 엘제 쪽을 보았다.

"다만 우리 입장에서는… 사람 몸 안에 뭉쳐 있는 편이 상대하긴 편해요."

그곳에 이미 안개는 없다. 아무것도 없는 어둠 속에, 하얀 여자만이 혼자 남아 있었다.

그녀의 벌어진 두 눈은 하얀 피막으로 완전히 덮여 있다. 미세하게 벌어진 입술 사이로 안개가 가늘게 뻗어 나와 흔들린다. 사람의 모양을 하고 있지만, 사람이 아닌 무언가. 마녀는 고운 눈썹을 찌푸렸다.

"일단은 아카시아가 먼저예요. 그건 일리티르디아도 소멸시킬 수 있는 것 같으니까요."

그 말에 오스카는 암흑 저편을 보았다. 안개가 걷힌 어둠 속, 희미하게 빛을 반사하는 무언가가 있다. 아까부터 반짝거려서 신경이 쓰였던 것이다.

"하지만 아카시아로 엘제를 베면 그녀는 죽어."

"죽죠. 하지만 그걸 밖으로 꺼내면 일이 커지니까, 최후의 수단으로—."

티나샤는 거기서 말을 멈췄다. 동시에 기척을 깨달은 오스카도 돌아보았다.

석실로 이어지는 길. 그곳에서 나타난 남자가 두 사람에게 말했다.

"죽이는 건 안 돼."

하비는 지금은 없는 자신의 오른팔을 내려다보고, 다시 한 번 말했다.

"저 여자를 죽이는 건 안 돼."

약해질 대로 약해져 금방이라도 쓰러져버릴 것 같은 남자. 그 말은 두 사람에게는 허세조차 되지 못하는 선언이다.

오스카가 뭔가 말하려고 하는 것을 마녀가 손을 들어 제지한다. 그녀는 하비를 향해 말했다.

"심정은 이해하지만, 현실적으로 일리티르디아에게 조종당하는 그녀를 밖에 내보내면 대참사가 벌어져요. 가까이 가기만 해도 마력이 있는 사람은 스스로 무너져버리거나 미쳐버릴 거예요. 마법사가 폭주하면 주위 사람들도 무사하지 못해요. 그런 일이 있었기 때문에, 타일리에서는 천 년의 시간 동안 마법사를 배척해온 거예요."

검은 눈동자에 어두운 심연이 더해진다. 영원한 시간을, 피비린내 나는 역사를 지켜봐온 자의 눈.

한 번의 시선으로 사람을 위축시키는 그것은 틀림없는 마녀의 눈이다. 평소에는 겉으로 드러나지 않는 그녀의 심연에, 오스카의 눈빛이 날카로워진다. 굳어버린 하비에게 티나샤는 얼음장 같은 목소리로 물었다.

"저것은 무고한 죽음을 전파시키는 현상이에요. 그걸 알면서 당신은 또다시 같은 역사를 되풀이하려는 건가요? 그런 것도 모른다면, 당신부터 먼저 죽여주겠어요."

듣기만 해도 생명의 불꽃이 사그라져버릴 것 같은 목소리.

평범한 사람이라면, 마녀의 눈만 봐도 겁에 질려 용서를 청할 것이다.

하지만 그녀의 말은, 단순한 사실이다.

하비는 마른침을 삼킨다. 지금은 없는 오른팔을 바라보고… 하지만 그는 마녀의 두 눈을 똑바로 주시하며 말했다.

"저 여자가 누구를 얼마나 죽이게 되든 상관없어."

"맹신이 도가 지나치군요. 본인의 목숨이 아깝지 않다니 그 배짱은 인정하지요."

"그래도… 저 여자는 죽이면 안 돼. 내가 원하는 여자다."

완강한 마음.

티나샤는 남자를 똑바로 응시한다.

말없는 그 눈빛의 무게에 하비는 조금 주춤했다. 숨을 멈추고 마른침을 삼킨다.

"……그녀를 살려줘."

단 한마디뿐인 부탁에, 티나샤는 기가 찬 듯 얼굴을 찡그렸다. 자신의 관자놀이를 손가락으로 톡톡 친다.

"어쩔 수 없군요. 그럼 당신도 도와줘야 해요."

마녀는 엘제 쪽을 보았다. 완전히 빙의 상태인 그녀는 기회를 노리는 것처럼 여전히 광장에 서 있었다. 티나샤는 오스카와 하비에게 짧게 지시를 내렸다. 하비가 불안해하면서도 지시에 따라 자리를 뜨자, 오스카는 수호자에게 물었다.

"그래서 방법이 있을 것 같아?"

"음…, 확실하게 처리하려면 매체가 필요해요. 하지만 여기 올 때 고양이였기 때문에, 장비가 전혀 없어요."

"매체란 게 뭔데?"

"흔히 사용하는 건 수정이에요. 왜, 아까 벽화에도 사람 모양의 발밑에 수정구슬이 그려져 있었잖아요."

그것을 봤기 때문에 티나샤도 떠올린 방책이다. 하지만 중요한 매체가 없는 이상, 그녀 자신이 어떻게든 대신할 수밖에 없다.

하지만 그때 오스카가 가벼운 어조로 말했다.

"그거라면 여기 있어. 자."

그러면서 품 안에서 수정구슬이 들어 있는 작은 주머니를 꺼냈다. 티나샤는 깜짝 놀라 눈이 동그래졌다.

"당신이 이런 걸 왜 가지고 있어요? 마법사도 아니면서."

"네가 좋아하게 생긴 장난감이라 책상 위에서 챙겨왔지."

"난 인간이에요! 고양이인 건 겉모습뿐이라고요!"

뾰로통한 얼굴로 마녀는 수정구슬을 꺼냈다. 손바닥 위에 올려놓을 수 있는 크기인 그것을 확인한다.

"끙…. 조금 커…. 입에 안 들어가…."

"뭔 소리야. 그건 고양이 장난감이야."

"장난감이 아니에요!"

그녀는 부르짖고, 그 구슬을 움켜쥐었다. 순식간에 구슬은 작은 진주알만 한 크기가 되었다.

"뭐야, 어떻게 한 거야?"

"이런 마법이 있어요. 그리고 이제부터가 중요해요."

티나샤는 작아진 수정구슬을 입에 넣었다. 눈이 휘둥그레진 오스카에게 마녀는 물었다.

"당신은 내가 전 세계의 적이 된다면 죽여줄 건가요?"

언젠가 했던 말과 비슷하지만, 다른 질문.

그것은 하비에게 향했던 것과 같은 걸까, 다른 걸까.

자신이 모르는 일을 언급하려 하는 소녀 같은 말에, 오스카는 망설임 없이 대답했다.

"그게 이미 절대로 돌이킬 수 없는 사실이라면."

—어떤 상황과 궁지에서도 털끝만큼이라도 가능성이 있다면, 자신은 그녀의 손을 잡을 것이다.

앞을 바라보게 하고, 걷게 한다. 피와 흙으로 더러워져도, 모든 증오를 받는 한이 있어도 앞으로 나아간다.

하지만 만약, 그녀의 모든 게 결정되어버렸다면, 끝이 와버렸다면.

그 막을 내리는 것도 분명 자신이다. 왕위를 이을 때 그런 각오는 했었다.

비정하다고도 할 수 있다. 하지만 누구보다도 애정 깊은 말.

그의 대답에 티나샤는 가볍게 숨을 삼켰다.

그리고 다음 순간… 진심으로 기쁜 듯이 미소 지었다.

마녀는 북받치는 감정을 억누를 수 없는 것처럼 진심이 담긴 눈빛으로 왕을 응시했다.

"당신이 그렇기 때문에 나는 싸울 수 있어요."

티나샤는 가볍게 허공으로 떠올라, 그의 두 볼을 손으로 감쌌다.

물끄러미 응시하는 검은 두 눈동자. 그녀는 속눈썹을 떨며 눈을 감고서, 그의 이마에 입맞춤했다.

입술을 떼고 그의 귀에 속삭인다.

"가요."

톡, 그녀는 오스카의 가슴을 두드렸다. 동시에 마녀의 목이, 수정구슬을 삼키는 것을 그는 보았다.

그 의미를 생각하기 전에, 오스카는 질주하기 시작한다.

안개는 이미 없다. 그가 향하는 곳은 엘제가 아니라 아카시아다. 마력에 반응하는 그녀는 하비를 거들떠보지도 않는다. 공허한 눈동자가 질주하는 오스카를 포착하고—그녀 주위에 열 개가 넘는 안개화살이 나타났다. 그것이 전부 오스카를 향해 날아간다.

"현상인 만큼 단조롭군."

똑바로 날아오는 화살을 보면서, 그는 힘껏 도약했다. 안개화살은 차례로 목표를 잃고 땅바닥에 부딪쳤다. 엘제는 표정 없이 그를 쫓아 새로운 화살을 만들어내려고 한다.

—하지만 그때 마녀의 목소리가 울렸다.

"일리티르디아, 너를 각성시킨 것은 나다."

암흑 속에 울리는 목소리. 엘제의 두 눈이 티나샤를 본다.

어둠 속에 선 검은 옷의 마녀는 밤하늘에 떠오른 달 같다.

"넌 이 성지에 잠들어 있었지. 널 봉인하기 위해 얼마나 많은 사람이 희생되었을까."

그녀의 맑은 목소리를 들으면서, 오스카는 어둠 속을 내달린다.

가까이 갈수록 희미하게 빛을 반사하는 그것은 역시 아카시아였다. 그는 땅바닥에 꽂힌 애검을 잡았다. 그리고 몸을 돌려 돌아가려고 하다가, 조금 떨어진 곳에 흩어져 있는 것을 발견했다.

"저건… 사람의 뼈, 인가?"

어두컴컴한 땅바닥 위에 흩어진 희끗희끗한 것들은 오래된 사람의 뼈였다. 모래먼지가 쌓인 그것들 한가운데에, 지금 막 깨진 것처럼 반짝거리는 수정 파편이 있었다.

마녀의 목소리가 울린다.

"오랫동안 봉인 속에 있던 너는 내 마력에 반응해 각성했다. 그래서 지상에까지 손을 뻗었고… 하지만 나는 그것을 거부했다. 그래서 너는 대신, 그 여자를 삼킨 것이다."

티나샤는 흰 손을 뻗는다. 아름답게 미소 짓는 그녀의 눈에, 그때, 지워지지 않는 분노가 떠올랐다.

"그러니까 오너라. 수많은 자를 죽이고, 미치게 하고, 역사에 상흔을 남긴 신이여. 이 대륙의 마법사 중 한 사람으로서—푸른 달의 마녀가 상대해주마."

티나샤의 손에 푸른 불꽃이 타오른다.

그것은 거대한 마력의 화톳불이다. 닿기만 해도 재조차 남지 않게 태워버리는 힘.

이 위계에서는 너무나 이질적인 불꽃에, 일리티르드디아는 일순 경직되었다.

다음 순간 격렬하게 포효한다.

"아아아아아아아아아아아!"

경련하는 여자의 목소리는 몇 갈래로 갈라져 들린다.

엘제는 지면을 박차고 티나샤에게 달려들려고 했다.

하지만 그 몸을 하비가 뒤에서 저지한다. 왼팔 하나로 엘제를 붙잡은 남자는 무시무시한 그 힘에 얼굴이 일그러졌다.

"여기에 있어…. 가지 마!"

하지만 그녀는 망가진 인형처럼 버둥거릴 뿐이다. 하비는 이를 악물며 다리에 힘을 주고 버틴다.

미쳐 날뛰는 그녀는 인간을 초월하는 힘으로 남자를 가격한다. 뼈가 부러지는 둔탁한 소리가 울리고, 하비가 고통스러운 얼굴로 몸을 접는다. 그래도 여자를 놓지 않는 그에게 엘제는 짐승처럼 으르렁거렸다.

그렇게 두 사람은 한동안 뒤엉켜 있다가—마침내 엘제의 몸이 파르르 경련했다.

"아…아아…."

마녀가 치켜든 불꽃에 이끌리듯이, 꼼짝하지 못하는 여자의 몸에서 흰 안개가 흘러나오기 시작한다.

의지를 가지고 밀려드는 흰 안개. 다가오는 그것을 보고 티나샤는 회심의 미소를 지었다.

"와라."

마녀는 눈을 감고 조그맣게 숨을 토했다.

순간… 무언가가 훅 사라진다.

마녀와 연결된 결계를 가진 오스카가 부르짖었다.

"티나샤!"

그녀가 없앤 것, 그것은 자신의 마력에 항시 구축해둔 강고한 벽이다. 마법사가 제일 먼저 배우는 것은 세계에 대한 개체로서의 자신을 확립하는 일인데, 마녀인 그녀가 자신의 마력을 제어하기 위해 유지하고 있는 그것은 일반 마법사에 비할 바가 아니다.

그것을 마녀는—전부 풀었다.

너무나 무방비하고, 너무나 강대한 마력 덩어리.
그 존재를 앞에 두고, 신은 흰 안개가 되어 밀려든다.

티나샤는 탁류 앞에서 푸른 불꽃을 끄고—그리고 아무것도 하지 않았다.

붉은 입술 사이로 안개가 끝없이 흘러들어간다. 마녀의 가냘픈 팔다리에, 허리에 흰 안개가 휘감긴다. 그 몸 전체에서 그녀의 마력을 배제하기 위해, 현상이 밀어닥친다.
기이하고 아름답고, 그러나 소름 끼치는 광경.
하비는 구역질나는 그 모습에 멍하니 정신을 빼앗긴다. 그 팔 안에서 엘제가 무너지듯이 쓰러졌다.
"저 녀석…!"
오스카는 마녀를 향해 달리면서, 흩어져 있던 뼈의 의미를 이해했다.
벽화에 그려진 수정구슬. 그리고 산산이 깨진 그것과, 사람의 유해.
아마 먼 과거에도, 누군가가 똑같이 일리티르디아를 봉인한 것이다.
자신을 신의 그릇으로 삼아—그러나 사람의 목숨은 덧없는 것. 그래서 그릇이 된 사람이 죽은 후에도, 의지 없는 신을 자유롭게 풀어놓지 않기 위해, 신을 담는 매체로서 수정구슬을 삼켰다. 이중의 그릇이 일리티르디아를 이 성지에 묶어놓고 있었던 것이다. 그리고 신의 침상이었던 수정구슬은 마녀의 힘에 이끌려 산산이 부서졌다.
마녀는 이 이중의 그릇을 알아차리고… 자신도 같은 수단을 택한 것이다.
"티나샤! 멈춰!"
만약에 그녀가 인간을 죽일 뿐인 현상이 되어버린다면.

그것을 끝낼 수 있는 건 자신이다. 다른 누구에게도 맡길 생각은 없다.

그녀가 그에게 바라는 역할은 분명 그것이고… 하지만 그것밖에 선택할 수 없는 결말이 되지 않도록 언제나 길을 선택해온 것이다.

아름다운 마녀. 대륙에서 가장 강하고, 두려움의 대상인 힘의 상징.

멸망한 옛 왕국의, 옥좌에 없는 여왕. 그 손은 한 번 놓으면 다시는 돌아오지 않는다. 너무나 쉽게 사라지고 말 것이다. 본래 만날 수 없었던, 시대의 엇갈림에 떠밀려가듯이.

그러니까 아직은, 전혀 포기할 생각은 없다.

"티나샤!"

오스카는 그녀의 어깨를 붙잡았다.

그때는 이미 안개는 전혀 남아 있지 않았다. 살짝 벌어진 입술 사이로 희미하게 하얀 입김이 새어나온다.

그녀는 공허한 검은 눈동자로 그를 올려다보았다. 가냘픈, 꺼져버릴 것 같은 목소리가 속삭인다.

"아직, 이에요…."

"아직이라니, 뭐가?"

말하면서 오스카는 아직 그녀의 의식이 있다는 사실에 안도했다. 아직은 그녀를 잃지 않았다. 되돌릴 수 있을 것이다. 그래서 오스카는 마녀의 납작한 배를 보았다.

"아까 그 수정을 다시 토해내게 해줄게. 고통스럽겠지만 참아."

그녀에게서 분리시키면 뭔가 방법이 있을 것이다. 다시 처음으로 돌아가도 상관없다. 둘이 함께라면, 상대가 신이라도 맞서 싸울 수 있다. 그렇게, 확신하고 있다.

하지만 그의 말에 티나샤는 공허한 눈으로 대답했다.

"그러면 놓칠 수도 있어요…."

티나샤는 핏기 없는 얼굴로 자신을 내려다보았다.

천천히, 흰 손가락이 그녀의 몸 중앙, 가슴 아래를 눌렀다.

손가락은 거기서 아래로 내려간다. 검은 마법복이, 마치 칼을 댄 것처럼 스르륵 갈라진다. 새하얀 눈처럼 보드라운 피부가 갈라진 마법복 아래로 보였다.

그리고 손가락은 납작한 배 위에서 멈춘다.

"여기예요. 할 수 있죠?"

"너…."

모든 걸 이해하고, 오스카는 할 말을 잃었다.

삼킨 수정구슬과 그 안에 가둔 일리티르디아. 놓치지 않기 위한 답은 하나다.

"나에게 네 배를 가르게 할 셈이야?"

—밖에서 아카시아로, 그녀까지 함께 수정구슬을 부순다.

그것이 티나샤가 제시한 방법이다. 그녀를 미끼로 신을 죽인다. 그러기 위한 한 수.

괴로움으로 수려한 얼굴이 일그러진 남자에게, 마녀는 웃음을 보였다.

"가르게 하다니요, 당신이라면 최소한의 상처로 끝낼 수 있잖아요? 금방 치료할 거니까 괜찮아요. 그리고 나는 배에 바람구멍이 나는 건 익숙하니까요."

"…무모한 데도 정도가 있어!"

설령 그녀가 끔찍한 상처에 익숙하다 해도, 자신의 눈앞에서는 그렇게 만들지 않겠다고 생각하고 있었다.

하지만 그런 그에게, 마녀는 당연하다는 듯이 요구하는 것이다. 검으로 이기라고.

오스카의 일그러진 얼굴을 본 티나샤는 고개를 갸웃했다.

"혹시 자신이 없는 거예요?"

"도발하지 마, 바보야. 너의 응석에 할 말을 잃은 것뿐이야. 고양이냐?"

"고양이가 아니에요."

그녀의 두 눈에 있는 것은 당연한 신뢰다.

아니, 신뢰조차도 아니다. '당신이라면 할 수 있어요'라고 말하고 있다. 굳이 믿을 필요까지도 없다. 그저 사실이다.

자신의 몸을, 목숨을 아무 의심 없이 맡겨오는 여자.

아무튼 성가시고 부담스러운 여자— 하지만 그런 그녀가 사랑스럽게 느껴지는 것은 어쩔 수 없다.

"알았어. 해줄게. 그러니까 최대한 통증을 없애도록 해."

오스카는 아카시아의 날을 천으로 닦았다.

싸우기 위한 왕검이다. 결코 폭이 좁은 칼이 아니다. 안 그래도 출혈이 많은 부위다, 불필요한 장기까지 건드리고 싶지는 않다. 그는 왼손의 장갑을 벗고, 표적을 확인하듯이 드러난 하얀 피부를 쓰다듬었다. 부드러운 배 위를 손가락으로 쓰다듬자, 마녀는 흠칫 몸을 떨었다.

"어, 어쩐지 찌릿찌릿해…. 자꾸 만지지 마세요…."

"움직이지 마. 참아. 가만 안 있으면 나중에 더 만질 거야."

으름장을 놓자, 티나샤는 눈을 꼭 감았다.

그녀가 마법으로 통증을 없애고 다시 지혈과 치유를 할 수 있다 해도, 아카시아가 닿아 있는 동안은 그럴 수 없다. 최대한 빠르고 정확하게. 그리고 이 이상 시간을 들일 수 없다.

오스카는 숨이 가빠진 마녀를 내려다본다. 일리티르드디아를 체내의 수정에 봉인하는 데도 상당한 부담이 가해지고 있을 것이다.

그래서 그는 의식을 가다듬었다. 왼손으로 그녀의 허리를 잡는다.

"너는 나의 유일무이야."

그녀와 마찬가지로 그저 사실을 말하고, 오스카는 그녀에게 명령했다.

"집중해. 여유 있게 이겨줄 테니까."

"네, 물론이에요."

티나샤는 그를 올려다보고, 마치 도전자처럼 미소 지었다.

"오스카, 난 옛날부터 줄곧 이 '신'을 때려주고 싶었어요."

소녀처럼 투명한 전의(戰意).

마녀는 고개를 젖히고 눈을 감는다.

"그러니까 부탁해요."

마녀의 부탁에 오스카는 고개를 끄덕인다. 그리고 그는 아카시아를 잡은 손에 힘을 주고—.

과거에 신이라 불린 그것을 부쉈다.

12. 짧은 순간, 같은 꿈을

예정 시간을 훨씬 넘겨 요새로 돌아왔을 때, 오스카가 제일 먼저 본 것은 반쯤 울고 있는 죽마고우였다.

문 앞에서 왕을 마중한 라자르는 거의 주저앉다시피 하고 오스카를 맞이한다.

"폐, 폐하…, 무, 무사하셔서 정말로…."

"네가 왜 여기 있냐?"

"왜긴요! 폐하께서 행방불명되셨다는 전갈을 받고 달려왔지요! 이토와 결투 소동이 벌어졌다는 이야기는 들었지만, 다른 사람들은 모두 전이로 돌아왔는데, 폐하와 티나샤 님만 안 돌아오셨다고 해서…!"

"아…."

해결됐다고 생각하고 전이로 돌아왔는데, 그동안 성과 요새에서는 대소동이 벌어졌던 모양이다. 요새 안에서 "폐하께서 돌아오셨다"라고 외치는 소리가 들린다. 달려오는 글랜포트 일행을 보면서, 오스카는 품에 안고 있는 마녀를 내려다보았다. 꾸벅꾸벅 졸고 있던 티나샤는 반쯤 눈을 뜨고 그를 올려다본다.

"해명의 시간인가요…?"

"내가 설명할 테니까, 넌 자도 돼. 방에 데려다줄게."

"미안해요…. 내가 알아서 갈게요…."

마녀는 소리도 없이 전이해 사라졌다. 피투성이가 된 그녀의 모습을 본 라자르가 주뼛주뼛 물었다.

"무슨 일이 있었던 겁니까…. 티나샤 님의 그 상처는 이토들의 짓입니까…?"

"아니, 내가 그랬어."

"폐하?!"

"일단 설명하면서 사후 처리를 할 테니까, 너도 도와줘."

피곤해서 자고 싶은 마음은 굴뚝같지만, 지금은 자신 말고는 상황을 알고 있는 사람이 아무도 없다. 오스카는 모여든 사람들에게 지시를 내리면서, 요새의 집무실로 돌아왔다. 라자르에게 대략적인 내용을 설명하자, 이야기를 들은 시종은 말문이 막혀버렸다.

"죄송하지만, 전혀 이해를 못 하겠는데요…."

"아니, 이해했잖아. 믿고 싶지 않겠지만, 현실을 받아들여."

"어째서 당신은 잠깐 시찰하러 나갔다가 타국의 신을 없애버리고 오시는 겁니까!"

일리티르디아와의 교전과, 그 전말을 들은 라자르는 그야말로 쓰러지기 일보직전이다.

하지만 그런다고 나아질 것은 없다. 이번에는 이토의 약탈을 막았으니 나름의 수확도 있었다. 오스카는 책상 위에 팔꿈치를 대고 턱을 괴었다.

"뭐, 일리티르디아에 대해서는 너만 아는 걸로 해둬. 비슷한 이름을 가진 다른 존재였을지도 모르니까."

"어느 쪽이든, 폐하가 무사하셔서 다행입니다…. 아, 그러고 보니 안 돌아온 여성이 한 명 더 있다고 하던데, 그녀는 어떻게 됐습니까?"

"엘제라면 상처를 치료한 뒤에 옛 마을 터로 보내주고 왔어. 마음이 있다면 알아서 돌아오겠지."

그녀가 자기 자신과 어떻게 마주하고, 어떤 답을 낼지는 알 수 없다.

다만 엘제가 원래의 생활로 돌아오기를 선택한다면, 그녀와 함께 간 남자가 그녀를 요새까지 데려다줄 것이다.

마녀 앞에 자신의 목숨을 내놓으면서까지 구명을 부탁한 상대다. 끝까지 서로가 서로를 진지하게 마주할 것이다.

오스카는 하비와 계약한 사항을 서류로 작성해, 그것을 라자르에게 넘겨주었다. 라자르는 서류를 두 번 읽어보고 나서 물었다.

"이건 나중에 서면에 입각해 다시 합의하는 걸로 되어 있는데요, 이토 측에서 제대로 지킬까요?"

"글쎄? 안 지키면 그때는 다른 수단을 써야지."

아마 그렇게 되면 티나샤가 격노해 이토를 전멸시킬 수도 있기 때문에, 잘 마무리되기를 바랄 따름이다. 오스카는 완전히 어두워진 창밖을 보았다.

"일정이 엉망이 되어버렸지만, 이제 방으로 돌아가도 되겠지? 티나샤가 걱정돼."

"티나샤 님에게 가주십시오. 나머지는 제가 알아서 하겠습니다."

"부탁해."

오스카는 최소한의 서류만을 챙겨들고 자신의 방으로 돌아왔다.

티나샤는 깊이 잠들었을 줄 알았는데, 욕실에서 피를 씻어낼 만큼의 여력은 남아 있었던 모양이다. 잠옷을 입은 그녀는 그가 돌아오는 기척에 침대에서 고개를 들었다.

"어서 와요…."

"괜찮아? 몸 안에 파편이 남아 있는 건 아니지?"

"남아 있으면 금방 알 수 있어요. 괜찮아요. 흉터도 안 남을 거예요."

그녀는 조그맣게 하품을 하고, 침대에 엎드려 얼굴을 묻었다. 오스카는 그 옆에 걸터앉아 아직 물기가 남아 있는 검은 머리카락을 손가락으로 벗어준다.

“쯧, 배를 좀 소중히 여겨. 내 아이를 낳을 때 곤란하잖아.”

“안 낳아…. 절대 안 낳아요…. 그보다 당신도 빨리 쉬어요. 나중에 마력이 흔들린 반동이 오면 힘들어져요.”

“전혀 자각이 없는데.”

그래도 피곤한 건 사실이다. 오스카는 욕실로 가려고 일어서다가, 어떤 사실을 깨달았다. 꾸벅꾸벅 졸고 있는 마녀에게 말한다.

“인간의 모습으로 잘 거야? 나랑 같은 방인 걸 잊었어?”

“당신의 이성이 강하다는 건 알고 있어요….”

“그러다 큰코다칠걸.”

“고양이가 되면 몸을 웅크리게 돼서요…. 하지만 팔다리를 뻗고 싶어요…. 한 시간만 이렇게 잘게요.”

“…푹 자둬.”

마녀는 그 말에 안심했는지 눈을 감았다. 고른 숨소리가 들리기 시작한다.

오스카는 그녀의 무방비한 잠든 얼굴에 쓴웃음을 금할 수 없었다. 처음 만났을 때보다는 많이 친해졌지만, 방향성이 잘못된 느낌도 든다. 다만, 지금은 그래도 괜찮다는 생각이 들었다. 오스카는 그녀의 머리카락을 쓰다듬고 이불을 덮어주었다.

“하여간… 나를 믿는 건 좋지만, 적당히 해둬.”

그래도 그 믿음이 기분 좋게 느껴지니까 어쩔 수 없다.

그래서 그녀가 도움을 청하는 상대가, 언제나 자신이기를 바란다. 그리고 어떤 때라도 그녀의 역경에 자신의 손이 닿기를.

“무슨 일이 있어도 지켜줄게.”

돌아올 수 없는 끝에 이르지 않도록, 다음 아침이 오면, 자신은 다시 그녀의 손을 잡고 걷기 시작하리라. 그것이 평생이 된다면 행복할 것이다. 그는 자신의 둘도 없는 수호자를 응시했다.

옛 마법대국의 유산은 새로운 시대로 계승되고, 의지 없는 신은 소멸한다.

왕과 마녀의 이야기는, 그렇게 새로운 페이지로 이어져가는 것이다.

※

"죽이고 싶어…."

어두운 방 안에 울리는 목소리.

여자의 가는 목소리에는, 땅속에 잠든 용암처럼 뜨거운 증오가 꿈틀거리고 있었다.

이글거리는 증오는 정신을 불사르고, 맹렬히 끓어오르며 밖으로 나갈 때를 기다리고 있다.

"그 둘을 죽이고 싶어…."

"—무리야. 최강의 마녀와, 그 마녀가 수호하는 아카시아의 검객인걸. 명백하게 지금, 대륙에서 가장 힘 있는 한 쌍이야."

거듭되는 저주에, 방의 주인이 대답한다.

무심한 듯한 여자의 대답. 하지만 거기에 숨어 있는 것은 독기 서린 여유다.

담담한 지적에, 저주를 내뱉던 여자는 입술을 깨문다.

"그래도 죽이고 싶어."

"네가 나쁜 거 아냐? 사람의 목숨을 가지고 논 네가."

"죽이고 싶어…."

증오는 멈추지 않는다. 이미 여자의 귀에는 아무 말도 들리지 않는 것이다.

방의 주인은 잠시 말없이 그것을 듣고 있다가, 갑자기 조그맣게 코웃음 쳤다.

즐기는 듯한 목소리로 '마녀'는 말한다.

"—그럼 방법을 가르쳐줄게."

— 다음 권에 계속 —

작가 후기

신세가 많았습니다. 후루미야 쿠지입니다. 이번에 「Unnamed Memory」 2권을 읽어주셔서 감사합니다!

자, 덕분에 호평을 받은 1권은 말하자면 전초전. 두 주인공의 만남과 드러나지 않은 음모와 많은 사건이 그려졌습니다만, 이번 권은 역사의 정식무대로 이동해 대충돌입니다. 느닷없이 나타난 마법국가의 선전포고, 대륙 개혁의 금주, 마녀 티나샤의 과거와, '신을 향한 도전 등이 그려진 제2권, 재미있게 봐주시면 감사하겠습니다!

이 이야기는 1권에서 말씀드린 대로 '삼백 년간 이어진 마녀의 시대가 끝나는 마지막 일 년'을 그린 이야기입니다. 그들의 계약이 종료되기까지, 2권 종료 시점에 앞으로 세 달. 오스카와 티나샤 앞에 어떤 고난이 펼쳐질지, 그들의 관계가 어떤 형태로 끝을 맞이할지, 그 도달점이 다음 권에 그려집니다.

왕과 마녀의 이야기는 거기서 일단 막을 내리니까, 부디 그들의 운명의 이야기를 끝까지 함께해주시기 바랍니다.

그럼 이번에도 감사 인사를.

언제나, 언제나 제 멱살을 잡고 하드 캐리해주시는 담당 편집자님, 이번에도 정말로 감사합니다! 덕분에 이것저것 가필 장면을 쓸 수 있었습니다. 욕심 많은 한 권이 되었습니다!

그리고 이번에도 훌륭한 일러스트, 캐릭터 디자인을 해주신 chibi님, 이번 권의 새 캐릭터가 너무 멋져서, '어라…, 이야기 속에서 그에게 더 잘해줄걸 그랬나…?(빙글빙글 눈)' 하고 생각하고 말았습니다! 다양한 옷을 입은 티나샤(고양이 포함)와 거대생물에도 매번 잘 대응해주셔서 감사합니다! 정말 죄송합니다! 이번에도 끝내주게 근사합니다!

또한 1권 발매 때 폭풍 광고를 때려주신 나가츠키 탓페이 선생님, 덕분에 이번 권도 무사히 간행되었습니다! 감사합니다! 정말로 큰 힘이 되었습니다!

그리고 간행에 이르기까지 신세를 진 디자인, 교열, 영업 담당자분들을 비롯해, 수고해주신 모든 분들, 정말로 감사합니다. 그저 감사한 마음으로 가득합니다.

마지막으로, 이 책을 읽어주신 독자 여러분, 감사합니다. 여러분 덕분에 1권으로 라이트노벨 온 어워드 월간종합 부문에 선출되는 등, 호평을 받아 기대 이상의 기쁨을 누릴 수 있었습니다. 이 한 권이 보은이 될 수 있도록, 이번에도 판타지를 가득 담아봤습니다. 즐겁게 봐주시기 바랍니다. 감사합니다!

그럼 또, 이름을 갖지 않는 추억의 1막의 끝에서 다시 만나기를 기원하며!

감사합니다!

후루미야 쿠지

장외(章外) : 꿈에서 깬 뒤에

오스카가 목욕을 마치고 돌아왔을 때, 침대에서는 마녀가 여전히 고른 숨소리를 내며 잠들어 있었다.

상처는 치료했어도 상당히 지쳐 있을 것이다. 그는 티나샤를 보면서 침대 옆에 앉아, 챙겨온 서류를 훑어보기 시작했다. 그러면서 때때로 확인하듯이 그녀의 작은 머리를 쓰다듬었다.

—그녀를 왕검으로 찔렀을 때의 감촉은 지금도 손에 남아 있다.

수정구슬을 부순 촉감은 확실하게 있었다. 하지만 그 이상으로 흘러나오는 엄청난 피에, 각오하고 있었으면서도 전율한 것이다. 그녀가 의식을 잃지 않도록 질타하면서, 수정구슬의 파편을 긁어내고 상처를 치료시킨—그런 경험은 한 번이면 충분하다. 떠올리면 지금도 식은땀이 흐른다.

"다음엔 좀 더 나은 수단을 선택할게."

적어도, 그녀에게 소녀 때와 같은 고통을 맛보게 하고 싶지는 않다. 그녀가 이제 아무렇지도 않다고 웃어도, 그 자신이 싫은 것이다.

그러니까 다음엔 다른 길을 선택할 수 있도록, 그에 걸맞은 힘을 키워야 한다고 생각한다.

"그래서 결국 아침까지 이대로 잘 생각인가…?"

티나샤는 잠버릇은 좋은 편인지, 아까 봤을 때와 거의 변함없는 자세지만, 대신 눈을 뜰 기미가 전혀 없다. 무방비한 데도 정도가 있지만, 그것을 나무라도 그녀는 아마 이해하지 못할 것이다. 이해하지 못할 만큼 그를 신뢰하는 것이다.

오스카는 깊이 잠든 마녀를 바라보았다. 손을 뻗어 볼을 어루만져도 마녀는 전혀 모르는 듯하다. 가볍게 꼬집어봐도 마찬가지다.

"이 녀석은 정말로…. 뭐, 신용이 없는 것보다는 낫지만…."

마치 가족 같은 거리감이지만, 남처럼 서먹서먹한 대응을 당하는 것보다는 훨씬 낫다. 그는 긴 흑발을 손에 잡고 윤기 흐르는 그것에 입맞춤했다. 연한 꽃향기가 아찔하게 그를 자극한다.

하지만 오스카는 한숨을 한 번 내쉬면서 그 열정을 억누르고, 다시 펼쳐놓은 서류로 의식을 되돌렸다.

※

"그래서 티나샤 님은 어떻게 하셨습니까?"

"아침이 돼도 안 일어나서 두고 왔어."

이토의 난입 덕분에 집무가 일시적으로 밀리고 말았지만, 라자르가 와준 덕분에 상당 부분을 만회하고 있는 중이다. 오스카는 요새의 집무실에서 남은 업무를 처리하면서, 죽마고우에게 말했다.

"계속 자고 있어. 상당히 지친 것 같아."

그가 눈을 떴을 때, 티나샤는 여전히 깊이 잠들어 있었다. 머리카락을 잡아당겨도, 어깨를 톡톡 쳐봐도 꼼짝하지 않는다. 급기야는 무의식적인 건지 몰라도, 깨우려고 하는 그의 손을 밀어내는 결계를 쳤을 정도다.

결계를 깨려고 하면 깰 수 있지만, 그녀를 깨우기 위해 왕검을 뽑는 것은 과한 짓이다. 그래서 단념했다.

하지만 시계를 보니, 이미 정오에 가까운 시간. 적당히 틈을 봐서, 그녀의 상태를 보러 가는 게 좋을 것 같았다.

그렇게 생각하는 왕에게, 라자르는 잠시 망설이다가 조심스럽게 입을 열었다.

"그런데 폐하, 티나샤 님과 같은 방을 쓰신다고 들었습니다만, 결혼은…."

"아아, 그거?"

오스카는 고개를 들고 라자르를 손짓해 불렀다. 죽마고우가 의아한 얼굴로 가까이 오자, 그는 몸을 숙이라고 손짓으로 지시했다. 천천히 그 관자놀이를 주먹으로 꽉 누른다.

"나와 녀석이 같은 방을 쓴다고 무슨 진전이 있을 것 같나!"

"아야야야얏!"

"내 인내심만 강해졌어! 뭐냐고, 이건!"

"그, 그런 불만은 티나샤 님에게 말씀해주십시오…."

손을 떼자 눈에 눈물이 고인 라자르가 그렇게 투덜거린다. 어딘지 모르게 동정심이 섞인 그 말에, 오스카는 씁쓸함을 느꼈다. 이런 하소연을 할 수 있는 상대는 라자르뿐이지만, 동정을 받으면 그건 그것대로 화가 난다. 오스카는 마음을 가다듬고서 책상에 팔꿈치를 대고 턱을 괴었다.

"뭐…, 상관없어. 커다란 고양이를 키우는 기분이야. 이건 이것대로 재미있어. 안 질려."

"계약 종료까지 앞으로 석 달밖에 안 남았습니다만…."

"그럼 탑을 다시 올라가면 되지."

명쾌한 해결법에 라자르의 눈이 동그래졌다. 몇 초간 침묵한 뒤에, 어렵게 입을 뗀다.

"그러면 티나샤 님이 굉장히 싫어하시지 않을까요…."

"지금도 탑에 올라가면 싫어해. 함정을 다시 설치하기 힘들다고 불만이 많아. 하지만 달성자의 소원을 들어준다고 말한 건 그 녀석이니까."

그 말을 티나샤 본인이 듣는다면, "문은 닫혀 있는데, 당신이 일 층 안으로 전이해 오잖아요!"라고 투덜거리겠지만, 아카시아로 문을 부수는 것보다는 평화적이라고 생각한다.

라자르는 뭔가 할 말이 있는 얼굴이었지만 체념했는지 느리게 고개를 저었다.

"그럼 딱히 문제는 없군요. 천천히 진전해주십시오."

"너무 천천히 해도 곤란해. 백 년씩 시간을 들일 수는 없으니까."

"적어도 십 년 정도는 유예가 있지 않을까요."

십 년도 지나칠 정도로 충분하지만, 그 마녀는 대인관계에 있어 때로는 진짜 소녀와 별 차이가 없는 것이다. 안달해도, 안달하게 만들어도 좋지 않다. 그녀가 오스카를 단련시키는 일에 노력을 기울인 것처럼, 그녀에게도 노력을 기울일 작정이다.

—그러니까 문제는 오히려 다른 곳에 있다.

그걸 생각하고 있던 오스카는 죽마고우의 이름을 불렀다.

"라자르."

"왜 그러십니까."

"내가 그 녀석을 다룰 수 있을 거라고 생각해?"

평소에는 아무에게도 말한 적 없는 불안감. 그걸 물어볼 수 있는 건, 상대가 라자르이기 때문이다.

최강의 마녀. 그녀의 정 많은 성격은, 그러나 적대자에 대한 가혹함으로 이어진다.

이번 일로 새삼 그것을 실감했다. 실제로 티나샤는, 이토들의 태도에 따라서는 그들 모두를 망설임 없이 죽였을 것이다. 그만큼의 힘이 있는 여자다. 그리고 그녀의 정은 확실하게… 계약자인 그와 그 주위를 향해 있다.

언젠가 그녀가 그 정으로 인해 선을 넘으려 한다면—.

과연 그것을 막을 수 있을까. 억지력이 될 수 있을까.

불가능하다면, 그녀를 탑에서 내려오게 할 자격이 그에게는 없는 것이다. 티나샤는 그런 사태를 피하기 위해, 스스로 탑에 살기를 선택했으니까.

입에 담아서는 안 되는 망설임이다. 입에 담으면 의식한다. 의식하면 약해진다.

하지만 그래도 자신을 전혀 의심하지 않는 것은 오만이라고 생각한다. 주군의 그런 인간적인 고민에, 라자르는 조금 놀란 표정을 하더니 … 미소 지었다.

"폐하라면 가능하십니다."

"그래?"

"예, 적어도 티나샤 님은 그렇게 생각하고 계십니다."

계약자인 그를 직접 단련시킨 일도 그렇다. 마법호의 승화라는 숙원을 이룬 후, 그의 감시를 받아들인 일도.

그녀 자신이 오스카를 높이 평가하고, 스스로를 얼마간 맡기고 있다. 오스카라면 자신을 잘 써줄 수 있다고, 티나샤는 생각하고 있는 것이다.

젊은 왕은 턱을 괸 채로 탄식한다.

"…그럼 기대에 응해줘야겠지."

"그리고 폐하께서 무모한 짓을 하지 않기를 기대하고 계십니다."

“그건 다른 문제야.”
“매번 그렇게 혼나고도 어째서 반성을 안 하시는 겁니까….”
“매번 최종적으로는 어떻게든 해결이 되기 때문 아닐까?”
그때, 누군가가 가볍게 문을 두드렸다.
대답하자, 들어온 것은 당사자인 마녀다. 검은 마법복 차림의 티나샤는 입에 손을 대고 하품을 삼켰다.
“너무 오래 잤네요…. 졸려….”
“더 자도 돼.”
“사후처리가 남았는지 확인하러 왔어요. 뭔가 문제가 생겼다면 처리할게요.”
검은 눈동자가 가볍게 빛난다. 전의를 다분히 품은 그것은 이토들의 태도를 궁금해하는 것이다. 오스카는 가볍게 손을 저었다.
“아무 문제 없으니까 걱정 마. 얼른 끝내고 밤에는 성으로 돌아갈 거야.”
“네.”
티나샤는 눈을 비비면서 가까운 벽에 몸을 기댔다. 성의 집무실이라면 그녀용 장의자가 놓여 있지만, 요새에는 없기 때문이다. 선 채로 잠들어버릴 것 같은 마녀의 모습을 보고, 오스카는 얼굴을 찌푸렸다.
“자려면 방에 가서 편하게 자.”
“하지만 당신을 감시해야 되니까…. 또 무슨 일 있으면 곤란하다고요….”
“아무 문제 없다고 했잖아. 자려면 여기서 자.”
오스카가 마녀에게 손짓했다. 장의자가 없으면 고양이가 되어 책상에서 자면 된다. 그래서 때때로 왕의 집무책상에는 검은 고양이가 잠들어 있는 것이다.

티나샤는 고개를 끄덕이고 비틀비틀 그에게 걸어갔다. 그리고 어린 아이처럼 그의 무릎 위로 올라가더니, 그대로 가슴에 기대어 눈을 감았다. 순식간에 새근새근 잠이 든다.

황당한 얼굴로 그것을 보고 있던 오스카는 정신을 차리고 마녀의 등을 두드렸다.

"티나샤, 이러면 일을 할 수가 없잖아."

"…어라…? 실수했네요…."

조그맣게 하품을 하고, 마녀는 검은 고양이로 변신해 그의 무릎 위에서 몸을 웅크린다. 규칙적으로 들려오는 고른 숨소리에, 라자르는 다시 주인에게 물었다.

"정말로 진전이 없는 겁니까…?"

"대체 뭘까, 이 녀석은…."

지난 며칠을 돌아보면, 그녀는 잠에 약한 체질일지도 모른다. 심지어 잠에 취하면 거의 고양이나 다름없다. 응석꾸러기에, 거리감이 없다.

오스카는 무릎에서 미끄러져 떨어질 것 같은 고양이를 붙잡아 제자리에 돌려놓았다.

"뭐, 귀여우니까 됐어."

"그렇게 말씀하시는 건 폐하뿐이라고 생각합니다."

"누가 봐도 귀엽잖아?"

대답하기 난감한 주군의 말에 라자르는 침묵을 지킨다.

모두가 두려워하는 최강의 마녀가, 햇볕을 쬐는 고양이처럼 새근새근 잠들어 있는 광경.

그런 그녀의 모습에 왕은 미소 짓고, 검은 등을 살며시 쓰다듬었다.

언네임드 메모리2

2024년 8월 15일 초판 인쇄
2024년 8월 31일 초판 발행

저자 · KUJI FURUMIYA
일러스트 · chibi
역자 · 장혜영
발행인 · 황민호
콘텐츠4사업본부장 · 박정훈
콘텐츠4사업본부장 · 신주식 강경양 이예린
마케팅 · 조안나 이유진 이나경
국제업무 · 이주은 김준혜
제작 · 최택순 성시원
한국판 디자인 · 디자인 우리
발행처 · 대원씨아이(주)

서울 특별시 용산구 한강로3가 40-456
편집부 : 02-2071-2104 FAX : 02-794-2105
영업부 : 02-2071-2061 FAX : 02-794-7771
1992년 5월 11일 등록 3-563호

http://www.dwci.co.kr/

ISBN 979-11-7288-360-7 03830
ISBN 979-11-362-8942-1 (세트)